魯迅

루쉰전집

2

루쉰전집 2권 외침 / 방황

초판1쇄 펴냄 2010년 12월 10일
초판4쇄 펴냄 2022년 7월 5일

지은이 루쉰
옮긴이 루쉰전집번역위원회(공상철, 서광덕)
펴낸이 유재건
펴낸곳 그린비
주소 서울시 마포구 와우산로 180, 4층
대표전화 02-702-2717 | **팩스** 02-703-0272
홈페이지 www.greenbee.co.kr
원고투고 및 문의 editor@greenbee.co.kr

주간 임유진 | **편집** 홍민기, 신효섭, 구세주, 송예진 | **디자인** 권희원, 이은솔
마케팅 유하나, 육소연 | **물류유통** 유재영 | **경영관리** 유수진

ISBN 978-89-7682-224-6 04820   978-89-7682-222-2 [세트]

學問思辨行: 배우고 묻고 생각하고 판단하고 행동하고

독자의 학문사변행을 돕는 든든한 가이드 _그린비 출판그룹

그린비 철학, 예술, 고전, 인문교양 브랜드
엑스북스 책읽기, 글쓰기에 대한 거의 모든 것
곰세마리 책으로 통하는 세대공감, 가족이 함께 읽는 책

1928년 5월 28일, 『아Q정전』의 러시아어판 출간을 기념하기 위해 베이징에서 촬영했다.

루쉰이 직접 디자인한 『외침』(왼쪽)의 표지. 1930년대에는 붉은색이 홍군(紅軍)을 암시한다고 하여 붉은색 표지의 『외침』은 국민당 정권하에서 여러 차례 금서가 되는 등 파란을 겪었다.

루쉰의 두번째 소설집 『방황』의 표지. 『무덤』, 『아침 꽃 저녁에 줍다』 등의 표지 그림을 그린 타오위안칭(陶元慶)의 작품이다.

1902년 4월, 유학생으로 선발되어 유학생 예비학교인 일
본 고분학교에 입학한 루쉰. 변발을 자른 모습이다. 귀국
후 단발로 인해 루쉰이 당한 봉변은 그의 소설에 드문드
문 반영되어 있다.

센다이 의학전문학교 시절, 루쉰의 해부학 필기를 직접
첨삭해 주었던 후지노 겐쿠로 교수. 루쉰은 그를 일러 자
신을 가장 감격시킨 스승이라고 평했으며 후지노 교수는
루쉰 사후에 「삼가 저우수런 군을 회고함」이라는 글을 발
표해 그를 애도했다.

1912년부터 1919년까지 루쉰이 머물렀던 베이징의 사오싱회관(위). 「광인일기」를 시작으로 루쉰을 소설가로 다시 태어나게 한 곳이다. 본격적인 창작 활동을 하기 전 루쉰은 이곳에서 각종 비문을 베끼며 실패로 돌아간 혁명 이후의 적막을 견뎌냈다. 아래 사진 중 왼쪽의 것은 루쉰이 옮겨 적은 황보린의 묘지명이고 표시된 부분은 황보린 묘비(오른쪽)의 해당 부분이다.

루쉰 소설의 삽화(1977년 판청範畵 작). 왼쪽은 「고향」의 그림으로 루쉰이 어릴 적 고향 친구였던 룬투와 재회하는 장면이며, 오른쪽은 「아Q정전」의 한 장면으로 재판을 받은 아Q가 서명 대신 동그라미를 그리고 있는 모습이다.

1923년 베이징여자사범대학에 입학한 쉬광핑과 루쉰. 베이징여사대 교장 양인위 축출 투쟁에 참여하면서 둘은 가까워지고 1925
년 무렵 연인 사이로 발전한다. 아래 사진은 1926년 쉬광핑이 수를 놓아 루쉰에게 선물한 베갯보로, 누워서 노닐다라는 의미의
'와유'라는 글자가 새겨져 있다.

루쉰 전집

2

외침 呐喊
방황 彷徨

루쉰전집번역위원회 옮김

ㅇB
그린비

| 일러두기 |

1 이 책은 중국에서 출판된 『魯迅全集』 1981년판과 2005년판(이상 北京: 人民文学出版社) 등을 참조하여 번역한 한국어판 『루쉰전집』이다.

2 각 글 말미에 있는 주석은 기존의 국내외 연구성과를 두루 참조하여 옮긴이가 작성한 것이다.

3 단행본·전집·정기간행물·장편소설 등에는 겹낫표(『 』)를, 논문·기사·단편소설·영화·연극·공연·회화 등에는 낫표(「 」)를 사용했다.

4 외국의 인명이나 지명, 작품명은 〈국립국어원〉에서 펴낸 '외래어 표기법'에 근거해 표기했다. 단, 중국의 인명은 신해혁명(1911년) 때 생존 여부를 기준으로 현대인과 과거인으로 구분하여 현대인은 중국어음으로, 과거인은 한자음으로 표기했으며, 중국의 지명은 구분을 두지 않고 중국어음으로 표기하는 것을 원칙으로 했다.

5 루쉰전집 관련 참고사항을 그린비출판사 블로그(https://blog.naver.com/greenbee books) 내 '루쉰전집 아카이브'에 실어 두었다. 번역 관련 오류와 오탈자 수정사항 또한 이 아카이브를 통해 계속 업데이트할 예정이다.

『루쉰전집』을 발간하며

루쉰을 읽는다. 이 말에는 단순한 독서를 넘어서는 어떤 실존적 울림이 담겨 있다. 그래서 루쉰을 읽는다는 말은 루쉰에 직면直面한다는 말의 동의어가 되기도 한다. 그런데 루쉰에 직면한다는 말은 대체 어떤 입장과 태도를 일컫는 것일까?

2007년 어느 날, 불혹을 넘고 지천명을 넘은 십여 명의 연구자들이 이런 물음을 품고 모였다. 더러 루쉰을 팔기도 하고 더러 루쉰을 빙자하기도 하며 루쉰이라는 이름을 끝내 놓지 못하고 있던 이들이었다. 이 자리에서 누군가가 이런 말을 던졌다. 『루쉰전집』조차 우리말로 번역해 내지 못한다면 많이 부끄러울 것 같다고. 그 고백은 낮고 어두웠지만 깊고 뜨거운 공감을 얻었다. 그렇게 이 지난한 작업이 시작되었다.

혹자는 말한다. 왜 아직도 루쉰이냐고. 이에 대해 우리는 이렇게 대답할 수밖에 없다. 아직도 루쉰이라고. 그렇다면 왜 루쉰일까? 왜 루쉰이어야 할까?

루쉰은 이미 인류의 고전이다. 그 없이 중국의 5·4를 논할 수 없고 중국 현대혁명사와 문학사와 학술사를 논할 수 없다. 그는 사회주의혁명 30년 동안 누구도 건드릴 수 없는 성역으로 존재했으나 동시에 사회주의 이데올로기의 금구를 타파하는 데에 돌파구가 되었다. 그의 삶과 정신 역정은 그가 남긴 문집처럼 단순하지만은 않다. 근대이행기의 암흑과 민족적 절망은 그를 끊임없이 신新과 구舊의 갈등 속에 있게 했고, 동서 문명충돌의 격랑은 서양에 대한 지향과 배척의 사이에서 그를 배회하게 했다. 뿐만 아니라 1930년대 좌와 우의 극한적 대립은 만년의 루쉰에게 선택을 강요했으며 그는 자신의 현실적 선택과 이상 사이에서 끝없이 방황했다. 그는 평생 철저한 경계인으로 살았고 모순이 동거하는 '사이주체'間主體로 살았다. 고통과 긴장으로 점철되는 이런 입장과 태도를 그는 특유의 유연함으로 끝까지 견지하고 고수했다.

한 루쉰 연구자는 루쉰 정신을 '반항', '탐색', '희생'으로 요약했다. 루쉰의 반항은 도저한 회의懷疑와 부정否定의 정신에 기초했고, 그 탐색은 두려움 없는 모험정신과 지칠 줄 모르는 창조정신에서 비롯되었다. 또한 그의 희생정신은 사회의 약자에 대한 순수하고 여린 연민과 양심에서 가능했다.

이 모든 정신의 가장 깊은 바닥에는 세계와 삶을 통찰한 각자覺者의 지혜와 존재하는 모든 것들에 대한 허무 그리고 사랑이 있었다. 그에게 허무는 세상을 새롭게 읽는 힘의 원천이자 난세를 돌파해 갈 수 있는 동력이었다. 그래서 그는 굽힐 줄 모르는 '강골'强骨로, '필사적으로 싸우며'(쩡자爭扎) 살아갈 수 있었다. 그랬기에 '철로 된 출구 없는 방'에서 외칠 수 있었고 사면에서 다가오는 절망과 '무물의 진'無物之陣에 반항할 수 있었다. 그는 자신을 둘러싼 모든 것과 대결했다. 이러한 '필사적인 싸움'의 근저에는 생명과 평등을 향한 인본주의적 신념과 평민의식이 자리하고 있다. 이것이 혁명인으로서 루쉰의 삶이다.

우리에게 몇 가지 『루쉰선집』은 있었지만 제대로 된 『루쉰전집』 번역본은 없었다. 만시지탄의 감이 없지 않지만 이제 루쉰의 모든 글을 우리말로 빚어 세상에 내놓는다. 게으르고 더딘 걸음이었지만 이것이 그간의 직무유기에 대한 우리 나름의 답변이 될 수 있기를 희망해 본다.

번역저본은 중국 런민문학출판사에서 출판된 1981년판 『루쉰전집』과 2005년판 『루쉰전집』 등을 참조했고, 주석은 지금까지의 국내외 연구성과를 두루 참조하여 번역자가 책임해설했다. 전집 원본의 각 문집별로 번역자를 결정했고 문집별 역자가 책임번역을 했다. 이 과정에서 몇 년 동안 매월 한 차례 모여 번역의 난제에 대해 토론을 벌였고 상대방의 문체에 대한 비판과 조율의 과정을 거쳤다. 그러므로 원칙상으로는 문집별 역자의 책임번역이지만 내용상으론 모든 위원들의 의견이 문집마다 스며들어 있다.

루쉰 정신의 결기와 날카로운 풍자, 여유로운 해학과 웃음, 섬세한 미학적 성취를 최대한 충실히 옮기기 위해 노력했지만 많이 부족하리라 생각한다. 독자 제현의 비판과 질정으로 더 나은 번역본을 기대한다. 작업에 임하는 순간순간 우리 역자들 모두 루쉰의 빛과 어둠 속에서 절망하고 행복했다.

2010년 11월 1일
한국 루쉰전집번역위원회

| 루쉰전집 전체 구성 |

• 방황(彷徨)

외침 吶喊

『외침』(吶喊)에는 1918년에서 1922년까지 쓴 15편의 소설이 실려 있다. 1923년 8월 베이징 신조사(新潮社)에서 초판이 출판되어 동 출판사가 발간한 '문예총서' 중 하나로 편입되었다. 1926년 10월 3쇄부터 베이징 베이신서국(北新書局)으로 출판사를 옮겨 루쉰이 책임을 맡고 있던 '오합총서'(烏合叢書) 중 하나로 편입되었다. 1930년 13쇄부터 이 작품집에 수록되어 있던「부저우산」(不周山)을 제외시켰다. 이 작품은 이후「하늘을 땜질한 이야기」(補天)로 제목을 바꿔 『새로 쓴 옛날이야기』(故事新編)에 수록되었다.

서문[1]

나도 젊었을 땐 많은 꿈을 꾸었다. 뒤에 대부분 잊어버렸지만 그래도 그리 애석하진 않다. 추억이란 사람을 즐겁게 만들기도 하지만 때론 쓸쓸하게 만들기도 한다. 이미 스러져 간 그 쓸쓸한 시간들을 정신의 실오라기로 붙들어 매어 둔들 또 무슨 의미가 있으랴. 나로선 깡그리 잊어버리지 못하는 것이 괴롭다. 그 남은 기억의 한 부분이 지금에 이르러 『외침』呐喊이 된 것이다.

예전에 나는 4년 남짓한 시간을 거의 매일같이 전당포와 약방을 들락거린 적이 있다. 몇 살 때인지 잊어버렸지만 아무튼 약방 창구가 내 키만 했고 전당포의 그것은 내 키의 갑절이나 되었다. 나는 내 키의 갑절이나 되는 전당포 창구 안으로 옷가지나 머리장식 같은 것을 들이밀어 모멸 어린 돈을 받은 뒤 다시 내 키만 한 약방 창구에서 병환 중인 아버지에게 드릴 약을 받아 오곤 했다. 집으로 돌아온 뒤엔 또 다른 일이 기다리고 있었다. 처방을 한 의원이 명의였던지라 거기에 소용되는 약재도 유달랐기 때문이다. 한겨울의 갈대뿌리, 삼 년이나 서리 맞은 사탕수수, 교미 중인 귀

뚜라미, 열매 달린 평지목平地木 등등 하나같이 구하기 힘든 것들이었다. 하지만 아버지 병세는 날로 깊어져 끝내 세상을 버리고 말았다.

어지간한 생활을 하다가 밑바닥으로 추락해 본 사람이라면 그 길에서 세상인심의 진면목을 알 수 있으리라. 내가 N으로 가서 K학당에 들어가려 했던 것도 다른 길을 걸어 다른 곳으로 도망을 가 다르게 생긴 사람들을 찾아보고자 함이었을 게다.[2] 어머니는 방법이 없었는지 팔 원의 여비를 마련해 주시며 알아서 하라고 하셨다. 하지만 어머니는 울었다. 이는 정리情理상 당연한 것이었다. 그 시절은 경서를 배워 과거를 치르는 것이 정도正道요, 소위 양무洋務를 공부한다는 것은 통념상 막장 인생이 서양 귀신에게 영혼을 파는 것으로 간주되어 몇 갑절의 수모와 배척을 당해야 했으니 말이다. 더구나 어머니 역시 당신의 아들을 만날 수 없을 것이었다. 하지만 나 역시 그런 일에 구애될 수는 없었다. 하여 N으로 가서 K학당에 들어간 것이다. 이 학교에서 나는 비로소 세상에는 격치[3]니 수학이니 지리니 역사니 미술이니 체조니 하는 것이 있음을 알았다. 생리학은 배우지 않았지만 목판본 『전체신론』全體新論이나 『화학위생론』化學衛生論 같은 것을 볼 수는 있었다. 옛날의 한방 이론이나 처방을 신지식과 비교해 보고는 한의란 결국 의도하든 않든 간에 일종의 속임수에 불과하다는 것을 점차 깨닫게 되었다. 그러자 속임을 당한 병자나 그 가족들에 대해 동정심이 생겨났다. 게다가 번역된 역사책으로부터 일본의 유신이 대부분 서양 의학에서 발단했다는 사실도 알게 되었다.

이런 유치한 지식은 그 뒤 내 학적을 일본의 어느 지방 도시 의학전문학교에 두게 만들었다.[4] 내 꿈은 아름다웠다. 졸업하고 돌아가면 내 아버지처럼 그릇된 치료를 받는 병자들의 고통을 구제해 주리라, 전시에는 군의를 지원하리라, 그런 한편 유신에 대한 국민들의 신앙을 촉진시키리라, 이런 것이었다. 미생물학 교수법이 지금은 어떻게 발전했는지 모르겠지만, 아무튼 그 무렵엔 환등기를 이용해 미생물의 형상을 보여 주는 것이 일반적이었다. 어떤 때는 한 시간 강의가 끝나고 시간이 아직 남았을 경우 선생은 풍경이나 시사에 관한 필름을 보여 주는 것으로 시간을 때우곤 했다. 때는 바야흐로 러일전쟁 당시였으니 전쟁에 관한 필름이 많았음은 물론이다. 이 교실에서 나는 언제나 내 학우들의 박수와 환호에 동조하지 않으면 안 되었다. 한번은, 화면상에서 오래전 헤어진 중국인 군상을 모처럼 상면하게 되었다. 한 사람이 가운데 묶여 있고 무수한 사람들이 주변에 서 있었다. 하나같이 건장한 체격이었지만 몽매한 기색이 역력했다. 해설에 의하면, 묶여 있는 사람은 아라사[러시아]를 위해 군사기밀을 정탐한 자로, 일본군이 본보기 삼아 목을 칠 참이라고 했다. 구름같이 에워싸고 있는 자들은 이를 구경하기 위해 모인 구경꾼이었다.

그 학년이 채 끝나기도 전에 나는 도쿄로 왔다. 이 일이 있은 후로 의학은 하등 중요한 게 아니란 생각이 들었기 때문이다. 어리석고 겁약한 국민은 체격이 아무리 건장하고 우람한들 조리돌림의 재료나 구경꾼이 될 뿐이었다. 병으로 죽어 가는 인간이 많다 해도 그런 것쯤은 불행이라 할 수 없다. 그래서 우리가 제일 먼저 해야 할 일은 저들의 정신을 뜯어고치는 일이었다. 그리고 정신을 제대로 뜯어고치는 데는, 당시 생각으로, 당연히 문예를 들어야 했다. 그리하여 문예운동을 제창할 염念이 생겨났다. 도쿄 유학생 대다수는 법정·물리화학·경찰·공업 같은 것을 공부하고 있었다. 문학이나 예술을 공부하는 자는 찾아보기가 어려웠다. 그래도 그런 썰렁한 분위기 속에서 그럭저럭 몇몇 동지를 찾아냈다. 그리고 꼭 필요한 몇 사람을 끌어모아 상의를 한 뒤 첫걸음을 잡지 출간으로 잡았다. 제목은 '새 생명'이란 의미를 취하기로 했다. 당시 우리에겐 복고풍이 대세였으니 그리하여 그 이름을 『신생』新生이라 붙였던 것이다.

『신생』의 출판기일이 다가왔지만 원고를 담당한 몇 사람이 자취를 감추었고 이어서 물주가 달아나 버렸다. 결국 땡전 한 푼 없는 세 사람만 달랑 남게 되었다. 시작부터가 이미 시류를 등진 것이었으니 실패한들 물론 할 말이 없었다. 그리고 그 뒤 이 셋조차 각자의 운명에 쫓겨 더 이상 한데 모여 미래의 아름다운 꿈을 이야기할 수도 없게 되었다. 이것이 유산된 『신생』의 결말이다.

이제껏 경험치 못한 무료를 느끼게 된 것은 그 이후의 일이다. 처음엔 왜 그런지 몰랐다. 그런데 그 뒤 이런 생각을 하게 되었다. 무릇 누군가의 주장이 지지를 얻게 되면 전진을 촉구하게 되고 반대에 부딪히면 분발심을 촉구하게 된다. 그런데 낯선 이들 속에서 혼자 소리를 질렀는데도 아무런 반응이 없다면, 다시 말해 찬성도 반대도 하지 않는다면, 아득한 황야에 놓인 것처럼 어떻게 손을 써 볼 수가 없다. 이는 얼마나 슬픈 일인가. 그리하여 내가 느낀 바를 적막이라 이름했다.

이 적막은 나날이 자라 큰 독사처럼 내 영혼을 칭칭 감았다.

허나 까닭 모를 슬픔이 있었지만 분노로 속을 끓이지는 않았다. 이 경험이 나를 반성케 했고 자신을 돌아보게 만들었기 때문이다. 그러니까 나라는 사람은 팔을 들어 외치면 호응하는 자들이 구름처럼 모여드는 그런 영웅은 결코 아니었던 것이다.

다만 나 자신의 적막만은 떨쳐 버리지 않으면 안 되었다. 내겐 너무도 고통스러웠기 때문이다. 그리하여 나는 온갖 방법을 써서 내 영혼을 마취

시켰다. 나를 국민國民들 속에 가라앉히기도 했고 나를 고대古代로 돌려보내기도 했다. 그 뒤로도 더 적막하고 더 슬픈 일들을 몇 차례 겪었고 또 보기도 했지만 하나같이 돌이켜 보고 싶지 않은 것들이었다. 할 수만 있다면 기꺼이 그 일과 내 뇌수를 진흙 속에 묻어 사라져 버리게 만들고 싶었다. 그런데 내 마취법이 효험이 있었던지 청년 시절 비분강개하던 염이 다시는 일지 않았다.

S회관에는 세 칸 방이 있었다.[5] 전하는 얘기로는 마당의 홰나무에 한 여인이 목을 매고 죽었다 했다. 지금 그 나무는 올라갈 수 없을 정도로 자랐지만 그 방엔 아직도 사람이 살지 않는다. 몇 년간 나는 그 방에서 옛 비문을 베끼고 있었다. 내방객도 드물고 비문 속에서 무슨 문제問題니 주의主義니 하는 것을 만날 일도 없었다.[6] 이런 식으로 내 생명이 어물쩍 소멸해 갔다. 이 역시 내 유일한 바람이었다. 여름밤엔 모기가 극성이었다. 홰나무 아래 앉아 종려나무 부채를 부치며 무성한 잎 사이로 언뜻언뜻 비치는 시퍼런 하늘을 보고 있노라면 철 지난 배추벌레가 섬뜩하니 목덜미에 떨어지곤 했다.

그 무렵 이따금 이야기를 나누러 오는 이는 옛 친구 진신이金心異였다.[7] 손에 든 큰 가죽가방을 낡은 책상 위에 놓고 웃옷을 벗은 뒤 맞은편에 앉았다. 개를 무서워해서인지 그때까지도 가슴이 두근거리는 모양이다.

"이런 걸 베껴 어디다 쓰려고?" 어느 날 밤, 그는 내가 베낀 옛 비문들을 넘기면서 의혹에 찬 눈길로 물었다.

"아무 소용도 없어."

"그럼 이게 무슨 의미가 있길래?"

"아무 의미도 없어."

"내 생각인데, 자네 글이나 좀 써 보는 게⋯⋯"

그의 말뜻을 모르는 게 아니었다. 그들은 한창 『신청년』新靑年이란 잡지를 내고 있었다. 하지만 그 무렵 딱히 지지자가 있었던 것 같지도 않고, 그렇다고 대놓고 반대하는 사람도 없는 것 같았다. 필시 그들도 적막을 느끼고 있었으리라. 그런데 내 대답은 이랬다.

"가령 말일세, 쇠로 만든 방이 하나 있다고 하세. 창문이라곤 없고 절대 부술 수도 없어. 그 안엔 수많은 사람이 깊은 잠에 빠져 있어. 머지않아 숨이 막혀 죽겠지. 허나 혼수상태에서 죽는 것이니 죽음의 비애 같은 건 느끼지 못할 거야. 그런데 지금 자네가 고래고래 소리를 질러 의식이 붙어 있는 몇몇이라도 깨운다고 하세. 그러면 이 불행한 몇몇에게 가망 없는 임종의 고통을 주는 게 되는데, 자넨 그들에게 미안하지 않겠나?"

"그래도 기왕 몇몇이라도 깨어났다면 철방을 부술 희망이 절대 없다고 할 수야 없겠지."

그렇다. 비록 내 나름의 확신은 있었지만, 희망을 말하는데야 차마 그걸 말살할 수는 없었다. 희망은 미래 소관이고 절대 없다는 내 증명으로 있을 수 있다는 그의 주장을 꺾을 수 없었기 때문이다. 그리하여 결국 나도 글이란 걸 한번 써 보겠노라 대답했다. 이 글이 최초의 소설 「광인일기」狂人日記다. 그후로 내디딘 발을 물리기가 어려워져 소설 비슷한 걸 써서 그럭저럭 친구들의 부탁에 응했다. 그러던 것이 쌓여 십여 편이 되었다.

나 자신에게 있어서야, 나는 이제 절박해서 어쩔 수 없이 입을 열어야 하는 그런 인간은 아니라고 생각하지만, 아직도 지난 날 그 적막 어린 슬픔을 잊지 못하고 있는 것일 터, 그래서 어떤 때는 어쩔 수 없이 몇 마디 고함을 내지르게 된다. 적막 속을 질주하는 용사들에게 거침없이 내달릴 수 있도록 얼마간 위안이라도 주고 싶은 것이다. 나의 함성이 용맹스런 것인지 슬픈 것인지 가증스런 것인지 가소로운 것인지 돌아볼 겨를은 없다. 그래도 외침인 이상 당연히 지휘관의 명령을 따라야 한다. 이따금 내가 멋대로 곡필曲筆을 휘둘러 「약」藥의 주인공 위얼瑜兒의 무덤에 난데없는 화환 하나를 바치거나 「내일」明天에서 산單씨네 넷째댁이 죽은 아들을 만나는 꿈을 짓밟지 않았던 것은 당시의 지휘관이 소극적인 것을 멀리했기 때문이다. 내 입장에서도 내 젊은 시절처럼 아름다운 꿈을 꾸고 있는 청년들에게 내 안의 고통스런 적막이라 여긴 것을 더 이상 전염시키고 싶지 않았던 것이다.

이렇게 말하고 보니, 내 소설이 예술과 거리가 한참 멀다는 것을 알 만하다. 그런데도 여전히 소설이라는 이름을 덮어쓰고 있고 책으로 묶을 기회까지 얻게 되었으니 어쨌거나 요행이라 하지 않을 수 없다. 요행이란 점이 나를 불안케 하지만 사람 사는 세상에 잠시 읽어 줄 이가 있으리란 억측도 하게 되니 아무튼 기쁜 일이다.

이에 나의 짤막한 이야기들을 묶어 인쇄에 넘긴다. 또한 앞서 말한 연유로 인해 『외침』이라 이름한다.

1922년 12월 3일 베이징에서 루쉰 적다

주)_____

1) 원제는 「自序」, 1923년 8월 21일 베이징 『천바오』(晨報)가 발행하는 『문학순간』(文學旬刊)에 발표했다.

2) N은 난징(南京)을 말하고, K는 강남수사학당(江南水師學堂)을 말한다. 루쉰은 1898년 강남수사학당에 입학했다. 이듬해 강남육사학당(江南陸師學堂) 부설 광무철로학당(礦務鐵路學堂)에 재입학하여 1902년 초에 졸업한 뒤 국비 유학생으로 일본에 유학을 떠났다.

3) '격치'(格物)란 오늘날 과학을 의미한다. 'science'라는 의미에 합당한 단어가 없어 신유학의 '격물치지'(格物致知)를 빌려 이렇게 표현했다.

4) 루쉰은 1904년에서 1906년까지 센다이(仙台) 의학전문학교에 재학한 바 있다.

5) S회관은 베이징 쉬안우먼(宣武門) 바깥에 있는 사오싱(紹興) 회관이다. 사오싱 출신들을 위한 거주지였는데, 1912년 5월부터 1919년 11월까지 루쉰은 여기서 기거했다.

6) 당시 지식인들 사이에서 이른바 '문제와 주의' 논쟁이라는 것이 벌어지고 있었다. 루쉰은 이를 풍자적으로 거론하고 있다.

7) 당시 신문화운동을 주도했던 인물 중 하나인 첸쉬안퉁(錢玄同)을 가리킨다.

광인일기[1]

모씨某氏 형제, 지금 그 이름은 은닉隱匿커니와, 둘 다 옛날 내 중학 시절의 양우良友다. 격절隔絶한 지 몇 해, 소식이 점점 감감해졌다. 일전에 우연히 개중 하나가 큰 병이 났단 소문을 듣고, 귀향 참에 길을 둘러 방문한즉, 근근이 하나를 만났더니, 병자病者는 그 아우라 하더라. 일부러 원행遠行해 주어 고마우이. 헌데 어쩐다, 이미 쾌차해 모某 지방의 후보候補로 부임하였으니. 그러곤 대소大笑하더니 일기 두 권을 내보이며 이르기를, 당시 병상을 알 수 있을 걸세. 친구에게 드리는 건 무방할 테지. 가지고 돌아와 열람閱覽해 본즉, 증세가 대개 '피해망상증'의 일종임을 알겠더라. 언사言辭가 자못 착잡한 데다 순차順次도 없고, 또 황당한 언설이 번다했다. 일월日月을 적진 않았으되, 먹 색깔과 글자체가 불일不一한 것이, 일시一時의 서물書物이 아님을 알겠더라. 간혹 제법 맥락脈絡을 구비한 데가 있어, 여기 한 편 문장으로 절록節錄하여, 의가醫家의 연구물로 제공코자 한다. 일기 속 오자誤字는 한 자도 바꾸지 않았다. 오직 인명人名만은 여항閭巷에 묻혀 사는 사람들이니 별무상관別無相關이나, 그래도 다 바꿨다. 서명書名은 당자當者

본인이 쾌차한 후 제^題한 것인바, 고치지 않았다.

7년 4월 2일 지^識

1.

오늘밤, 달빛이 참 좋다.

내가 달을 못 본 지도 벌써 30여 년, 오늘 보니 정신이 번쩍 든다. 그러고 보니 지난 30여 년이 온통 미몽迷夢 속을 헤매었던 게다. 허나 모름지기 조심하지 않으면 안 되는 법. 그게 아니라면 저 자오趙씨네 개가 어째서 날 노리고 있단 말인가?

겁을 낼 만도 한 게지.

2.

오늘은 전혀 달빛이 없다. 불길한 조짐이다. 아침에 조심스레 집을 나서는데 자오구이趙貴 영감 눈빛이 수상하다. 나를 겁내는 것인지 나를 해코지하려는 것인지. 게다가 예닐곱 명이 머리를 맞댄 채 나에 대해 쑥덕거리고 있다. 내게 들킬까 겁을 내면서 말이다. 길거리 놈들 모두가 그랬다. 그중 제일 험상궂은 놈이 입을 헤벌린 채 나를 향해 히죽히죽거린다. 머리끝에서 발꿈치까지 소름이 쫙 돋는다. 놈들이 벌써 채비를 다 갖춘 게야.

그러나 나는 꿋꿋이 가던 길을 갔다. 저만치 앞에서 꼬마 녀석들도 날 두고 쑥덕대고 있다. 눈빛도 자오구이 영감을 쏙 뺐고 얼굴빛도 죄다 푸르죽죽하다. 나랑 무슨 원수를 졌기에 저놈들까지 저 모양일까. 견딜 수 없어 버럭 소리를 질렀다. "뭐라 말을 해봐!" 녀석들은 줄행랑을 치고 말았다.

생각을 해본다. 내가 자오구이 영감과 무슨 원수를 진 것일까? 길거리 사람들과는 또 무슨 원수를 진 거지? 이십 년 전 구주古久 선생의 낡아 빠진 출납 장부를 짓밟아 그 양반 기분을 잡치게 한 일밖에 없는데. 자오구이 영감이 그를 알진 못하지만 분명 풍문을 듣고 분개하고 있는 게다. 길 가는 사람들을 꼬드겨 나를 철천지원수로 몰려는 게다. 그런데 꼬마들은? 그즈음엔 아직 태어나지도 않았는데, 어째서 오늘 요상한 눈깔을 부라리고 있었던 게지? 나를 겁내는 듯 날 해치려는 듯 말이다. 이건 정말 무섭다. 납득도 안 될뿐더러 가슴 아픈 일이다.

그래, 알겠다. 놈들 에미 애비가 일러준 게야!

3.

밤엔 좀체 잠을 이룰 수가 없다. 만사는 모름지기 따져 봐야 아는 법.

놈들 중엔 지현知縣에게 차꼬질을 당한 놈도 있고, 신사紳士에게 귀싸대기를 맞은 놈도 있고, 아전衙前한테 마누라를 뺏긴 놈도 있고, 애비 에미가 빚쟁이 독촉에 목숨을 끊은 놈도 있다. 그때 놈들의 안색도 어제처럼 그리 무섭지도 않았고 그리 사납지도 않았다.

제일 수상쩍은 건 어제 길에서 만난 여편네다. 제 자식을 후리치며 입으론 "웬수야! 이 물어뜯어도 시원찮을 놈아!"라고 하면서 눈은 날 주시하고 있었다. 나는 기겁해서 어쩔 줄을 몰랐다. 그러자 저 시퍼런 얼굴에 승냥이 이빨을 한 작자들이 일시에 요란한 웃음을 터트렸다. 천라오우陳老

五가 헐레벌떡 달려와 우격다짐으로 날 집으로 끌고 갔기에 망정이지.

끌려오는 나를 보고도 집안 사람들 모두가 모른 체했다. 그들 눈빛도 다른 놈들과 매양 일반이다. 서실書室로 들어서자 이내 밖으로 자물쇠가 걸린다. 완연히 닭장을 채우는 꼴이다. 이 일이 내막을 더 캘 수 없게 만들었다.

며칠 전 늑대촌의 소작인이 흉작을 하소연하러 와서 우리 형한테 한다는 말이, 그 마을의 어느 흉악한 자가 사람들에게 맞아 죽었는데 몇 사람이 그의 심장과 간을 파내 기름에 튀겨 먹었다는 거였다. 담이 커진다고 말이다. 내가 한마디 거들자 소작인과 형이 약속이나 한 듯 나를 힐끗거렸다. 오늘에야 알았다. 이들 눈초리가 바깥의 저 작자들과 영락없이 한통속임을.

생각하니 머리끝에서 발꿈치까지 소름이 쫙 돋는다.

저들이 사람을 먹는다면, 나라고 못 잡아먹을라고.

거 봐. "물어뜯겠"다는 여편네의 말이나 시퍼런 얼굴에 승냥이 이빨을 한 자들의 웃음이나 엊그제 소작인의 말은 암호인 게 분명하다. 내가 알아내고 말았다. 저들의 말이 온통 독이고 저들의 웃음이 온통 칼임을 말이다. 이빨은 또 어떻구. 온통 희번들하니 늘어선 것이 영락없이 사람을 잡아먹는 도구인 것이다.

스스로 비추어 생각해 봐도 내가 악인은 아닌데, 구古씨네 장부를 짓밟고 나서부턴 딱히 그리 말하기도 어렵게 되었다. 저들에게 무슨 꿍꿍이가 있는 것 같은데, 나로선 도무지 가늠할 수가 없다. 하물며 저놈들은 수틀리면 무턱대고 상대를 악인이라 하지 않는가. 형이 내게 문장 작법을 가르칠 때였나. 아무리 훌륭한 자라도 내가 그에 대해 몇 마디 트집을 잡으면 형은 동그라미 몇 개를 쳐 주었다. 반대로 형편없는 자를 몇 마디 싸고 돌면 "기상천외한 발상에 군계일학의 재주로다"라고 했다. 그러니 대체 저들의 꿍꿍이속을 어찌 짐작이나 할 수 있겠나. 하물며 잡아먹겠다고 벼르고 있는 판에.

만사는 모름지기 따져 봐야 아는 법. 예로부터 사람을 다반사로 먹어 왔다는 건 나도 익히 알고 있다. 그러나 그리 확실치는 않다. 나는 역사책을 뒤져 꼼꼼히 살펴보았다. 이 역사책에는 연대도 없고, 페이지마다 '인의'仁義니 '도덕'道德이니 하는 글자들이 비뚤비뚤 적혀 있었다. 어차피 잠을 자긴 글렀던 터라 한밤중까지 요리조리 뜯어보았다. 그러자 글자들 틈새로 웬 글자들이 드러났다. 책에 빼곡히 적혀 있는 두 글자는 '식인'이 아닌가!

책에는 이런 글자가 널려 있고 소작인 입엔 이런 말들이 발려 있는데, 하나같이 수상한 눈깔을 부라리며 실실 나를 주시하고 있었던 것이다.

나도 사람이니, 저들은 나를 잡아먹으려 하는구나!

4.

아침엔 잠시 좌정했다. 천라오우가 밥상을 들였다. 채소 한 접시에 찐 생선 한 접시. 허옇고 딱딱한 눈깔에 입을 헤벌리고 있는 것이 영판 사람을 먹고 싶어 하는 저 작자들 꼬락서니다. 젓가락을 몇 번 갖다 대 봤지만 미끄덩거리는 것이 생선인지 사람인지 영, 뱃속 것들을 토해 내고 말았다.

"라오우, 형한테 말씀드려. 하도 갑갑해서 정원이나 좀 걷고 싶다고 말이야." 그는 아무 대답도 없이 가 버리더니 조금 뒤 와서 문을 따 주었다.

나는 미동도 않고 저들이 날 어떻게 처치할지를 요량해 보았다. 널널하니 그냥 내버려 두진 않으리라. 아니나 다를까! 형이 늙은이 하나를 안내하며 천천히 걸어왔다. 흉흉한 눈초리를 한 자였다. 그는 내가 볼까 겁이 나는지 머리를 땅으로 처박으면서 안경테 너머로 슬쩍슬쩍 나를 살폈다. 형이 말했다. "오늘 기분이 좋아 보이는구나." 내가 말했다. "네." 형이 말했다. "오늘 허何 선생께 네 진찰을 좀 해주십사 청을 드렸다." 내가 말했다. "그러시죠 뭐!" 이 늙은이가 망나니라는 걸 내 어찌 모르겠는가! 맥을 짚는다는 핑계로 살집과 뼈대의 근수를 헤아리려는 게 틀림없다. 그 공로로 한 점을 배당받아 처먹겠지. 그래도 무섭지 않다. 나는 사람을 먹진 않지만 담은 저들보다 더 크다. 두 주먹을 불쑥 내밀고는 놈이 어떤 수작을 부리는지 지켜보았다. 늙은이는 앉아서 눈을 감고는 한참을 어루만지더니 한동안 멍하니 있었다. 그러곤 이내 예의 그 귀신 눈깔을 뜨더니 이러는 거였다. "잡생각은 금물이오. 차분히 며칠을 요양하면 좋아질 거외다."

잡생각 말고 차분히 요양하라고! 요양을 해서 살이 오르면 물론 그만큼 더 먹을 순 있겠지. 근데 나한텐 무슨 이득이 있지? 어떻게 "좋아진"다는 거야? 저 일당들, 사람을 먹고 싶어 하면서도 어물쩍 감출 방법만 강구할 뿐 선뜻 손을 쓰지 못하는 꼴이라니, 정말 가관이구만. 참을 수가 없어 크게 웃고 났더니 기분이 매우 상쾌해졌다. 나는 안다. 이 웃음 속에 담긴 용기와 정의를. 늙은이와 형은 아연실색했다. 내 용기와 정의에 압도당한 것이다.

그런데 내게 용기와 정의가 있으니 놈들은 나를 더 먹고 싶어 안달이다. 이 용기와 정의의 덕을 조금이라도 보려는 것이다. 문을 나선 늙은이는 몇 걸음을 떼더니 나직한 목소리로 형에게 말했다. "서둘러 드십시다!"

형은 고개를 끄덕였다. 아니, 당신마저! 이 대★발견은 의외인 것 같지만 이 역시 짐작했던 바다. 패거리를 모아 나를 먹으려는 자가 다름 아닌 내 형이라니!

사람을 먹는 자가 내 형일 줄이야!

내가 사람을 먹는 사람의 동생일 줄이야!

나 자신이 먹힌다 해도 여전히 사람을 먹는 사람의 동생일 줄이야!

5.

요 며칠은 한 걸음 물러나서 생각해 보았다. 가령 저 늙은이가 망나니가 아니라 진짜 의원이라 해도 역시 사람을 먹는 자다. 저들의 원조스승 이시진李時珍이 쓴 '본초本草 머시기'인가 하는 책에 사람 고기는 삶아 먹을 수 있다고 멀쩡히 쓰여 있지 않은가. 그러고도 저자가 자기는 사람을 먹지 않노라 말할 수 있단 말인가?

우리 형에 대해서도 절대 억울한 누명을 씌우는 게 아니다. 나한테 글을 가르칠 때 자기 입으로 '자식을 바꾸어 먹을' 수 있다고 말한 적이 있다. 또 한번은 무슨 얘기를 하다가 악당 하나가 입에 올랐는데, 그때 형은 죽일 놈, '살은 먹고 가죽은 깔고 자야' 할 놈이구만, 이라 했다. 당시 어렸던 나는 한동안 심장이 콩콩거렸다. 엊그제 늑대촌 소작인이 와서 심장과 간을 먹었다는 얘기를 할 때도 덤덤하니 연신 고개를 끄덕이지 않았던가. 이것만 봐도 성정이 예전처럼 잔인하다는 걸 알 수 있다. 기왕 '자식을 바꾸어 먹을' 수 있다면 뭐든 바꿔 먹을 수 있고 누구든 먹을 수 있는 거다. 예전엔 그냥 형의 설교를 듣기만 할 뿐 어물쩍 주워 넘겼는데, 이제야 알

왔다. 그때 온 입술이 사람 기름으로 번들거렸을 뿐 아니라 온 마음이 사람 먹을 생각으로 그득했다는 것을.

6.

칠흑이다. 낮인지 밤인지. 자오씨네 개가 또 짖어 대기 시작한다.

　사자 같은 음흉, 토끼의 겁약, 여우의 교활……

7.

저들의 수법을 알았다. 제 손으로 해치우는 건 내키지도 않을뿐더러 그럴 배포도 없다. 저주가 두려운 거다. 그리하여 저들 모두가 연락을 넣어 사방에 그물을 쳐 놓고 나를 사지로 몰고 있는 거다. 며칠 전 거리서 만난 남녀의 모양새나 엊그저께 형의 작태를 보면 십중팔구 틀림이 없다. 가장 좋기로는 허리띠를 풀어 대들보에 걸고 스스로 목을 죄도록 만드는 것이다. 그러면 살인의 죄명을 쓰지 않고도 소원을 성취하니 그 환호작약하는 소리가 천지를 진동하겠지. 그렇지 않고 경기驚氣와 우울증으로 죽는다 해도 얼마간 수척하긴 하겠지만 이 정도라면야 하고 고개를 끄덕일 테지.

　네놈들은 그저 죽은 고기밖에 먹을 줄 모르지! 무슨 책에서 본 기억이 나는데, '하이에나'라는 짐승이 있다고 했다. 눈초리와 모양새는 볼썽사나운 것이 늘상 죽은 고기만 먹고 거대한 뼈다귀도 아작아작 씹어서 뱃속으로 삼켜 버린단다. 생각만 해도 오싹하다. '하이에나'는 늑대의 친척이고 늑대는 개와 동족이다. 엊그제 자오씨네 개가 날 힐끔거린 걸 보면 그놈도 공모하기로 벌써 입을 맞춘 모양이다. 늙은이는 눈을 땅에 깔고 있었지만 어찌 날 속일 수 있으리.

제일 불쌍한 건 우리 형이다. 그 역시 사람인데 어찌 두려워하지 않는단 말인가? 그것도 모자라 작당을 해서 나를 잡아먹으려 한단 말인가? 하도 인이 박혀 나쁘다는 걸 모르는 것일까? 아니면 양심이 다쳐 뻔히 알면서도 부러 범하는 것일까?

사람을 먹는 사람을 저주함에 있어 먼저 형에서 시작하리라. 사람을 먹는 사람을 만류하는 일도 먼저 형부터 착수하리라.

8.

사실 이 정도 이치는 이제쯤이면 놈들도 알아차릴 법하건만…….

갑자기 웬 자가 왔다. 나이는 기껏해야 스물 안팎에 생긴 건 분명치가 않다. 만면에 웃음을 띤 채 나한테 고개를 까딱이는데 웃음도 진짜 웃음 같진 않다. 내가 물었다. "사람을 먹는 게 옳은 일인가?" 그는 여전히 웃으며 말했다. "흉년도 아닌데 사람을 먹을 리가요." 나는 대번에 알아차렸다. 이놈도 한패로 사람 먹기를 즐기는구나. 그리하여 용기백배하여 끈질기게 추궁했다.

"옳냐고?"

"그런 걸 뭣하러 물으십니까? 원 참…… 농담을 다 하시고. …… 오늘 날씨 참말로 좋구만."

날씨 좋지. 달빛도 밝고 말야. 그러나 물어봐야겠어. "옳은 거냐구?"

그는 그렇다고 하진 않았다. 말끝을 흐렸다. "그렇다고 할 수는……."

"옳지 않다고? 근데 저놈들은 어째서 끝끝내 먹으려 하지?!"

"그럴 리가요……."

"그런 일이 없다고? 늑대촌에선 지금 먹고 있어. 책에도 적혀 있다니까, 시뻘건 피를 뚝뚝거리면서!"

일순 그의 안색이 싹 바뀌었다. 무쇠처럼 시퍼런 얼굴이었다. 그러고는 눈을 부라리며 말했다. "있을 수도 있겠죠 뭐. 예전부터 그래 왔으니까……."

"예전부터 그래 왔다면 옳은 거야?"

"댁이랑 그런 이치를 들먹거리긴 싫소이다. 아무튼 댁은 입 닥치쇼. 입만 벙긋하면 헛소리를 해대니, 나 원!"

벌떡 일어나 눈을 뜨니 그자는 보이지가 않았다. 전신이 땀범벅이다. 저놈 나이는 형보다 한참 어린데, 그런데도 역시 한패인 것이다. 이건 분명 제 에미 애비가 가르쳐 준 게다. 어쩌면 제 자식에게 가르쳐 줬는지도 모른다. 그랬으니 꼬맹이들조차 으르렁대며 나를 쳐다보는 게지.

9.

사람을 먹고 싶은데도 잡아먹힐 것이 무서워 하나같이 의심에 찬 눈초리로 서로의 낯짝을 훔쳐보는 형국이라니…….

이런 심보를 지우고 마음 놓고 일을 하고 길을 걷고 밥을 먹고 잠을 잘 수 있다면 얼마나 편안할까. 그저 문지방 하나, 고비 하나만 넘으면 되는데. 그러나 저들은 부모, 형제, 부부, 친구, 사제, 원수, 생면부지의 사람들까지 한패가 되어 서로 격려하고 서로 견제하면서 죽어도 이 한 걸음을 내딛으려 하질 않으니.

10.

쾌청한 아침, 형을 찾아갔다. 그는 사랑채 문 밖에 서서 하늘을 보고 있었다. 나는 등 뒤로 걸어가 문을 가로막고는 유난히 차분하고 유례없이 살갑게 말을 걸었다.

"형님, 드릴 말씀이 있습니다."

"그래, 말해 보렴." 그는 얼른 얼굴을 돌리며 고개를 끄떡였다.

"몇 마디 되지도 않는데, 입이 떨어지지가 않네요. 형님, 그 옛날 야만인들은 제법 사람을 잡아먹었겠죠. 그 뒤 성정이 달라져, 어떤 자는 사람 먹는 걸 거부하며 그저 착해지려 애썼습니다. 그러다 보니 사람이 되었고, 멀쩡한 사람이 되었습니다. 반면에 어떤 자는 여전히 사람을 먹었습니다. 벌레처럼 말입니다. 어떤 이는 물고기가 되고 새가 되고 원숭이가 되었다가 이내 사람이 되었습니다. 그런데 어떤 이는 착해지려는 마음이 없어 지금도 여전히 버러지입니다. 사람을 먹는 이 사람은 사람을 먹지 않는 사람에 비해 얼마나 부끄러울까요? 아마 벌레가 원숭이를 보고 부끄러워하는 것과는 비교도 안 될 겁니다.

이아易牙가 제 자식을 삶아 걸주桀紂에게 바친 일은 줄곧 옛일이기만 했습니다.[2] 그런데 누가 알았겠습니까? 반고盤古가 천지를 개벽한 이래 줄곧 잡아먹다가 이아의 자식까지 이르렀고, 이아의 자식부터 줄곧 잡아먹다가 서석림徐錫林까지 이르렀고, 서석림부터 줄곧 잡아먹다가 늑대촌서 붙들린 자까지 이르게 될 줄 말입니다.[3] 작년 성 안에서 죄인을 참살했을 때, 폐병쟁이들이 만두로 그 피를 찍어 핥아 먹었습니다.

저들이 날 잡아먹으려 하고 있습니다. 형님 혼자로선 어찌 해볼 도리가 없겠지요. 그렇다고 해서 하필 패거리에 낄 건 또 뭡니까. 사람을 먹는 놈들이 무슨 일인들 못하겠습니까. 저들은 나를 잡아먹을 수도 있고, 형님을 잡아먹을 수도 있고, 심지어 패거리끼리 서로 잡아먹을 수도 있습니다. 그런데 한 걸음 방향을 틀기만 해도, 즉각 고치기만 해도, 모두 태평해질 수 있습니다. 예부터 그래 왔다고는 하지만, 우리 오늘이라도 그냥 단번에 착해질 수 있습니다. 안 된다고 말씀하세요! 형님, 형님은 그러실 수 있어요. 그저께 소작인이 소작료 인하를 요구했을 때도 안 된다고 하셨잖아요."

처음에 냉소를 띠고만 있던 그는 이내 눈초리가 흉측해지기 시작하더니 저들 속내를 들추자 온 얼굴이 시퍼렇게 변했다. 대문 밖에 서 있던 일당들――그 자오구이 영감과 그의 개도 그 속에 있었다――이 두리번거리며 밀치고 들어왔다. 어떤 놈은 생김새를 알아볼 수 없었다. 흡사 헝겊으로 가린 듯했다. 어떤 놈은 여전히 시퍼런 얼굴에 승냥이 이빨을 한 채 입을 앙다물고 씨익 웃고 있었다. 나는 똑똑히 안다. 저들이 한패이고 죄다 사람을 먹는 놈들이란 걸. 그러나 놈들의 속사정이 한결같지 않다는 것도 안다. 예로부터 그래 왔으니 응당 먹어야 된다는 부류가 있는가 하면, 먹어선 안 된다는 건 알지만 여전히 먹으려 하고 그러면서도 남의 눈에 띌까 겁이 나고 그래서 내 말에 길길이 날뛰지만 입을 앙다문 채 냉소를 흘리기만 하는 부류도 있는 것이다.

이때 형도 흉악한 면상을 드러내더니 고함을 질렀다.

"모두 나가! 미친놈이 무슨 구경거리라고!"

이때 나는 놈들 수작의 교묘한 구석을 또 하나 알게 되었다. 놈들은 마음을 고쳐먹기는커녕 일찌감치 배치를 다 해둔 거다. 미친놈이라는 명목을 내게 덮어씌울 준비를 말이다. 이리하면 머잖아 잡아먹는다 해도 무사태평할 뿐 아니라 혹 사정을 감안해 줄 사람이 있을지도 모르니까. 소작인이 말한 모두가 먹었다는 그 악한의 경우가 딱 이 방법인 것이다. 놈들의 상투적인 수법이었구나!

천라오우도 씩씩거리며 걸어 들어왔다. 그런들 어찌 내 입을 틀어막을 수 있으리. 나는 저 일당들에게 기어코 말을 해주어야 했다.

"너흰 고칠 수 있어. 진심으로 고쳐먹으라구! 앞으로 사람을 먹는 자는 용납치도 않을 뿐 아니라 세상에서 살 수 없다는 걸 알아야 해.

당신들이 고치지 않는다면 당신들도 전부 먹히고 말 거야. 설사 애새끼를 줄줄이 낳는다 해도 참된 인간에게 멸절되고 말 거야. 사냥꾼이 늑대 씨를 말리듯이 말야! 벌레처럼 말이야!"

일당은 모두 천라오우에게 쫓겨나고 말았다. 형도 어디론가 가 버렸다. 천라오우는 나를 달래 방으로 데리고 갔다. 방 안은 온통 암흑천지다. 들보와 서까래가 머리 위에서 덜덜 떨고 있다. 한참을 덜덜거리다가 큼지막해지더니 내 몸을 덮친다.

천근만근의 무게, 꼼짝을 할 수가 없다. 나를 죽이려는 것이다. 나는 안다. 그 무게가 거짓이라는 걸. 몸부림쳐 나오니 온통 땀범벅이다. 그러나 기어코 말하고야 말리라.

"당신들 즉각 고쳐야 해, 진심으로 고쳐먹으라구! 이걸 알아야 돼. 앞으로 사람을 먹는 자는 용납치도 않을 뿐 아니라……."

11.

해도 뜨지 않고 문도 열리지 않는다. 매일 두 끼 밥.

젓가락을 집으니 형이 생각난다. 누이동생이 죽은 것도 전부 그 탓이었구나. 그때 누이동생은 겨우 다섯 살이었다. 그 예쁘고 가련한 모습이 눈에 선하다. 어머니는 끝없이 울었다. 그런데 형은 어머니를 울지 못하게 했다. 자기가 먹었으니 울면 적잖이 마음이 무거웠으리라. 아직도 마음이 무거울 수 있다면…….

누이동생은 형에게 먹혔다. 어머니는 알고 계셨을까. 알 수가 없다.

어머니도 알고 계셨을 게다. 그렇지만 울면서도 아무 말씀이 없으셨다. 당연한 일로 여겼으리라. 내가 네댓 살 때였나. 대청 앞에 앉아 바람을 쐬고 있는데 형이 이런 말을 했던 것 같다. 부모가 병이 나면 자식된 자는 모름지기 한 점 살을 베어 삶아 드시게 해야 훌륭한 사람이라고. 어머니도 안 된다고 하진 않았다. 한 점을 먹을 수 있다면 물론 통째로도 먹을 수 있다. 그런데 그날의 울음은 지금 생각해도 가슴 아프다. 참으로 이상한 일이 아닌가!

12.

아무 생각을 할 수가 없다.

사천 년간 내내 사람을 먹어 온 곳. 오늘에서야 알았다. 나도 그 속에서 몇 년을 뒤섞여 살았다는 걸. 공교롭게도 형이 집안일을 관장할 때 누이동생이 죽었다. 저자가 음식에 섞어 몰래 우리에게 먹이지 않았노라 장담할 순 없다.

나도 모르는 사이 누이동생의 살점 몇 점을 먹지 않았노라 장담할 수
없는 것이다. 이젠 내 차례인데…….

사천 년간 사람을 먹은 이력을 가진 나, 처음엔 몰랐지만 이젠 알겠
다. 제대로 된 인간을 만나기 어려움을!

13.

사람을 먹어 본 적 없는 아이가 혹 아직도 있을까?

아이를 구해야 할 텐데…….

1918년 4월

주)_____

1) 원제는 「狂人日記」, 1918년 5월 『신청년』 제4권 제5호에 발표했다.
2) 이아(易牙)는 고대의 요리사다. 왕이 인육에 호기심을 보이자 자기 아들을 요리하여 바
  쳤다는 전설이 있다. 걸주는 하(夏)나라의 걸(桀)왕과 은(殷)나라의 주(紂)왕으로 폭군
  의 대명사이다. 이아와 걸주는 동시대인이 아니다. 여기서 루쉰이 이아가 제 자식을 삶
  아 걸주에게 바쳤다고 하는 것은 광인의 착란된 심리상태를 보여 주기 위한 것이다.
3) 여기서 말하는 서석림(徐錫林)은 혁명가 서석린(徐錫麟, 1873~1907)을 가리킨다. 루쉰
  과 동향 사람이었다.

쿵이지[1]

루전魯鎭의 주점 구조는 여느 고장과는 딴판이었다. 기역자 모양의 선술 탁자가 거리로 나 있고, 술탁 안엔 언제든지 술을 데울 수 있도록 더운 물이 준비되어 있었다. 정오나 해질 무렵 일을 마친 막벌이꾼들은 너나 할 것 없이 동전 네 푼에 술 한 사발을 사서 ——이는 이십여 년 전 일로 지금은 사발당 열 푼씩은 줘야 될 것이다—— 술탁 바깥쪽에 기대어 선 채 따끈한 술을 들이켜며 긴 숨을 돌리곤 했다. 한 푼 더 쓴다 하면 소금물에 데친 죽순이나 회향두茴香豆 한 접시를 안주로 삼을 수 있었다. 열 몇 푼을 내면 고기요리를 맛볼 수야 있겠지만, 여기 고객들 다수는 몽당옷의 날품팔이들이라 그런 호사와는 인연이 없었다. 장삼長衫을 걸친 축이나 되어야 건너편 내실로 거들먹거리며 들어가 술타령에 요리타령을 하며 느긋하니 마실 수나 있었던 것이다.

열두 살 때부터 나는 마을 어귀 셴형咸亨주점에서 사환 노릇을 했다. 주인양반 하는 말이, 꼬락서니가 맹한 것이 장삼 입은 단골들 시중은 어림없겠으니 바깥에서 잔일이나 도우라는 거였다. 바깥의 몽당옷 단골들은 말상대는 수월했지만 이러니저러니 막무가내로 들러붙는 찰거머리들도 적지 않았다. 술독에서 제대로 황주黃酒를 퍼내는지 직접 봐야겠다고 뻗대는 건 기본이었다. 술 주전자 바닥에 물은 없는지 살피는 것도 모자라 술 데우는 물에 주전자 넣는 것까지를 제 눈으로 보고 나서야 마음을 놓곤 했던 것이다. 이처럼 삼엄한 감시하에서 술에 물을 타기란 여간 힘든 일이 아니었다. 그렇게 며칠이 지나자 주인은 내가 이 일을 할 만한 깜냥이 못된다고 또 타박이었다. 다행히 소개한 사람과의 두터운 친분 탓에 쫓겨나진 않았지만, 허구한 날 술이나 데우는 무료한 직무를 도맡게 된 건 어쩔수 없는 일이었다.

이때부터 나는 온종일 선술 탁자 안에 서서 내 소임에 충실했다. 별다른 실수는 없었지만 지루함과 나른함은 어찌할 수가 없었다. 주인양반은 으르렁대지 단골들도 인정머리라곤 없지 애당초 생기와는 무관한 생활이었다. 다만 쿵이지가 행차를 해야 몇 번 웃음살이나 펼 수 있었다. 그래서 지금도 기억하고 있는 것이다.

쿵이지는 선술 손님 가운데 유일하게 장삼을 입은 자였다. 훤칠한 키에 희묽은 얼굴 주름 사이론 상처자국이 끊이질 않았고 희끗한 수염을 덥수룩하니 달고 있었다. 걸친 것이 장삼이라곤 하나, 땟국에 절고 너덜거리는 것이 십 년 정도는 빨지도 꿰매지도 않은 듯싶었다. 말끝마다 '이로다, 하느니'를 달고 다니는 통에 듣는 이로 하여금 긴가민가 고개를 갸우뚱거리게 만들기가 일쑤였다. 그의 성이 쿵孔이었는지라 사람들은 습자교본상의 '상다런쿵이지'上大人孔乙己라는 알쏭달쏭한 구절을 따서 그에게 쿵이지孔乙己란 별명을 붙여 주었던 것이다. 쿵이지가 가게에 나타나면 모든 술 손님들은 그를 놀려 댔다. 누군가가 "쿵이지, 얼굴에 흉터가 하나 더 늘었구만!" 하면 그는 아무런 대꾸도 않고 술탁 안쪽으로 "두 사발 데워 줘. 회향두 한 접시하고" 하면서 아홉 푼을 늘어놓았다. 그들은 또 일부러 큰소리를 질러 댔다. "자네 또 남의 물건을 훔친 게로구만!" 그러면 쿵이지는 눈을 부릅뜨고 되받았다. "그댄 어이하여 이토록 터무니없이 청백淸白을 훼오毀汚려는고⋯⋯?" "청백은 무슨 개뿔. 그저께 자네가 허何씨댁 책을 훔치다가 거꾸로 매달려 매타작 당하는 걸 이 두 눈으로 똑똑히 봤는데 그래." 쿵이지는 금방 얼굴이 시뻘겋게 달아오르더니 이마에 퍼런 힘줄을 죽죽거리며 항변했다. "책 훔치는 일은 도둑질이라 할 수 없나니⋯⋯ 책을 훔친다는 건!⋯⋯ 독서인의 업業인저, 어찌 절도라 할 수 있으리?" 그러고는 연이어 "군자란 본디 궁핍하다"느니 무슨 '이리오' 따위의 알아먹지 못할 말들로 모두의 웃음을 자아냈다. 그러면 가게 안팎으로 상큼하고 발랄한 공기가 가득 차는 것이었다.

사람들이 뒷전에서 하는 말에 의하면 쿵이지도 원래는 글깨나 읽었다는 거였다. 그런데 끝내 과거에 붙지 못해 생계를 꾸릴 수 없게 되었고, 그리하여 나날이 궁핍해져 밥을 빌어먹는 지경이 되고 말았다는 거였다. 다행히 글씨를 잘 썼던지라 남들에게 책을 베껴 주며 입에 풀칠을 할 수는 있었다. 그러나 애석하게도 그에겐 못된 버릇이 있었으니, 술망태에 게으름뱅이라는 게 그것이었다. 일을 시키면 며칠을 진득하니 앉아 있지 못하고 사람과 책, 종이, 붓, 벼루까지 한꺼번에 종적이 묘연해지는 것이었다. 이러기를 몇 차례, 이윽고 그에게 책을 필사해 달라고 청하는 사람도 없게 되었다. 대책이 없던 쿵이지는 하는 수 없이 이따금 남의 물건에 손을 대기에 이르렀다. 그런데 우리 가게에서는 다른 이들보다 품행이 훨씬 반듯해서 외상을 한 번도 미룬 적이 없었다. 간혹 돈이 없으면 잠시 칠판에 달아 두긴 했지만 한 달도 안 돼서 깔끔히 갚고는 칠판에 쿵이지란 이름을 슥슥 지워 버리는 거였다.

반 사발 넘게 술을 들이켜자 시뻘겋게 올랐던 쿵이지의 얼굴색이 점점 본래 모양대로 돌아왔다. 그러면 옆에 있던 사람이 또 치근댔다. "쿵이지, 자네 정말 글을 아나?" 그러면 쿵이지는 그들을 빤히 쳐다보며 입을 벙긋하는 것조차 부질없다는 기색을 내비쳤다. 그들의 집적거림은 계속된다. "그럼 어째서 반쪽짜리 수재秀才도 따내지 못한 거지?"[2] 이 한마디에 쿵이지는 금세 풀이 죽어 안절부절 어쩔 줄을 모르면서 잿빛 얼굴로 뭐라 중얼거렸다. 그러나 이번엔 온통 '이로다, 하느니' 따위여서 뭔 소린지 알아들을 수가 없다. 이때쯤 모두들 웃음을 터트린다. 가게 안팎에는 상큼하고 발랄한 공기가 가득 찬다.

그럴 때 나도 덩달아 웃음이 터졌다. 주인양반은 이를 나무라진 않았다. 그러긴커녕 매번 그가 발 벗고 나서 쿵이지를 집적거리며 사람들을 웃겼던 것이다. 쿵이지는 저들과는 말이 안 통한다고 치부하고 아이들에게만 말을 걸었다. 한번은 나한테 물었다. "글공부를 했느냐?" 내가 대충 고개를 까딱거렸더니 이러는 거였다. "글을 읽었단 말이지…… 널 시험을 좀 해보마. 회향두의 회茴자는 어떻게 쓰는 것이냐?" 거지나 다름없는 주제에 날 시험하겠다고? 이리 생각한 나는 고개를 팩 돌리며 상대도 하지 않았다. 쿵이지는 한참을 기다리더니 간곡한 어조로 이렇게 말했다. "못쓰겠나 보지?…… 내가 가르쳐 주마. 익혀 두거라! 이런 글자는 익혀 둬야 한다. 앞으로 주인이 되면 장부 정리 때 필요할 터이니." 속으로 나는 이렇게 생각했다. 내가 주인 급이 되려면 아직 까마득하네요. 게다가 우리 주인양반은 회향두는 장부에 적지도 않걸랑요. 우습기도 하고 성가시기도 해서 건성으로 대답을 건넸다. "누가 아저씨더러 가르쳐 달래요? 초두^艸 밑에 돌아올 회^回잖아요?" 쿵이지는 신바람이 나서 길다란 손톱 두 개로 탁자를 또각거리며 고개를 끄떡이는 것이었다. "옳거니, 옳거니!…… 회 자에는 네 가지 서법이 있느니라. 알고는 있느냐?" 나는 이러다간 더 성가 시겠다 싶어 입을 삐죽하고는 저만치 내빼 버렸다. 손톱에 막 술을 적셔 탁자에 글씨를 쓰려던 쿵이지는 내 이런 무관심에 다시 긴 한숨을 내쉬며 애석하다는 표정을 역력히 드러냈다.

어떤 때는 이웃의 꼬마들이 웃음소리를 듣고 부리나케 달려와 쿵이 지 주변을 에워싸는 것이었다. 그는 그들에게 회향두 하나씩을 나눠 주었 다. 꼬마들은 콩을 먹고 나서도 접시를 빤히 쳐다보는 것이 도무지 흩어질 태세가 아니었다. 그러면 쿵이지는 허둥지둥 다섯 손가락으로 접시를 덮 고 허리로 감싸며 말했다. "이제 없어, 얼마 남지 않았단 말야." 그러고는 몸을 펴고 다시 콩을 살펴본 뒤 고개를 젓는 것이었다. "이젠 없어, 이젠 없다니까! 많은가? 많지 않도다." 그러면 꼬마들은 낄낄대며 흩어지는 것 이었다.

쿵이지는 이처럼 사람들을 쾌활하게 만들었다. 그러나 그가 없어도 사람들은 이렇게 지냈다.

어느 날인가, 아마 추석 이삼 일 전이었으리라. 느긋이 장부를 정리하 던 주인은 칠판을 떼어 내리며 대뜸 이런 말을 했다. "쿵이지가 오랫동안 안 왔구만. 외상값이 열아홉 푼이나 남았으니 말이야." 그러고 보니 아닌 게 아니라 한동안 그를 보지 못했다. 술을 들고 있던 누군가가 대거리를 했다. "어찌 오겠나?…… 다리가 부러졌으니." 주인이 받았다. "잉?" "개 버릇 남 줄라고. 또 도둑질이니. 이번엔 제 간에 정신이 어찌 된 모양이야.

딩J 거인뿌ㅅ댁 물건을 훔치러 갔으니 말야. 그 댁 물건이라니, 어디 가당키나 한 말인가?" "그래서 어찌 되었는데?" "어찌 되었냐구? 자백서를 쓰게 한 뒤 타작을 한 거지. 오밤중까지 몽둥이질을 하고는 그것도 모자라 다리를 분질러 버린 거야." "그래서?" "그래서 다리를 분질렀다니까." "부러진 뒤 어찌 되었는데?" "어찌 되었을까? …… 넌들 알겠나? 죽었겠지 뭐." 주인도 더 이상 추궁하기가 무엇한지 하던 장부 정리를 느긋이 계속했다.

추석이 지나자 가을바람이 하루가 달리 차가워지는 것이 초겨울이 코앞인 듯했다. 나는 온종일 불을 끼고 살면서도 솜옷을 껴입지 않으면 안 되었다. 어느 날 오후 손님도 없고 해서 지그시 눈을 감고 앉아 있던 중이었다. 별안간 어떤 목소리가 들려왔다. "한 사발 데워 다오." 매우 나직했지만 귀에 익은 목소리였다. 눈을 떠 보았지만 사람 그림자도 보이지 않았다. 일어서서 밖을 둘러보니 쿵이지가 선술 탁자 밑에서 문지방을 마주하고 앉아 있는 거였다. 얼굴은 시커먼 데다 수척해진 것이 도저히 사람의 몰골이라 하기 어려웠다. 너덜거리는 겹옷을 입고 책상다리를 한 채 바닥에 거적을 깔고 새끼줄로 그걸 어깨에 둘러메고 있었다. 나를 보고는 거듭 재촉했다. "한 사발 데워 다오." 주인양반도 고개를 내밀더니 힐끗 말을 던졌다. "쿵이지인가? 자네 아직 외상이 열아홉 푼이나 남았어!" 쿵이지는 시르죽은 얼굴로 위를 쳐다보며 말했다. "그건…… 다음에 갚겠네. 오늘은 현금일세. 좋은 술로 주게." 주인은 여느 때처럼 웃으며 말을 건넸다. "쿵이지, 자네 또 물건을 훔쳤지?" 하지만 이번엔 변명은커녕 일침을 놓을 뿐이었다. "실없는 소리 마!" "실없다니? 훔치지 않았다면 어째서 다리가 사단이 난 거냐 말이야?" 쿵이지는 나지막이 말했다. "넘어져 부러진 거야. 넘어졌지, 넘어졌다고……." 그의 눈빛은 마치 더 이상 묻지 말아 달라고 애걸하는 듯했다. 벌써 몇몇이 모여들어 주인과 히히덕거리고 있었다. 나는 술을 데워 받쳐 들고 나가 문지방 위에 놓았다. 그는 다 해진 주머니에서 동전 네 푼을 더듬어 내 손에 놓는 것이었다. 그의 손은 흙투성이였다. 그 손으로 걸어왔을 터였다. 금세 술을 비운 그는 다시 앉더니 그 손으로 주변의 지껄임과 비웃음 속을 천천히 걸어갔다.

그 뒤로 또 오랫동안 쿵이지를 보지 못했다. 연말이 되자 주인은 칠판을 떼 내리며 말했다. "쿵이지는 아직도 외상이 열아홉 푼 남았구만!" 그 다음 해 단옷날이 되어서도 또 그랬다. "쿵이지는 아직도 외상이 열아홉 푼 남았구만!" 그러나 올 추석엔 아무 말도 하지 않았다. 다시 연말이 왔어도 그는 보이지 않았다.

지금까지도 나는 그를 보지 못했다. 아마 죽었으리라.

1919년 3월

주)_____

1) 원제는 「孔乙己」, 1919년 4월 『신청년』 제6권 제4호에 발표했다.
2) 수재는 생원(生員)의 별칭으로 과거시험을 볼 수 있는 자격을 얻은 자를 지칭한다.

약[1]

1.

어느 가을날, 달은 졌으나 해가 뜨지 않아 검푸른 하늘만 덩그런 새벽녘이었다. 야행 동물들 외에 모든 것이 잠들어 있었다. 화라오솬華老栓은 벌떡 일어나 성냥을 그어 기름때 찌든 등잔에 불을 붙였다. 차관茶館 두 칸 방에 파리한 빛이 차올랐다.

"샤오솬小栓 아부지, 지금 가실라요?" 늙은 여인의 목소리였다. 안쪽 골방에선 한바탕 쿨럭임이 일었다.

"응." 라오솬은 단추를 채우며 손을 내밀었다. "이리 줘."

화씨네 큰댁은 베개 밑을 한참 더듬거리더니 은전 한 꾸러미를 꺼내 라오솬에게 건넸다. 라오솬은 떨리는 손으로 주머니에 넣고 두어 번 지긋하니 겉을 눌러 보았다. 그러고는 초롱에 불을 붙인 뒤 등잔불을 끄고 골방으로 걸어갔다. 골방에선 그르렁 쌕쌕거리는 소리가 한창이었다. 이어서 한바탕 기침이 터져 나왔다. 기침이 가라앉자 라오솬은 목소리를 낮추며 말했다. "샤오촨⋯일어나지 마라. ⋯⋯가게 말이냐? 네 엄마가 볼 거다."

아무런 대답이 없자 라오촨은 편히 잠들었으려니 하며 문을 나섰다. 칠흑의 거리는 텅 비어 있었다. 분간이 가는 거라고는 한 줄기 희붐한 길 뿐이었다. 초롱이 종종걸음치는 두 다리를 비췄다. 몇 번 개를 마주치긴 했지만 한 놈도 짖지 않았다. 거리는 집안보다 훨씬 추웠지만 라오촨은 오히려 상쾌했다. 어느 날 갑자기 소년이 되어 생명을 부여하는 신통한 재능을 얻기라도 한 것처럼 내딛는 발길이 유난히 사뿐하고 성큼했다. 게다가 길도 갈수록 훤해졌고 하늘도 갈수록 환해졌다.

걸음에 몰두하던 라오촨이 홀연 흠칫했다. 저 멀리 丁자형 삼거리가 선연히 가로놓여 있는 것이었다. 몇 보 뒷걸음질친 그는 문이 잠긴 점포 처마 밑에 숨어들어 문에 기대섰다. 얼마나 지났을까, 몸에서 한기가 일었다.

"흥, 영감탱이."

"좋기도 하겠수⋯⋯."

라오촨은 또 한 번 흠칫했다. 눈을 크게 뜨고 보니 몇 사람이 자기 앞을 지나간 것이었다. 그중 하나가 고개를 돌려 그를 보았다. 모습이 분명치는 않지만 오래 배를 주린 짐승이 먹이를 발견하고 낚아채려는 듯 광채가 번뜩였다. 초롱은 꺼진 지가 이미 오래였다. 주머니를 눌러 보니 딱딱한 것이 그대로였다. 고개를 들어 양쪽을 둘러보니 기괴한 분위기의 군상들이 삼삼오오 짝을 이룬 채 귀신처럼 배회하고 있었다. 다시 눈여겨보니 달리 괴상한 구석은 보이지 않았다.

얼마 뒤 병사 몇이 저쪽에서 걸어오는 것이 보였다. 군복 앞뒤에 찍힌 희고 큰 동그라미가 멀리서도 알아볼 수 있었다. 앞을 지날 땐 제복의 검붉은 테두리까지 알아볼 정도였다. 후다닥 한바탕 발걸음 소리가 진동하더니 순식간에 사람들이 몰려들었다. 삼삼오오 배회하던 그자들도 홀연한 무더기가 되어 물결처럼 나아가더니 丁자 삼거리에 이르러 돌연 멈추어 서서 반원형으로 무언가를 에워싸는 것이었다.

라오촨도 그쪽을 쳐다보았지만 보이는 거라곤 군상들의 등짝뿐이었다. 하나같이 목을 쭉 뻗고 있는 것이 마치 수많은 오리들이 보이지 않는 손에 목을 붙들려 대롱거리는 형국이었다. 잠시 정적이 이어졌다. 무슨 소리가 나는 듯하더니 또다시 술렁이기 시작했다. 덜커덕 하는 소리에 모두가 뒤로 물러섰다. 라오촨이 서 있는 곳까지 밀려나는 바람에 하마터면 쓰러질 뻔했다.

"어이! 돈 주고 물건 가져가슈!" 시커먼 덩치가 라오촨 앞에 섰다. 그의 눈빛이 두 자루 칼처럼 라오촨을 동강 냈다. 큼지막한 손이 그 앞에 펴졌다. 다른 한 손은 시뻘건 만두 하나를 집고 있었다. 거기선 아직도 시뻘건 것이 뚝뚝 떨어지고 있었다.

황급히 주머니를 더듬거려 떨리는 손으로 은전을 건네긴 했지만, 도저히 그 물건을 받을 엄두가 나질 않았다. 초조해진 그자가 소리를 질렀다. "뭐가 무서워? 안 받을 거야!" 라오촨은 여전히 머뭇거리고 있었다. 그러자 시커먼 덩치는 초롱을 낚아채고는 등피燈皮를 북 찢어 내더니 만두를 싸서 라오촨에게 들이밀었다. 한 줌 은전을 낚아챈 그는 몸을 돌려 사라지면서 궁시렁댔다. "늙어 빠진 게⋯⋯."

"그걸로 누구 병을 고친대여?" 누군가가 묻는 듯했지만 대꾸도 하지 않았다. 그의 정신은 온통 이 꾸러미에 팔려 있었다. 십대 독자 핏덩이를 안고 있어 다른 일은 관심 밖이라는 듯. 그는 지금 꾸러미 속의 새 생명을 집안에 이식시켜 풍성한 행복을 수확하려는 참이다. 태양이 떴다. 그의 앞으로 대로가 열리더니 그의 집까지 이어졌다. 뒤편 丁자 삼거리 낡은 현판의 '古×亭口'라는 바랜 금박 글자 위에도 햇살이 비쳤다.

2.

집에 도착하니 가게는 이미 말끔히 정리되어 있었다. 줄줄이 늘어선 다탁茶卓에선 번쩍번쩍 빛이 났다. 손님은 아직이었다. 샤오촨이 안쪽 탁자에 앉아 밥을 먹고 있었다. 굵은 땀방울이 이마에서 연신 떨어졌고 등에 착 달라붙은 저고리 위로 솟은 어깨뼈가 '八'자를 만들어 내고 있었다. 이 모습에 라오촨의 미간이 찡그려졌다. 아궁이에서 뛰쳐나온 그의 아내는 눈을 둥그렇게 뜬 채 입술을 떨고 있었다.

"구했어요?"

"구했어."

둘은 아궁이 쪽으로 들어가 한참 뭔가를 쑥덕거렸다. 조금 뒤 밖으로 나간 화씨댁이 큼직한 연잎 하나를 가져와 탁자 위에 펼쳤다. 라오촨은 등피를 펼쳐 연잎으로 그것을 다시 쌌다. 샤오촨도 밥을 다 먹은 상태였다. 그녀는 황급히 타일렀다.

"샤오촨, 그냥 앉아 있거라. 이리 오면 안 돼."

그녀가 아궁이 불씨를 살리자 라오촨은 아궁이 속으로 초록빛 뭉치와 희끗불긋 너덜거리는 초롱을 함께 쑤셔 넣었다. 일순 검붉은 화염이 한바탕 일더니 온 가게에 야릇한 냄새가 퍼졌다.

"냄새 한번 좋고! 뭘 그리 자시나?" 곱사등이 우五 도령이었다. 허구

한 날 차관에서 죽치며 시간을 때우는 자였다. 제일 먼저 출근해서 제일 늦게 자리를 뜨는 일이 그의 몫이었다. 길 쪽 구석 탁자에 어기적거리고 앉으며 그가 물었지만 아무도 대꾸를 하지 않았다. "쌀죽을 쑤나?" 여전히 반응이 없었다. 라오촨이 총총걸음으로 나와 그에게 차를 따랐다.

"샤오촨, 들어오거라!" 화씨댁이 샤오촨을 안쪽 방으로 불러들였다. 가운데 걸상이 놓여 있었고 샤오촨이 거기 앉았다. 그녀는 시커멓고 둥근 것을 접시에 받쳐 들고는 설피시 입을 열었다.

"먹거라. 병이 나을 게다."

샤오촨은 시커먼 것을 집어 들고 한참을 쳐다보았다. 자기 목숨을 들고 있기라도 한 듯 기이한 느낌이 일었다. 조심스레 가르자 바삭거리는 껍질 속에서 한 줄기 하얀 김이 훅 솟았다. 김이 사라지고 보니 만두 두 쪽이었다. 얼마 뒤 남김없이 뱃속으로 들어갔지만 무슨 맛인지 전혀 생각이 나질 않았다. 한쪽엔 그의 아버지가 서 있었고 다른 한쪽엔 그의 어머니가 서 있었다. 둘의 눈초리는 그의 몸 안에 무언가를 들이부었다가 다시 그걸 끄집어낼 태세였다. 이내 심장이 요동쳤다. 그는 가슴을 억누르고 또 한바탕 기침을 뱉어 냈다.

"눈 좀 붙이거라. 그럼 좋아질 거다."

샤오촨은 어머니가 시키는 대로 쿨럭이며 잠이 들었다. 기침이 잦아들기를 기다렸다가 그녀는 누덕누덕 기운 이불을 살포시 덮어 주었다.

3.

가게는 손님으로 가득했다. 라오촨도 바빴다. 큼직한 구리 주전자를 들고 연신 손님들에게 차를 따르고 있었다. 두 눈 언저리에 검은 테가 선연히 드리워 있었다.

"라오촨, 어디 불편한가? 병이라도 났나?" 수염이 희끗한 자가 말을 걸었다.

"아닙니다요."

"아니라고? 어쩐지 싱글거리는 게 아픈 거 같지는……." 흰 수염이 이내 자기 말을 되삼켰다.

"이 양반이 웬만히 바빠야지. 아들놈이라도……." 곱사등이 도령의 말이 채 끝나기도 전에 돌연 험상궂은 사내 하나가 성큼 들어섰다. 검은색 무명 장삼을 걸치고 단추도 풀어헤친 채 검은색 널따란 허리띠를 아무렇게나 허리춤에 두르고 있었다. 문을 들어서자마자 라오촨에게 소리를 질렀다.

"먹였어? 좋아졌나? 라오촨, 자넨 정말 운이 좋았어! 내가 귀띔이라도 안 해줬어 봐……."

라오촨은 한 손으로 찻주전자를 들고 다른 한 손은 다소곳이 내린 채 싱글거리며 그의 말을 듣고 있었다. 가게에 있던 손님들도 다소곳이 그의 말을 경청하고 있었다. 화씨댁도 검은 테가 드리운 눈으로 싱글거렸다. 찻잔과 찻잎을 꺼내와 감람橄欖 하나를 곁들이자 라오촨이 물을 따랐다.

"이건 틀림없어! 여느 것하곤 다르다니까. 생각해 보라구. 따끈할 때 가져왔겠다, 또 따끈할 때 먹였겠다." 험상궂은 사내는 연신 소리를 질러 댔다.

"그렇고말고요. 캉康 아저씨가 아니었다면 어찌 이런……." 화씨댁도 연신 주억거리며 감사를 표했다.

"틀림없어, 틀림없는 거라니까! 따끈할 때 먹었으니 말이야. 사람 피먹인 만두는 폐병엔 직방이라니까!"

화씨댁은 '폐병'이라는 말에 다소 기분이 언짢은 듯 안색을 구겼지만 이내 웃음으로 얼버무리고는 자리를 떴다. 캉 아저씨란 자는 눈치도 없이 아직도 목성을 높이고 있었다. 샤오촨이 쿨럭이는 소리가 그 소리에 섞여 들었다.

"알고 보니 이 집 아들 샤오촨이 그런 행운을 잡았구만. 암 물론이지, 낫다마다. 어쩐지 온종일 라오촨 얼굴이 피었다 했더니." 흰 수염은 추임새를 넣으면서 사내 앞으로 다가가 목소리를 깔았다. "캉 형, 어제 사단 난 범인이 샤夏씨 집안 아들놈이라던데, 몇째 집 아들이야? 대체 뭔 일이 있었던 거야?"

"누구겠어? 샤씨 집안 넷째 집 놈이지. 고 맹랑한 놈 말야!"

사내는 모두가 귀를 세우고 있는 걸 보고 한층 신이 났다. 그리하여 뒤룩거리는 낯살을 팽팽히 조이며 언성을 한층 더 돋우었다. "그놈이야 살기 싫다니 뒈지면 그만이지. 근데 난 뭐야, 이번에 국물 한 방울도 못 먹었으니 말야. 하다못해 벗겨 낸 그놈 옷까지 토끼눈깔 간수 아이阿義가 몽땅 가져가 버렸다니까. 땡잡은 건 우리 촨 영감이지. 그다음은 샤씨 집안 셋째 놈이고. 새하얀 은전 스물닷 냥兩을 상으로 받아 꿀꺽 삼켰으니 말야."

샤오촨이 느릿느릿 골방에서 나왔다. 두 손으로 가슴을 누르며 연신 기침을 해댔다. 그러고는 아궁이로 가서 식은 밥 한 그릇을 수북이 담아 더운 물을 붓더니 우걱거리며 먹기 시작했다. 화씨네 큰댁이 뒷발치에서 조용히 물었다. "샤오촨, 좀 어떠냐? 아직도 배만 고픈 거야?⋯⋯"

"틀림없어, 틀림없는 거라니까!" 사내는 샤오촨을 힐끗 쳐다보고는 다시 고개를 돌려 계속 지껄여 댔다. 샤씨 집안 셋째 놈 말이지, 정말 영리해. 만약 그놈이 먼저 고발을 안 했어 봐. 그럼 일족이 멸문을 당했을걸. 지금은 어떠냐고? 은전을 쥐었잖아! 그 젊은 놈도 정말이지 독종이두만! 감옥에서도 간수들에게 들고일어나라고 충동질을 했다니 말야."

"햐아, 그놈 그거 말종이네." 뒷줄에 앉아 있던 스무 남짓한 총각이 씩씩거렸다.

"알고들이나 있으셔. 토끼눈깔 아이가 내막을 조사하러 갔더니, 그놈이 도리어 수작을 부리더라는 거야. 그놈이 글쎄 이 대청人淸제국 천하가 우리 모두 거라 했다는 거야. 생각해 보게. 이게 어디 사람이 할 소리냐고. 토끼눈깔도 그놈 집에 늙은 어미밖에 없다는 건 알고 있었지만 그렇게 찢어지게 가난할 줄은 생각도 못 했다는 거야. 쥐어짜도 기름 한 방울이 안 나오니 울화가 나서 뱃가죽이 터질 지경이었거든. 그런데 놈이 호랑이 머리를 긁어 놓은 게지. 그냥 귀싸대기 두 대를 앵겨 버린 거야!"

"토끼눈깔 성님 주먹, 그거 말도 못하게 센데, 두 대면 작살이 났겠구만." 구석에 있던 곱사등이가 돌연 신바람을 냈다.

"그런데 그 개뻑다귀가 맞아도 겁을 먹긴커녕 글쎄 이랬다는 거야. 불쌍타 불쌍한지고."

흰 수염이 끼어들었다. "그런 놈을 때린 게 뭐가 불쌍하다는 거야?"

사내는 같잖다는 표정으로 냉소를 흘렸다. "자넨 내 말귀를 못 알아듣나 본데, 그놈 표정이 도리어 토끼눈깔을 불쌍히 여기는 투였다니까!"

듣고 있던 사람들의 눈초리가 별안간 희뭉둑해지더니 이야기도 뚝 끊기고 말았다. 샤오촨은 벌써 밥을 다 먹은 상태였다. 전신에 땀이 줄줄했고 머리엔 김이 모락모락 피어나고 있었다.

"토끼눈깔이 불쌍타고? 미쳤지. 정말 돌아 버렸구만." 흰 수염이 큰 깨달음을 얻은 듯 떠벌렸다.

"그래, 미친 거야." 스무 남짓한 총각도 대오각성의 일갈을 내질렀다.

가게 손님들은 다시 활기를 띠며 담소를 나누기 시작했다. 샤오솬의 절망적인 기침소리도 시끌벅적함에 뒤섞였다. 사내가 앞으로 다가와 그의 어깨를 두드렸다.

"틀림없는 거야! 샤오솬, 그리 기침을 하면 못쓴다. 틀림없이 낫느니라!"

"돌아 버렸어." 곱사등이가 고개를 끄덕이며 주절거렸다.

4.

서문 밖 성벽에 잇닿아 있는 땅은 본시 관아 소유지였다. 가운데 굽이진 오솔길은 지름길을 꿈꾸는 자들의 신발 밑창이 만들어 낸 것이지만 자연스레 경계선이 되었다. 길 왼편엔 사형수나 옥살이로 죽은 자들이 묻혀 있고, 오른쪽은 빈민들의 공동묘지였다. 양쪽 모두에 층층겹겹 들어선 무덤은 흡사 부잣집 회갑 잔칫상에 얹힌 만두를 방불케 했다.

이 해 청명절은 추위가 유난했다. 버드나무는 겨우 쌀 반 톨 정도의 새싹을 토해 냈을 뿐이었다. 동이 튼 지 얼마 되지도 않았건만, 화씨댁은 오른편 새로 입힌 봉분 앞에 앉아 접시 넷에 밥 한 그릇을 늘어놓고 한바탕 곡을 끝낸 뒤였다. 지전紙錢을 태우고 멍하니 땅바닥에 퍼질러 있는 것이 마치 무언가를 기다리는 듯했다. 하지만 그 자신도 무얼 기다리는지 알 수 없었다. 미풍이 불어와 그의 짧은 머리칼을 흩날렸다. 분명 작년보다 백발이 훨씬 늘어나 있었다.

　오솔길로 또 한 여인이 오고 있었다. 반백의 머리에 남루한 옷을 걸친 여인이었다. 붉은 옻칠이 다 벗겨진 둥근 광주리 밖으로 한 꾸러미 지전을 늘어뜨린 채 힘겨운 발걸음을 터벅터벅 옮기고 있었다. 문득 여인은 저쪽에서 화씨댁이 자기를 쳐다보고 있는 걸 보고 걸음을 멈칫거렸다. 핏기 없는 얼굴엔 난처한 기색이 역력했다. 그러나 결국 할 수 없다는 듯 왼편 어느 무덤으로 걸어가 광주리를 내려놓았다.

　그 무덤과 샤오솬의 무덤은 일자로 늘어서 있었다. 그 가운데로 오솔길 하나가 가로놓여 있을 뿐이었다. 화씨댁은 여인이 접시 넷에 밥 한 그릇을 늘어놓고 한바탕 통곡을 한 뒤 지전을 사르는 걸 보면서 속으로 생각했다. '저 무덤 안에도 아들이 누워 있구나.' 그런데 늙은 여인이 주변을 빙 둘러보더니 별안간 수족을 떨면서 비틀비틀 몇 걸음을 물러서는 것이 아닌가. 휘둥그런 눈은 이미 넋이 나가 있었다.

　이 모습을 본 화씨댁은 너무 상심해서 그녀가 미쳐 버린 줄 알았다. 보다 못해 일어나 오솔길을 건너가 나직이 말을 걸었다. "이봐요, 아주머니, 상심하지 마세요. 우리 갑시다. 돌아가는 게 좋겠어요."

　여인은 고개를 끄떡였지만 휘둥그런 눈은 여전히 허공을 향해 있었다. 그러고는 나지막한 목소리로 더듬거리는 거였다. "저기, 저기 좀 봐요. 저게 뭐죠?"

　화씨댁의 눈이 그녀의 손가락 끝을 좇아 바로 앞의 무덤에 이르렀다. 풀뿌리조차 자리를 잡지 못해 누런 흙이 듬성거리는 것이 보기가 사나울 정도였다. 다시 위쪽을 살피던 그녀는 화들짝 기겁을 했다. 붉고 흰 꽃들이 묏등 꼭대기를 에워싸고 있는 게 아닌가. 분명히 그랬다.

둘 다 노안이 온 지 몇 해가 되었지만 그 꽃을 분간 못 할 정도는 아니었다. 많진 않았지만 둥그런 원을 그리고 있었고 썩 생기가 있진 않았지만 그래도 가지런했다. 화씨댁은 얼른 자기 아들 무덤과 다른 무덤들을 둘러보았다. 거기엔 추위를 무서워 않는 작은 꽃들만 드문드문 창백히 피어 있을 뿐이었다. 불현듯 결핍과 공허가 몰려왔지만 뿌리를 캐고 싶지는 않았다. 늙은 여인은 다시 몇 걸음을 다가가 찬찬히 둘러보면서 중얼거렸다. "뿌리가 없네. 절로 핀 것 같진 않은데. 이런 곳에 누가 왔을꼬? 아이들이 놀러 오진 않을 테고. 일가친척이 발을 끊은 지는 오랜데. 대체 어찌된 일일꼬?" 한참 동안 생각에 잠기던 여인은 울컥 눈물을 쏟으며 부르짖었다.

"위瑜야, 놈들이 너에게 누명을 씌웠으니 분하고 원통해서 잊질 못하는 거지. 그래서 오늘 영험을 부려 에미한테 알리려는 거지?" 사방을 둘러보았지만 까마귀 한 마리가 잎이 다 떨어진 벌거숭이 나무에 서 있을 뿐이었다. 여인의 말이 이어졌다. "알았다. 위야. 널 죽인 놈들이 불쌍한 게구나. 머잖아 천벌을 받고야 말 게다. 하늘이 다 알고말고. 그러니 이제 눈을 감으면 돼. 네가 정말 여기 있어서 에미 말을 알아들었다면 저 까마귀를 네 무덤 위로 날아오게 해서 에미한테 보여 주렴."

산들거리던 바람이 멎은 지는 이미 오래였다. 마른 풀들이 꼿꼿이 서 있는 것이 마치 철사 같았다. 한 줄기 떨림이 공기 속에서 가늘어지다 마침내 사라졌다. 주위는 온통 죽음 같은 정적이었다. 두 사람은 마른 풀숲에 서서 까마귀를 올려다보았다. 까마귀도 쭉 뻗은 가지 사이로 고개를 움츠리며 무쇠처럼 서 있었다.

얼마나 시간이 흘렀을까. 무덤을 찾는 사람들이 점점 늘어났다. 노인과 아이 몇이 묏등 사이로 나타났다 사라졌다.

화씨댁은 왠지 모르게 묵직한 짐을 내려 버린 것 같았다. 자리를 뜨려는 듯 다시 말을 건넸다. "우리 돌아가는 게 좋겠어요."

늙은 여인은 한숨을 내쉬고는 맥이 다 풀린 듯 주섬주섬 음식을 챙기기 시작했다. 일순 망설임이 일었다. 마침내 여인은 혼잣말로 중얼거리면서 천천히 발걸음을 옮겼다. "대체 어찌된 일일꼬?⋯⋯"

이삼십 보나 걸음을 떼었을까. 홀연 등 뒤로 "까악—" 하는 소리가 공기를 갈랐다. 두 사람은 흠칫 고개를 돌렸다. 아까 그 까마귀가 두 날개를 펴고 몸을 웅크리더니 화살처럼 먼 하늘을 향해 솟구쳐 날아가는 것이었다.

1919년 4월

주)_____

1) 원제는 「藥」, 1919년 5월 『신청년』 제6권 제5호에 발표했다. 여기에 등장하는 샤위(夏瑜)는 청말의 여성혁명가 추근(秋瑾)을 암시한다. 서석린이 살해된 뒤 추근 역시 1907년 7월 15일 청나라 정부에 의해 살해되었다. 그가 혁명을 일으킨 장소는 사오싱 성내 '쉬안팅커우'(軒亭口)였다. 거기엔 패루(牌樓)가 서 있는데, 그 현판에 '구쉬안팅커우'(古軒亭口)라는 글자가 쓰여 있다.

내일[1]

"아무 기척이 없네. 어린 것이 어찌 되었나?"

딸기코 라오궁老拱은 황주 한 사발을 손에 들고 걱정스러운 듯 칸막이 벽을 향해 턱짓을 해보였다. 파란돌이 아우阿五는 술 사발을 내려놓고 등짝을 한 대 갈긴 뒤 더듬더듬 소리를 질렀다.

"이……이, 이 친구 또 마음 쓰고 있구만……."

원래 루전魯鎭은 외진 고장이라 옛 풍습이 제법 남아 있었다. 초경初更도 안 돼 문을 걸고 잠자리에 드는 것도 그중 하나였다. 한밤중이 되도록 잠을 못 이루는 곳은 두 집뿐이었다. 그중 하나는 셴헝咸亨주점으로 술꾼들이 술탁을 에워싸고 한참 신나게 먹고 마시느라 그런 것이었다. 또 다른 하나가 바로 벽 하나 건너 산單씨네 넷째 며느리 집이었다. 재작년부터 과부가 된 그녀는 제 손으로 물레질을 해서 자신과 세 살배기 아들을 먹여 살리지 않으면 안 되었다. 그래서 잠자리에 드는 시간도 늦어진 거였다.

그러고 보니 요 며칠 동안 물레소리가 없긴 했다. 그렇다 한들 기왕 야밤에 잠 못 드는 집이 둘 뿐인 바에야, 산씨네 넷째댁에서 소리가 난다면 물론 라오궁 패한테만 들릴 터였고 소리가 안 난다 해도 라오궁 패나 들을 수 있을 터였다.

라오궁은 한 대 얻어맞더니 기분이 상쾌해진 듯 잔을 죽 들이켜고는 흥얼흥얼 노래를 부르기 시작했다.

이때 산씨댁은 아들을 안은 채 침상에 걸터앉아 있었다. 물레는 고즈넉이 바닥에 세워진 채였다. 침침한 등불이 아기 얼굴을 비추자 새빨간 살갗에 푸른 기운이 드러났다. 그녀는 속으로 별별 것들을 다 짚어 보았다. 점괘도 뽑아 봤어, 발원도 해봤지, 처방약도 먹여 봤단 말이야, 그랬는데도 효험을 못 본다면, 어떡하면 좋지? 이제 허샤오셴何小仙에게 진맥을 청하는 길밖에 없는데…… 혹시 몰라, 낮엔 괜찮다가 밤에 심해지는 걸 보니 어쩌면 내일 해가 뜨면 열도 내리고 천식도 잦아들지…… 병자들한테 흔히 있는 일이잖아.

산씨댁은 미욱한 여인인지라 '혹시'라는 이 말의 무서움을 알지 못했다. 나쁜 일들이 이것 때문에 좋게 변하기도 하겠지만, 좋은 일들이 이로 인해 망쳐지는 경우가 허다한데도 말이다. 여름밤은 짧았다. 라오궁 패거리의 노래가 끝나고 얼마 되지도 않아 동녘이 훤해졌다. 조금 뒤 은빛 서광이 창틈을 뚫고 들었다.

여명을 기다리는 그녀의 심정은 여느 누구처럼 그리 평온하지 못했다. 시간은 너무나 더디게 갔다. 아기의 숨소리 한 번이 거의 일 년에 맞먹었다. 이제 날이 밝았다. 여명이 등불을 압도하고 만 것이다. 갑자기 그녀의 시선이 아기 얼굴을 향했다. 벌써부터 아이는 콧구멍을 벌름거리고 있었다.

산씨댁은 뭔가 심상치 않다는 걸 느끼고는 속으로 '아이구야!' 하고 소리를 지르며 이런저런 궁리에 여념이 없었다. 어떡하면 좋지? 허샤오셴에게 진맥을 봐 달라는 길밖에 없어. 어리숙하긴 했지만 그녀의 결단력은 매서웠다. 벌떡 일어나 나무궤짝에 모아둔 은화 열셋과 동전 백팔십 원을 꺼내 주머니에 넣고는 문을 잠근 뒤 아기를 안고 곧장 허씨 집으로 내달렸다.

이른 시간인데도 허씨 집엔 벌써 병자 넷이 앉아 있었다. 그녀는 은화 사십 전을 내고 번호표를 샀다. 다섯번째로 아기 차례가 왔다. 허샤오셴은 두 손가락을 뻗어 맥을 짚었다. 손톱이 족히 네 치는 되어 보였다. 내심 뭔가 꺼림칙했지만 마음을 질끈 동여맸다. 우리 귀염둥이 틀림없이 살아날 거야. 하지만 조급해서 미칠 지경인지라 끝내 쭈뼛거리며 입을 열었다.

"선생님, 우리 애기가 무슨 병인가요?"

"중초中焦가 꽉 막혔어."

"괜찮을까요? 이 아인……."

"일단 두 첩 먹여 봐."

"자꾸 쌕쌕거리고 콧구멍을 벌름거려요."

"화火가 금金을 억누르고 있는 것이……."

허샤오셴은 말을 하다 말고 지그시 눈을 감았다. 그녀도 더 이상 묻기가 민망해졌다. 이때 허샤오셴 맞은편에 앉은 서른 남짓한 사내가 벌써 약방문을 다 썼는지 귀퉁이 몇 개 글자를 가리키며 단단히 일러두고 있었다.

"이 첫번째 보영활명환保嬰活命丸은 자賈씨댁 제세濟世약방에나 가야 구할 수 있어!"

산씨댁은 약방문을 받고는 걸으면서 생각에 잠겼다. 비록 우매하다고는 하나 허씨 집과 제세약방과 자기 집이 정확히 삼각형이니 약을 사서 돌아가면 편리하겠다는 것쯤은 알고 있었다. 그래서 다시 득달같이 제세약방을 향해 달음질쳤다. 점원 역시 긴 손톱을 세우고 느긋이 약방문을 보더니 꾸물꾸물 약봉지를 쌌다. 그녀는 아이를 안고 기다렸다. 그런데 아이가 별안간 고사리 손으로 헝클어진 그녀의 머리칼을 왈칵 잡아당겼다. 전에 없던 짓이었다. 가슴이 덜컥했다.

해가 뜬 지는 이미 오래였다. 아이를 안고 약봉지를 들고 걷는 발걸음은 갈수록 천근이었다. 아이가 끊임없이 보채는 바람에 길도 갈수록 천 리처럼 느껴졌다. 하는 수 없이 길가 어느 집 문지방에 걸터앉아 잠시 숨을 돌리기로 했다. 옷이 점점 차갑게 들러붙었다. 그러고 보니 온몸이 땀투성이였다. 그래도 아기는 잠들어 있는 듯했다. 다시 일어나 천천히 발걸음을 옮겼지만 좀처럼 감당하기가 어려웠다. 그때 갑자기 귓가에 사람소리가 들려왔다.

"산씨댁, 내가 대신 안아 줄까!" 파란돌이 아우阿五 같았다.

고개를 들어 보니 아우가 졸리는 표정으로 자기를 따라오고 있었다.

그녀 입장에서야 하늘에서 장수라도 강림해 팔 하나라도 덜어 주었으면 하는 마음이 간절했지만 아우라면 사양하고 싶었다. 하지만 아우는 제법 의협심이 있어서 어떻게 해서든 도와주겠노라 우겼다. 잠시 사양하다가 결국 허락하고 말았다. 그는 팔을 그녀 젖가슴과 아이 사이로 쑥 집어넣더니 아이를 안아 들었다. 일순 젖가슴이 화끈거리면서 얼굴과 귓불까지 뜨거워졌다.

두 사람은 두 자 반쯤 떨어진 채 길을 걸었다. 아우가 제법 많은 말을 걸었지만 태반은 묵묵부답이었다. 얼마 못 가서 아우가 아이를 돌려주며 어제 친구와 저녁을 먹기로 약속한 시간이 다 되었노라고 했다. 그녀가 아이를 건네받았다. 다행히 이제 집은 멀지 않았다. 저만치 앞집 사는 왕王씨네 아홉째댁 할멈이 길가에 앉아 있는 것이 보였다. 멀리서 그녀가 말을 걸어 왔다.

"동생, 애기는 어때? 의원에게 보여 봤어?"

"보이긴 했는데. 아주머니, 아주머닌 연세도 있고 본 것도 많으시니 아주머니 눈으로 한번 봐 주세요. 어떤지⋯⋯"

"음⋯⋯."

"어때요⋯⋯?"

"음⋯⋯." 왕씨댁 할멈은 진중히 살펴보더니 머리를 두 번 끄덕이다 다시 두번을 저었다.

아이가 약을 먹고 나니 이미 정오가 지난 뒤였다. 산씨댁은 유심히 아기의 용태를 살폈다. 제법 가라앉은 듯했다. 오후가 되자 갑자기 눈을 뜨더니 "엄마!" 하고 부른 뒤 다시 눈을 감았다. 잠이 든 것 같았다. 얼마나 잤을까. 아기의 이마와 코끝으로 구슬 같은 땀방울이 송골송골 배어 나왔다. 살짝 문질러 보니 아교처럼 끈적거렸다. 황급히 아기의 가슴을 문지르던 그녀는 끝내 울음을 터뜨렸다.

아기의 호흡이 잔잔하더니 갑자기 멈췄다. 울음이 이내 오열에서 통곡으로 변했다. 집엔 벌써 사람들로 가득했다. 문안엔 왕씨댁 할멈과 파란 돌이 아우 등등이, 그리고 문밖으론 셴헝주점 주인장과 딸기코 라오궁 등등이 모여 있었다. 왕씨댁 할멈은 지전 한 꾸러미를 불사르라고 일렀다. 그리고 그녀 대신 걸상 두 개와 옷 다섯 벌을 저당 잡혀 은화 이 원으로 일 돕는 사람들에게 밥을 대접하도록 일렀다.

첫번째 문제는 관이었다. 산씨댁은 은 귀고리 하나와 도금한 은비녀 하나를 셴헝주점 주인장에게 주면서 보증을 서서 현금 반 외상 반으로 관을 사오도록 부탁했다. 파란돌이 아우도 자진하고 나섰다. 그러나 왕씨댁은 안 된다며 그더러 내일 관이나 메라고 일렀다. 아우는 "저 할망구가" 하고 투덜대면서 입을 삐죽이고 서 있었다. 그리하여 셴헝주인장이 직접 가게 되었다. 저녁에서야 돌아온 그는 지금 관을 짜고 있으니 자정이나 넘어야 될 거라고 했다.

주인장이 돌아왔을 때 일을 돕던 사람들은 이미 요기를 마친 상태였다. 루전엔 아직도 옛 풍습이 남아 있어 초경도 안 되어 잠을 자기 때문이었다. 아우만이 셴헝주점 술탁에 기댄 채 술을 마시고 있었고, 라오궁도 홍얼홍얼 노래를 부르고 있었다.

그녀는 침상에 걸터앉아 울고 있었다. 아기는 침상에 누워 있었고 물레는 고즈넉이 바닥에 세워져 있었다. 얼마나 지났을까, 그녀의 눈물이 멈췄다. 눈을 크게 뜨고 주변을 둘러보니 낯설기 짝이 없었다. 모든 것이 있을 수 없는 일 같았다. 그녀는 속으로 따져 보았다. 그저 꿈에 불과해. 이모든 게 다 꿈일 거야. 내일 깨어나면 나는 침상 위에서 쿨쿨 자고 있고 아기도 내 곁에서 색색 자고 있을 거야. 깨어나선 '엄마' 하며 천방지축 뛰어놀 거야.

라오궁의 노랫소리는 벌써 그쳤고 셴헝주점에도 등이 꺼졌다. 그녀는 눈을 뜬 채였다. 도무지 이 모든 걸 믿을 수 없다는 표정이었다. 닭이 홰를 쳤다. 동녘이 점점 환해지면서 은빛 서광이 창틈을 뚫고 들어왔다.

은빛 서광이 점점 붉은 빛을 드러냈다. 이어서 햇살이 지붕을 비추었다. 그녀는 눈을 뜬 채 멍하니 앉아 있었다. 문 두드리는 소리에 흠칫 놀라

득달같이 문을 열었다. 문밖엔 낯선 사내가 뭔가를 지고 있었고 그 뒤론 왕씨댁 할멈이 서 있었다.

그래, 그랬었지. 관이 도착한 것이었다.

오후가 되어서야 관 뚜껑이 닫혔다. 산씨댁이 한바탕 곡을 했다가 또 보았다가 하면서 한사코 관 뚜껑을 닫지 않으려 했기 때문이다. 왕씨댁 할멈이 언제까지 기다릴 거냐며 열을 내며 달려가 그녀를 떼어 놓은 덕택에 부랴부랴 뚜껑을 덮을 수 있었다.

아기에 대한 그녀의 정성은 지극했다. 어제는 지전 한 꾸러미를 태웠고, 오전엔 마흔아홉 권의 『대비주』大悲呪를 태웠다. 염을 할 때는 빳빳한 새 옷을 입히는가 하면 평소 좋아하던 장난감——흙 인형 하나, 나무주발 두 개, 유리병 두 개——을 베개 맡에 놓아 주었다. 뒤에 왕씨댁 할멈이 손가락을 꼽아 가며 하나하나 챙겨 봐도 무엇 하나 빠트린 것이 없었다.

이날 파란돌이 아우의 모습이 하루 종일 보이지 않았다. 셴헝주점 주인장이 나서서 인부 둘을 이백 푼에 십 푼을 더 얹어 사서 공동묘지에 가 안장하도록 했다. 왕씨댁 할멈은 또 밥을 지어 일을 거든 사람들 모두를 먹였다. 해가 점점 낙조의 기미를 보이자 요기를 마친 사람들도 어느새 집으로 돌아갈 태세였다. 이내 모두들 돌아가고 말았다.

산씨댁은 심한 현기증이 났다. 좀 쉬고 났더니 그럭저럭 마음이 가라앉았다. 하지만 곧이어 이상한 느낌이 몰려왔다. 평생 부닥친 적이 없는 일을 당했는가 하면 있을 것 같지 않던 일이 멀쩡히 일어난 것이다. 생각할수록 기이했다. 또 한 가지 이상한 일은 이 방이 갑자기 너무 고요해진 것이었다.

그녀는 몸을 일으켜 등불을 켰다. 방은 드러날수록 더 고요했다. 어질 거리는 몸으로 걸어가 문을 잠그고 침상에 걸터앉았다. 물레는 고즈넉이 바닥에 세워져 있었다. 정신을 가다듬고 사방을 둘러보니 어찌해야 할지 난감했다. 방은 너무 고요했고 너무 컸을 뿐 아니라 물건도 너무 휑했다. 커다란 방이 사방으로 그를 에워싸고 휑뎅그렁한 물건들이 사방으로 죄어 와 숨조차 쉬기 어려웠다.

그는 그제서야 아기가 죽었다는 사실을 알았다. 그래서 더 이상 방을 보고 싶지 않아 등을 끄고 누웠다. 울면서 그녀는 생각했다. 그 시절 한참 실을 잣고 있노라면 아기는 옆에 앉아 회향두茴香豆를 먹으면서 새까만 눈망울을 굴리며 뭔가를 골똘히 생각하고 있었다. "엄마! 아빠 훈둔餛飩 장사 하지? 나도 크면 훈둔 장사 할 거야. 많이 팔아서 돈 많이 벌어야지. 그래서 엄마 줄 거야." 그 시절엔 정말 자아 낸 실조차 한 올 한 올 의미가 있었고 한 치 한 치 살아 있는 것 같았다. 그런데 지금은 어떤가? 아무 생각이 들지 않았다. 전에도 말했듯이 그녀는 미욱한 여인이다. 그가 무얼 생각해 낼 수 있겠는가? 방이 너무 고요하고 너무 크고 너무 휑하다는 것밖에.

그녀가 아둔하다 해도 이런 것쯤은 안다. 혼을 되돌리기는 불가능하다는 것, 이제 더 이상 아들을 볼 수 없다는 것 말이다. 한숨을 쉬며 그녀는 중얼거렸다. "아가야. 아직도 여기 있는 거지. 내 꿈에 나타나 주렴." 그러고는 눈을 감았다. 어서 잠들어 아이를 만나고 싶었던 것이다. 고통스런 숨소리가 고요하고 광활하고 텅 빈 어딘가를 통과하고 있었다. 그녀는 똑똑히 이 소리를 듣고 있었다.

산씨댁이 몽롱하니 꿈나라로 빠져 들어가자 온 방은 정적이었다. 이때 딸기코 라오궁의 노래도 이미 끝났다. 그는 비틀거리며 셴헝주점을 나오더니 또 목청을 높여 노래를 부르기 시작했다.

"원수 같은 임아!……가련타……사무치는 고독에……."

파란돌이 아우가 라오궁과 한데 엉겨 드잡이를 하다가 낄낄거리며 비틀비틀 사라졌다.

산씨댁은 깊은 잠이 들었다. 라오궁 패거리가 가 버리자 센헝주점도 문을 닫았다. 루전은 이제 완전히 정적에 빠졌다. 오직 어두운 밤만이 내일의 약속을 품은 채 정적 속을 내달리고 있었다. 몇 마리 개가 어둠의 대지에 숨어 컹컹 짖어 댈 뿐이었다.

1920년 6월

주)_____

1) 원제는 「明天」, 1919년 10월 베이징 『신조』(新潮) 월간 제2권 제1호에 발표했다.

작은 사건[1]

고향을 떠나 경성 베이징으로 온 지가 어언 6년이다. 그간 귀로 듣고 눈으로 목도한 국가 대사가 적지 않건만, 따져 보니 내 맘속에 남아 있는 건 아무것도 없다. 그 일들이 내게 미친 영향을 굳이 찾자면 내 성깔을 더 사납게 만든 일 외엔 없다. 솔직히 말하자면 남을 무시하는 태도가 나날이 더해 갔던 것이다.

하지만 자그만 사건 하나는 의미가 적지 않았다. 그 사건이 나를 나쁜 성벽에서 끌어내 주었던 것이다. 그래서 지금까지 잊지 못하는 것이다.

민국民國 6년 겨울, 북풍이 한창 용맹을 떨치던 날이었다. 나는 생계 때문에 일찌감치 거리로 나서지 않으면 안 되었다. 거리엔 거의 인적을 찾아볼 수 없었다. 간신히 인력거 한 대를 붙들어 S문으로 가자고 했다. 얼마 뒤 바람이 잦아들자 먼지가 씻겨 나간 거리로 깔끔한 대로大路 하나가 드러났다. 인력거꾼의 발걸음도 한층 경쾌해졌다. S문에 거의 도착할 무렵, 갑자기 누군가가 인력거 채에 걸려 비틀거리더니 쓰러지고 말았다.

쓰러진 이는 어떤 여인으로 희끗한 머리에 몹시 남루한 옷차림이었다. 인력거 앞을 불쑥 가로질러 대로를 건너려던 모양이었다. 인력거꾼이 길을 비키긴 했지만, 단추가 안 채워진 낡은 저고리가 바람에 펄럭이면서 인력거 채에 걸리고 말았던 것이다. 인력거꾼이 급정거를 했기에 망정이지 그렇지 않았더라면 곤두박질쳐 머리에 피를 봤을지도 모를 일이었다.

그녀가 엎어지자 인력거꾼도 발걸음을 멈췄다. 내 딴엔 상처가 대수롭지 않고 본 사람도 없는데 괜히 일을 번거롭게 만든다고 여겼다. 시비가 인다면 내 일정을 그르칠 게 불을 보듯 뻔했다.

그래서 그에게 일렀다. "별일 아니니 어서 가세."

인력거꾼은 조금도 아랑곳 않고 ──어쩌면 못 들었는지도── 채를 내려놓은 뒤 팔을 부축하며 천천히 노파를 일으켜 세웠다.

"괜찮으세요?"

"나 자빠졌잖여!"

나는 생각했다. 비실거리다 넘어지는 걸 이 눈으로 똑똑히 봤는데 어떻게 나자빠질 수가 있단 말이지? 허풍 하고는. 정말 가증스럽구만. 인력거꾼도 그렇지. 쓸데없이 일을 만들어 스스로 욕을 보겠다는 거야 뭐야. 이제 자네가 알아서 해.

노파의 대답에 인력거꾼은 주저 않고 팔을 부축한 채 한 걸음 한 걸음 앞으로 향했다. 좀 의아한 생각이 들어 얼른 앞쪽을 보았더니 주재소 하나가 있었다. 큰 바람이 지나간 뒤라 바깥엔 아무도 없었다. 노파를 부축해서 가고 있는 곳이 바로 그 주재소였던 것이다.

이때 돌연 이상한 느낌이 들었다. 온몸에 먼지를 뒤집어 쓴 그의 뒷모습이 순식간에 거대하게 변하는 것이 아닌가. 뿐만 아니라 갈수록 점점 커져 우러러봐야 볼 수 있을 정도였다. 게다가 나에 대해서도 점점 위압적인 존재로 변해 가죽 두루마기 안에 감추어진 내 '소아'小我를 쥐어짜고 있는 것이 아닌가.

내 삶의 활력이 이 순간 엉겨 붙어 꼼짝을 할 수가 없었다. 그럴 엄두가 나지 않기도 했다. 주재소에서 순경 하나가 나오는 걸 보고서야 겨우 인력거에서 내릴 정도였으니 말이다.

순경이 다가와 내게 말했다. "다른 인력거를 잡으슈. 저 친구 선생 태우긴 글렀수다."

나는 깊이 생각해 볼 겨를도 없이 외투에서 동전 한 줌을 꺼내 순경에게 건넸다. "이걸 좀 그 사람한테……."

바람은 완전히 멎었고 길은 여전히 정적이었다. 걸으면서 나는 생각했다. 나 자신을 돌이켜 보게 되면 어떡하지? 아까 일은 잠시 접어 둔다 해도 한 줌 동전은 또 무슨 의미였을까? 그를 치하하려고? 내가 그를 심판할 수 있을까? 나는 나에게 답을 할 수가 없었다.

이 일은 지금도 종종 기억이 난다. 그래서 종종 고통을 참으며 나 자신을 돌이켜 보려고 노력한다. 지난 몇 년 동안의 문치文治와 무력武力은 한 구절도 머리에 남아 있지 않다. 어릴 적 읽은 '공자 왈', 『시경』詩經에 이르기를'처럼 말이다. 그런데 유독 이 자그마한 사건이 자꾸만 눈앞에 어른거리면서 더욱 또렷해지곤 한다. 나를 부끄럽게 하고, 나의 쇄신을 촉구하고, 내 용기와 희망을 북돋아 주면서.

1920년 7월

주)_____

1) 원제는 「一件小事」, 1919년 12월 1일 베이징 『천바오』 발간기념 증간호에 발표했다.

두발 이야기[1]

일요일 아침, 나는 전날 달력을 뜯어내고 다음 장을 뚫어지게 바라보며 중얼거렸다.

"허, 시월 십일이라, 그러고 보니 오늘이 쌍십절[2]이네. 그런데 아무 표시도 없잖아!"

내 선배 격인 N이 마침 우리 집에 놀러왔다가 내 말을 듣고는 이렇게 쏘아붙였다.

"저들이 옳은 거야! 저들이 기억 못한들 자네가 어쩔 거야? 자네가 기억한들 또 어쩔 거냐고?"

N은 좀 괴팍한 구석이 있어서 툭하면 별것도 아닌 일에 화를 내거나 세상사와 무관한 흰소리를 늘어놓곤 했다. 그러면 대개 나는 그냥 내버려둔 채 끼어들지 않았다. 그러다 혼자 할 말을 다 하고 나면 그걸로 끝이었던 것이다.

그가 말문을 열었다.

"난 말야, 베이징의 쌍십절 풍경이 가장 인상에 남아. 아침에 순경이

문에 대고 '국기를 걸라!' 분부를 하면 '네이, 국기를 걸라신다!' 하며 집집이 하나씩 국민國民들이 어슬렁거리고 나와 알록달록한 광목천을 꽂는 거야. 그대로 뒀다가 밤이 되어서야 기를 걷고 문을 닫지. 더러 깜박해서 다음 날 오전까지 걸어 두는 집들도 있어.

그들은 기념을 깜박한 거지. 기념 쪽에서도 그들을 깜박한 거고!

나도 기념을 깜박한 사람 중 하나야. 기념이라도 해볼라치면 첫 쌍십절 전후의 일들이 떠올라 견딜 수가 있어야지.

여러 고인들의 얼굴이 눈앞을 어른거려. 고생고생 십 몇 년을 분주히 뛰어다니다가 어둠 속 탄환 한 발에 목숨을 빼앗긴 아이들少年, 총알 대신 감옥에서 한 달 여를 모진 고문에 시달린 아이들, 원대한 뜻을 품었지만 홀연 종적이 묘연해 시신조차 찾지도 못하는 아이들…….

그들은 하나같이 사회의 냉소와 매도, 박해와 함정 속에서 일생을 보냈네. 이젠 그들의 무덤도 벌써 망각 속에서 점점 무너져 가고 있어.

그러니 당최 기념할 수가 있어야지.

우리 좀 기분 좋은 일이나 추억해 보는 게 어때."

N은 갑자기 웃는 얼굴이 되어 머리를 슥 쓰다듬더니 다시 목청을 높였다.

"내가 제일 맘에 든 건 말야, 첫 쌍십절 이후 거리를 나다녀도 조롱을 당하거나 욕을 안 먹어도 되었다는 거야.

이봐, 자넨 알고 있겠지. 머리털이 우리 중국인의 보배이자 원수라는 걸 말야. 예부터 지금까지 얼마나 많은 사람들이 이것 땜에 의미 없는 고통을 맛봐야 했는지 말이야.

아득한 우리네 조상들은 머리털을 대수롭지 않게 여겼나 봐. 형벌로 보자면, 가장 중요한 건 물론 머리니까 참수斬首가 최고의 형이었지. 그다음이 생식기니까, 궁형宮刑이나 유폐幽閉도 까무러칠 만한 벌이었지. 머리털을 자르는 곤髡 정도는 형벌 축에도 못 끼는 거야. 헌데 얼마나 많은 사람들이 이 까까머리 때문에 한 평생을 사회로부터 짓밟혀야 했냐고.

우리가 혁명을 이야기할 때면 으레 '양주揚州의 열흘 참사'니 '가정嘉定 연간의 도륙'을 떠벌이는데, 알고 보면 그 역시 수단에 불과한 거거든.[3] 솔직히 말해 보자고. 그때 중국인의 반항이 어디 나라가 망해 그런 거냐고. 변발을 하라니 그랬지.

고집 부리는 백성은 깡그리 죽여 버렸지, 나리마님遺老들은 천수를 다 했지, 변발은 벌써부터 늘고 있었지, 그런데 또 홍양洪楊이 난리를 일으킨 거야. 할머니가 들려준 이야긴데, 그때 애꿎은 백성들만 겁난을 당했다는군. 온 머리통이 머리털이면 관병에게 살해되고, 변발을 하고 있으면 장발적에게 살해되었으니 말이야![4]

얼마나 많은 중국인이 이 하찮은 머리털 때문에 고통을 당하고 고초를 겪고 목숨을 잃었는지 알 수가 없다니까."

N은 천정의 들보를 멀뚱히 바라보며 무언가 생각에 잠긴 듯했다. 그러더니 다시 말을 이었다.

"이 머리털 때문에 나까지 고초를 당할 줄 누가 알았겠나.

유학을 가서 나는 바로 변발을 잘라 버렸어. 무슨 심오한 생각이 있어서가 아니라 그냥 너무 불편해서 그랬거든. 근데 이게 웬일이야, 변발을 머리 꼭대기에 둘둘 말고 다니는 친구들이 나를 혐오하지 않나, 감독관도 노발대발 장학금 중단에 본국 송환 운운하며 으름장을 놓질 않나 말일세.

그런데 며칠이 되지도 않아 이 감독관이 변발을 잘린 채 줄행랑을 치고 만 거야. 그걸 잘라 버린 사람 중 하나가 바로 『혁명군』을 쓴 쩌우룽郵容이었어. 그는 이 때문에 더 이상 유학이 불가능해 상하이로 돌아왔다가 그 뒤 감옥에서 죽었어. 자네도 벌써 잊어버렸지?

몇 해가 지나 우리 집 형편도 예전 같지가 않았어. 일자리를 찾지 않으면 굶을 판이라 할 수 없이 나도 귀국을 했어. 상하이에 도착하자마자 가짜 변발을 하나 샀지. 그때 시가로 이 원이었는데, 그걸 쓰고 집에 간 거야. 어머닌 아무 말씀이 없는데, 주변 사람들은 날 보더니 다짜고짜 변발 분석에 나서는 거야. 결국 가짜인 걸 알고는 홍 하고 비웃으며 내게 참수의 죄명을 들씌우지 뭐야. 친척 하나는 관에 고발을 하려다가 얼마 뒤 그만두더라고. 혁명당의 모반이 성공이라도 해봐, 그게 겁이 난 거지.

이럴 바에야 차라리 가짜보다 진짜가 더 후련하겠다 싶어 아예 가짜 변발을 벗어던지고 양복을 입은 채 거리를 나다녔어.

길을 걸으면, 길 자체가 비아냥에 욕지거리두만. 어떤 자는 뒤쫓아오며 욕을 퍼붓더라고. '시건방진 눔!', '야, 이 가짜 양놈아!' 이러면서 말야.

그래서 난 양복을 접고 장삼을 걸쳤지. 그런데 욕이 더 심해지는 거야.

이 난감한 상황을 불식시켜 준 것이 바로 지팡이야. 그걸로 몇 차례 휘둘러 주었더니 점차 욕이 없어지더라고. 내 활약을 잘 모르는 동네에 가면 여전히 욕지거리긴 했지만 말야.

이 일이 얼마나 슬펐으면 지금도 기억하고 있겠냐구. 유학 시절 신문에서 혼다本多 박사가 남양과 중국을 여행한 이야기를 읽은 적이 있네. 박사는 중국어와 말레이어를 몰라. 그래서 사람들이 물은 거야. 말도 안 통하는데 어찌 다녔냐고. 그랬더니 그는 지팡이를 들면서 이러는 거야. 이게 그들의 언어지 뭐. 다들 알아먹던데! 이 일로 며칠 울화가 치밀었는데, 누가 알았겠나, 나도 모르는 사이 나 역시 그걸 사용할 줄을. 게다가 그들 모두가 알아먹기까지 했으니 말이야…….

선통宣統 원년에 나는 이 지역 어느 중학교에서 학감學監 노릇을 하게 되었어. 동료들은 날 피하느라 급급하지 관료들은 날 경계하느라 오매불망 그저 단속을 해대지, 온종일 얼음 창고 속에 앉았거나 형장 부근에 서 있는 것 같은 거야. 무슨 엄청난 이유가 아니라 고작 변발이 달랑거리지 않는다는 것 때문에 말야!

하루는 학생 몇이 내 방으로 들이닥치더니 이러는 거야. '선생님, 저희 변발 자르려고요.' '안 돼!' 내가 말렸지. '변발이 있는 게 좋을까요 없는 게 좋을까요?' '없는 게 좋긴 한데…….' '그럼 왜 안 된다는 거죠?' '그렇다고 일을 저지를 것까지야. 자르지 않는 게 좋아. 조금만 기다려 보자고.' 그들은 아무 말도 없이 입을 삐죽이며 방을 나가 버리더라구. 하지만 결국 잘라 버리더군.

햐! 그러니 야단이 날 수밖에. 다들 혀를 끌끌 찼지. 나는 짐짓 모른 체하며 일부 까까머리가 변발 틈에 섞여 교실로 들어오도록 내버려 두었지.

그런데 이 단발병이 전염된 거야. 사흘째 되던 날 사범학당 학생 여섯이 돌연 변발을 잘라 버린 거야. 그날 밤 이 여섯은 제적되고 말았지. 그러자 학교에 있을 수도 없고 집에 갈 수도 없게 된 거지. 그러다가 첫 쌍십절이 지나고 달포가 더 지나서야 겨우 범죄의 낙인을 지울 수 있었어.

나 말야? 나도 마찬가지지 뭐. 민국 원년 겨울에 베이징에 와서도 꽤 여러 차례 욕을 먹었지. 그 뒤 날 욕하던 자들도 순경에게 변발을 잘리고 말았어. 그러니 더 이상 욕먹는 일이 없어지더군. 그래도 고향엔 안 갔어."

N은 상당히 기분이 좋은 것 같더니 금세 표정이 무거워졌다.

"지금 자네들 같은 이상주의자는 걸핏하면 여자도 머리를 자르라느니 어쩌니 하면서 소득도 없이 고통만 당하는 사람들을 만들어 내고 있는 게 아닐까!

지금 머리를 자른 여자는 이 때문에 학교에 들어가지도 못하고 제적을 당하지 않는가 말야?

개혁을 하겠다고? 무기는 어디 있지? 일하며 배운다고? 공장은 어디 있냐고?

조용히 지내다 시집가서 며느리 노릇이나 하는 거야. 모든 걸 잊는 게 행복일세. 평등이니 자유니 하는 말들을 그들이 기억하고 있다고 해봐. 평생 고통스럽지 않을까!

아르치바셰프의 말을 빌려 자네들에게 물어보고 싶네. 자네들은 황금시대의 출현을 그들 자손에게 약속하지만 정작 그들 자신에겐 뭘 줄 수 있는가?

아, 조물주의 채찍이 중국의 등짝을 후려치지 않는 한, 중국은 영원히 이 모양이 꼴일 거야. 스스로 머리털 한 올도 바꾸려 하지 않을 테니 말야!

자네들 말야, 독니도 없으면서 기어이 이마에다 '독사'라고 큼지막이 써 붙일 건 또 뭔가? 거지를 불러들여 죽음을 자초하는 이유가 뭐냐고?⋯⋯"

N의 이야기는 갈수록 가관이었다. 하지만 내가 듣기 싫어한다는 걸 눈치채고는 즉각 입을 다물었다. 그러더니 일어서서 모자를 집었다.

"가시려고?"

"응. 비가 내릴 것 같군."

나는 묵묵히 대문까지 배웅했다.

그는 모자를 쓰면서 말했다.

"잘 있게! 폐를 끼쳐 미안하이. 내일이 쌍십절이 아니기 망정이지. 몽땅 잊어도 되잖아."

1920년 10월

주)_____

1) 원제는 「頭髮的故事」, 1920년 10월 10일 상하이 『시사신보』가 발간하는 「학등」(學燈) 에 발표했다.
2) 쌍십절(雙十節)은 1911년 10월 10일에 일어난 신해혁명 기념일을 말한다.
3) 명나라 멸망 당시 청나라 군대에 의해 자행된 잔학행위를 말한다. 청말 일본의 유학생 들은 이런 자료들을 찾아 반청(反淸) 정서를 불러일으키는 데 활용했다.
4) 홍수전(洪秀全)과 양수청(楊秀淸)이 일으킨 태평천국의 난을 말한다. 이들이 변발을 하 지 않았다고 해서 당시 민간에선 그들을 장발적(長髮賊)이라 불렀다.

야단법석[1]

강에 잇닿은 마당으로 태양이 누런빛을 거둬들이고 있었다. 마당 언저리 강에 드리운 오구목烏桕木 잎들이 이제야 생기를 되찾았고 그 아래 몇 마리 모기가 앵앵대며 춤을 추고 있었다. 강으로 난 굴뚝에선 밥 짓는 연기가 가늘어졌고 여인과 아이들은 앞마당에 물을 뿌리며 탁자며 걸상을 내놓고 있었다. 저녁밥 때가 된 것이다.

노인과 사내들은 나지막한 걸상에 앉아 큼직한 파초 부채를 부치며 한담을 나누고 있었다. 꼬마들은 뛰어다니거나 오구목 아래 쪼그리고 앉아 공기놀이를 하고 있었다. 여인들은 김이 모락거리는 나물 반찬과 노란 쌀밥을 날랐다. 혹여 문인들이 배를 띄우고 술놀이라도 벌이고 있었다면, 어떤 문호의 시흥詩興이 크게 일어 이렇게 읊을지도 모를 일이었다. "근심도 없고 걱정도 없나니, 진실로 이것이 전원의 즐거움이로다!"

그런데 문호의 노래엔 사실과 다른 점이 몇 가지 있었다. 구근九斤 할매의 말을 듣지 못했으니 말이다. 할매는 찢어진 파초 부채로 걸상다리를 두드리며 길길이 역성을 부리고 있던 중이었다.

"나는 일흔아홉을 살았어. 살 만큼 살았다구. 이렇게 집안 망하는 꼴은 보고 싶지 않아. 차라리 죽는 게 낫지. 금방 밥때가 돼 가는데 볶은 콩이나 처먹고 있으니, 먹어서 집안을 거덜 낼 셈이야!"

증손녀 육근쯔이 한 줌 콩을 쥐고 맞은편에서 달려오다가 기미를 알아채고 곧장 강 쪽으로 내뺐다. 그러더니 오구목 뒤에 숨어 주먹만 한 댕기머리를 삐죽 내밀고는 소리를 내질렀다.

"저 할망구는 뒈지지도 않아!"

구근 할매는 나이답지 않게 아직 귀가 심하게 먹지는 않았다. 그런데도 아이의 말을 듣지 못했는지 여전히 혼자서 주절대고 있었다. "정말이지, 대代가 갈수록 시원찮아진다니까!"

이 마을 관습은 좀 유별난 데가 있었다. 대개 여자가 아이를 낳으면 저울로 무게를 달아 근수를 이름으로 삼았다. 구근 할매는 쉰 살 생일잔치를 하고부터 점점 투덜이로 변해 갔다. 젊었을 땐 날씨가 지금같이 덥지 않았다느니, 콩도 지금같이 딱딱하지 않았다느니, 아무튼 요즘 세상이 틀려먹었다는 말을 입에 달고 다녔다. 게다가 육근이 증조부에 비해 세 근이나 모자라고 제 애비 칠근과 비교해도 한 근이 덜 나가니 이거야말로 확실한 증거라는 거였다. 그리하여 소리에 다시 힘이 실렸다. "정말이지, 대가 갈수록 시원찮아진다니까!"

며느리 칠근댁이 밥 광주리를 받쳐 들고 오다가 대뜸 광주리를 탁자에 내동댕이치더니 발끈하는 것이었다. "노친네 또 시작이네. 육근이 태어날 때 여섯 근 닷 냥 아니었어요? 우리 집 저울이 또 사제라 무게가 잘 안 나가는 십팔 냥 저울이잖아요. 십육 냥짜리 저울을 썼더라면 우리 육근인 일곱 근도 더 나갔을 거예요. 증조부나 조부도 아홉 근이나 여덟 근을 꽉 채

웠는지 어땠는지 잘 모르잖아요. 저울이 십사 냥짜리인지도 모르고……."

"정말이지, 대가 갈수록 시원찮아진다니까!"

대답을 머뭇거리던 칠근댁은 이때 칠근이 골목 어귀를 돌아 나오는 것을 보고는 그쪽을 향해 악다구니를 썼다. "야, 이 웬수야, 뭔 짓을 하다 이제사 돌아오는 거. 어디 가서 뒈졌나 했지! 밥상 차려 놓고 기다리는 사람 안중에도 없지!"

칠근은 농촌에 붙박여 살고 있었지만 이름을 날려 보려는 야심이 일찍부터 있었다. 조부로부터 그에 이르기까지 삼대를 호미자루 한 번 잡아 본 일이 없었다. 그 역시 뱃사공 일을 하며 매일 아침 대처로 나갔다가 해질녘 다시 루전魯鎭으로 돌아오는 것이 일상이었다. 그런 탓에 그는 세상 돌아가는 소식에 아주 밝았다. 가령 어디서 천둥신 뇌공雷公이 지네 요정을 동강 내고 말았다느니, 어느 곳에선 처녀가 야차夜叉를 낳았다느니 하는 따위였다. 촌사람들 속에서 그가 이미 유명인사가 된 건 확실했다. 그래도 여름날엔 저녁 등불 없이 밥을 먹는 농가의 관습이 엄연한 상황에서 귀가 시간이 지체되면 욕을 먹는 건 어쩔 수가 없었다.

칠근은 상아 부리에 백동 대통의 여섯 자 가웃 반죽斑竹 담뱃대를 쥐고 고개를 떨군 채 느기적거리고 오더니 걸상에 주저앉았다. 육근도 이때를 놓칠세라 그 옆에 달라붙어 아버지를 불렀다. 칠근은 대답이 없었다.

"대가 갈수록 시원찮아진다니까!" 구근 할매가 주절거렸다.

칠근이 천천히 고개를 들고 한숨을 쉬며 입을 열었다. "황제가 보위에 올랐어."

칠근댁은 일순 멍하다가 홀연 큰 깨달음을 얻은 듯 거들고 나섰다. "거 잘됐네. 대사면大赦免의 황은皇恩을 입지 않겠어?"

칠근은 또 한 번 숨을 내쉬었다. "난 변발이 없잖아."

"황제가 변발을 요구해?"

"황제는 변발을 요구해."

"그걸 어떻게 알아?" 칠근댁은 조급해져 그를 다그쳤다.

"셴형咸亨주점에서 다들 그러던걸."

칠근댁은 일순 뭔가 심상치가 않다는 느낌이 들었다. 셴형주점은 믿을 만한 소식통이었던 것이다. 눈알을 굴려 칠근의 까까머리를 힐끗거리던 그녀는 부아가 치밀어 올랐다. 그가 한심하기도 하고 밉기도 하고 원망스럽기도 했다. 갑자기 절망감이 밀려왔다. 밥 한 그릇을 가득 담아 칠근 앞에 들이밀며 날카롭게 쏘아붙였다. "어서 밥이나 드셔! 울상을 짓는다고 변발이 자라기나 해?"

태양이 최후의 빛을 거두어들이자 수면엔 어느새 서늘한 기운이 되돌아왔다. 마당에선 그릇 소리 젓가락 소리만 달그닥거렸고 사람들 등줄기로 다시 땀방울이 송글거렸다. 밥 세 사발을 다 비운 칠근댁이 무심히 고개를 들었다. 순간 갑자기 명치끝이 쿵쾅쿵쾅 요동을 치기 시작했다. 오구목 잎새 사이로 작달막하고 뚱뚱한 자오치趙七 영감이 외나무다리를 건너오고 있었던 것이다. 그것도 짙푸른 옥양목 장삼을 입은 채 말이다.

자오치 영감은 인근 마을 마오위안茂源주점의 주인으로, 사방 삼십 리 내에서 유일한 명사이자 학자였다. 그래서인지 어딘지 모르게 나리마님 같은 퀴퀴한 냄새가 났다. 그는 김성탄金聖歎 평점評點의 『삼국지』를 십여 권 소장하고 있어서 허구한 날 앉아 그걸 한 글자 한 글자 읽곤 했던 것이다. 그는 오호장군五虎將軍의 이름을 알 뿐 아니라 심지어 황충黃忠의 자字가

한승漢升이고 마초馬超의 자가 맹기孟起라는 것도 알고 있었다. 혁명이 일어난 뒤 그는 마치 도사처럼 변발을 머리 꼭대기에 둘둘 말고 다녔다. 늘 탄식하며 가로되 만약 조자룡趙子龍이 살아 있다면 천하가 이 지경으로 어지러워지진 않았으리라는 거였다. 눈이 밝은 칠근댁은 오늘 자오치 영감의 머리가 도사 모양이 아니라 앞머리를 반들반들하게 깎아 올리고 뒤로 새까만 변발을 늘어뜨리고 있다는 것을 한눈에 알아보았다. 이건 분명 황제가 보위에 올랐다는 것이고 게다가 반드시 변발이 있어야 한다는 것이었다. 뿐만 아니라 칠근이 분명 심각한 위험에 빠져 있다는 징표이기도 했다. 그도 그럴 것이 자오치 영감은 옥양목 장삼을 어지간해서는 입지 않기 때문이다. 최근 삼 년 동안 딱 두 번 입었을 뿐이다. 한 번은 그와 실랑이를 벌인 곰보 아쓰阿四가 병이 났을 때였고, 또 한 번은 그의 주점을 박살낸 루魯 영감이 죽었을 때였다. 이번이 세번째로, 이건 분명 그에겐 경사요 그의 원수에겐 재앙임에 틀림없었다.

칠근댁은 이 년 전 칠근이 술에 취해 그를 "쌍놈"이라 욕한 것이 떠올랐다. 그래서 순간 칠근에게 위험이 닥쳤다는 걸 직감하고는 가슴이 쿵쾅거리기 시작했던 것이다.

영감이 걸어오자 밥 먹던 사람들이 모두 일어나 젓가락으로 자기 밥그릇을 가리키며 말했다. "어르신, 저희랑 진지 좀 드시죠!" 그도 연신 고개를 끄떡이며 "어여들 드시게" 하며 칠근네 식탁으로 곧장 걸어갔다. 칠근네 식구들이 서둘러 인사를 하자 그도 엷은 웃음을 띠며 "어여들 들어" 하면서 밥과 반찬을 찬찬히 훑었다.

"나물 냄새가 구수하구먼……, 소문은 들었겠지?" 그는 칠근 뒤에 서서 맞은편의 칠근댁에게 말을 건넸다.

"황제께서 보위에 오르셨다고요." 칠근이 끼어들었다.

칠근댁은 자오치 영감의 얼굴을 보고 한껏 웃음을 섞으며 말했다. "황제마마께서 보위에 오르셨으니 언제쯤 대사면의 황은을 입게 될라나요?"

"대사면의 황은이라······? 당장이야 아니라도 언젠간 대사면이 있겠지." 그러더니 갑자기 목소리에 서슬이 돋기 시작했다. "헌데 자네 서방 변발은? 변발이 어디로 갔냐고? 이건 심각한 문제야. 자네들도 알잖은가. 장발적 그 난리 때 머리털을 남기자니 머리통이 달아나지, 그렇다고 머리통을 남기자니 또 머리털이 달아나지······.

칠근네 부부는 책이라고는 가까이 가 본 적이 없어 이런 문자놀이의 오묘함을 이해할 턱이 없었다. 하지만 학식 있는 자오치 영감이 이런 말을 하는 것으로 보아 사태가 돌이킬 수 없는 지경에 이르렀다는 것은 직감했다. 그리하여 사형선고라도 받은 것처럼 귀가 웅웅거리며 한 마디 대꾸도 할 수 없었다.

"대가 갈수록 시원찮아져······." 투덜대고 있던 구근 할매가 이 기회를 틈타 영감에게 말을 붙였다. "요즘 장발적은 사람들 변발이나 잘라서 중도 아니고 도사도 아닌 꼴로 만들어 놓는 게 고작이여. 왕년의 장발적이 어디 이랬수? 나는 일흔아홉을 살았으니 살 만큼 살았어. 왕년의 장발적은 어쨌냐 하면 새빨간 비단 한 필로 칭칭 머리를 싸매고 아래로 늘어뜨려 발뒤꿈치까지 닿았지. 임금 마마는 누런 비단을 늘어뜨렸어, 누런 비단 말이여. 새빨간 비단에 누런 비단이······ 난 살 만큼 살았어. 일흔아홉이면."

칠근댁은 몸을 일으키며 중얼댔다. "이 일을 어떡하면 좋다냐? 늙으나 어리나 다 저 양반만 기대고 사는데······."

영감은 고개를 내저었다. "방법이 없어. 변발이 없으면 어떤 벌을 받아야 하는지 책에 조목조목 쓰여 있으니 말이야. 권속이 어찌 되건 그런 건 상관없네."

책에 적혀 있단 말에 칠근댁은 완전히 절망했다. 혼자 날뛸들 방법이 없었다. 갑자기 또 칠근이 원망스러워졌다. "이 웬수야. 싸다 싸! 모반이 일어났을 때 내가 그리 일렀잖아. 뱃일도 하지 말고 대처에 나가지 말라고. 그런데도 죽자 사자 기어 나가더니 기어이 변발을 잘리고 말았잖아. 예전엔 윤기 찰랑거리는 까만 변발이 그리 좋두만, 지금 그 꼴이 뭐야. 중도 아니고 도사도 아닌 것이. 이 인간이야 자업자득이라 치고 우릴 끌고 들어가 또 어쩌겠다고? 이 웬수 같은 인간아……."

자오치 영감이 마실을 나온 걸 보고 마을 사람들은 부랴부랴 칠근네 식탁으로 몰려들었다. 칠근은 제 딴엔 나름 유명인사라 여기던 차였는데 여편네한테 그것도 사람들 앞에서 모욕을 당했으니 체면이 영 말이 아니었다. 어쩔 수 없다는 듯 고개를 치켜들고 천천히 입을 열었다.

"지금 와서 멋대로 지껄이는데 그땐 당신도……."

"이 웬수 같은 화상이……."

구경꾼 중 팔일八一댁은 심성이 착한 사람이었다. 두 살 난 유복자를 안고 칠근댁 옆에서 이 난리를 구경하던 그녀가 보다 못해 사태를 진정시키고 나섰다. "칠근댁, 그만해. 사람이 신이 아닌 이상 어느 누가 앞일을 알 수 있나? 자네도 그때 말했잖아. 변발이 없어도 전혀 이상하지 않다고 말야. 게다가 관아 나으리도 아직 별 말씀이 없는데……."

말이 끝나기도 전에 칠근댁의 귓불이 새빨개졌다. 대뜸 들고 있던 젓가락으로 팔일댁 코를 찔러 대며 역성을 부렸다. "아니, 무슨 말을 그렇게 해! 팔일댁, 나같이 멀쩡한 사람이 어찌 그렇게 터무니없는 소리를 해? 그때 나는 꼬박 사흘을 울고불고 난리를 쳤다구. 모두들 봤잖아. 육근이 이 년도 꺼이꺼이 난리였고……." 육근은 수북이 담은 밥을 낼름 비우고 빈 사발을 내밀며 더 달라던 참이었다. 칠근댁은 홧김에 젓가락으로 육근의 댕기머리 한복판을 쿡 찌르며 소리를 질렀다. "누가 거기더러 나서라 그 랬어! 서방질이나 일삼는 과부 주제에!"

쨍그렁 하는 소리가 나면서 육근이 들고 있던 밥사발이 땅에 떨어졌 다. 공교롭게도 벽돌 모서리에 부딪히는 바람에 산산조각이 나고 말았다. 칠근은 벌떡 일어나 깨진 그릇을 주워 맞추어 보더니 버럭 소리를 질렀다. "망할 년!" 그러고는 철썩 하는 소리와 함께 육근이 나가떨어졌다. 구근 할매는 나동그라져 울고 있는 육근의 손을 당겨 일으켰다. 그러고는 "대 가 갈수록 시원찮아져"를 연발하며 어디론가 데리고 가 버렸다.

팔일댁도 열이 뻗쳐 맞받아쳤다. "칠근댁, 그쪽이 지금 '무턱대고 사 람을 때려잡네'……."

자오치 영감은 처음엔 실실대며 구경만 하고 있었다. 그런데 팔일댁 의 "관아 나으리도 별 말씀이 없었다"는 발언 이후 슬그머니 화가 났다. 식탁머리 난장판에서 발을 빼고 있던 그가 팔일댁의 말에 토를 달고 나 선 것이다. "'무턱대고 사람을 때려잡네'라니, 그걸 말이라고 하는 게야? 대군이 곧 들이닥칠 거야. 자네 잘 알아 둬. 이번에 보위에 오르시는 분은 장張 장군이란 분인데,[2] 이분은 연燕나라 사람 장익덕張翼德의 후손이셔. 그 분의 장팔사모丈八蛇矛 위용을 만 명의 장정인들 당해 낼라고, 그러니 뉘라 서 그분을 막아 낼 수 있으리." 그는 두 주먹을 불끈 쥐고 장팔사모를 잡은 듯 시늉을 하며 팔일댁 쪽으로 성큼 몇 걸음을 다가갔다. "자네가 그분을 막아 낼 건가!"

팔일댁은 화가 나서 아이를 안은 채 몸을 떨고 있던 참이었다. 그런데 자오치 영감이 눈을 부라리고 땀을 뻘뻘 흘리며 자기를 겨누고 달려드는 걸 보고 기겁을 해서 달아나 버렸다. 자오치 영감도 뒤를 쫓았다. 사람들은 팔일댁이 일을 키웠다고 나무라면서 길을 틔워 주었다. 변발을 잘랐다가 다시 기르기 시작한 몇몇은 그가 볼세라 사람들 뒤로 얼른 몸을 숨겼다. 자오치 영감도 자세히 살필 여력은 없는 듯 무리를 뚫고 지나가다가 오구목 뒤편으로 돌아들며 소리쳤다. "자네가 그분을 막아 낼 거야!" 그러고는 외나무다리를 건너 유유히 사라져 버렸다.

마을 사람들은 멍하니 서서 속으로 이런저런 가늠을 하느라 여념이 없었다. 그런들 자기가 장익덕을 당해 낼 순 없다는 건 분명했고, 따라서 칠근이 목숨을 부지할 길이 없다는 것도 확실했다. 기왕 칠근이 천자의 법도를 범했다면, 지금껏 대처 소식이랍시고 긴 담뱃대를 물고 거드름을 피워 댄 것도 돼먹지 못한 짓이라는 생각이 들었다. 그리하여 칠근의 범법 행위에 대해 적잖이 통쾌하단 생각이 들기도 했다. 뭔가 의논을 해봐야 할 것 같았지만 그렇다고 딱히 논의할 만한 게 있을 것 같지도 않았다. 한바탕 앵앵거림이 일더니 모기들이 벌거벗은 윗통들의 숲을 뚫고 오구목 아래에 진을 쳤다. 사람들도 하나 둘 흩어져 문을 걸고 잠이 들었다. 칠근댁도 투덜거리면서 그릇과 탁자, 걸상을 챙겨 집으로 들어가 문을 걸고 잠이 들었다.

칠근은 깨진 종지를 들고 집으로 돌아와 문지방에 걸터앉아 담배를 피웠다. 하지만 너무 걱정이 돼서 빠는 것도 잊었다. 담뱃대 백동 대통 속의 불꽃이 점점 사그라졌다. 사태가 몹시 위급한 것 같아 무슨 방도를 강구하고 계획을 세우고 싶었지만 너무 막연해서 도무지 종잡을 수가 없었다. "변발은? 변발은 어디로 갔냐고? 장팔사모 말이야. 대가 갈수록 시원 찮아져 간다니까! 황제께서 보위에 오르셨어. 깨진 사발은 대처에 나가 때우면 되겠지만. 누가 그분을 당해 낼 건가? 책에 조목조목 적혀 있다니 까. 망할 년!⋯⋯"

이튿날 아침 칠근은 여느 때처럼 배를 저어 대처로 나갔다가 해질녘 루전으로 돌아왔다. 그리고 여섯 자가 넘는 반죽 담뱃대와 사발 하나를 들 고 마을로 돌아갔다. 저녁 자리에서 그는 구근에게 성에 가서 그릇을 때워 왔다는 것, 산산조각이 나서 구리 못 열여섯 개가 들었다는 것, 구리 못 하 나당 서 푼 해서 도합 마흔여덟 푼이 들었다는 것 등등을 주절주절 늘어놓 았다.

구근 할매는 언짢아하며 역성을 부렸다. "대가 갈수록 시원찮아져. 난 살 만큼 살았다구. 못 하나에 서 푼이라니. 예전엔 못이 어디 이랬남? 예전 못은 말이여⋯⋯ 난 일흔아홉까지 살았다구⋯⋯."

그 이후 늘 그래 왔던 대로 칠근은 매일 대처를 드나들었다. 하지만 집안 공기는 어딘가 모르게 어두웠고 마을 사람들도 대체로 그를 기피하 면서 더 이상 대처 소식을 귀동냥하러 오지 않았다. 칠근댁도 뚱한 목소리 로 항시 입에 "웬수"를 달고 다녔다.

열흘 남짓 지난 어느 날, 칠근이 대처에 나갔다 돌아오니 아내가 신이 난 목소리로 물었다. "대처에서 무슨 소릴 못 들었수?"

"아무 소리도 못 들었는데."

"황제가 보위에 올랐대?"

"아무 말도 없던데."

"셴헝주점에서도 무슨 소리들을 안 하고?"

"없었는데."

"내 생각엔 황제가 분명 보위에 오르지 못한 것 같아. 오늘 자오치 영감 가게를 지나는데 영감이 또 앉아서 책을 읽고 있더라구. 변발도 둘둘 말아 올리고. 장삼도 안 입었어."

"……"

"보위에 안 오른 거겠지?"

"안 오른 거 같애."

지금 칠근은 칠근댁과 마을 사람들에게 상당한 존경과 대우를 받는 몸이 되었다. 여름이 되자 그들은 여전히 앞마당에서 밥을 먹었다. 모두들 얼굴을 마주치면 환한 얼굴로 인사를 건넨다. 여든을 넘어선 구근 할매는 여전히 불평을 늘어놓았고 기력도 짱짱했다. 육근의 댕기머리도 벌써 커다란 변발로 변해 있었다. 최근 발을 싸맨 그 아이는 집안일을 도울 만은 했는지 열여섯 개 구리 못으로 땜질한 주발을 들고 뒤뚱거리며 마당을 오가고 있었다.

1920년 10월

주)_____

1) 원제는 「風波」, 1920년 9월 『신청년』 제8권 제1호에 발표했다.

2) 장쉰(張勛)을 가리킨다. 베이양(北洋)군벌의 한 사람이다. 원래 청나라 군관이었던 그는 신해혁명 이후에도 변발을 자르지 않는 것으로 청나라에 대해 충성을 표했다. 그래서 그들을 변발군이라 불렀다. 1917년 7월 1일 베이징에서 그는 폐위된 황제 푸이(溥儀)의 복위를 시도했다가 결국 실패했다.

고향[1]

혹한을 무릅쓰고 고향을 간다. 이천 리 떨어진, 이십여 년이나 떠나 있던 고향 말이다.

한겨울이었다. 고향이 가까워질수록 날씨는 음산하고 찬바람이 윙윙 배 안을 파고들었다. 덮개 사이로 밖을 내다보니 누릿한 하늘 아래 스산하고 황량한 마을들이 띄엄띄엄 생기 없이 늘어서 있었다. 가슴에 울컥 슬픔이 치밀어 올랐다.

아! 이게 내가 이십여 년 동안 한시도 잊지 못하던 고향이란 말인가?

내 기억 속의 고향은 이렇지 않았다. 그건 훨씬 더 근사했다. 그러나 기억 속의 그 아름다움을 떠올려 멋진 대목을 말하려 하면 영상도 사라지고 언어도 사라져 버린다. 마치 그런 것이라는 듯. 그래서 나 스스로 이렇게 해명하는 것이다. 고향도 본시 그렇다. 진보가 없다 한들 슬픔을 느낄 이유는 없다. 그저 내 심정의 변화일 뿐이니까. 게다가 이번 귀향에 설렘 같은 게 있지도 않았으니까.

이번 귀향은 이별을 위한 것이었다. 오랫동안 우리 일가가 살던 집은 이미 남에게 넘기기로 얘기가 된 상태였다. 양도 기한은 금년 말까지였다. 그래서 정월 초하루 전에 정든 옛집과 이별하고 정든 고향을 떠나 내가 밥벌이를 하고 있는 이역으로 이사를 가야만 했다.

이튿날 아침 나는 우리 집 대문 앞에 당도했다. 기와 위 바람에 떨고 있는 말라 비튼 풀들은 집 주인이 바뀌어야 하는 까닭을 말해 주고 있었다. 같이 살던 친척들은 이미 이사를 해버린 듯 집안은 적막했다. 내가 살던 칸에 이르자 어머니가 벌써 마중을 나와 계셨다. 뒤따라 여덟 살 난 조카 훙얼宏兒도 날듯이 뛰어나왔다.

어머닌 반색을 하셨다. 그래도 처량한 기색은 감추고 계셨다. 나를 앉아 쉬도록 하고 차를 내왔지만 이사에 대해선 입을 열지 않았다. 나와 첫 상면인 훙얼은 건너편에 멀찍이 서서 나를 바라보기만 했다.

하지만 우리는 끝내 이사 일을 입에 올렸다. 나는 저쪽 집을 벌써 세내놨고 또 가구도 몇 개 사 놨다는 것, 이 밖엔 집안에 있는 가구들을 모조리 팔아 충당하면 된다는 것 등등을 이야기했다. 어머니도 좋다고 하셨다. 그러고는 짐짝 정리도 대충 끝났다는 것, 운반이 불편한 가구도 절반은 처분했지만 아직 돈을 받지 못했다는 것 등등을 말씀하셨다.

"하루 이틀 쉬다가 친척 어른들 한번 찾아뵙고 떠나도록 하자."

"그러지요."

"그리고 룬투閏土 말인데, 우리 집에 올 때마다 네 소식을 묻더구나. 한번 만났으면 하더라. 네가 도착하는 날을 대충 일러 주었으니 아마 곧 올 게다."

이때 신비로운 그림 한 폭이 머리를 스쳐 갔다. 검푸른 하늘에 노란 보름달이 걸려 있고, 그 아래 바닷가 백사장엔 새파란 수박밭이 끝없이 펼쳐져 있었다. 그 사이로 열한두 살이나 되어 보이는 한 소년이 목에 은 목걸이를 한 채 차猹[2]라는 놈을 향해 힘껏 작살을 던지고 있었다. 놈은 잽싸게 방향을 틀더니 외려 그의 가랑이 사이로 쏙 빠져 줄행랑을 치고 마는 것이었다.

이 소년이 바로 룬투다. 내가 그를 알게 된 것은 열 살 안팎 무렵으로 지금으로부터 삼십 년 전 일이다. 그땐 아버지도 살아 계셨고 집안 형편도 괜찮았으니, 말하자면 나는 어엿한 도련님이었다. 그 해는 우리 집에서 큰 제사를 지낼 차례였다. 이 제사는 삼십 몇 년 만에 한 번 돌아오는 것으로 그만큼 정중히 치러야 했다. 정월에 조상 영정을 모시는 일엔 제물도 많았고 제기도 신경을 써야 했다. 참례자가 많으니 제기도 도둑맞지 않도록 잘 지켜야 했다. 우리 집엔 망월忙月이 한 사람뿐이었다(우리 고장에선 고용인을 셋으로 나눈다. 일 년 내내 한 집에 붙박이로 고용된 자를 장년長年이라 하고, 일정 기한 누군가에게 고용된 자를 단공短工이라 한다. 자기 농사를 지으면서 정월이나 명절, 그리고 세금을 거둬들일 때 어느 집에 고용된 자를 망월忙月이라 불렀다). 어찌나 바빴던지 그는 자기 아들 룬투더러 제기를 관리하도록 하겠노라 아버지에게 말했다.

아버지는 그리하라 하셨다. 나도 신이 났다. 일찍이 룬투라는 이름을 들은 바가 있기 때문이다. 게다가 그가 나와 또래라는 것, 윤달閏月에 태어나 오행五行 가운데 토土가 빠져 있다 해서 그의 아버지가 룬투閏土라 이름을 지었다는 것도 알고 있었다. 그는 덫을 놓아 새를 잡는 데 명수였다.

그리하여 나는 매일같이 섣달이 오기만을 손꼽아 기다렸다. 섣달이 되면 룬투도 올 것이었다. 가까스로 다가온 연말의 어느 날, 어머니는 룬투가 왔다고 일러 주셨다. 나는 그를 보러 한달음에 뛰어나갔다. 그는 마침 부엌에 있었다. 자줏빛 둥근 얼굴에 자그만 털모자를 쓰고 목에는 반들반들한 은 목걸이를 하고 있었다. 그건 그의 아버지가 걸어 준 사랑의 징표였다. 아들이 죽을까 봐 부처님 앞에서 소원을 빌고 걸어 준 목걸이였다. 그는 사람 앞에서 부끄럼을 많이 탔지만 내게만은 그렇지 않았다. 아무도 없을 때 내게 말을 걸어 와서 우린 반나절도 안 돼 친숙해졌다.

그때 우리가 무슨 얘기를 나눴는지는 모르겠지만, 도회지에 가서 생전 못 본 것들을 무수히 보았노라고 신이 나서 재잘거리던 모습만은 기억이 난다.

이튿날 나는 그에게 새를 잡아 달라고 졸랐다. 그랬더니 이러는 거였다. "그건 곤란해. 큰 눈이 내려야 되거든. 모래밭에 눈이 내리면 그걸 쓸어서 조그만 공터를 만들어. 그러고는 작은 막대로 큰 광주리를 받치고 나락을 거기에 뿌려 둔단 말이야. 그럼 새가 그걸 보고 와서 쪼아 먹거든. 그때 멀찍이서 막대에 매단 줄을 톡 잡아당기기만 하면 끝나는 거야. 광주리 속엔 별별 새들이 다 있어. 참새, 뿔새, 산비둘기, 파랑새……."

그리하여 나는 눈이 내리기를 고대했다.

룬투는 또 이런 말을 했다.

"지금은 너무 추워 그렇지만 여름이 되면 우리 집에 놀러 와. 낮엔 바닷가에 조개를 잡으러 가거든. 빨간 거, 파란 거, 귀신 쫓기 조개, 관음보살 손바닥 등등 없는 게 없어. 밤이면 우리 아빠랑 수박 지키러 가는데 너도 가자."

"도둑을 지킨다고?"

"아니. 지나가다 목이 말라 하나쯤 따 먹는 건 우리 동네에선 훔치는 걸로 치지도 않아. 지켜야 할 건 두더지나 고슴도치, 차猹 같은 놈들이야.

달빛이 내려쬐는 밤에 말야, 어디 한번 들어 봐, 사각사각 소리가 날 거야. 그건 차라는 놈이 수박을 갉아먹는 소리야. 그러면 네가 말야, 작살을 들고 살금살금 다가가……."

그때 나는 이 차라는 놈이 어떤 짐승인지 알지 못했지만——지금도 그렇지만——생김새가 개 같고 아주 사나운 놈일 거라 생각하고 있었다.

"그놈이 물진 않어?"

"작살이 있잖아! 다가가서 차를 보면 그냥 찌르는 거야. 근데 아주 영리한 놈이라 오히려 너 쪽으로 달려들며 가랑이 사이로 내뺄 거야. 털이 기름처럼 미끄덩거리는데……."

그때까지 나는 세상에 신기한 일이 그렇게 많을 줄 몰랐다. 바닷가에 오색찬란한 조개는 웬 말이며 수박에 이토록 위험한 내력은 또 웬 말이란 말인가. 그때까지 나는 과일가게에서 파는 수박밖에 몰랐으니 말이다.

"우리 동네 모래밭엔 말야, 밀물 때가 되면 날치 떼가 펄떡거리는데 장관이야. 청개구리처럼 두 발이 달렸는데……."

아아! 룬투의 가슴속엔 신기한 일들이 무궁무진하구나. 하나같이 내 친구들이 모르는 것뿐이니. 그들은 아무것도 모른다. 룬투가 바닷가에 서 있을 때 나처럼 그저 마당 안 네 모서리 하늘만 쳐다보고 있었던 것이다.

애석하게도 정월이 지나 룬투는 집으로 돌아가야 했다. 나는 마음이 달아 엉엉 울었다. 그도 부엌에 숨어 울며 가지 않겠노라 뻗댔다. 하지만 끝내 그 아버지한테 끌려가고 말았다. 그 뒤 그는 자기 아버지 편에 조개 껍질 한 꾸러미와 예쁜 깃털 몇 개를 보내 주었다. 나도 한두 번 뭔가를 보냈지만, 이후 다시 그를 만나지 못했다.

어머니가 그를 거론하는 순간 어릴 적 기억이 번개처럼 번쩍이며 되살아나 내 아름다운 고향을 본 것만 같았다. 나는 대답했다.

"거 참 잘 됐네요! 그는…… 어찌 지내는지?……"

"그 아이 말이냐?…… 그 아이도 형편이 여의치 않더라……." 어머닌 말씀을 하면서 창밖을 바라보았다. "저 치들 또 왔네. 가구를 사겠다면서 손에 잡히는 대로 가져가니 원. 가서 좀 봐야겠다."

어머니는 일어서더니 나갔다. 문밖엔 여자들 목소리가 났다. 나는 홍얼을 가까이 오라고 해서 이런저런 얘기를 나누었다. 글은 쓸 줄 아는지, 바깥세상에 나가 보고 싶진 않은지.

"우리 기차 타고 가요?"

"그래. 기차 타고 간단다."

"배는요?"

"먼저 배를 타고……."

"하이고! 이렇게 변했네! 수염도 이리 자랐고!" 돌연 날카로운 괴성이 귀를 때렸다.

깜짝 놀라 얼른 고개를 들어 보니 광대뼈가 불거지고 입술이 엷은 쉰 안팎의 여자가 앞에 서 있었다. 두 손을 골반에 걸치고 치마도 안 입은 채 두 다리를 벌리고 있는 모습이 마치 가냘픈 다리를 가진 콤파스 같았다.

나는 경악했다.

"모르겠수? 내가 안아 주기도 했는데!"

나는 더욱 경악했다. 다행히 어머니가 들어와 끼어들었으니 망정이지.

"오랫동안 외지에 나가 있어 까맣게 잊어버렸을 거야. 너도 기억나지?" 그러면서 나를 향해 말씀을 이었다. "우리 집 건너 사는 양楊씨네 둘째댁 아주머니 아니냐. …… 두부 가게 하던."

오라. 생각이 났다. 그러고 보니 분명 어릴 적 우리 집 건너 두부 가게엔 하루 종일 양씨네 둘째댁이란 사람이 앉아 있었고 사람들은 그녀를 "두부 서시西施"[3]라 불렀다. 하지만 분도 발랐고 광대뼈도 이렇게 튀어나오지 않았고 입술도 이렇게 얇지 않았다. 게다가 종일 앉아 있었으니 이런 콤파스 같은 자세를 보았을 리 없었다. 그 무렵 사람들 말로는 그녀 때문에 두부 가게가 성황이라 했다. 하지만 나이가 어렸던 터라 나는 그런 말엔 추호의 감화도 입지 않았다. 그래서 까맣게 잊고 있었던 것이다. 그러나 콤파스는 꽤나 불만인 모양이었다. 경멸의 기색을 드러내는 것이 마치 나팔륜[나폴레옹]을 모르는 불란서인이나 와싱톤을 모르는 미국인을 조소하는 듯했다.

"기억이 안 난단 말이지? 그거 참말로 귀인은 눈이 높다더만⋯⋯."

"그럴 리가요. ⋯⋯ 저는⋯⋯." 나는 어찌할 바를 몰라 일어서며 말했다.

"그럼 내 자네한테 말하지. 쉰扁이, 자넨 부자가 됐고, 또 옮기기에도 육중할 테고. 이런 허접한 가구를 무엇에나 쓰겠나. 그러니 나한테 주게. 우리 같은 가난뱅이야 쓸모가 있으니까."

"제가 부자라뇨. 이걸 팔아야 그 돈으로⋯⋯."

"아아니, 이 사람이 도대道臺[4]가 되고도 부자가 아니라는 게야? 자네 지금 첩을 셋이나 거느리고 출타할 땐 팔인교를 타면서도 부자가 아니라고? 에이, 내 눈은 못 속이지."

말대꾸를 해봐야 소용이 없겠다 싶어 입을 닫은 채 묵묵히 서 있었다.

"아이구야, 참말로 돈 있는 사람들이 더 무서워. 있을수록 지갑 끈을 더 쥔다더니⋯⋯." 콤파스는 휙 몸을 돌려 궁시렁대며 밖으로 나갔다. 그러면서 어머니 장갑을 바지춤에 슬쩍 찌르는 거였다.

그 뒤로도 인근의 일가친척들이 날 보러 왔다. 나는 그들을 응대하면서 틈틈이 짐을 꾸렸다. 그렇게 사나흘이 지났다.

어느 추운 날 오후, 나는 점심을 먹고 나서 앉아 차를 마시던 중이었다. 밖에 누군가 들어오는 인기척이 나서 고개를 돌려 뒤돌아보았다. 순간 나도 모르게 놀라 얼떨결에 몸을 일으켰다.

룬투였다. 첫눈에 룬투임을 알아봤지만 내 기억 속의 룬투는 아니었다. 키는 배나 자랐고 예전의 자줏빛 둥근 얼굴도 이젠 누른 잿빛으로 변해 있었다. 게다가 주름이 제법 깊었다. 눈도 자기 아버지처럼 가장자리가 온통 벌겋게 부어 있었다. 나는 안다. 바닷가에서 농사를 짓는 자는 온종일 불어오는 갯바람 때문에 대개 이런 경우가 많다는 것을. 머리에는 너덜한 털모자를 쓰고 몸엔 얇은 솜옷을 한 벌만 걸친 채 잔뜩 움츠리고 있었다. 손엔 종이꾸러미와 긴 담뱃대를 들고 있었다. 그 손도 내 기억 속의 발그스레하고 토실토실 살이 오른 손이 아니었다. 거칠고 울퉁불퉁한 데다 갈라진 것이 마치 소나무 껍질 같았다.

나는 몹시 흥분되었지만 무슨 말을 해야 할지 몰라 그저 얼버무렸다.

"어! 룬투, …… 왔어?……"

이어서 수많은 말들이 염주처럼 줄줄이 솟구쳐 나왔다. 뿔새, 날치, 조개, 차…… 하지만 무엇에 제지당한 듯 머릿속을 맴돌기만 할 뿐 입 밖으로 나오지 않았다.

그는 멈춰 섰다. 반가움과 쓸쓸함이 배어 나왔다. 입술을 움찔거렸지만 소리로 맺히지는 못했다. 마침내 그의 태도가 깍듯해지기 시작하더니 어조가 분명해지는 것이었다.

"나으리!……"

오싹 소름이 돋는 듯했다. 우리 사이엔 이미 슬픈 장벽이 두껍게 가로 놓여 있었다. 나도 아무 말을 할 수 없었다.

그는 고개를 돌리며 말했다. "수이성水生! 나으리께 절을 올리거라." 그러고는 등 뒤에 숨어 있던 아이를 끌어냈다. 이 아이야말로 이십 년 전 룬투였다. 누렇게 뜨고 약간 마르다는 것과 목에 은 목걸이가 없다는 걸 제외하면 그랬다. "제 다섯째 놈입니다. 세상 구경을 한 적이 없어 이리 부 끄럼을 타니……."

어머니와 홍얼이 이층에서 내려왔다. 목소릴 들은 모양이었다.

"노마님, 서신은 진즉 받았습니다. 저는 정말이지 얼마나 기뻤는지, 나으리께서 돌아오신다는 걸 알고요……." 룬투가 말했다.

"아니. 자네 말투가 어째서 이런가. 예전엔 형 동생 하지 않았어? 그냥 옛날대로 쉰아 그리 하게." 어머니는 기분이 들떠 말했다.

"아닙니다요, 노마님도 참 별 말씀을…… 그런 법도가 어디 있다고 요. 그땐 아이라 철이 없어서……." 룬투는 말을 하면서 수이성에게 예를 갖추라고 채근했지만 아이는 부끄러워하며 제 아버지 등 뒤에 달라붙어 있는 것이었다.

"얘가 수이성이라고? 다섯째? 모두가 낯선 얼굴이니 수줍어하는 것 도 당연하지. 홍얼, 데리고 가서 좀 놀아 주거라."

이 말에 홍얼이 손짓을 하자 수이성은 홀가분한 걸음이 되어 그를 따 라나서는 것이었다. 어머니가 룬투에게 앉기를 권하자 그는 잠시 머뭇거 리다가 겨우 앉았다. 긴 담뱃대를 탁자 옆에 세워 두고 종이꾸러미를 내밀 며 말했다.

"겨울철이라 변변한 게 없습니다. 콩인데 저희 집에서 말린 걸 조금 가져왔습니다. 나으리께……."

나는 이것저것 그의 형편을 물었다. 그는 고개를 저을 뿐이었다.

"말이 아닙니다. 여섯째 놈이 거드는데도 입에 풀칠하기가…… 어수선하기도 하고…… 어딜 가나 돈을 뜯기니, 법이 있기나 한 겐지…… 농사도 엉망이고요. 심어서 팔아 봤자 몇 번 세금 내고 나면 본전도 못 건지고. 그렇다고 안 팔자니 썩을 뿐이고……."

그는 잘래잘래 고개를 저을 뿐이었다. 얼굴에 숱한 주름이 새겨 있었지만 꿈쩍도 않는 것이 마치 석상 같았다. 시난고난한 삶을 형용할 길이 없다는 듯 잠시 침묵을 지키더니 담뱃대를 들고 묵묵히 담배를 피웠다.

어머니 말에 의하면 집안일이 바빠 내일 돌아가야 한다고 했다. 게다가 아직 점심도 못 먹어서 직접 부엌에 가서 밥을 볶아 먹으라 했다는 거였다.

그가 나가자 어머니와 나는 그의 형편에 한숨을 지었다. 애들은 줄줄이지 흉년과 기근에 가혹한 세금까지, 또 군인, 비적, 관리, 향신鄕紳이 쥐어짜서 그를 장승으로 만들어 버렸으니. 어머니는 내게 굳이 가져가지 않아도 될 물건은 그더러 직접 골라 가져가게 하자고 했다.

오후에 그는 집기 몇 개를 골랐다. 긴 탁자 둘, 의자 넷, 향로와 촛대 한 벌, 저울 하나. 그는 또 집에 있는 재를 전부 달라고 했다(우리 고장에선 밥 지을 때 짚을 때는데, 그 재는 모래땅의 거름이 된다). 우리가 떠날 때 배로 날라 가겠다는 거였다.

밤에도 우린 이런저런 얘기를 나누었다. 하나같이 중요하지 않은 것들이었다. 다음 날 아침 그는 수이성을 데리고 돌아갔다.

또 아흐레가 지나 우리가 떠날 날이 되었다. 룬투는 아침 일찍부터 걸음을 했다. 수이성은 같이 오지 않고 대신 다섯 살 난 딸을 데리고 와 배를 지키게 했다. 하루 종일 정신없이 바빴던 터라 더 이상 이야기를 나눌 틈이 없었다. 손님도 적지 않았다. 전송하러 온 사람, 물건 가지러 온 사람, 전송도 할 겸 물건도 가져갈 겸 해서 온 사람 등 가지각색이었다. 저녁 무렵 우리가 배에 오를 때에는 고택의 크고 작은 물건들이 빗질을 한 듯 싹 비워졌다.

우리가 탄 배가 앞으로 나아갔다. 황혼 속 양 기슭의 산들이 짙은 눈썹처럼 단장을 한 채 하나둘 고물 쪽으로 뒷걸음질쳤다.

홍얼은 나와 함께 창에 기대 어슴푸레한 바깥 풍경을 바라보다가 불쑥 물음을 던졌다.

"큰아버지! 우리 언제나 돌아올까요?"

"돌아오다니? 넌 어째서 가지도 않았는데 돌아올 생각부터 하니?"

"그게 아니라, 수이성이 자기 집으로 놀러 오라고 해서……." 그는 크고 새까만 눈을 말똥거리며 우두커니 생각에 잠겼다.

나와 어머니도 다소 멍해졌다. 그리하여 다시 룬투 이야기로 화제가 돌아갔다. 어머니 말에 의하면, 그 두부집 서시는 짐을 꾸리기 시작한 그날부터 매일 걸음을 했는데, 그저께는 잿더미 속에서 주발과 접시를 열 몇 개나 파냈다는 거였다. 이런저런 이야기 끝에 룬투가 묻어 두었고 재를 나를 때 같이 가져가려던 것으로 단정을 내렸다는 거였다. 양씨댁은 이 발견을 자기 공으로 돌리면서 구기살狗氣殺(이는 우리 고장에서 닭을 칠 때 쓰는 도구다. 목판 위에 우리를 치고 거기에 모이를 놓아둔다. 그러면 닭은 목을 길게 뻗어 쪼아 먹을 수 있지만 개는 그럴 수가 없어 멀뚱히 보면서 애만 태우게 된다)을 슬쩍하고는 내뺐다는 거였다. 전족纏足 한 발로 어찌 저리도 잘 달릴까 싶을 정도였다는 거였다.

옛 집은 점차 멀어져 갔다. 고향산천도 점점 멀어져 갔다. 하지만 나는 일말의 미련도 느껴지지 않았다. 사방에 보이지 않는 담장이 쳐 있고 나 혼자 거기 남겨진 듯한 느낌이 들어 울적했다. 수박밭 꼬마 영웅의 영상은 더없이 또렷했건만 이젠 홀연 희미해져 버렸다. 그것이 나를 슬프게 한다.

어머니와 훙얼은 잠이 들었다.

나는 드러누워 배 밑창의 철썩이는 물소리를 들으며 내가 내 길을 가고 있음을 알았다. 생각해 보니 나는 룬투와 이 지경으로 멀어졌지만 우리 후배들은 여전히 한 기분으로 살고 있었다. 훙얼은 지금 수이성을 못 잊어 하지 않는가? 바라기는, 저들이 더 이상 나처럼 되지 말기를, 또 모두에게 틈이 생기지 않기를……그렇다고 또 저들이 의기투합한답시고 나처럼 고통에 뒤척이며 살아가진 말기를, 또 룬투처럼 고통에 시달리며 살아가진 말기를, 또 다른 이들처럼 고통에 내맡기며 살아가진 말기를. 저들은 새로운 삶을 가져야 한다. 우리가 일찍이 경험하지 못한 삶을.

희망이라는 것에 생각이 미치자 덜컥 겁이 나기 시작했다. 룬투가 향로와 촛대를 갖겠다고 했을 때 나는 속으로 비웃었다. 아직도 우상을 숭배하며 언제까지 연연해할 거냐고. 지금 내가 말하는 희망이라는 것도 나 자신이 만들어 낸 우상이 아닐까? 그의 소망은 비근한 것이고 내 소망은 아득한 것일 뿐.

몽롱한 가운데 바닷가 푸른 모래밭이 펼쳐져 있고 그 위 검푸른 하늘엔 노란 보름달이 걸려 있었다. 생각해 보니 희망이란 본시 있다고도 없다

고도 할 수 없는 거였다. 이는 마치 땅 위의 길과 같은 것이다. 본시 땅 위
엔 길이 없다. 다니는 사람이 많다 보면 거기가 곧 길이 되는 것이다.

1921년 1월

주)_____

1) 원제는 「故鄕」, 1921년 5월 『신청년』 제9권 제1호에 발표했다.

2) 차(猹)는 오소리의 일종인 듯하다.

3) 서시(西施)는 월(越)나라 왕 구천(勾踐)과 오(吳)나라 왕 부차(夫差) 간의 전쟁담에 등장
   하는 여인이다. 흔히 미녀의 대명사로 통용된다.

4) 도대(道臺)는 청나라 관직 도원(道員)의 속칭이다. 지방 행정을 관장하던 관리다.

아Q정전[1]

제1장 서(序)

아Q에게 정전正傳을 써 주어야겠다고 한 지가 벌써 몇 해 전이다. 그런데 막상 쓰려고 하면 또 머뭇거리게 되는 것이었다. 이로 볼 때 내가 '후세에 말을 전할' 만한 위인이 못 됨을 알 수 있다. 그도 그럴 것이 예로부터 불후不朽의 문장만이 불후의 인물을 전할 수 있다고 했으니 말이다. 그리하여 사람은 문장으로 전해지고 문장은 사람으로 전해지는데, 그렇다면 대체 누가 누구에 의해 전해지는 것인지 점점 모호하게 된다. 마침내 아Q를 전해야겠다는 데 생각이 이르고 보니 생각 속에 귀신이 자리하고 있는 듯 했다.

어쨌거나 속후速朽의 문장 한 편을 쓰기로 작정하고 붓을 들고 보니 여러 가지 난관에 봉착하게 되었다. 첫째는 글의 제목이었다. 공자는 "이름이 바르지 못하면 말이 순통치 못하다"名不正則言不順고 했다. 이는 응당 주의를 기해야 할 문제다. 전傳에도 별별 전들이 다 있다. 열전列傳, 자전自

傳, 내전內傳, 외전外傳, 별전別傳, 가전家傳, 소전小傳 등등등, 그런데 애석하게
도 어느 하나 딱 들어맞지가 않았다. '열전'은 어떨까? 이 글은 허다한 위
인들과 함께 '정사'正史 속에 배치될 수 없다. 그럼 '자전'은 어떨까? 내가
아Q가 아니니 이것도 안 된다. '외전'이라 하면 '내전'은 어디에 있는가?
설령 '내전'이라 해도 아Q는 결코 신선이 아닌 것이다. '별전'은? 그러자
면 먼저 '본전'이 있어야 하는데 아직 대총통이 국사관國史館에 아Q의 '본
전'을 세우라는 유시가 없다. 영국의 정사에 『박도별전』博徒別傳이 없음에
도 문호 디킨스가 『박도별전』2)이란 책을 쓴 적이 있다고 하지만, 이는 문
호니까 가능한 일이지 나 같은 사람에겐 어림도 없다. 그다음은 '가전'인
데, 내가 아Q와 일가인지 아닌지 알 수가 없거니와 그의 자손들에게 부탁
받은 적도 없다. 혹시 '소전'이라 해도 아Q에게 별달리 '대전'이 있는 것
도 아니다. 요컨대 이 글은 아무래도 '본전'이 되겠으나, 내 글이라는 것에
대해 생각해 보자면 문체가 비천하여 '콩국 행상꾼'들이나 쓰는 말이라
감히 참칭을 할 수가 없다. 이에 삼교구류三教九流 축에도 못 끼는 소설류의
이른바 "한담은 접고 정전으로 돌아가서"라는 상투적인 구절에서 '정전'
正傳이란 두 글자를 취하여 제목으로 삼는 바이다. 옛사람이 편찬한 『서법
정전』書法正傳의 '정전'과 혼동될 우려가 없지 않으나 거기까지 마음을 쓸
겨를은 없다.

둘째, 으레 그렇듯 전기의 첫머리에는 대개 "아무개, 자字는 무엇에 어
디 사람이다"라 해야겠지만, 나는 아Q의 성이 무엇인지도 모른다. 한번
은 그의 성이 자오趙인 것도 같았으나 다음 날 모호해지고 말았다. 자오 나
리의 아들이 수재秀才 시험에 급제했을 때였다. 징 소리와 함께 그 소식이
마을에 알려졌을 때, 마침 황주 두어 잔을 걸친 아Q는 뛸듯이 기뻐하며

그 자신에게도 영광이라고 했다. 왜냐하면 원래 그는 자오 나리와 일가이며, 항렬을 꼼꼼히 따져 보면 수재보다 삼 대나 위라는 것이었다. 그때 근방에 있던 몇 사람들도 적잖이 존경의 염이 생겨났다. 그런데 다음 날 지역 치안을 담당하던 지보地保가 아Q를 불러 자오 나리 집으로 데리고 갔다. 나리는 아Q를 보자마자 얼굴에 핏대를 세우며 고래고래 소리를 질렀다.

"아Q, 이 우라질 놈! 네놈이 나랑 일가라고?"

아Q는 입을 열지 않았다.

자오 나리는 더욱 화가 치밀어 몇 발짝을 쫓아 나서며 말했다. "감히 터무니없는 소릴 지껄이다니! 내가 어떻게 네놈 같은 일가가 있단 말이야? 네놈 성이 자오씨야?"

아Q는 입을 꾹 닫고 뒷걸음질쳤다. 그런데 자오 나리가 달려들어 그의 따귀를 한 대 올려붙였다.

"네놈이 어찌 자오씨야? 네놈이 뉘 앞에서 자오씨를 갖다 붙여!"

아Q는 자오씨가 맞다고 항변을 하지 않았다. 그저 왼손으로 볼을 문지르며 지보와 함께 물러났을 뿐이다. 밖으로 나와서는 또 지보에게 한바탕 닦아세움을 당한 뒤 사죄조로 술값 이백 푼을 그에게 바쳤다. 이 사실을 안 사람들은 하나같이 아Q가 황당한 말을 하고 다녀 스스로 매를 번 거라고 했다. 성이 자오씨인 것 같지도 않고, 진짜로 자오씨라 하더라도 자오 나리가 여기에 있는 한 그런 헛소리를 지껄여선 안 된다는 거였다. 그 뒤부터 아무도 그의 성을 들먹이는 사람이 없었다. 그래서 나도 아Q의 성이 무엇인지 알지를 못하는 것이다.

셋째, 아Q의 이름을 어떻게 쓰는지 나도 모른다. 그가 살아 있을 때엔 모두가 그를 아Quei라 불렀지만, 죽은 뒤론 더 이상 아Quei를 입에 올리는 사람이 없었다. 그러니 어찌 '죽백竹帛에 적어 역사에 남기는' 일이 있을 수 있겠는가. 만약 '죽백에 적었다'고 한다면 이 글이 첫번째가 될 터이므로 제일 먼저 이 난관에 부딪히게 될 것이다. 예전에 나는 아Quei가 아구이阿桂인지 아구이阿貴인지에 대해 곰곰이 생각해 본 적이 있다. 만약 사람들이 그를 월정月亭이란 호를 부르거나 8월에 생일잔치를 한 적이 있다면 그는 분명 아구이阿桂일 것이다. 그러나 그는 호가 없고——어쩌면 있는데 아는 사람이 없는 것인지도 모르겠다——생일날 초청장을 보내온 적도 없다. 그래서 그를 아구이阿桂라 쓰는 건 독단이다. 또 만약 그에게 아푸阿富라는 이름의 형이나 아우가 있다면 그는 분명 아구이阿貴일 것이다. 그러나 그는 혈혈단신이므로 아구이阿貴로 쓸 근거가 없다. 그 밖에 Quei로 발음되는 어려운 글자로는 더욱이 들어맞지 않는다. 예전에 나는 자오 나리의 아들인 수재 선생에게 물어본 적이 있지만 놀랍게도 그리 박학한 분도 별 수가 없었다. 그의 결론에 의하면 천두슈陳獨秀가 『신청년』을 발간하고 서양 문자를 제창한 탓에 국혼이 쇠망하여 고증할 길이 없게 되었다는 거였다. 나의 최후 수단은 고향 친구에게 부탁하여 아Quei의 범죄 조서를 살펴보도록 하는 것이었다. 8개월이 지난 뒤 겨우 답신이 왔는데, 조서에는 아Quei 비슷한 발음은 아예 없다는 것이었다. 실제 없는지 아니면 살펴보지 않았는지 모르겠지만 더 이상 별다른 방도가 없었다. 혹시 주음자모注音字母가 아직 통용되지 않았을 수도 있을 터, 그러니 할 수 없이 '서양 문자'를 빌려 영국식 표기법으로 아Quei라 쓰고 간략히 아Q라 부를 수밖에. 『신청년』을 맹종하는 것 같아 나 자신도 좀 뭣하지만, 수재 선생도 알지 못하는 걸 난들 무슨 수가 있겠는가.

　　넷째, 아Q의 본관本貫이다. 만약 그의 성이 자오씨라면 자기 가계를

명망가와 연결시키고 싶어 하는 요즘의 세태에 따라 『군명백가성』郡名百家
姓의 주석에 비추어 "농서천수隴西天水 사람이다"라고 해야 할 것이다. 하
지만 애석하게도 그 성이 그리 믿을 만한 것이 못 되는지라, 따라서 본관
도 속단키가 어려웠다. 그는 웨이좡에 오래 살긴 했지만 항시 별처別處에
서 기거했으므로 웨이좡 사람이라 말할 수도 없다. 그러니 "웨이좡 사람
이다"라고 한다 해도 역시 역사적 법칙에 어긋나는 것이 된다.

그나마 스스로 위안이 되는 것은 '아'阿 자 하나만은 확실하다는 점이
다. 이것만은 절대로 갖다 붙이거나 빌려 온 것이 아니니 그 어떤 대가 앞
에서도 떳떳할 수 있다. 그 밖의 점들은 천학비재한 나로선 규명해 볼 도
리가 없다. 그저 '역사벽과 고증벽'에 물든 후스즈胡適之 선생의 제자들이
장래 수많은 단서들을 찾아내 주기를 바랄 수밖에. 물론 나의 이 「아Q정
전」은 그때쯤이면 이미 소멸해 버리고 말았겠지만 말이다.

이로써 서문을 대신한다.

제2장 승리의 기록

아Q는 이름과 본관이 분명치 않을 뿐 아니라 이전의 '행장'行狀조차 분명
치 않다. 웨이좡 사람들에게 아Q는 일을 부리거나 놀려 먹는 대상이었을
뿐 지금껏 그의 '행장' 따위엔 마음을 두지 않았다. 그리고 아Q 자신도 그
런 말을 내비치지 않았다. 유독 말다툼을 할 땐 간혹 눈을 부라리며 으름
장을 놓곤 했다.

"우리도 한때는…… 너보다 훨씬 더 대단했어! 네깟 게 뭐라고!"

아Q는 집이 없어 웨이좡의 마을 사당에서 살았다. 일정한 직업도 없

어 날품을 팔며 생활을 했다. 보리를 베라면 보리를 베고, 방아를 찧으라 하면 방아를 찧고, 배를 저어라 하면 배를 저었다. 일이 길어지면 주인집에서 임시로 묵을 때도 있었지만, 일이 끝나면 이내 돌아갔다. 그래서 사람들은 일손이 달릴 때에는 아Q를 생각했지만, 그건 일을 시키기 위해 그런 것이지 '행장' 때문에 그런 건 아니었다. 일단 한가해지면 아Q라는 존재조차 까맣게 잊어버렸으니 '행장'은 더더욱 말할 나위가 없었다. 딱 한 번 어느 노인이 "아Q는 정말 일꾼이야!"라고 칭찬을 한 적이 있었다. 이때 아Q는 웃통을 벗은 채 깡마른 몰골로 멋쩍은 듯 노인 앞에 서 있었다. 다른 사람들은 이 말이 진심인지 조롱인지 아리송해하고 있는데, 아Q는 기분이 날아가고 있었다.

아Q는 자존심이 강했다. 웨이좡 사람 누구도 그의 눈에 차는 자가 없었다. 심지어 두 명의 '문동'文童조차 시시하게 여길 정도였다. 무릇 문동이란 장차 수재가 될 재목이었다. 자오趙 나리와 첸錢 나리가 주민들로부터 크게 존경을 받는 이유도 부자라는 것 외에 문동의 아버지라는 점 때문이었다. 그런데도 유독 아Q만은 각별히 존중을 표할 마음이 없었다. '내 아들은 더 대단했을걸!' 그는 이렇게 생각하고 있었다. 게다가 몇 번 대처를 들락거린 일은 그의 자부심을 한층 강화시켜 주었다. 하지만 그는 대처 사람들까지 경멸하고 있었다. 가령 길이 석 자, 두께 세 치 판자로 만든 걸상을 웨이좡에선 '창덩'長凳이라 부르는데 그도 '창덩'이라 불렀다. 그런데 이걸 대처 사람들은 '탸오덩'條凳이라 불렀다. 그 생각에 이는 틀린 것이며 가소로운 일이었다. 생선튀김을 할 때 웨이좡에선 길이 반 치 정도의 파를 얹는데 대처에선 잘게 썬 파를 얹었다. 그 생각엔 이것도 돼먹지 못한 것이며 가소로운 일이었다. 하지만 웨이좡 것들이야말로 세상을 모르는 가

소로운 촌놈들로 대처의 생선튀김은 구경조차 못 했다는 거였다.

아Q는 '한때는 대단했고' 견식도 높았으며 게다가 '진정한 일꾼'이니 제대로라면 거의 '완벽한 인간'이 되어야 했다. 안타깝게도 그에겐 약간의 체질상의 결함이 있었다. 제일 큰 근심거리는 머리 군데군데 언제 생겼는지도 모르는 부스럼 자국이었다. 이 역시 그의 신체의 일부이긴 하나, 아Q의 생각엔, 자랑할 만한 것은 못 되었다. '부스럼'이란 말뿐 아니라 '부스' 비슷한 발음조차 꺼려하고 있었으니 말이다. 그 뒤론 그것이 점점 확대되어 '훤하다'도 꺼려했고 '밝다'도 꺼려했다. 마침내 '등불'이나 '촛불'까지 금기시하게 되었다. 이 금기를 범하는 자가 있으면 고의든 아니든 부스럼 자국까지 새빨개질 정도로 화를 내는 것이었다. 상대를 어림잡아 보아서 어눌한 자 같으면 욕을 퍼부어 주었고 약골 같아 보이면 두들겨 패 주었다. 하지만 당하는 쪽은 늘 아Q였다. 그리하여 대개 노려보는 쪽으로 점차 전략을 바꾸기에 이르렀다.

그런데 누가 알았으랴, 아Q가 노려보기주의主義를 채택한 이후 웨이좡 건달들이 더욱 그를 놀려 댈 줄을. 그를 보기만 하면 짐짓 놀라는 체하며 이렇게 너스레를 떠는 것이었다.

"어이쿠, 훤하시구먼."

그러면 아Q는 으레 화를 내며 노려보는 것이었다.

"그러고 보니 보안등이 여기 있었네그려!" 그들은 전혀 두려워하지 않았다.

아Q는 하는 수 없이 복수의 언어를 찾지 않으면 안 되었다.

"네깟 놈이야……." 이때 그는 마치 자기 머리에 있는 것이 고상하고 영광스런 부스럼 자국이지 평범한 부스럼 자국은 아니라는 식이었다.

그런데 앞서 말한 바와 같이 아Q는 높은 견식의 소유자였으므로 그것이 '금기'에 저촉된다는 걸 모를 리가 없었다. 그리하여 이내 입을 다물어 버렸다.

건달은 이에 그치지 않고 더 짓궂게 굴었다. 끝내 주먹다짐이 오가기에 이르렀다. 형식적으로 보면 아Q는 패배했다. 놈이 아Q의 누런 변발을 휘어잡고 너덧 번 벽에다 머리를 쾅쾅 찧고 나서 만족스러운 듯 의기양양하게 가 버렸으니 말이다. 아Q는 잠시 서서 생각했다. '아들놈한테 얻어맞은 걸로 치지 뭐. 요즘 세상은 돼먹지가 않았어⋯⋯.' 그러고는 그도 흡족해하며 승리의 발걸음을 옮기는 것이었다.

아Q는 속에 있는 생각을 매번 뒤에 가서 내뱉었다. 그래서 아Q를 놀려 대는 자들 거의 전부가 그에게 일종의 정신승리법이 있다는 것을 알게 되었다. 그 뒤 그의 누런 변발을 낚아챌 때는 아예 이렇게 못 박아 두는 것이었다.

"아Q, 이건 자식이 애비를 때리는 게 아니라 사람이 짐승을 때리는 거야. 네 입으로 말해 봐! 사람이 짐승을 때리는 거라고!"

아Q는 양손으로 변발 밑둥을 틀어쥐고는 머리를 뒤틀며 말했다.

"버러지를 때리는 거야, 그럼 됐지? 나는 버러지야. 이래도 안 놔?"

버러지라고 해도 건달은 놓아주는 법이 없었다. 늘 그래 왔던 대로 가까운 데 아무 데다 대고 몇 번 머리를 쾅쾅 찧고 나서야 만족하여 의기양양하게 가 버리는 거였다. 이번에야말로 아Q도 꼼짝 못하겠지 하면서 말이다. 하지만 십 초도 안 되어 아Q도 흡족해하며 승리의 발걸음을 옮기는 것이었다. 그는 자기야말로 자기를 경멸할 수 있는 제일인자라고 생각하고 있었다. '자기 경멸'이란 말을 제외하면 남는 건 '제일인자'였다. '장원

급제'한 자도 '제일인자'가 아닌가? "네깟 놈이 뭐라고!?"

아Q는 갖가지 묘수로 원수들을 물리친 뒤 유쾌한 마음으로 술집으로 달려가 몇 잔 술을 들이켰다. 그러고는 또 한바탕 놀림에 한바탕 입씨름을 벌이다가 다시 의기양양해져 유쾌한 발걸음으로 사당에 돌아와 벌렁 자빠져 곯아떨어졌다. 혹여 돈이라도 생기면 노름판으로 달려갔다. 아Q는 땀을 뻘뻘 흘리며, 땅바닥에 종종거리고 있는 무리 가운데로 끼어들었다. 목소리로 따지면 그가 제일 높았다.

"청룡에 사백!"

"자아~ 엽~니다요." 패잡이가 야바위 잔 뚜껑을 열면서 땀에 젖은 얼굴로 읊어 댔다. "천문天門이로세~. 각角은 텄고요~! 인人과 천당穿堂은 아무도 안 걸었고요~! 아Q 돈은 내가 먹어부렀어~!"

"천당에 백, 아냐, 백오십!"

아Q의 동전은 노랫가락에 실려 다른 이의 땀에 절은 허리춤으로 흘러 들어갔다. 마침내 뒷전으로 밀려나 남들 패에 마음을 조이며 막판까지 자리를 지켰다. 그러고는 연연해하며 사당으로 돌아갔던 것이다. 그리고 또 다음 날은 시뻘건 눈으로 일을 나가는 것이었다.

'인간만사 새옹지마'라 했던가. 불행히도 아Q는 한 판 대박을 터뜨리고도 도리어 낭패를 보고 말았다.

그날은 웨이좡 마을 제삿날 밤이었다. 이날 밤은 관례대로 무대가 설치되었고 그 주변으로 늘 그랬듯 여기저기서 도박판이 벌어졌다. 굿판의 징소리 북소리도 아Q의 귀엔 십리 밖 일이었다. 그의 귀엔 오직 패잡이의 가락소리밖에 들리지 않았다. 그는 따고 또 땄다. 동전이 은전이 되고 작은 은전은 큰 은전이 되어 수북이 더미를 이루었다. 그는 신바람이 났다.

"천문에 두 냥!"

누가 누구와 무슨 일로 싸움을 벌였는지 모르겠지만 욕지거리에 주먹이 오가는 소리, 후다닥 하는 소리가 뒤섞이며 일대 혼란이 벌어졌다. 그가 간신히 기어 일어났을 때는 노름판도 보이지 않았고 사람들도 보이지 않았다. 몸 몇 군데가 쑤셨다. 아무래도 주먹질과 발길질 세례를 당한 듯했다. 몇 사람이 고개를 갸웃거리며 그를 쳐다보았다. 그는 넋 나간 듯 사당으로 돌아왔다. 은화 무더기는 온데간데없이 사라졌다. 노름꾼들 대부분은 이 마을 사람들이 아니었다. 그러니 어딜 가서 그걸 찾는단 말인가?

은전 무더기가 번쩍거렸는데! 모두 자기 거였는데, 하나도 보이지가 않다니! 아들놈이 가져간 셈 치지 뭐 해보아도 여전히 마음이 개운치 않았다. 스스로 버려지라 말해 보아도 역시 마음이 개운치 않았다. 이번만은 그도 얼마간 실패의 고통을 맛보았다.

그래도 그는 이내 패배를 승리로 전환시켰다. 그는 오른손을 들어 두세 번 자기 뺨을 힘껏 때렸다. 제법 얼얼하니 통증이 왔다. 그러고 나니 마음이 평안해지기 시작했다. 마치 자기가 때리고 다른 자기가 맞은 듯했다. 이윽고 자기가 남을 때린 것처럼——아직 얼얼했지만——흡족해져 의기양양한 기분으로 드러누웠다.

이내 잠이 들고 말았다.

제3장 승리의 기록(속편)

아Q가 항상 승리를 구가하긴 했지만, 그가 유명해진 건 자오 나리에게 따귀를 얻어맞고 난 뒤의 일이었다.

마을 지보에게 이백 푼 술값을 치르고 나서 홧김에 드러누운 뒤 이런 생각을 했던 것이다. '요즘 세상은 개판이야. 자식놈이 애비를 때리질 않나……' 그리하여 홀연 자오 나리의 위풍당당한 모습을 떠올린 것이다. 이제 자오 나리가 그의 자식이 된 것이다. 그러자 점점 의기양양해져 「청상과부 성묘 가네」라는 노래를 흥얼거리며 술집으로 갔다. 그때 그는 자오 나리가 남보다 훨씬 더 고상한 사람으로 느껴졌던 것이다.

신기하게도 이 일이 있고 난 뒤 모두가 각별히 그를 존경하는 것 같았다. 아Q로서는 자기가 자오 나리의 부친이기 때문이라고 생각했는지는 모르겠지만 실은 그렇지가 않았다. 웨이좡에선 칠성이가 용팔이를 쥐어박았다거나 삼돌이가 삼식이를 주워 팬 정도는 무슨 일 축에도 끼지 못했다. 자오 나리 같은 유명인사가 연관되어야 비로소 사람들 입에 오르내리는 것이었다. 일단 입에 오르내리면 때린 자가 유명인사여서 맞은 자도 덩달아 유명해졌다. 잘못이 아Q에게 있었다는 건 말할 필요가 없었다. 왜냐? 자오 나리에게 잘못이 있을 리 만무하기 때문이다. 그렇다면 잘못이 있는데도 왜 사람들은 그를 각별히 존경할까? 이는 그야말로 난해한 문제였다. 곰곰이 생각해 보면 이런 것이었는지도 모른다. 아Q가 자오 나리와 일가라고 한 걸 보면, 비록 얻어맞긴 했지만 어쩌면 정말일지도 모른다. 그러니 존경해 두는 것이 더 나을 거야. 그게 아니라면 이런 이치일 것이다. 공자 사당에 제물로 바친 소는 돼지나 염소 같은 축생에 지나지 않지만 성인이 젓가락질을 한 것이니 유자儒者들도 감히 함부로 건드릴 수가 없지.

그 뒤 여러 해 동안 아Q의 어깨엔 잔뜩 힘이 들어가 있었다.

어느 해 봄 그가 얼큰히 취해 길을 걷고 있는데, 양지 바른 담 밑에서 왕王 털보가 웃통을 벗고 이를 잡고 있는 모습이 눈에 들어왔다. 그는 갑자기 몸이 가려웠다. 왕 털보는 부스럼 자국에다 수염이 많아 왕 부스럼털보라 불렸는데 아Q는 거기서 부스럼을 떼어내어 버렸다. 하지만 몹시 경멸하고 있었다. 아Q의 생각에 부스럼 자국은 이상하달 것도 없지만 그 덥수룩한 수염은 아주 꼴불견이라는 거였다. 그는 나란히 앉았다. 다른 건달이었다면 감히 엄두도 못 낼 일이었다. 왕 털보 정도야 뭐가 무서웠으리. 솔직히 말하자면, 그가 앉아 준 것만으로도 그를 띄워 준 격이었다.

아Q도 누더기가 된 저고리를 벗어 까뒤집었다. 빨래를 한 지가 얼마 안 되어 그런지 아니면 찬찬히 살피지 못한 탓인지 오랜 시간을 들였건만 겨우 서너 마리밖에 잡지 못했다. 왕 털보를 보니, 한 마리, 또 한 마리, 두 마리, 세 마리 연신 입에 넣고 툭툭 깨물고 있었다.

처음엔 무척 실망스러웠지만 점점 약이 올랐다. 허접한 왕 털보가 저리 많은데 자기는 몇 마리밖에 되지 않으니 이 어찌 체통을 잃는 일이 아니겠는가! 한두 마리라도 큰 놈을 찾아내려 했지만 끝내 보이지 않았다. 가까스로 중치 한 마리를 잡아 두툼한 입술에 집어넣고는 있는 힘을 다해 깨물자 퍽 하고 소리가 났다. 그래도 왕 털보 것만은 못했다.

이때 그의 부스럼 자국이 벌겋게 달아올랐다. 옷을 땅바닥에 패대기치더니 침을 튀기며 소리를 질렀다.

"이 털복숭이야!"

"이 부스럼쟁이 개자식이 누굴 욕하고 자빠졌어?" 왕 털보는 경멸하듯 눈을 치켜뜨며 말했다.

이 무렵 아Q는 존경을 받는 몸인지라 한층 거드름을 피워 댔지만 싸움질에 익숙한 건달을 만나면 겁이 났다. 그런데 어쩐지 이번만은 용기가 솟구쳤다. 이 따위 털복숭이가 멋대로 지껄이게 놔둘 수는 없지 않은가?

"누군 누구야? 네놈이지." 그는 일어서서 양손을 허리춤에 괴고 말했다.

"너 뼈다귀가 근질거리지?" 왕 털보도 일어서서 옷을 걸치며 말했다.

아Q는 그가 내빼려는 줄 알고 달려들어 주먹을 한 방 날렸다. 주먹은 왕 털보의 몸에 닿기도 전에 어느새 그의 손아귀 속에 있었다. 휙 하니 그가 잡아채자 아Q는 비틀거렸다. 그러고는 이내 왕 털보에게 변발을 낚여 늘 그래 온 대로 벽에 머리를 찧기고 말았다.

"'군자는 말로 하지 손을 쓰지 않느니라'!" 아Q는 고개를 비틀며 말했다.

왕 털보는 군자는 아니었다. 전혀 아랑곳 않고 연거푸 다섯 번을 찧었다. 그러고 나서 힘껏 밀치는 바람에 아Q는 여섯 자나 나가떨어졌다. 그제서야 왕 털보는 만족해하며 가 버리는 거였다.

아Q의 기억으로는 이 일이 일생의 첫번째 굴욕이었다. 왜냐하면 왕 털보는 털복숭이라는 결점 때문에 지금껏 자기에게 놀림을 받았으면 받았지 자기를 놀리지는 못하였던 것이다. 더욱이 손찌검이라니 말도 안 되는 소리였다. 그런데 지금 그런 놈한테 손찌검을 당한 것이다. 실로 뜻밖의 일이었다. 세상의 풍문처럼 황제께서 과거를 폐지하자 수재와 거인舉人이 없어져 버렸고 그 탓으로 자오 가의 위신도 땅에 떨어지고 말았으니, 그래서 설마 놈이 자기를 깔보았단 말인가?

아Q는 어쩔 줄을 모른 채 우두커니 서 있었다.

저만치서 누군가가 오고 있었다. 그의 적이 또 나타난 것이다. 아Q가 제일 밥맛이라 여기던 첸 나리의 큰아들이었다. 전에 그는 대처에 있는 서양 학교에 들어가더니 무슨 까닭인지 다시 동양의 섬나라로 달음박질해 갔다. 반년 뒤 집으로 왔을 때는 다리도 쭉 뻗고 변발도 보이지 않았다. 그의 어머니는 열댓 번이나 대성통곡을 했고 그의 아내도 세 번씩이나 우물에 뛰어들었다. 그 뒤 그의 어머니는 가는 데마다 이런 말을 퍼뜨리고 다녔다. "그 변발은 술 취한 상태에서 나쁜 놈에게 잘리고 말았대요. 번듯한 관리가 될 법도 했건만, 이젠 머리가 자랄 때까지 기다릴 수밖에." 하지만 아Q는 믿으려 들지 않았다. 악착같이 그를 '가짜 양놈'이라 불렀고 또 '양코배기 앞잡이'라 불렀다. 그를 보기만 하면 뱃속에서 한바탕 욕지거리가 이는 것이었다.

특히나 아Q가 '깊이 증오하고 통절해 마지않는' 것은 그의 가짜 변발이었다. 변발이 가짜라면 사람 자격이 없는 거나 마찬가지였다. 그의 마누라가 네번째로 우물에 뛰어들지 않는 것도 제대로 된 여자는 아니었던 것이다.

그런 '가짜 양놈'이 다가왔다.

"까까머리. 당나귀……." 평소 아Q는 뱃속으로만 욕을 할 뿐 입 밖으로 뱉는 법이 없었다. 그런데 이번만은 울화가 치밀고 앙갚음을 하고 싶었던 터라 자기도 모르게 욕이 새나오고 말았다.

뜻밖에 이 까까머리가 니스 칠을 한 지팡이 ── 아Q는 이걸 상주막대哭喪棒라 불렀다 ── 를 들고 성큼성큼 다가오는 것이었다. 그 순간 아Q는 한 대 벌었구나 하면서 몸을 움츠리고 어깨를 세운 채 기다리고 있었다. 과연 딱 하는 소리와 함께 머리에 뭔가가 부딪힌 것 같았다.

"저놈한테 한 소리라니까요!" 아Q는 근방에 있던 아이를 가리키며 오리발을 내밀었다.

딱! 딱딱!

아Q의 기억으론 이것이 그 평생 두번째 굴욕이었다. 다행히 딱딱거리는 소리가 난 뒤 사건이 일단락된 듯해서 오히려 한결 마음이 후련한 느낌이었다. 게다가 조상 대대로 전해오는 '망각'이라는 보물이 효력을 발생하기 시작했다. 어기적거리며 술집 어귀에 이르렀을 땐 상당히 기분이 좋아져 있었다.

그런데 맞은편에서 정수암靜修庵의 젊은 비구니가 걸어오고 있는 것이었다. 평소 아Q는 그녀만 보면 침을 뱉으며 욕을 퍼부어 주고 싶었다. 하물며 굴욕을 당한 뒤가 아닌가? 갑자기 그 기억이 되살아나면서 적개심이 불타올랐다.

'오늘 왜 이리 재수가 없나 했더니 네 년을 만나려고 그랬나 봐!'

속으로 그는 이렇게 생각했다.

"캬! 퉤!"

비구니는 거들떠보지도 않고 고개를 숙인 채 걸음질만 하고 있었다. 그의 곁에 다가선 아Q는 갑자기 손을 뻗어 파르스름한 머리통을 쓰다듬으며 헤헤거리는 것이었다.

"까까머리! 얼른 돌아가, 중놈이 널 기다리고 있어……."

"왜 나한테 집적거리는 거야?" 비구니는 얼굴이 새빨개진 얼굴로 항변을 하고는 다시 잰걸음을 재촉했다.

술집에 있던 사람들이 배를 잡았다. 아Q는 자기의 공훈이 인정되는 걸 보고 한층 더 신바람이 났다.

"중놈은 껄떡거려도 되고 나는 안 된단 말이야?" 그녀의 볼을 꼬집으며 그가 말했다.

술집에 있던 사람들이 배를 잡았다. 아Q는 더욱 의기양양해졌다. 구경꾼들에게 만족을 주기 위해 다시 힘껏 꼬집고 나서 풀어 주었다.

이 일전으로 왕 털보에게 당한 일도 잊고 가짜 양놈에게 당한 일도 말끔히 잊어버렸다. 오늘의 모든 '불운'을 앙갚음한 것 같았다. 게다가 신기하게도 딱딱 얻어맞았을 때보다 한결 몸이 가벼워져 훨훨 날아갈 것만 같았다.

"대代나 끊겨라, 이 아Q놈아!" 멀리서 비구니의 울음 섞인 목소리가 들려왔다.

"하하하!" 아Q는 득의에 가득 찬 웃음을 터뜨렸다.

"허허허!" 술집에 있던 사람들도 적잖이 득의에 찬 웃음을 터뜨렸다.

제4장 연애의 비극

이런 말이 있다. 어떤 유類의 승리자는 적이 범 같고 매 같기를 원하며 그래야만 승리의 환희를 만끽할 수 있다고. 가령 양이나 병아리 같으면 승리의 무료함만 느낄 뿐이라는 것이다. 또 어떤 유의 승리자는 모든 걸 정복한 뒤 죽을 자는 죽고 항복할 자는 항복하여 "신은 황공하고도 황공하옵게도 죽을 죄를 지었나이다"의 지경에 이르게 되면, 그에겐 이미 적도 없고 맞수도 없고 벗도 없이 홀로 고독하고 쓸쓸하고 적막하게 남게 되어 도리어 승리의 비애를 느낀다는 것이다. 하지만 우리의 아Q는 그런 약골이 아니었다. 그는 영원히 의기양양했다. 어쩌면 이 역시 중국의 정신문명이 전 지구상에서 가장 우수하다는 증거 중 하나인지도 모른다.

보라, 훨훨 날아갈 것만 같지 않은가!

하지만 이번 승리는 아무래도 좀 이상했다. 그는 한참을 훨훨 날아다니다가 훌쩍 사당으로 돌아왔다. 여느 때 같으면 자빠지자마자 코를 골았을 터였다. 그런데 누가 알았으랴. 이 밤, 좀처럼 눈이 감기지 않을 줄을. 엄지와 검지가 평소와 달리 이상하게 매끈거렸으니 말이다. 젊은 비구니 얼굴의 매끈거리는 뭔가가 그의 손가락에 눌어붙은 것일까? 아니면 손가락이 매끈거리도록 비구니의 얼굴을 쓰다듬었던 것일까?⋯⋯

"대나 끊겨라, 이 아Q놈아!"

아Q의 귀에 이 말이 다시 울렸다. 그는 생각했다. 맞아, 여자가 있긴 있어야 해. 자손이 끊기면 누가 제삿밥 한 그릇이라도 차려 주겠어⋯⋯ 여자가 있어야 해. 무릇 '불효엔 세 가지가 있나니 후사 없음이 으뜸'이거늘, '약오_{若敖}의 혼백이 굶어 죽는'다면 이는 인생의 크나큰 비애가 아닌가. 이런 생각은 성현의 말씀에도 여러모로 들어맞는 것이었다. 다만 애석한 건 뒤에 가서 '그 뒤숭숭함을 수습키가 어렵다'는 점뿐이었다.

'여자, 여자!⋯⋯' 그는 생각했다.

'⋯⋯ 중놈도 껄떡거리는데⋯⋯ 여자, 여자!⋯⋯ 여자!' 그는 또 생각했다.

그날 밤 몇 시나 되어서야 아Q가 코를 골기 시작했는지 우리는 알 수가 없다. 하지만 이때부터 손가락 끝이 매끈거렸고 그리하여 이때부터 하늘거림이 있게 된 것만은 분명하다.

'여자⋯⋯' 그는 생각했다.

이 일단만 봐도 우리는 여자가 사람을 해치는 존재임을 알 수 있다.

본래 중국의 남자 대부분은 성현이 될 수 있었지만, 애석하게도 죄다 여자 때문에 망가지고 말았다. 상_商나라는 달기_{妲己} 때문에 망했고, 주_周나라는 포사_{褒姒} 때문에 허물어졌다. 진_秦나라는⋯⋯ 역사에 기록은 없지만 여자 때문이라 가정해도 그리 틀린 말은 아니다. 그리고 동탁董卓은 분명 초선貂蟬에게 죽임을 당했다.

아Q는 원래 바른 사람이었다. 어떤 훌륭한 스승의 가르침을 받았는지 모르겠지만, '남녀유별'에 관해서는 지금껏 매우 엄격했고 이단──이를테면 비구니나 가짜 양놈 따위──을 배척하는 기개도 있었다. 그의 학설은 이런 것이었다. 모든 비구니는 반드시 중놈과 사통을 하게 되어 있고, 여자가 바깥나들이를 하는 것은 반드시 남자를 유혹하려는 수작이며, 남자와 여자가 이야기를 나누면 반드시 무슨 꿍꿍이가 있다. 그래서 이들을 응징하기 위해 때론 노려보기도 하고 때론 큰소리로 '질타'하기도 하고 때론 뒤에서 돌팔매질을 하기도 했던 것이다.

그런 그가 '이립而立'의 나이를 앞두고 비구니로 인해 마음이 하늘거리게 될 줄 누가 알았으랴. 예교禮敎상 이 하늘거림은 아니 될 말이었다. 그래서 여자란 참으로 가증스런 존재인 것이다. 비구니의 얼굴이 매끈거리지만 않았다면 아Q가 넋을 빼앗길 일이 없었을 터이고, 또 비구니의 얼굴에 천이 한 장 덮여만 있었더라도 아Q가 넋을 빼앗길 일이 없었을 터였다. 오륙 년 전 연극을 구경하던 무리 속에서 그가 어떤 여자의 허벅지를 꼬집은 적이 있었는데, 그때는 바지가 한 층을 가려 주어 마음이 하늘거리는 일 같은 건 없었다. 그런데 비구니는 그렇지 않았다. 이 역시 이단의 가증스러움을 증명하기에 충분한 것이었다.

'여자……' 아Q는 생각했다.

그는 '분명 사내를 홀릴' 게 뻔한 여자에 대해선 늘 유심히 지켜보았다. 하지만 그녀가 그에게 꼬리를 치는 일은 없었다. 함께 이야기하는 여자에 대해서도 늘 유심히 귀 기울였다. 하지만 그녀 역시 무슨 추파를 던지지는 않았다. 아아, 이 역시 여자의 가증스런 일면이로다. 하나같이 '정경부인을 가장'하고 있다니.

그날 아Q는 하루 종일 자오 나리 댁에서 쌀을 찧었다. 저녁을 먹고 난 뒤 그는 부엌에 앉아 담배를 피우고 있었다. 다른 집 같으면 저녁을 먹고 나면 돌아가도 되겠지만 자오씨댁에선 저녁이 일렀다. 보통 땐 등을 못 켜게 해서 밥을 먹자마자 잠자리에 들지만, 어쩌다가 약간의 예외도 있었다. 그 하나는 아들이 수재 시험에 합격할 때까지 등불을 켜고 글을 읽게 한 것이고, 다른 하나는 아Q가 날품 일을 할 때 등불을 켜고 쌀을 찧도록 했던 것이다. 이런 예외로 인해 아Q는 쌀을 찧기 전에 부엌에 앉아 담배를 피우고 있었던 것이다.

자오 나리 댁의 유일한 하녀인 우與 어멈이 설거지를 끝내고 걸상에 앉아 아Q에게 이야기를 걸어 왔다.

"마나님이 이틀이나 진지를 안 드셨어. 나리께서 젊은 것을 사선……"

'여자…… 우 어멈…… 이 청상과부…….' 아Q는 생각했다.

"젊은 마님은 8월에 아기를 낳으신대……"

'여자……' 아Q는 생각했다.

아Q는 담뱃대를 놓고 일어섰다.

"젊은 마님은……" 우 어멈의 말이 계속 이어졌다.

"너 나랑 자자. 나랑 자자구!" 아Q는 갑자기 달려들어 그녀 앞에 무릎을 꿇었다.

일순 정적이 흘렀다.

"으악!" 숨을 죽이고 있던 우 어멈이 갑자기 벌벌 떨면서 밖으로 뛰쳐나갔다. 나중엔 울먹임이 묻어 있는 듯했다.

아Q도 멍하니 벽을 향해 무릎을 꿇은 채 앉아 있었다. 이내 두 손을 빈 걸상에 짚고 천천히 일어섰다. 틀렸구나. 그는 황급히 담뱃대를 허리춤에 찌르고 일을 시작하려 했다. 팅 하는 소리와 함께 머리 위로 뭔가 둔탁한 것이 떨어졌다. 급히 뒤돌아보았더니 수재가 굵은 대나무 몽둥이를 들고 자기 앞에 서 있었다.

"간뎅이가 부어가지고…… 네 이놈……."

대나무 몽둥이가 다시 머리 위로 떨어졌다. 그는 두 손으로 머리를 감쌌다. 탁 하는 소리와 함께 손가락을 강타했다. 이건 정말 아팠다. 부엌문을 뛰쳐나오고 말았지만 등짝에 또 한 대가 떨어진 것 같았다.

"육시랄 놈!" 수재는 등 위에서 표준어로 욕을 퍼부었다.

아Q는 방앗간으로 뛰어 들어가 우두커니 섰다. 손가락은 아직도 얼얼했고 "육시랄 놈!"이란 말이 아직도 귀를 쟁쟁거렸다. 이 말은 웨이좡 촌놈들은 쓰지 않고 오로지 관청의 높은 분들이나 쓰는 것이었으므로 유달리 겁이 났고 유달리 인상도 깊었다. 그런데 이때 그의 '여자……' 하는 생각도 없어지고 말았다. 게다가 푸닥거리를 당하고 난 뒤엔 이미 사건이 종결된 것 같아 도리어 개운함마저 들었다. 그래서 일을 시작할 수가 있었다. 한참 방아를 찧다가 땀이 찬 손을 멈추고 웃통을 벗었다.

윗도리를 벗고 있는데 밖에서 왁자지껄한 소리가 들려왔다. 천성적으로 구경을 좋아하는 아Q는 소리 나는 쪽으로 나가 보았다. 소리를 따라가다 보니 어느새 자오 나리의 안마당에 이르게 되었다. 어둑했지만 그래도 사람들 윤곽은 분간할 만했다. 자오가의 식구들, 이틀이나 굶은 마나님도 거기 있었고, 이웃의 쩌우鄒씨댁 일곱째 며느리도 있었고, 진짜 일가인 자오바이옌趙白眼과 자오쓰천趙司晨도 있었다.

마침 젊은 마님이 우 어멈의 손을 끌고 뭐라 말을 건네며 방에서 나오던 중이었다.

"밖으로 나오게…… 내 방에 숨어 있지 말고……."

"자네 행실이 방정하단 걸 누가 모르겠나……. 속 좁은 짓일랑 제발 하지 말게." 쩌우씨댁 며느리도 옆에서 거들었다.

우 어멈은 그저 울기만 했다. 더러 말을 섞긴 했지만 분명히 들리진 않았다.

아Q는 생각했다. '흥, 재밌는데, 저 과부가 무슨 짓을 저지른 거지?' 그는 그게 알고 싶어 자오쓰천 옆으로 다가갔다. 이때 자오 나리가 그를 향해 달려오는 것이 순간적으로 눈에 들어왔다. 게다가 그의 손엔 굵직한 대나무 몽둥이가 들려 있었다. 그는 몽둥이를 보자 조금 전 자기가 얻어맞은 일이 이 소란과 연관이 있다는 것을 퍼뜩 알아차렸다. 그는 몸을 돌려 방앗간으로 달아나려 했지만 대나무 몽둥이가 그의 길을 가로막을 줄이야. 그래서 할 수 없이 다시 몸을 돌려 뒷문으로 내빼고 말았다. 얼마 뒤 그는 사당 안에 와 있었다.

가만히 앉아 있자니 소름이 돋고 한기가 일었다. 봄이라고는 하지만 밤엔 제법 한기가 남아 있어 웃통을 벗고 있을 수는 없었다. 윗도리를 자오씨 집에 두고 왔다는 걸 그도 알고 있었지만 가지러 가자니 수재의 몽둥이가 무서웠다. 그러고 있는데 지보가 들이닥쳤다.

"아Q, 이 개자식! 자오씨댁 하녀까지 집적거리다니, 이건 역모야. 덕분에 나까지 잠을 못 자게 됐잖아. 이 개자식아!……"

이러쿵저러쿵 그는 한바탕 설교를 퍼부었다. 아Q는 물론 할 말이 없었다. 마침내 심야라 하여 그에게 벌금을 배로 얹어 사백 푼을 지불해야 했다. 딱히 현금이 없었으므로 털모자를 잡히고 다섯 개 조항의 서약서까지 섰다.

1. 내일 홍촉——무게 한 근짜리——한 쌍에 향 한 봉지를 들고 자오씨댁에 가서 사죄할 것.
2. 자오씨댁에서 도사를 불러 목맨 귀신을 쫓는 굿을 하는데, 그 비용은 아Q가 부담할 것.
3. 금후 아Q는 자오씨댁 문턱을 넘지 말 것.
4. 우 어멈에게 이후 또다시 일이 생기면 모두 아Q의 책임으로 함.
5. 아Q는 품삯과 윗도리를 달라는 요구를 하지 말 것.

아Q는 모두 승낙했지만 유감스럽게도 돈이 없었다. 다행히 때는 봄이어서 솜이불이 없어도 되는지라 그걸로 이천 푼을 잡히고 서약을 이행했다. 벌거벗은 몸으로 머리를 조아리고 사죄한 뒤에도 아직 몇 푼이 남았지만, 그걸로 잡힌 모자를 찾지 않고 몽땅 술을 마셔 버렸다. 그런데 자오씨댁에선 향과 홍촉을 피우지 않았다. 큰 마님이 불공드릴 때 쓰려고 남겨 두었기 때문이다. 누더기 윗도리는 대부분 젊은 마님이 8월에 낳게 될 아기의 기저귀가 되었다. 나머지 조각은 우 어멈의 헝겊신 깔창으로 쓰였다.

제5장 생계문제

사죄식이 끝난 뒤 아Q는 여느 때처럼 사당으로 돌아갔다. 해가 지자 점차 세상이 야릇하게 되어 가는 느낌이 들었다. 곰곰이 생각해 보니 원인은 웃통을 벗고 있는 데 있었다. 문득 누더기 여벌이 있다는 생각이 났다. 그래서 그걸 입고 벌렁 드러누웠다. 다시 눈을 떴을 때는 태양이 이미 서쪽 담장 위를 비추고 있었다. 몸을 일으키면서 그는 뇌까렸다. "씨팔······."

일어난 뒤 그는 평소처럼 거리를 쏘다녔다. 알몸일 때처럼 살을 에는 추위는 없었지만, 점차 세상이 야릇하게 변해 간다는 것을 또다시 느꼈다. 이날부터 웨이쫭 여인들이 갑자기 수줍음을 타는지 그가 오는 걸 보기만 하면 하나같이 대문 안으로 쏙 들어가 버리는 거였다. 심지어 오십이 가까운 쩌우씨댁 일곱째 며느리마저 남들마냥 호들갑을 떨어 대는 것이었다. 게다가 열한 살 먹은 딸을 불러들이기까지 했다. 아Q는 이상하단 생각이 들었다. 게다가 이런 생각이 들기까지 했다. '이것들이 갑자기 아씨 흉내를 내고 지랄이야. 이 화냥년들이······.'

그런데 세상이 더욱 야릇해져 간다는 걸 느낀 건 제법 여러 날이 지난 뒤의 일이었다. 그 하나는 술집에서 외상을 주질 않는다는 것, 둘째는 사당을 관리하는 영감탱이가 나가 달라는 듯 쓸데없는 잔소리를 늘어놓는다는 것, 셋째는 며칠째 되는지 기억이 분명친 않지만 꽤 여러 날 동안 날품 일을 부탁하러 오는 집이 없다는 것이었다. 술집에서 외상을 안 준다면야 참으면 그만이었다. 영감탱이가 윽박지른다 해도 그래 짖으라 하고 내버려 두면 될 일이었다. 하지만 아무도 그에게 일을 시키지 않는 건 좀 심각했다. 이건 그의 배를 곯게 만드는 일이었다. 이것만은 정말 "씨팔" 할 일이었다.

아Q는 도저히 견딜 수가 없어 옛 단골들을 찾아다니며 물어보는 수밖에 없었다. 그래도 자오씨댁 문턱만은 넘을 수가 없었다. 하지만 상황이 일변해 있었다. 하나같이 사내가 나와 귀찮다는 얼굴로 거지를 내쫓듯 손사레를 치는 거였다.

"없어, 없어! 꺼져!"

아Q는 더욱 이상하다는 생각이 들었다. 이들 집에 지금껏 날품 일이 없었던 적은 없었다. 이제 와서 갑자기 일이 없어질 리가 없다. 여기엔 반드시 뭔가 곡절이 있는 게 틀림없다. 이리저리 수소문을 해본 결과 그 내막을 알게 되었다. 일감이 있으면 애송이 Don에게 시킨다는 걸 알게 되었다. 이 애송이D는 빼빼 말라빠진 게 아Q의 눈엔 왕 털보보다 한 수 아래였다. 그런데 이 애송이가 그의 밥줄을 낚아챌 줄 누가 알았으랴. 따라서 아Q의 분노는 평상시와는 사뭇 달랐다. 너무 열을 받아 길을 가면서 돌연 손을 뒤흔들며 소리를 뽑아 댈 정도였다.

"쇠 채찍을 움켜쥐고 네놈을 후려치리라!……"

며칠 뒤 그는 첸씨댁 담벼락 앞에서 애송이D와 맞닥뜨렸다. "원수는 외나무다리에서 만나는 법." 아Q가 다가서자 애송이D도 멈춰 섰다.

"짐승 같은 놈!" 아Q는 눈을 부릅뜨며 말했다. 입가에서 침이 튀었다.

"나는 버러지야, 됐어?……" 애송이D가 말했다.

이 겸손이 도리어 아Q의 분노를 부채질했다. 하지만 그의 손엔 쇠 채찍이 없었으니 달려들어 변발을 낚아채는 수밖에 없었다. 애송이D는 한 손으로 변발 밑둥을 꽉 움켜쥐면서 다른 한손으론 아Q의 변발을 낚아챘다. 아Q도 놀고 있는 한 손으로 자기 변발 밑둥을 움켜쥐었다. 왕년의 아Q라면 애송이D쯤은 식은 죽 먹기였다. 하지만 요즘 배를 곯아 애송이D 못지않게 말라서 어금지금 백중세가 되고 말았다. 네 개의 손이 두 개의 머리를 움켜쥐고는 허리를 구부리며 첸씨댁 담벼락에 푸른 무지개를 만들어 냈다. 그런 모양새가 반 시간이나 이어졌다.

"됐다, 됐어!" 구경꾼들이 끼어들었다. 말릴 셈이었으리라.

"잘한다, 잘해!" 구경꾼들이 끼어들었다. 그런데 이건 말리려는 건지 칭찬을 하는 건지 부채질을 하는 건지 종잡기가 어려웠다.

그러나 둘 다 소심줄이었다. 아Q가 삼보 전진하면 애송이D는 삼보 후퇴해서 버텨 섰다. 애송이D가 삼보 전진하면 아Q는 삼보 후퇴해서 또 버텨 섰다. 얼추 반 시간——웨이좡엔 자명종이 없어 딱히 얼마라고 말하긴 어렵다. 어쩌면 이십 분 정도였을지도——이나 지났을까, 둘의 머리에서 김이 솟고 이마에선 땀이 쏟아졌다. 아Q의 손이 늦춰지자 그 순간 애송이D의 손도 늦춰졌다. 둘은 동시에 몸을 세우고는 동시에 떨어져 인파 속을 헤집고 나갔다.

"두고 보자. 씨팔놈……." 아Q가 고개를 돌리며 말했다.

"씨팔놈, 두고 보자고……." 애송이D도 고개를 돌려 되받았다.

한바탕의 '용호상박'은 무승부처럼 보였다. 구경꾼들이 만족했는지 어떤지는 알 수가 없다. 아무도 거기에 대해 토를 달지 않았으니 말이다. 그러나 아Q에게 날품 일을 시키려 드는 집은 여전히 없었다.

어느 포근한 날이었다. 살랑대는 미풍이 제법 여름 기운을 느끼게 했지만 아Q는 추웠다. 그래도 이건 견딜 만했다. 제일 힘든 건 배고픔이었다. 이불과 털모자, 홑옷은 없어진 지 오래였다. 그다음엔 솜옷도 팔아먹었다. 이제 바지밖에 남지 않았지만 이것만은 절대 벗을 수가 없었다. 누더기 겹옷이 있긴 했지만 누구에게 주어 신발 깔창이라도 하라고 하면 모를까 팔아서 돈이 될 주제는 아니었다. 길에서 돈이라도 주웠으면 했지만 지금껏 눈에 띈 적이 없다. 다 쓰러져 가는 자기 집 어딘가에 돈이 떨어져 있지나 않을까 얼른 둘러보기도 했지만 집 안은 아주 말끔했다. 그리하여 밖으로 나가 구걸을 하기로 마음을 먹었다.

길을 걸으며 '밥을 빌어먹'을 요량이었다. 낯익은 술집이 눈에 들어왔다. 낯익은 만터우饅頭 집도 눈에 들어왔다. 하지만 모두 지나쳤다. 잠시 멈춰 서지도 않았을뿐더러 그럴 마음도 없었다. 그가 바라는 건 그런 것이 아니었다. 그럼 무엇이었을까. 그 자신도 알지 못했다.

웨이좡은 큰 마을이 아니어서 조금만 가도 마을 끝이었다. 마을을 벗어나면 대부분 논으로 온통 갓 파종한 모가 파릇파릇했다. 그 사이 점점이 둥그렇게 움직이고 있는 까만 점은 밭을 가는 농부들이었다. 아Q는 이런 전원생활의 즐거움을 감상할 여력도 없이 그저 걷기만 했다. 이것이 '밥을 빌어먹는' 길과 거리가 한참 멀다는 것을 직관으로 알고 있었다. 마침내 그는 정수암 담장 밖에 이르렀다.

암자 주변도 논이었다. 신록 가운데 흰 담장이 돌출되어 있었고 뒤편 나직한 토담 안쪽으로는 채마밭이었다. 아Q는 잠시 머뭇거렸다. 사방을 둘러보았지만 아무도 없었다. 그는 낮은 담장을 기어 올라가 하수오何首烏 넝쿨을 부여잡았다. 담장의 진흙이 풀풀 떨어졌고 아Q의 다리도 덜덜 떨렸다. 마침내 뽕나무 가지를 타고 담장 안으로 뛰어내렸다. 안은 그야말로 푸르른 신록이었다. 그러나 황주나 만터우, 그 밖에 먹을 만한 건 아무것도 없는 듯했다. 서편 담을 따라 대숲이 있었고 그 아래 죽순이 우거져 있었지만 유감스럽게도 삶은 것이 아니었다. 유채도 있었지만 벌써 씨가 차 있었다. 갓은 이미 꽃이 피었고 봄배추에도 장다리가 돋아 있었다.

아Q는 마치 과거에 낙방한 문동처럼 억울한 생각이 들었다. 그는 밭으로 난 문으로 천천히 다가갔다. 갑자기 얼굴에서 빛이 났다. 분명 무밭이었다. 그는 쪼그리고 앉아 무를 뽑았다. 그때 문 안에서 동그란 머리통

하나가 쑥 나오더니 쏙 들어가 버렸다. 비구니임에 분명했다. 비구니 따윈 아Q의 눈엔 새발의 피였다. 허나 세상사란 '한 걸음 물러나 생각해' 보아야 했다. 그래서 급히 무 네 개를 뽑아 잎을 비틀어 낸 뒤 윗도리 속에 숨겼다. 그러나 늙은 비구니가 벌써 나와 있었다.

"나무아미타불, 아Q, 어째서 채마밭에 들어와 무를 훔치는고!……아아, 죄악이로다, 아흐, 나무아미타불!……"

"내가 언제 당신네 밭에 들어와 무를 훔쳤어?" 아Q는 힐끔힐끔 달아나며 말했다.

"지금 …… 그건 뭐야?" 늙은 비구니가 그의 품속을 가리켰다.

"이게 당신 거라고? 당신이 부르면 무가 대답이라도 한대? 당신……"

아Q는 말을 맺지도 못하고 줄행랑을 쳤다. 커다란 덩치의 검정개가 쫓아오고 있었기 때문이다. 본래 문 앞에 있던 놈인데 어째서 뒤뜰까지 왔단 말인가. 검둥이는 으르렁대며 쫓아와 아Q의 다리를 물어뜯을 태세였다. 다행히 품속에서 떨어진 무 하나가 그놈을 놀래켜 잠시 주춤하게 만들었다. 이 틈을 놓칠세라 아Q는 뽕나무를 타고 토담 위를 기어올라 무와 함께 담장 밖으로 굴러떨어졌다. 뽕나무를 향해 짖어 대는 소리와 염불 소리만이 낭랑했다.

아Q는 비구니가 다시 검둥이를 풀어놓지 않을까 두려워 무를 주워들고 뛰기 시작했다. 뛰면서 돌멩이 몇 개를 주워 챙겼지만 검둥이는 다시 나타나지 않았다. 그리하여 아Q는 돌멩이를 버리고 길을 걸으며 무를 먹기 시작했다. 그러면서 생각했다. '여기도 찾을 게 아무것도 없구나. 대처로 가는 게 더 낫겠어……'

무 세 개를 다 먹었을 때에는 이미 대처로 나갈 결심이 굳어 있었다.

제6장 성공에서 말로까지

웨이좡에 아Q가 다시 출현한 것은 추석이 막 지난 뒤였다. 그가 돌아왔다는 말에 사람들은 깜짝 놀랐다. 그러고는 그의 행적에 대해 새삼 수군대는 것이었다. 예전 아Q가 몇 번 대처 나들이를 할 때에는 대개 미리 신이 나서 허풍을 떨어 대곤 했다. 그런데 이번에는 그러질 않았다. 그래서 아무도 그에게 마음을 두지 않았던 것이다. 혹시 사당을 관리하는 영감에게 털어놓았을지도 모를 일이었다. 하지만 웨이좡의 관례대로라면 자오 나리, 첸 나리, 수재 도령 정도가 대처 나들이를 해야 화제가 되었다. 가짜 양놈도 그 축에 끼지 못했으니 하물며 아Q야 말해 무엇하겠는가. 그래서 영감도 떠벌리지 않았고, 그리하여 웨이좡 사회도 알 길이 없었던 것이다.

하지만 아Q의 이번 귀환은 예전과는 완전히 달랐다. 분명 놀랄 만한 가치가 있었던 것이다. 날이 이슥할 무렵 그는 게슴츠레한 눈으로 주점 문 앞에 나타났다. 그는 술청으로 걸어가 허리춤에서 손을 빼내 은전과 동전 한 줌을 던지면서 이러는 거였다. "현금 박치기야. 술 가져와!" 걸치고 있는 옷도 새 옷이었으려니와 허리춤에 늘어뜨린 커다란 주머니 속의 무언가가 허리띠를 축 처지게 만들었다. 웨이좡의 관례는 이목을 끄는 사람을 만나면 그를 경멸하기보다는 존경했다. 상대가 아Q임은 분명했으나 누더기를 걸치고 있던 아Q와는 딴판이었고, 옛사람 말에 "선비는 사흘만 떨어져 있어도 괄목상대한다"고 했으니 점원, 주인, 손님, 길 가던 사람 모두가 의심 어린 존경을 표했던 것이다. 주인장이 먼저 고개를 까딱이며 말을 걸었다.

"허허! 아Q, 자네 돌아왔구만!"

"돌아왔지."

"한밑천 잡았군, 잡았어. 자네…… 어디서…….”

"대처 생활을 좀 했지!"

이 소문은 이튿날 웨이좡 전역에 쫙 퍼졌다. 사람들은 현찰과 번듯한 옷을 걸친 아Q가 어떻게 성공했는지를 알고 싶어 했다. 그래서 주점에서, 차관에서, 사당 처마 밑에서 야금야금 그 정보를 탐문했다. 그 결과 아Q는 새로운 존경을 얻게 되었다.

아Q의 말에 의하면, 그는 거인 나리의 집에서 일을 거들었다는 거였다. 이 대목에서 모두 숙연해졌다. 이 나리는 성이 바이白씨지만 대처를 통틀어 유일한 거인이었으므로 성을 붙일 필요도 없었다. 그냥 거인이라 하면 그를 지칭하는 것이었다. 웨이좡에서뿐 아니라 사방 백 리 내에서 모두 그랬다. 거의 대부분 사람들이 그의 성명을 거인 나리로 알고 있었다. 그런 사람 댁에서 일을 거들었다는 것이 존경받는 건 당연했다. 그런데 아Q의 또 다른 말에 의하면, 이제 두 번 다시 그놈의 집구석에 발걸음을 하지 않겠다는 거였다. 까닭인즉슨 이 거인이란 작자가 대단한 ‘씨팔놈’이기 때문이라 했다. 이 대목에서 모두 탄식을 하면서 통쾌해했다. 그도 그럴 것이 아Q는 거인 나리 댁에서 일을 거들 만한 위인이 못 되지만 일을 하러 가지 않는다는 건 애석한 일이었기 때문이다.

아Q의 말에 의하면, 그의 귀환은 대처 사람들에 대한 불만도 한몫을 한 것 같았다. 그건 다름 아닌 그들이 ‘창덩’을 ‘탸오덩’이라 부른다든가, 생선튀김에 잘게 썬 파를 곁들인다든가, 그 밖에 최근 관찰을 통해 발견한 결점으로 여자가 걸을 때에 엉덩이를 흔드는 것이 도대체 돼먹지가 않다는 이유 때문이었다. 그러나 어쩌다가 크게 탄복할 만한 점도 없진 않았다. 이를테면 웨이좡 사람들은 서른두 장짜리 죽패 놀이밖에 할 줄 모르고 '마장'麻醬[3]을 할 줄 아는 것도 가짜 양놈밖에 없는데, 대처에선 열댓 살 조무래기들까지도 그 정돈 예사라는 거였다. 가짜 양놈 따위는 대처의 열댓 살 조무래기들 손에 놓아두면 '새끼 귀신이 염라대왕을 알현하는' 꼴이라는 거였다. 이 대목에서 모두 낯을 붉혔다.

"자네들 목 자르는 거 본 적 있어?" 아Q가 말했다. "햐, 굉장해. 혁명당원 목을 날리는 거야. 음, 정말 굉장해, 굉장하지……." 그는 고개를 저으며 바로 맞은편에 있는 자오쓰천의 얼굴에 침을 튀겼다. 이 대목에서 모두 섬뜩했다. 그런데 그가 사방을 둘러보더니 갑자기 오른손을 쳐들고는 목을 빼고 이야기에 빠져 있는 왕 털보 뒷덜미를 향해 곧장 내리쳤다.

"싹둑!"

왕 털보는 화들짝 놀라면서 전광석화처럼 목을 움츠렸다. 듣고 있던 사람 모두가 오싹하면서도 재밌어 했다. 이로부터 왕 털보는 몇날 며칠 동안 머리가 어질거렸다. 그리하여 더 이상 아Q 곁에 좀체 가려 하질 않았다. 다른 사람들도 마찬가지였다.

이때 웨이좡 사람들 눈에 비친 아Q의 지위는 자오 나리를 넘어선다고 할 수는 없었지만 거의 동렬이라 해도 과언이 아니었다.

얼마 되지 않아 아Q의 명성은 웨이좡의 규방 구석구석까지 퍼졌다. 웨이좡에서 대저택이라고 해야 자오 집안과 첸 집안뿐 나머지 십중팔구는 보잘것없는 집들이었지만, 어쨌거나 규방은 규방이었다. 그러니 이 역시 신기한 사건이라 할 만했던 것이다. 여인네들은 만나기만 하면 수군댔다. 쩌우씨댁 일곱째 며느리가 아Q한테서 쪽빛 치마를 샀대. 낡긴 낡았는데 단돈 구십 전이래. 또 자오바이옌의 모친 —— 일설에는 자오쓰천의 모친이라고도 하는데 고증을 요함——도 아이에게 입힐 빨간 옥양목 홑옷을 샀대. 칠할 정도가 신품인데 삼백 푼도 안 된다는 거야. 그리하여 여인네들은 눈이 빠지게 아Q를 만나고 싶어 했다. 비단치마가 없는 자는 비단치마를, 옥양목 홑옷이 필요한 사람은 옥양목 홑옷을 사고 싶어 했다. 이제는 그를 만나도 도망치지 않았고 더러 지나가는 아Q를 쫓아가 불러 세운 뒤 이렇게 묻기까지 했다.

"아Q, 비단치마 아직도 있어? 없다고? 옥양목 홑옷도 필요한데 있겠지?"

이 소문은 마침내 저잣거리로부터 대저택에까지 전해졌다. 쩌우씨댁 며느리가 너무나 기쁜 나머지 자기가 산 비단치마를 자오 마님에게 보이러 갔고, 자오 마님은 그걸 또 자오 나리에게 이야기하며 대단한 거라고 찬사를 늘어놨기 때문이었다. 이리하여 자오 나리는 저녁 밥상머리에서 수재 도령과 의논을 하기에 이르렀다. 아무래도 아Q란 놈이 좀 수상하다, 그러니 문단속을 단단히 하는 게 좋겠다, 그래도 그의 물건 가운데 살만한 게 있을지 모르겠다, 어쩌면 좋은 물건이 있을지도 모른다 등등이었다. 게다가 자오 마님이 마침 값싸고 질 좋은 모피저고리 하나를 마련하려던 참이었다. 이리하여 가족회의 결과에 따라 쩌우씨댁 며느리더러 즉각 아Q를 찾아 데려오도록 했다. 게다가 이를 위해 제3의 예외조항을 만들어 그날 밤만은 특별히 등불을 밝히기로 결정을 내렸던 것이다.

등불의 기름이 말라 가는데도 아Q는 아직 오지 않았다. 자오가의 식구들 모두가 초조해졌다. 하품을 하기도 하고 아Q가 너무 건방지다고 미워하기도 하고 쩌우씨댁 며느리가 느려 터졌다고 탓하기도 했다. 자오 마님은 봄날 밤 그 일을 걱정했고, 자오 나리는 걱정할 필요가 없다고 했다.

'이 몸'이 그를 불렀기 때문이라 했다. 과연 자오 나리의 통찰은 대단했다. 마침내 아Q가 쩌우씨댁 며느리를 따라 들어왔던 것이다.

"그저 없다 없다고만 하네요. 직접 말씀드리라 해도 저리 뻗대기만 하니 원, 저는……." 쩌우씨댁 며느리는 숨을 헐떡이고 들어오면서 말했다.

"나리!" 아Q는 웃는 듯 마는 듯 한 표정을 지으며 한 마디를 뱉고는 처마 밑에 멈춰 섰다.

"아Q, 듣자 하니 외지에서 돈을 좀 모았다지." 자오 나리가 성큼 다가와 눈으로 몸을 훑으며 말했다. "잘됐군, 잘됐어. 그런데……듣자 하니 낡은 물건들이 있다던데……가져와서 좀 보여 주겠나……다른 게 아니고, 내가 좀 필요한 게 있어서……."

"쩌우댁에게 말했습지요. 다 팔렸습니다."

"다 팔렸다고?" 자오 나리의 입에서 자기도 모르게 말이 나왔다. "그리 빨리 팔릴 리가?"

"친구 거였는데 원래 많지도 않은 데다 모두 사가지고들……."

"그래도 조금은 남아 있겠지."

"지금은 문에 치는 발 하나만 남았습니다."

"그럼 그거라도 가져와 보게." 자오 마님이 급히 일렀다.

"그렇다면 내일 가져와도 되네." 자오 나리는 열이 식어 있었다. "아Q, 앞으로 물건이 생기거든 먼저 우리한테 가져와 보여 주게……."

"값은 다른 집보다 섭섭지 않게 쳐줌세!" 수재가 말했다. 수재의 처는 아Q의 얼굴을 살폈다. 마음이 동하는지 어떤지를 보기 위해서였다.

"나는 모피저고리가 하나 필요하네." 자오 마님이 말했다.

아Q는 그러겠노라 했지만 엉기적거리고 나가는 품새가 마음을 놓아도 좋을지 어떨지 종잡을 수 없었다. 이 일이 자오 나리를 실망케 했다. 분개하고 우려하느라 하품까지 멈출 정도였다. 수재도 아Q의 이런 태도가 마뜩지 않았다. 그래서 저 배은망덕한 놈을 조심해야 한다, 지보에게 분부하여 저놈을 웨이좡에서 살지 못하게 해야 할지도 모른다는 말까지 했다. 자오 나리의 생각은 그렇지 않았다. 그리하면 원한을 사게 되고, 더구나 "매는 둥지 근방의 먹이는 먹지 않는다"고 했으니 이런 장사치가 우리 마을을 어찌할 리가 없다, 그러니 각자 밤중에 문단속만 잘하면 된다는 것이었다. 수재는 '가친의 유훈'을 듣고는 과연 그렇겠다고 생각하여 아Q를 축출하자는 제의를 즉각 철회했다. 게다가 쩌우씨댁 며느리에게는 이 말이 새어 나가지 않도록 입단속을 하라고 신신당부를 했다.

그런데 이튿날 쩌우씨댁 며느리는 쪽빛 치마를 염색하러 나갔다가 아Q가 의심스럽다는 말을 퍼뜨리고 다녔다. 그러나 수재가 아Q를 축출하려 했다는 대목은 발설하지 않았다. 하지만 이것이 아Q에게는 이미 불리하게 작용하고 있었다. 첫째, 지보가 찾아와 그의 문발을 가져가 버렸다. 자오 마님에게 보여 드려야 된다고 했지만 지보는 돌려주기는커녕 다달이 효도비孝道費를 내라고 윽박을 질렀다. 다음으로는 마을 사람들의 그에 대한 존경의 태도가 싹 달라졌다는 것이다. 감히 멋대로 굴진 못했지만 그를 멀리하려는 기색은 역력했다. 더구나 이런 기색에는 예전 "싹둑" 하던 때와는 달리 어딘가 모르게 '경이원지'敬而遠之하는 기미가 섞여 있었다.

다만 일부 한량패들만이 아직도 시시콜콜 내막을 따지려 들었다. 아Q도 전혀 숨기지 않고 거드름을 피우며 자기의 경험담을 들려주었다. 이로부터 그들은 다음과 같은 사실을 알게 되었다. 그는 졸개에 지나지 않는다는 것, 담을 넘지도 못하고 굴에 들어가지도 못했을 뿐 아니라 겨우 굴 밖에 서서 물건을 건네받는 역할만 했다는 것, 어느 날 밤 그가 꾸러미 하나를 건네받고 두목이 다시 들어가려는데 이내 안에서 큰 소란이 일어 났다는 것, 그 길로 줄행랑을 쳐서 밤을 타고 대처를 빠져 나와 웨이쫭으로 도망쳐 왔다는 것, 이로부터 다시는 그 일을 하고 싶지 않다는 것 말이 다. 하지만 이 이야기는 아Q에게 더 불리하게 작용했다. 마을 사람들이 아Q를 '경이원지'한 것은 본시 원한을 살까 봐 두려워했던 것인데, 두 번 다시 도둑질을 안 하겠다는 좀도둑에 불과할 줄 누가 알았겠는가. 진실로 "이 또한 두려워할 것이 못 된다"가 되고 말았으니.

제7장 혁명

선통宣統 3년 9월 14일 ── 즉, 아Q가 전대를 자오바이옌에게 팔아넘긴 날 ── 한밤중에 시커먼 덮개를 씌운 큰 배 한 척이 자오 나리 저택이 있는 강기슭에 닿았다. 이 배가 어둠 속에서 다가왔을 무렵 마을 사람들은 깊이 잠들어 아무도 이를 알아채지 못했다. 그러나 배가 떠날 무렵엔 여명이 가 까웠으므로 몇 사람이 그걸 목격했다. 이리저리 수소문해 본 결과에 의하 면 그건 바로 거인 나리의 배였던 것이다.

이 배는 크나큰 불안을 웨이쫭에 싣고 왔다. 정오가 되기도 전에 온 마을의 인심이 술렁였다. 배의 임무에 관해서는 자오씨댁에서 극비에 부 치고 있었지만, 찻집이나 술청에서 떠도는 풍문에 의하면 혁명당이 대처 로 진격해 와서 거인 나리가 우리 마을로 피난을 온 것이라 했다. 오직 쩌 우씨댁 며느리만은 그리 여기지 않았다. 그건 거인 나리가 헌 옷장 몇 개 를 맡아 달라고 부탁했는데 자오 나리에게 퇴짜를 맞았다는 거였다. 거인 나리와 자오 수재는 친분이라 할 만한 게 없었던 터라 '환란을 같이할' 정분이 있을 리 만무했다. 더구나 쩌우씨댁 며느리는 자오가 이웃지간이라 보고 듣는 것이 사실에 가까울 터였으니, 아마 그녀의 말이 옳았을 것이다.

뜬소문은 더욱 무성했다. 내용인즉슨, 거인 나리가 친히 오진 않은 모양이지만 장문의 편지를 보내 자오씨댁과는 '먼 친척'이 된다고 늘어놓았다느니 자오 나리는 배알이 틀렸지만 자기로선 손해될 것이 없어서 옷장을 맡아 두었는데 지금은 마나님 침상 밑에 처박아 두었다느니 하는 것들이었다. 혁명당 쪽은 어떤가 하면, 일설에는 그날 밤 대처로 진격해 갔는데 저마다 흰 투구에 흰 옷을 입고 있었고, 그건 명나라 숭정崇正 황제를 기리기 위함이라느니 등등이었다.

아Q의 귀에도 혁명당이라는 말은 진작부터 들리고 있었다. 금년엔 또 혁명당의 목을 치는 장면을 직접 목격하기까지 했다. 그런데 어디서 비롯된 생각인지 몰라도 그에게 혁명당은 반란을 일삼는 무리들이며 반란이란 곧 고난이었다. 그래서 줄곧 이를 '통절히 증오하고' 있었던 것이다. 그런데 뜻밖에 이것이 백 리 사방 이름이 알려진 거인 나리까지 벌벌 떨게 만들었다니 그로선 '신명'이 나지 않을 수 없었다. 게다가 웨이좡의 무지렁이들이 허둥대는 꼴은 아Q의 기분을 한층 상쾌하게 만들었다.

'혁명이란 것도 괜찮네.' 아Q는 생각했다. '이런 씨팔 것들을 뒤집어 버리자. 좆 같은 것들! 가증스런 것들!…… 나도 혁명당에 가입해야지!'

근자에 호주머니 사정이 좋지 않았던 아Q의 입장에선 다소 불만이 없지 않았으리라. 게다가 빈속에 낮술을 두어 잔 거나하게 걸친 터라 기분이 얼큰한 상태였다. 이런저런 생각을 하며 걷다 보니 다시 마음이 하늘하늘 들떴다. 어찌된 영문인지 홀연 혁명당이 바로 자신인 것 같았고, 웨이좡 사람들은 모두 자기의 포로인 것 같았다. 기분이 하늘을 찌른 나머지 자기도 모르게 고함을 질렀다.

"모반이다! 모반이다!"

웨이좡 사람들은 하나같이 두려운 눈빛으로 그를 바라보았다. 이 가련한 눈길은 지금껏 본 적이 없는 것이었다. 그걸 보고 나니 오뉴월에 얼음물을 들이켠 것처럼 속이 시원했다. 그는 한층 신이 나 걸으면서 고함을 질러 댔다.

"자, …… 갖고 싶은 건 모두가 내 거라네, 맘에 드는 년은 모두 내 거라네.

두둥, 땅땅!

후회한들 무엇하리. 술김에 잘못 쳤네, 정鄭가네 아우를.

후회한들 무엇하리, 아아아…….

두둥, 땅땅, 둥, 땅따당!

쇠 채찍을 움켜쥐고 네놈을 후려치리라……."

자오씨댁 두 사내와 두 명의 진짜 일가가 대문 앞에 서서 한창 혁명을 논하고 있는 중이었다. 아Q는 그것도 모르고 고개를 꼿꼿이 치켜든 채 추임새를 넣으며 그들을 지나치려 했다.

"두둥……."

"Q 선생" 자오 나리가 잔뜩 겁을 먹은 듯 낮은 소리로 불렀다.

"땅땅" 아Q는 자기 이름에 '선생'이란 말이 달리리라곤 생각도 못 했으므로 딴 나라 말이려니 하면서 뚱땅거리기만 했다. "둥, 땅, 땅따당, 땅!"

"Q 선생"

"후회한들 무엇하리……."

"아Q!" 수재가 할 수 없이 그의 이름을 그대로 불렀다.

그제서야 아Q는 멈춰 서서 고개를 비틀며 물었다.

"뭐요?"

"Q 선생…… 요사이……" 자오 나리는 말문이 막혔다. "요사이…… 사업은 어떠신가?"

"사업 말씀입니까? 물론입니다요. 갖고 싶은 건 모두가 내 거라네……."

"아……Q형, 우리 같은 가난뱅이 동무들이야 별일 없겠지……" 자오바이옌이 혁명당의 속셈을 떠보려는 듯 조심스레 말했다.

"가난뱅이 동무라고? 당신은 나보다 부자잖소." 이 말을 남기고 아Q는 떠나 버렸다.

모두가 망연자실하여 아무 말도 할 수가 없었다. 자오 나리 부자는 집으로 돌아가 등불을 켤 때까지 대책 마련에 골몰했다. 자오바이옌은 집으로 돌아가 허리에서 전대를 풀어 아내에게 건네며 고리짝 밑에 잘 간수해 두라고 당부했다.

아Q가 들뜬 마음으로 한 바퀴 날아다니다가 사당으로 돌아왔을 때는 술도 깨 있었다. 이 밤은 사당지기 영감도 유달리 친절하게 굴어 차를 권하기도 했다. 아Q는 그에게 떡 두 개를 달라고 해서 다 먹고 난 뒤 다시 녁 냥짜리 초 한 자루와 나무 촛대를 달라고 해서 불을 켜고 자기 방에 누웠다. 뭐라 말할 수 없이 기분이 신선하고 상쾌했다. 촛불은 정월 대보름날 밤처럼 번쩍번쩍 춤을 추었고 덩달아 그의 공상도 나래를 펴기 시작했다.

모반이라? 참 재밌군……. 흰 투구와 흰 갑옷을 입은 한 무리의 혁명당이 들이닥친다. 하나같이 청룡도, 쇠 채찍, 폭탄, 철포, 삼지칼, 갈고리창을 들고 사당을 지나가며 자기를 부른다. '아Q! 함께 가세나!' 그리하여 함께 간다…….

이때 웨이쫭의 무지렁이들 그 꼴이 볼만하겠지. 무릎을 꿇고 '아Q, 목숨만은 살려 줘!' 하고 애원하겠지. 누가 들어주기나 한대! 제일 먼저 처치할 놈은 애송이D와 자오 나리지, 그다음은 수재, 그리고 또 가짜 양놈…… 몇 놈이나 남겨 둘까? 왕 털보는 남겨 둬도 괜찮겠지. 아냐, 안 돼…….

빼앗은 물건은……곧바로 들이닥쳐 상자를 연다. 말굽모양 은자에 은화, 옥양목 홑옷……수재 마누라의 닝보寧波식 침대를 일단 사당으로 가져와야지. 여기에다 첸씨네 탁자와 의자를 가져다 놓고, 아냐, 자오씨네 걸 쓰는 게 나을지도 몰라. 이 몸이 직접 나서는 것보다는 애송이D를 시켜야지, 빨리 날라, 꾸물대면 귀싸대기를 날려 줄 테니…….

자오쓰천의 누이동생은 너무 못생겼어. 쩌우씨댁 며느리의 딸은 아직 몇 년은 기다려야 하고, 가짜 양놈 마누라는 변발 없는 사내놈하고 잠을 잤으니, 흥, 좋은 물건은 못 돼! 수재 여편네는 눈두덩에 흉터가 있단 말야…… 우 어멈은 오랫동안 못 보았군, 어디 갔나, 아냐, 아무래도 발이 너무 커.

한바탕 편력이 끝나지도 않았는데 아Q는 이미 코를 골고 있었다. 넉 냥짜리 양초는 아직 반쯤밖에 타지 않았고 벌름거리는 불꽃은 헤벌린 그의 입을 비추고 있었다.

"아악!" 갑자기 아Q가 큰소리를 질렀다. 고개를 들어 사방을 둘러보니 넉 냥짜리 초가 눈에 들어왔다. 그는 다시 쓰러져 잠이 들었다.

이튿날 그는 느지막이 일어났다. 거리에 나가 보아도 모든 게 예전 그 대로였다. 여전히 배가 고팠다. 생각을 해보았지만 아무것도 생각나지 않았다. 그러다 갑자기 뭔가가 떠올랐다. 어슬렁어슬렁 걷다 보니 어느새 정수암 앞에 이르렀다.

암자는 봄날처럼 조용했다. 흰 벽에 검은 문이었다. 한참을 생각하다가 다가가 문을 두드렸다. 안에선 개가 짖어 댔다. 그는 얼른 벽돌조각을 주워 들고는 다시 한번 힘차게 문을 두드렸다. 검은 문에 무수한 흠집이 생겼을 때에야 누군가가 나오는 소리가 들렸다.

아Q는 벽돌조각을 바짝 움켜쥐고 다리를 버티며 검둥이와 일전을 벌일 태세를 갖추었다. 하지만 암자 문이 빼꼼히 열렸을 뿐 검둥이는 뛰쳐나오지 않았다. 들여다보니 늙은 비구니 혼자였다.

"또 웬일이야?" 그녀는 깜짝 놀라며 말했다.

"혁명이 났어…… 알고 있어?……" 아Q가 어물거렸다.

"혁명, 혁명, 혁명은 벌써 지나갔어……. 너희가 우리를 어떻게 혁명하겠다는 거야?" 늙은 비구니는 두 눈에 핏대를 올리며 말했다.

"뭐라구?……" 아Q는 의아했다.

"너 몰라? 그놈들이 벌써 와서 혁명을 해버렸다니까!"

"누가?……" 아Q는 더욱 의아했다.

"그 수재하고 가짜 양놈!"

너무도 의외라 아Q는 어리둥절했다. 그의 기세가 꺾인 것을 보고 늙은 비구니는 잽싸게 문을 닫아 버렸다. 아Q가 다시 밀어 보았지만 꿈쩍도 하지 않았다. 다시 두드려 보았지만 아무런 대꾸도 없었다.

그 일은 오전 중에 일어났다. 자오 수재는 소식이 빨라 지난 밤 혁명당이 입성했다는 사실을 알았다. 그는 변발을 머리 꼭대기에 둘둘 감아올리고는 이제껏 사이가 좋지 않던 가짜 양놈을 찾아갔다. 때는 바야흐로 '함여유신'咸與維新의 시대였다. 그래서 이 기회를 틈타기로 입을 모으고 즉각 의기투합하며 혁명의 동지가 되자고 약조를 했던 것이다. 그들은 연구에 연구를 거듭한 결과 정수암에 '황제 만세 만만세'라는 용패龍牌가 있다는 걸 생각해 내고는 그것을 재빨리 없애 버리기로 했다. 그리하여 즉시 암자로 혁명을 하러 갔던 것이다. 늙은 비구니의 방해 때문에 실랑이를 벌이던 그들은 그를 만주정부의 일파로 규정하고 머리에 지팡이와 주먹세례를 퍼부었다. 두 사람이 돌아간 뒤 비구니가 정신을 차리고 보니 용패는 땅바닥에 산산조각이 났고 관음상 앞에 있던 선덕宣德 향로도 보이지 않았다.

이 사실을 아Q는 나중에야 알았다. 잠에 곯아떨어진 걸 몹시나 후회했지만 그들이 자기를 부르지 않은 처사만은 몹시도 괘씸했다. 그는 또 한 걸음 물러서 생각했다.

'설마 놈들이 내가 혁명당에 가입한 걸 아직도 모른단 말인가?'

제8장 혁명 불허

웨이쫭의 인심은 날로 안정되어 갔다. 전해 오는 소식에 의하면, 혁명당이 입성하긴 했지만 달리 대이변은 없었다는 거였다. 지사知事 나리 역시 그대로 자리를 보전하고 있었고 뭐라고 이름만 바꾼 데에 불과했다. 게다가 거인 나리도 무어라 하는 관직——이 명칭은 웨이쫭 사람들은 들어도 잘 모른다——에 취임했다. 군대의 책임자도 예전의 녹영군綠營軍 대장이 그대로 맡고 있었다. 다만 딱 한 가지 무서운 사건이 있었다. 성질이 고약한 혁명당 몇몇이 패악질을 부리고 다녔는데, 그다음 날부터 변발을 자르기 시작했던 것이다. 들리는 말로는 이웃마을 뱃사공 칠근七斤이 처음으로 걸려 차마 눈 뜨고 볼 수 없는 지경이 되고 말았다고 했다. 하지만 그건 대공포라고까지 할 수는 없었다. 그도 그럴 것이 웨이좡 사람들은 거의 대처로 나갈 일이 없었을뿐더러 갈 일이 있다 해도 즉각 계획을 변경하면 위험에 부닥칠 일이 없을 것이기 때문이었다. 아Q도 본래 옛 친구들을 만나러 대처로 갈 생각이었으나 이 소식을 듣고 하는 수 없이 그만두었다.

하지만 웨이좡에도 개혁이 전혀 없었다고 할 수는 없었다. 그 일이 있고 난 며칠 뒤 변발을 정수리에 둘둘 말아 올린 자들이 점차 늘어났다. 앞서 말한 대로 그 선봉이 수재 선생이었음은 물론이고 그다음은 자오쓰천과 자오바이옌, 그리고 그다음이 아Q였다. 여름 같았으면 변발을 정수리로 말아 올린다거나 묶는 일은 희한한 일이라고 할 수도 없었다. 하지만 지금은 가을의 끝자락이 아닌가. 그래서 '엄동설한에 삼베옷'을 걸치는 식의 차림은 당사자로서는 일대 결단이 아닐 수 없고, 웨이좡 마을의 입장에서도 개혁과 무관한 일이라 할 수는 없었다.

뒤통수가 훵한 자오쓰천이 걸어오는 걸 보고 사람들은 난리였다.

"허이구, 혁명당이 납시는구만!"

이 말을 듣고 아Q는 부러웠다. 수재가 변발을 말아 올렸다는 빅뉴스를 일찍이 듣고 있었지만 자기가 그럴 수 있을 거라고는 생각조차 하지 못했다. 그런데 지금 자오쓰천까지 그리 한 걸 보고는 자기도 흉내를 내 볼 엄두가 생겼다. 그리하여 마침내 실행의 결단을 내린 것이다. 그는 대젓가락으로 변발을 머리 꼭대기로 틀어 올리고는 한참을 머뭇거렸다. 그런 뒤에야 비로소 당당히 거리로 나설 수가 있었다.

그는 거리를 걷고 있었다. 사람들은 그를 쳐다보았지만 아무 말도 하지 않았다. 처음엔 몹시 불쾌했으나 나중에 몹시 불만이었다. 요즘 그는 툭하면 성질을 부렸다. 사실 그의 생활은 모반 이전에 비하면 결코 나쁘진 않았다. 남들도 그에게 공손했고 점포 주인도 현금을 내라고 하지 않았다. 그런데도 아Q는 자꾸 제 풀에 낙담한 느낌이 들곤 했다. 기왕 혁명을 한 이상 고작 이런 정도여선 곤란하다. 게다가 얼마 전 애송이D와의 만남이 그의 심보를 터뜨리고 말았다.

애송이D도 변발을 둘둘 말아 올리고 있었던 것이다. 게다가 그 역시 대젓가락으로 틀어 올린 것이었다. 그가 감히 이런 흉내를 내리라고 아Q가 어찌 상상이나 할 수 있었겠는가. 그가 이런 짓거리를 하도록 내버려 둘 수는 없는 노릇이었다. 애송이D란 놈은 도대체 어디서 굴러먹던 개뼉 다귀란 말인가? 당장이라도 애송이D를 거머잡고 대젓가락을 부러뜨려 그의 변발을 풀어 헤치고 싶은 마음이 간절했다. 여기에다 귀싸대기를 몇 대 갈기면서 분수도 모르고 혁명당이 되려 한 죄를 응징해 주고 싶었다. 하지만 끝내 한 번 봐주기로 했다. 그저 노려보며 침을 한 번 뱉을 뿐이었다. "캭! 퉤!"

요 며칠 사이 대처로 나간 것은 가짜 양놈 한 사람뿐이었다. 자오 수재도 본시 옷장을 맡아 준 일을 믿고 몸소 거인 나리를 예방할 생각이었지만 변발을 잘릴 위험으로 인해 중지하고 말았다. 그는 '지극히 정중한' 편지를 한 통 써서 가짜 양놈 편에 보내 자기가 자유당自由黨에 입당할 수 있도록 주선을 좀 해달라고 부탁을 했다. 가짜 양놈은 돌아와서 수재에게 은화 사 원을 청구했다. 이로부터 수재는 복숭아 모양의 은 배지를 저고리 옷깃에 달게 되었다. 웨이좡 사람들은 감복하여 그건 시유당柿油黨[4]의 휘장으로 그건 한림翰林에 해당하는 것이라고 수군댔다. 자오 나리의 거드름도 이로 인해 한층 더해졌는데, 그 정도가 아들이 처음 수재가 되었을 때를 한참 능가하는 것이었다. 그리하여 눈에 뵈는 것이 없었고 아Q쯤은 만난다 하더라도 거들떠보지도 않게 되었다.

아Q는 마음이 편치 않았다. 시시각각 자신이 영락하고 있다고 느끼고 있던 차에 이 은 복숭아 이야기를 들었다. 그는 즉각 자기가 영락하게 된 원인을 깨달았다. 혁명을 할라치면 입당만으론 안 된다. 변발을 틀어 올리는 정도로도 안 된다. 무엇보다 먼저 혁명당과 안면을 트지 않으면 안 된다. 평생 그가 알고 있는 혁명당은 둘뿐이었다. 대처에 사는 한 사람은 이미 "싹둑" 죽고 말았다. 이제 남은 건 가짜 양놈뿐이었다. 그러니 그를 찾아가 의논을 하는 것 외에 더 이상 다른 방도가 없었다.

첸씨 저택의 대문이 열려 있어서 아Q는 조심조심 게걸음을 치며 들어갔다. 안에 이르자 그는 깜짝 놀랐다. 가짜 양놈이 마당 한가운데 서 있었던 것이다. 몸엔 새까만 양복이라는 걸 걸치고 그 위엔 은 복숭아를 달고 손엔 아Q를 후려쳤던 지팡이를 들고 서 있었다. 겨우 한 자 정도 자란 변발을 풀어 어깨 위에 늘어뜨리고 있는 모습이 흡사 그림 속의 유해선인劉海仙人을 방불케 했다. 그의 맞은편에선 자오바이옌과 세 명의 한량패들이 꼿꼿이 서서 한창 그의 연설을 경청하던 중이었다.

아Q는 슬그머니 다가가 자오바이옌의 등 뒤에 섰다. 말을 걸어 보고 싶었지만 어떻게 불러야 할지를 몰랐다. 가짜 양놈이라 부르는 건 물론 안 된다. 양코배기도 적당치 않고 그렇다고 혁명당도 아니다. 양 선생, 이건 어떨까?

양 선생은 그를 보지 못했다. 눈을 희번득거리며 연설에 열중하고 있었기 때문이다.

"나는 성질이 급해 우리가 만나면 늘 이런 말을 했어. 홍洪 형!⁵⁾ 우리 착수합시다! 그런데 그는 늘 이러는 거야. No! 이건 서양말이라 자네들은 모를 거야. 그렇지 않으면 이미 성공했을걸. 하지만 이거야말로 그가 신중한 대목이야. 그는 거듭 나더러 후베이湖北로 가라고 했지만 나는 그러지 않겠노라 했어. 누가 그런 자그만 현성縣城에서 일하기를 원하겠나……."

"저어…… 근데……" 아Q는 그의 말이 멈추기를 기다리다가 마침내 용기를 내어 입을 열었다. 그런데 무슨 까닭인지 양 선생이란 호칭은 나오질 않았다.

그의 일장연설을 듣고 있던 네 사람이 깜짝 놀라 뒤를 돌아보았다. 양 선생도 그제서야 그를 쳐다보았다.

"뭐야?"

"제가……"

"나가!"

"제가 가입을……"

"꺼지라니까!" 양 선생은 상주막대를 치켜들었다.

자오바이옌과 한량패들도 거들고 나섰다.

"선생님께서 꺼지라시잖아, 말귀를 못 알아들어?"

아Q는 손으로 머리를 싸매고는 허둥지둥 대문 밖으로 도망쳤다. 양 선생은 쫓아오진 않았다. 육십여 보나 내달려서야 걸음을 늦추었다. 슬픔이 치밀었다. 양 선생이 자기에게 혁명을 불허한다면 달리 방법은 없다. 흰 투구에 흰 갑옷을 입은 자들이 자기를 부르러 오리란 기대는 이제 할 수 없었다. 그가 품고 있던 포부며 지향이며 희망이며 앞길이 전부 날아가 버렸다. 한량패들이 소문을 퍼트러 애송이D나 왕 털보 같은 무리에게 비웃음을 당하는 일 따위는 부차적인 문제였다.

이런 무료함은 여태 경험해 본 적이 없었다. 말아 올린 변발조차도 무의미하고 모멸스럽게 느껴졌다. 분풀이로 확 늘어뜨려 볼까도 했지만 끝내 그러진 못했다. 밤이 될 때까지 쏘다니다 외상으로 술 두 사발을 들이켜자 점점 기분이 좋아졌다. 흰 투구와 흰 갑옷 파편들이 다시 머릿속을 떠다녔다.

어느 날 그는 여느 때처럼 밤중까지 쏘다니다가 술집 문을 닫을 무렵에야 사당으로 돌아왔다.

"쿵, 와장창~!"

갑자기 이상한 소리가 들려왔다. 폭죽소리는 아니었다. 본래 구경하기를 좋아하고 참견하기를 좋아하는 아Q가 이를 놓칠 리 없었다. 곧장 어둠 속에서 그 소리를 찾아 나섰다. 앞에서 사람 발자국 소리가 들리는 것 같았다. 한창 귀를 기울이고 있는데, 돌연 맞은편에서 한 사람이 도망쳐 오는 것이었다. 아Q는 그를 보자마자 얼른 몸을 돌려 덩달아 도망을 쳤다. 그가 모퉁이를 돌면 아Q도 돌았고, 그가 멈추어 서면 아Q도 멈추어 섰다. 뒤를 보았지만 아무것도 없었다. 그 사람을 보니 다름 아닌 애송이D였다.

"뭐야?" 아Q는 기분이 상하기 시작했다.

"자오…… 자오씨댁이 털렸어!" 애송이D가 숨을 헐떡이며 말했다.

아Q의 심장이 쿵쾅거렸다. 애송이D는 이 말을 하고는 뛰어가 버렸다. 아Q도 도망치다 멈추고 도망치다 멈추고 그러기를 두세 번 했다. 하지만 그는 '이 바닥 장사'를 해본 위인이라 의외로 배짱이 있었다. 그리하여 그는 길모퉁이를 기어 나와 귀를 기울였다. 왁자지껄한 소리가 들리는 것 같았다. 또 자세히 살펴보니 흰 투구와 흰 갑옷을 입은 사람들이 무수한 것 같았다. 연이어 옷장을 들어내고 가구를 들어내고 수재 마누라의 닝보식 침상도 들어내고 있는 것 같았다. 분명치가 않아서 앞으로 나아가 보고 싶었지만 두 발이 떨어지지 않았다.

달이 없었던 이 밤 웨이좡은 암흑 속에서 고요했다. 그 고요함은 마치 복희伏羲 시대처럼 태평했다. 선 채로 바라보고 있던 아Q의 마음엔 조바심이 일었다. 저쪽에선 아까처럼 왔다 갔다 하면서 무언가를 나르고 있는 듯했다. 옷장을 들어내고 가구를 들어내고 수재 마누라의 닝보식 침상을 들어내고…… 그 수량이 자기 눈을 믿기 어려울 정도였다. 하지만 더 이상 앞으로 나아가지 않으리라 결심하고는 그냥 사당으로 돌아오고 말았다.

사당 안은 더욱 칠흑이었다. 그는 대문을 닫고 자기 방을 더듬어 들어갔다. 드러누운 지 한참이 되어서야 정신이 들어 자기한테로 생각이 미쳤다. 흰 투구에 흰 갑옷의 사람들이 오긴 왔는데 자기를 부르러 오진 않았다. 무수한 물건들을 들어냈지만 거기에 자기 몫도 없었다. 이건 순전히 가짜 양놈이 가증스럽게도 자기가 모반하는 걸 불허했기 때문이다. 그렇지 않았더라면 어떻게 자기 몫이 없을 수 있단 말인가? 생각하면 할수록 부아가 치밀었다. 마침내 열불을 삭이지 못해 잔뜩 독이 오른 눈길로 고개를 끄덕였다. "나한텐 모반을 못 하게 하고 네놈한테만 하게 해? 이 씨팔 가짜 양놈아, 좋아, 모반을 할 테면 해봐! 역모는 모가지가 달아나. 내가 찔러 주지, 그래서 대처에 붙잡혀 들어가 네놈 모가지가 달아나는 걸 기어이 보고 말 거야. 멸문지화滅門之禍라니까. 싹둑! 싹둑!"

아Q정전 **151**

제9장 대단원

자오씨댁에 약탈이 있은 뒤 웨이좡 사람들은 고소하면서도 무서웠다. 아Q 역시 고소하면서 무서웠다. 그런데 나흘 뒤 아Q는 느닷없이 한밤중에 붙들려 현성으로 끌려갔다. 칠흑의 그 밤, 한 무리 군대와 한 무리의 자경단, 한 무리의 경찰과 다섯 명의 정탐꾼이 몰래 웨이좡에 들이닥쳤다. 그들은 어둠을 타고 사당을 포위한 뒤 바로 맞은편 문에 기관총을 설치했다. 하지만 아Q는 뛰쳐나오지 않았다. 오랜 시간이 지났건만 아무런 기척이 없었다. 초조해진 대장이 현상금 이십 냥을 걸자 그제서야 두 명의 자경단원이 위험을 무릅쓰고 담을 넘었다. 그리하여 안팎이 합세하여 일시에 밀고 들어가 아Q를 끌어냈다. 사당 밖 기관총 부근까지 끌려와서야 그는 정신이 들었다.

현성에 도착했을 때는 이미 정오였다. 아Q는 자기가 낡은 관청 문을 지나 대여섯 번을 돌아 작은 방에 밀쳐지는 모습을 보았다. 그가 비틀거리는 순간 통나무로 짠 목책문이 그의 발뒤꿈치를 따라오며 덜컥 잠겼다. 나머지 삼면은 모두 벽이었다. 자세히 보니 한 모퉁이에 두 사람이 있었다.

아Q는 불안하긴 했지만 불편하지는 않았다. 사당의 침실도 이 방보다 형편이 그리 낫진 않았기 때문이다. 그 둘도 시골뜨기인 듯 차츰 성가시게 굴기 시작했다. 하나는 거인 나리가 할아버지 대에 밀린 소작료 때문에 고발을 했다는 거였다. 다른 하나는 영문을 모르겠다는 투였다. 그들이 아Q에게 묻자 아Q는 서슴없이 대답했다. "모반을 좀 했지."

오후에 그는 목책문 밖으로 끌려 나갔다. 대청으로 들어가자 위쪽에 까까머리 영감이 앉아 있었다. 중이려니 했는데 아래쪽에 사병들이 늘어서 있고 양쪽으로 십여 명 장삼을 입은 인물들이 서 있었다. 영감처럼 까까머리도 있었고 가짜 양놈처럼 머리를 등 뒤로 늘어트린 자도 있었는데 하나같이 사나운 얼굴로 그를 노려보고 있었다. 아Q는 필시 무슨 내력이 있다는 걸 눈치챘다. 순간 무릎 관절이 절로 떨리기 시작하더니 이내 무릎이 꿇리는 거였다.

"일어서! 꿇으면 안 돼!" 장삼을 입은 인물이 일제히 호통을 쳤다.

아Q는 그 말을 이해할 듯했지만 도저히 서 있을 수가 없어 몸이 절로 쪼그려졌다. 그 바람에 다시 무릎을 꿇고 말았다.

"노예근성……." 장삼을 입은 인물이 한심하다는 듯 말했지만 일어서라고도 하지 않았다.

"다 불어야 해. 호되게 당하지 않으려거든. 다 알고 있어. 불면 너를 풀어 줄 테니." 까까머리 영감이 아Q의 얼굴을 빤히 바라보며 차분하고도 분명한 어조로 말했다.

"불어!" 장삼을 입은 인물도 소리쳤다.

"저는 본시…… 가입하려고……." 어리둥절하니 한바탕 생각해 보고 난 뒤, 아Q는 그제서야 떠듬떠듬 입을 열었다.

"그럼 왜 가입하지 않았지?" 영감이 부드럽게 물었다.

"가짜 양놈이 허락하지 않았습니다요."

"헛소리! 이젠 이미 늦었어. 네 패거리가 지금 어디 있어?"

"네?……"

"그날 밤 자오씨댁을 턴 일당 말이야."

"그들은 저를 부르러 오지 않았습니다. 자기네들끼리 가져가 버렸습니다요." 아Q는 여기에 생각이 미치자 분통이 터졌다.

"어디로 가져갔지? 말하면 풀어 줄 테다." 영감이 더욱 부드럽게 말했다.

"모릅니다요…… 그들은 저를 부르러 오지 않았습니다요……."

노인이 눈짓을 했다. 아Q는 다시 목책문 속에 갇혔다. 그가 두번째로 목책문 밖으로 나온 것은 그다음 날 오전이었다.

대청은 예전 그대로였다. 윗자리엔 여전히 까까머리 영감이 앉아 있었고 아Q도 여전히 무릎을 꿇고 있었다.

영감이 부드럽게 물었다. "할 말은 없는가?"

아Q는 생각해 보았지만 할 말이 없었다. "없습니다요."

그리하여 장삼을 입은 인물 하나가 종이 한 장과 붓 한 자루를 아Q 앞에 내놓으며 붓을 그의 손에 들리는 것이었다. 아Q는 깜짝 놀라 거의 '혼비백산'의 지경이 되었다. 손에 붓을 잡아 본 것이 처음이었던 것이다. 어떻게 잡아야 할지 몰라 난감해하고 있던 차에 그자가 한 군데를 가리키며 그러더러 서명을 하라고 했다.

"저는…… 저는…… 까막눈입니다요." 그는 붓을 움켜쥐고 두렵고 부끄러워하면서 더듬거렸다.

"그러면 좋을 대로 해라, 동그라미를 그리든지!"

아Q는 동그라미를 그리려 했지만 붓을 든 손이 덜덜 떨릴 뿐이었다. 그러자 그자가 종이를 바닥에 펴 주었다. 아Q는 엎드려 혼신의 힘을 다해 동그라미를 그렸다. 웃음거리가 되지 않도록 둥그렇게 그리려고 했지만 얄미운 붓이 무거울뿐더러 좀처럼 말을 듣지 않았다. 떨리는 손으로 출발선에 거의 다다랐을 무렵 바깥으로 삐치는 바람에 호박씨 모양이 되고 말았다.

아Q가 제대로 그리지 못한 것을 부끄러워하고 있던 차에 그자는 아무 문제가 없다는 듯 이미 종이와 붓을 챙겨 가 버렸다. 일군의 사람들이 그를 또 한 차례 목책문 안으로 밀어 넣었다.

두번째로 목책문 안에 들어갔지만 그리 걱정이 되지 않았다. 인생살이 천지지간에 감옥을 들락거릴 일도 있을 것이고 종이에 동그라미를 그릴 일도 있을 것이었다. 오직 동그라미가 둥글지 못한 점만이 그의 '행장'에서 하나의 오점일 뿐이었다. 하지만 이내 그런 생각도 사그라졌다. 그는 생각했다. 손자 대가 되면 동그라미를 둥글디둥글게 잘 그릴 수 있을 텐데. 그는 잠이 들었다.

그런데 그날 밤, 거인 나리는 도리어 잠을 이룰 수가 없었다. 부대장에게 분통을 터트렸던 것이다. 거인 나리가 장물을 찾는 일이 급선무라고 주장한 데 반해 부대장은 죄인에게 본때를 보여 주는 것이 급선무라고 주장했다. 부대장은 요사이 거인 나리는 안중에 없었다. 책상을 두드리고 의자를 걷어차면서 강짜를 부릴 정도였으니 말이다. "일벌백계라고요. 보십쇼. 내가 혁명당이 된 지 이십 일도 안 됐는데 벌써 약탈이 십여 건, 그것도 전부 미궁에 빠졌으니 내 체면이 뭐가 되겠소? 기껏 또 해결해 놓으면 당신은 또 엄한 소리나 하고. 아니 되오. 이건 내 권한이오!" 거인 나리는 궁색해졌지만 주장을 굽히지 않았다. 장물 수사를 하지 않겠다면 즉시 민정협조단 직책을 사임하겠노라 엄포를 놓았다. 그런데 부대장은 한 술 더 떴다. "마음대로 하시구랴!" 그리하여 그날 밤 거인 나리가 한숨도 잠을 이루지 못했던 것이다. 그런데 다행히 다음 날도 사임하지 않았다.

아Q가 세번째로 목책문 밖으로 끌려나온 것은 거인 나리가 한 잠도 못 잔 다음 날 오전이었다. 그가 대청에 이르고 보니 윗자리엔 예의 그 까까머리 영감이 앉아 있었다. 아Q도 여느 때처럼 꿇어앉았다.

영감이 부드러운 목소리로 물었다. "무슨 할 말이 없는가?"

아Q는 생각해 보았지만 역시 할 말이 없었다. "없습니다요."

장삼과 짧은 옷을 입은 수많은 인물들이 갑자기 그에게 검은 글자가 쓰인 흰 조끼를 입혔다. 아Q는 기분이 몹시 상했다. 마치 상복을 입는 듯했고 상복을 입는다는 건 재수가 없는 일이었기 때문이다. 동시에 그의 양손이 뒤로 묶였다. 그러고는 관청 밖으로 끌려 나왔다.

아Q는 포장 없는 수레에 떠밀려 올랐다. 짧은 옷 입은 몇이 그와 함께 앉았다. 수레는 즉시 움직이기 시작했다. 앞엔 총을 멘 병사들과 경비 단원들이 있었고, 양쪽엔 입을 헤벌린 수많은 구경꾼들이 늘어서 있었다. 뒤쪽은 어떤가? 아Q는 쳐다보지 않았다. 돌연 어떤 깨달음이 왔다. 이거 목 자르는 거 아냐? 갑자기 두 눈이 캄캄해지고 귀가 멍멍해지고 정신이 아찔해지기 시작했다. 그러나 완전히 정신을 잃은 건 아니었다. 때로는 조급하기도 했지만, 때로는 도리어 태연했다. 그의 심중에선 인생살이 천지지간에 목이 날아가는 일도 없진 않으리라 생각하는 듯했다.

이런 와중에도 길은 알아볼 수 있었다. 아무래도 이상했다. 어째서 형장으로 가지 않는 거지? 이것이 조리돌림인 줄 그는 몰랐던 것이다. 설령 알았다 해도 마찬가지였을 것이다. 인생살이 천지지간에 조리돌림을 당하는 일도 없진 않으리라 생각했을 테니까.

그는 깨달았다. 이것이 멀리 돌아서 형장으로 가는 길임을. 이건 틀림없이 "싹둑" 머리를 잘리는 것이었다. 낙담하여 좌우를 보니 개미 떼 같은 군중이 따라오고 있었다. 뜻밖에 길가 군중 속에서 우 어멈을 발견했다. 아주 오랜만이었다. 대처에서 일을 하고 있었던 것이다. 아Q는 기개가 없어 노래 몇 가락도 뽑지 못하는 자신이 갑자기 부끄러워졌다. 생각이 소용돌이처럼 뇌리를 맴돌았다. 「청상과부 성묘 가네」는 당당하지가 못하고, 「용호상박」 중의 "후회한들 무엇하리……"도 너무 따분했다. 역시 "쇠 채찍을 움켜쥐고 네놈을 후려치리라"가 제격이었다. 그리하여 그는 손을 치켜들려 했지만 그제서야 두 손이 결박되어 있다는 것을 깨달았다. 그리하여 "쇠 채찍을 움켜쥐고"도 부르지 못했다.

"이십 년이 지나 또 한 사람……." 화급한 와중에 여태 입에 담아 본 일이 없는 가락이 '스승 없이 통달한' 듯 튀어나왔다.

"잘한다!!!" 군중 속에서 이리의 단말마 울부짖음이 일었다.

수레는 멈추지 않고 앞으로 나아갔다. 아Q는 갈채소리 속에서 눈알을 돌려 우 어멈을 바라보았다. 그를 알아보지 못한 듯 그저 병사들이 메고 있는 총에 넋을 빼고 있었다.

그리하여 아Q는 갈채하는 무리로 시선을 되돌렸다.

이 찰나 또 다른 생각이 회오리처럼 뇌리에 소용돌이쳤다. 사 년 전 그는 산기슭에서 굶주린 늑대 한 마리와 부닥친 일이 있었다. 늑대는 다가오지도 떨어지지도 않은 채 영원히 그의 뒤를 따르며 그의 고기를 먹을 요량이었다. 그때 그는 무서워 거의 죽을 뻔했다. 다행히 손에 도끼 한 자루를 들고 있어서 그것에 의지해 배짱을 두둑이 하며 웨이쫭에 다다를 수 있었다. 그러나 그때 늑대의 눈길은 영원히 기억에 남았다. 흉악하면서도 비겁에 찬, 번득이던 그 눈빛이 마치 도깨비불처럼 멀리서도 그의 살가죽을 꿰뚫을 것 같았다. 그런데 이번엔 여태 보지 못한 더 무서운 눈길을 보았다. 둔하면서도 예리한, 그의 말을 씹어 먹고도 또 육신 이외의 무언가를 씹어 먹으려는 듯 영원히 멀지도 가깝지도 않게 그를 따라오는 눈길들.

그 눈알들이 우루루 한데 뭉쳐졌나 싶더니 벌써 그의 영혼을 물어뜯고 있었다.

"사람 살려……."

하지만 아Q는 입을 열 수가 없었다. 벌써부터 눈이 캄캄해지고 귀가 윙윙거려 전신이 먼지처럼 흩어지는 느낌이 들었다.

당시의 영향으로 말하자면, 가장 큰 타격을 받는 쪽은 오히려 거인 나리였다. 끝내 장물을 찾지 못해 온 집안이 울고불고 난리였다. 그다음은 자오씨댁이었다. 수재가 도시로 고소를 하러 갔다가 악질 혁명당에게 걸려 변발을 잘렸을 뿐 아니라 스무 냥의 포상금을 뜯겨 역시 온 집안이 울고불고 난리였다. 이날부터 그들은 퀘퀘한 나리마님遺老의 기미를 풍기기 시작했다.

여론으로 말하자면, 웨이좡에선 별다른 이견이 없었다. 모두들 아Q가 나빴다는 거였다. 총살을 당한 것이 그가 나쁜 증거라는 것이었다. 그가 나쁘지 않았다면 무엇 때문에 총살을 당했단 말인가? 그러나 도시의 여론은 그다지 좋지 못했다. 그들 대다수가 불만이었다. 총살은 싹둑 하는 것만큼 좋은 구경거리가 못 된다는 거였다. 게다가 그 웃기는 사형수라니, 그리 오래도록 끌려다녔건만 노래 한 구절 뽑지도 못하다니…… 괜히 헛걸음질만 시켰다는 것이 그 요지였다.

1921년 12월

주)_____

1) 원제는 「阿Q正傳」, 1921년 12월 4일부터 1922년 2월 12일에 걸쳐 베이징 『천바오 부간』에 연재했다.

2) 『박도별전』(博徒別傳 ; 원제는 *Rodney Stone*)은 디킨스(Charles Dickens)가 아니라 코넌 도일(Arthur Conan Doyle)의 작품이다. 루쉰은 1926년 8월 8일 웨이쑤위안(韋素園)에게 보낸 편지에서 이 착오를 인정하고 있다. 『박도별전』은 상우인서관에서 발행된 '설부총서'(說部叢書)에 실려 있다.

3) 마작(麻雀)은 마장(麻將)이라고도 하는데, 루쉰은 여기서 마장(麻醬 ; 참깨를 갈아 걸쭉하게 만든 장)이라고 씀으로써 웨이좡 사람들의 무지를 풍자하고 있다. 일종의 말놀이다.

4) 여기서 '자유당'과 '시유당'은 중국어 발음이 비슷하다. 루쉰은 이런 말놀이를 통해 웨이좡 사람들의 내면 상태를 풍자하고 있다.

5) 여기서의 '홍 형'은 신해혁명의 발단이 된 우창(武昌)봉기에서 중요한 역할을 했던 리위안홍(黎元洪)을 말한다.

단오절[1]

팡쉬안춰方玄綽는 요즘 '그게 그거'라는 말을 즐겨 쓰다 보니 거의 '입버릇'이 되고 말았다. 말로만 그치는 게 아니라 뇌리에도 똬리를 틀고 있었다. 애초엔 '한통속'이라 했다가 그 뒤 뭐가 마뜩지 않는지 '그게 그거'로 고쳐 줄곧 지금까지 쓰고 있는 것이다.

　이 평범한 경구警句를 발견한 뒤 새삼스레 개탄하는 바가 적지 않았으나 동시에 새로운 위안도 숱하게 받았다. 가령 노인이 청년을 윽박지르는 모습을 보았다 치자. 예전 같으면 씩씩거렸겠지만 지금은 생각을 고쳐먹고는 이렇게 생각하는 것이었다. 장래에 저 젊은이도 아들손자를 두게 되면 아마 저런 허세를 늘어놓겠지. 그러면 모든 불만이 싹 사라지는 것이었다. 또 군인이 인력거꾼을 구타하는 장면을 목격했다면, 예전 같으면 씩씩거렸겠지만 지금은 생각을 바꾸어 또 이렇게 생각하는 것이었다. 만약 저 인력거꾼이 군인이 되고 저 군인이 인력거를 끈다면 아마도 저렇게 구타를 하겠지. 그러면 마음이 잔잔해지는 것이었다. 이런 생각을 하면서 그는 이따금 의심을 해보기도 했다. 사회악에 맞설 용기가 없어서 자신을 기만 하며 고의로 도피처를 만드는 건 아닐까. 그건 '시비를 따질 마음이 없는' 거나 마찬가지니까 고치는 게 좋을 거야. 그럼에도 이런 생각이 뇌리에서 쑥쑥 자라만 갔다.

그가 '그게 그거 설說'을 처음으로 공표한 것은 베이징 서우산首善 학교 교실에서였다. 그때 어떤 역사적 사건을 거론하면서 "예나 제나 사람은 별반 다르지 않다"는 말이 나왔고 별별 인간들의 "본성은 비슷하다"는 말로 나갔다가 마침내 학생과 관료의 지위 문제를 끌어들여 일장 연설을 했던 것이다.

"오늘날 사회에선 관료를 욕하는 게 유행처럼 되고 있는데 학생들이 더 심하게 욕을 하지. 그러나 관료라 해서 태어날 때부터 특별한 종족은 아니고 평민이 변해서 된 거야. 지금은 학생 출신의 관료가 적지 않은데 나이 든 관료와 무슨 차이가 있겠어? '입장을 바꾸면 다 같은 것'이니 사상이나 언론, 거동이나 풍채에 무슨 커다란 구별이 있을 것이며 …… 학생 단체가 새로 벌이고 있는 수많은 사업들도 이미 폐해를 면치 못할뿐더러 태반은 연기처럼 소실되어 버리지 않았어? 그게 그거야. 하지만 중국의 미래가 우려해야 할 것이 바로 여기에……."

교실 여기저기 앉아 있던 스무 명 남짓한 청강생 중에는 심히 좌절을 한 자도 있었다. 옳다고 여겼던 모양이다. 어떤 이는 발끈했다. 신성한 청년을 모욕했다 여겼던 모양이다. 또 몇몇은 그를 향해 미소를 지었다. 자기변호라 여겼던 모양이다. 그도 그럴 것이 팡쉬안춰 자신이 관리를 겸하고 있었기 때문이다.

그러나 사실은 이 모두가 오류였다. 그건 그의 새로운 불만에 불과했다. 비록 투덜거리기는 하지만 이 또한 스스로를 위안하는 공담일 뿐이었다. 게으름 때문인지 쓸데없다고 여겨서 그런 것인지 그 자신도 잘 모르겠지만, 늘 자신은 뭔가를 추구하려 하지 않고 현실에 안주하는 사람이라고 느끼고 있었다. 총장이 그를 정신병자라 뒤집어씌워도 지위가 흔들리지 않는 한 결코 입을 열려 하질 않았다. 교원 월급이 반년 치나 밀렸지만 별도의 관료 봉급으로 메워 갈 수 있는 한 결코 입을 열려 하지도 않았다. 입을 열지 않은 정도가 아니라 교원들이 연합하여 급료 지급을 요구했을 때 내심 신중치 못하고 너무 징징댄다고 여길 정도였다. 관청의 동료들이 그들을 지나치게 비난하는 걸 듣고 그제서야 약간 기분이 상했다. 하지만 그 뒤 생각을 바꾸어 자기가 지금 돈에 쪼들리고 있고 다른 관료들은 교원을 겸하지 않아 그럴지도 모른다고 생각하니 이내 속이 풀리는 거였다.

그도 쪼들리긴 했지만 교원단체에 가입하진 않았다. 그러나 모두들 동맹휴업을 결의하자 수업을 하지는 않았다. 정부가 "수업을 해야 급료를 지급한다"고 했을 때, 과일로 원숭이를 놀리는 것 같아 그제서야 얼마간 미운 생각이 들었다. 어떤 대大교육가가 "교원이 한 손에 책가방을 끼고 한 손으로 돈을 요구하는 것은 고상하지가 않다"고 했을 때, 비로소 그의 아내에게 정식으로 푸념을 터트렸던 것이다.

"어이, 반찬이 겨우 두 가지뿐이야?" '비非고상설'을 접한 그날, 그가 저녁 밥상머리에서 던진 말이었다.

신교육을 받은 적이 없어 아내에게 학명學名이나 아호雅號가 없었으니 딱히 호칭이라 할 만한 게 없었다. 옛날대로 '부인'이라 부를 수 있겠지만 지나친 수구守舊는 원치 않았다. 그리하여 '어이'란 호칭을 발명해 낸 것이었다. 아내는 그에게 '어이'조차 필요 없었다. 그쪽으로 얼굴을 대고 말을 하기만 하면 관습법에 따라 으레 그에게 하는 말임을 알게 되는 것이었다.

"근데 지난달 받아 온 반달 치도 바닥이 났어요.…… 어제 쌀도 간신히 외상으로 가져온 거예요." 그녀는 탁자 옆에 서서 얼굴을 빤히 쳐다보며 말했다.

"거 보라구. 교원이 봉급을 요구하는 게 비루한 거냐구. 저들은 사람이면 밥을 먹어야 하고 밥은 쌀로 지어야 하고 쌀은 돈으로 사야 한다는 멀쩡한 사실조차 모르는 모양이야……."

"그러게요. 돈 없이 어떻게 쌀을 사고 쌀 없이 어떻게 밥을 짓는다고……."

그의 두 볼이 불퉁해졌다. 부인의 대답이 자기 의견과 '그게 그거'였는지라 부화뇌동에 가까운 듯하여 부아가 치민 것이다. 그리하여 고개를 다른 쪽으로 홱 돌려 버렸다. 습관에 의하면 이는 토론 중지를 선언하는 표시였다.

소슬한 바람에 찬비가 내리던 어느 날, 교원들은 밀린 봉급 지급을 요구하러 정부청사로 향했다. 신화문新華門 앞 진흙탕에서 군인들에게 머리를 얻어터져 피를 흘리고 난 뒤, 겨우 얼마간의 봉급이 지불되었다. 손 하나 까딱 않고 돈을 받게 된 팡쉬안춰는 오래된 빚을 일부 갚았지만 큰 빚은 아직 그대로였다. 관료들의 봉급도 상당 부분 밀려 있었기 때문이다. 이젠 청렴한 관리들도 봉급 지불을 요구하지 않으면 안 되겠단 생각을 갖는 마당에 하물며 교원을 겸하고 있는 그가 교육계에 동조를 표시하고 나선 건 자연스런 일이었다. 그래서 모두들 동맹휴업을 계속해야 한다고 주장했을 때, 비록 그 자리에 참석하진 않았지만 기꺼이 공동 결의를 준수했던 것이다.

하지만 정부는 결국 다시 급료를 지불했고 그리하여 학교도 다시 수업을 재개하게 되었다. 그런데 며칠 전 학생총회가 정부에 청원서를 제출했다. "교원이 수업을 안 한다면 급료를 지불해선 안 된다"는 것이었다. 비록 무효가 되긴 했지만, 팡쉬안췌는 지난번 정부가 말한 "수업을 해야 급료를 지급한다"는 말이 문득 떠올라 '그게 그거'라는 그림자가 자꾸만 눈에 어른거렸다. 그래서 교실에서 그것을 공표하게 된 것이었다.

이로 미루어 '그게 그거 설'을 대충 짜맞춰 보자면 물론 사심이 섞인 불평으로 판정할 수도 있겠지만 그렇다고 해서 관리인 자신을 변명한 말이라 할 수만도 없었다. 다만 그때마다 그는 늘 중국의 장래 운명 같은 문제를 끌어들임으로써 부지중에 자기 자신을 우국지사로 만들어 버리곤 했던 것이다. 인간이란 딱하게도 '자기를 아는 지혜'가 부재하는 존재인 것이다.

그런데 '그게 그거'인 사건이 또 발생했다. 애초 정부는 골칫거리 교원들을 상대하지 않았다. 하지만 그 뒤 아프지도 가렵지도 않은 관료들까지 상대를 하지 않아 급료가 밀리고 또 밀리게 되었다. 그리하여 마침내 교원의 급료 요구를 비웃던 선량한 관리들까지 급료 지불 대회의 투사로 만들고 말았다. 몇몇 신문이 그들을 경멸하고 조소하는 글을 실었을 뿐이다. 팡쉬안췌는 조금도 이를 이상히 여기지 않았을 뿐 아니라 마음을 쓰지도 않았다. '그게 그거 설'에 근거하자면, 신문기자가 아직 원고료를 못 받아 본 일이 없어서 그런 것으로, 만일 정부나 부호들이 보조금을 끊는다면 그들도 대부분 대회를 열 것이기 때문이었다.

이미 교원 급료 지불에 동조하고 있었으니 동료의 급료 지불 요구를 지지하고 있었음은 물론이다. 하지만 그는 늘 그랬듯이 관청에 편안히 앉아 빚 독촉에 동참하진 않았다. 혹자는 그가 고고하다고 생각했지만, 그건 일종의 오해에 불과했다. 그 자신의 말대로, 자신은 이 세상에 태어난 이래 남에게 빚 독촉을 당했을 뿐 자기가 빚 독촉을 해본 적은 한 번도 없었다. 그래서 이런 일엔 '깜이 못 된다'는 거였다. 게다가 그는 경제를 주무르는 큰손을 만나는 일에 가장 서툴렀다. 이런 자들은 권력을 잃고 나서 『대승기신론』大乘起信論을 강론할 때에는 더없이 '온화하고 가까이할 만'했다. 그러나 보좌에 앉아 있을 때에는 염라대왕의 얼굴로 다른 사람을 노예 보듯 하면서 '너희 비렁뱅이들의 생사여탈권은 내가 쥐고 있어' 하기가 십상이었다. 그래서 감히 만나 볼 엄두가 나지 않았고 만나고 싶지도 않았던 것이다. 이런 기질을 이따금 고고한 것이려니 생각해 보기도 했지만 동시에 '재주가 없다는 이야기지' 하는 회의도 곧잘 이는 것이었다.

모두들 이리저리 변통을 해서 한 철 한 철을 빠듯하게 넘기고 있었지만, 팡쉬안춰의 형편은 예전에 비해 극도로 궁색해져 있었다. 그래서 부리던 하인이나 거래하던 가게 주인은 말할 것도 없고 아내마저 그에 대한 존경심이 차츰 감소되는 추세였다. 그녀가 요즘 부화뇌동하지도 않고 게다가 늘 독창적인 의견을 제출하는가 하면 제법 당돌한 거동을 보이는 것만 봐도 그렇단 걸 알 수 있었다. 음력 오월 초나흗날 오전, 그가 집에 돌아오자마자 아내는 한 묶음의 계산서를 코앞에 들이밀었다. 전에 없던 일이었다.

"도합 180원은 있어야 돼요……. 나왔어요?" 그녀는 그를 쳐다보지도 않고 말했다.

"흥. 난 내일부터 관료 노릇 집어치울 거야. 수표는 타 왔는데, 급료 지불 대회 대표가 주질 않는 거야. 처음엔 함께 가지 않은 사람에겐 안 주겠다더니 나중엔 또 자기네 앞에 와서 타 가라는 거야. 그자들 수표를 쥐더니 금세 염라대왕 얼굴로 변하는 거야. 정말 꼴도 보기 싫어…… 나는 돈도 필요 없고 관료 짓도 그만둘 거야. 하도 비굴해서…….”

전에 없던 의분에 그녀는 다소 놀랐지만 이내 침착히 말을 받았다.

“제 생각엔요. 직접 가서 받는 게 좋겠어요. 그게 무슨 대수라구.” 그녀가 그의 얼굴을 보며 말했다.

“난 안 가! 이건 관료 봉급이지 상금이 아니란 말야. 예전처럼 회계과에서 보내와야 하는 거라구.”

“헌데 안 보내면 또 어째야 되는 거죠?…… 아 참, 어젯밤 깜박했는데, 애들이 수업료 얘기를 하길래, 학교에서 이미 몇 차례 독촉을 했대요. 더 이상 미루다간…….”

“쓸데없는 소리! 애비가 일하고 가르친 건 돈도 안 주면서 아이 공부 좀 시켰다고 돈을 내라고?”

그가 지금 이치를 따질 형편이 못 되는 데다가 마치 교장이나 된 양 역성을 부리는 것이 소용없겠다 싶어 그녀는 더 이상 말을 하지 않았다.

둘은 아무 말 없이 점심을 먹었다. 한동안 생각에 잠겨 있던 그는 언짢은 기분으로 또 외출을 했다.

관례대로라면 명절이나 세모 전날에는 밤 열두 시가 다 되어서야 집으로 돌아왔다. 오면서 주머니를 뒤적여 큰소리로 “어이, 받아!” 하면서 빳빳한 중국은행 지폐나 교통은행 지폐 한 다발을 건네며 의기양양한 표정을 짓곤 했던 것이다. 그런데 초나흘 이날 관례를 깨고 일곱 시도 안 되어 돌아올 줄 누가 알았겠는가. 그녀는 깜짝 놀라 '기어이 사표를 쓰고 말았구나' 하고 생각했다. 그런데 슬쩍 그의 얼굴을 살펴보니 특별히 사나운 기색은 찾아보기 어려웠다.

"어쩐 일이세요?…… 이렇게 일찍?……" 그녀가 그를 빤히 쳐다보며 말했다.

"못 받았어. 찾질 못했어. 은행이 문을 닫아 버려 초여드레까지 기다려야 해."

"직접 받으러?……" 그녀가 불안스레 물었다.

"직접 수령하는 일은 진즉에 취소됐어. 예전대로 회계과에서 나눠 준다두만. 그러나 오늘은 은행이 이미 문을 닫았고 사흘을 쉰다고 하니 초여드레 오전까지 기다려야지 뭐." 그는 앉아서 땅바닥을 바라보며 차를 한 모금 마시고는 천천히 입을 열었다. "다행히 관청엔 아무 문제도 없어. 초여드레엔 분명 돈이 생길 게야. …… 데면데면한 친척이나 친구한테 돈을 빌린다는 게 참 힘들더군. 오후에 염치불구하고 진융성金永生을 찾아가 이야기를 한참 나누었어. 그 작자 처음엔 내가 봉급 청구하러 가지 않은 일이나 직접 타러 가지 않은 일을 두고 고결하다느니 사람이라면 응당 그래야 된다느니 한껏 치켜세우더군. 그런데 내가 그에게 돈 오십 원을 융통하러 온 줄 알고는 한 줌 소금을 털어 넣기라도 한 양 오만 인상을 찡그리면서 집세가 안 걷힌다느니 장사가 밑진다느니 엄살을 피워 대는 거야. 그러더니 동료한테 돈 타러 가는 게 뭐가 어떻다고 그러냐며 나더러 즉각 받으러 가 보라는 거야."

"명절이 이렇게 코앞인데 누가 순순히 돈을 꾸어 주려 하겠어요?" 아내는 담담히 대답할 뿐 전혀 분개하지 않았다.

팡쉬안춰는 고개를 숙였다. 생각해 보니 그것도 무리는 아니었다. 게다가 본래 진융성과는 소원한 사이이기도 했던 것이다. 문득 작년 세모 때의 일이 떠올랐다. 동향 사람이 십 원을 꾸러 왔던 것이다. 그때 멀쩡히 관청의 보증수표를 받아 놓고도 그자가 빚을 못 갚을지도 모른다는 생각이 들어 관청 봉급은커녕 학교 급료도 못 받았노라 둘러대면서 "안됐지만 도와드릴 수가 없소"라는 말로 그를 빈손으로 보냈던 것이다. 그때 자기가 어떤 얼굴을 가장하고 있었는지 보진 못했지만, 안절부절 입술을 파르르 떨며 고개를 잘래잘래 흔들었던 것 같았다.

조금 뒤 그는 큰 깨달음을 얻은 듯 부리는 아이에게 명하여 거리로 나가 렌화바이蓮花白 한 병을 외상으로 가져오라고 했다. 술집에선 내일 외상을 갚아 주길 바랄 터이니 외상을 거절하진 않을 거란 걸 알고 있었다. 만일 외상을 주지 않으면 내일 한 푼도 갚지 않으리라. 응당 그들이 받아야 할 징벌인 것이다.

렌화바이가 외상으로 왔다. 두 잔을 마시자 창백한 얼굴이 불콰하게 달아올랐다. 밥을 먹고 나니 제법 기분이 좋아졌다. 그는 하더먼哈德門 궐련 한 개비에 불을 붙였다. 침대에 누워 『상시집』[2]이나 읽을 참이었다.

"그럼, 내일 가게 주인한텐 뭐라 하죠?" 아내가 쫓아와 침상 앞에 서서 얼굴을 보며 말했다.

"가게 주인?…… 초여드레 오후에 오라 그래."

"나는 그런 말 못 하네요. 믿지도 않을 거고 그리하지도 않을 거니까."

"뭘 못 믿겠다고 그래. 가서 물어보라 그래. 관청 사람들 가운데 아무도 봉급을 못 받았다니까. 모두들 초여드레는 되어야 돼." 그는 둘째손가락을 세워 모기장 안 허공에 반원을 그렸다. 그녀가 손가락을 따라가 보았지만 손으로 『상시집』을 펼치는 모습밖에 보이지가 않았다.

그가 억지를 부리는 통에 아내는 잠시 말문이 막혔다.

"이 모양으로 도저히 꾸려 갈 수가 없을 것 같아요. 앞으로 무슨 방법을 강구해서 다른 일을 하든지 해야지……." 마침내 그녀가 말머리를 돌리며 말했다.

"무슨 방법? 나는 '문文은 필경사만도 못하고 무武는 소방수만도 못해'. 달리 뭘 하라는 거야?"

"상하이 출판사에 글을 써 주지 않으셨어요?"

"상하이 출판사? 원고는 글자 하나씩 계산하고 빈칸은 세지도 않아. 내가 거기 쓴 백화시를 봐. 여백이 얼마나 많아. 한 권에 고작 삼백 푼 정도나 되겠지. 인세도 반년 동안 무소식이야. '먼 곳의 물로 가까운 불을 끌 순 없는 법.' 누군들 견뎌 내겠어."

"그럼, 이곳 신문사에다……."

"신문사에 주라고? 이곳 큰 출판사에서 편집 일을 하고 있는 내 제자를 통한다 해도 천 자에 몇 푼밖에 안 돼. 아침부터 밤까지 써 봤자 당신네들이나 먹여 살릴 수 있겠냐구? 게다가 내 뱃속에 그리 많은 글이 들어 있는 것도 아니고."

"그럼, 명절 쇠고 나면 어떻게 하실려구요?"

"명절 쇠고 나면? 해온 대로 관리 노릇이나 해야지…… 내일 가게 주인이 돈 달라고 오면 초여드레 오후에 오라고만 해."

그는 또 『상시집』으로 눈이 갔다. 아내는 이때를 놓칠세라 더듬거리며 말했다.

"명절 쇠고 초여드레가 되면 우리…… 복권이나 한 장 사는 게 어때요……."

"쓸데없는 소리! 못 배운 티를 내기는……."

이때 그는 문득 진융성에게 떠밀려 나온 뒤의 일이 생각났다. 멍하니 식품가게 다오샹춘稻香村을 지나올 때 문 앞에 됫박만 한 큰 글씨로 '당첨 몇 만 원'이라 써 붙인 광고를 보고는 마음이 동했던 것이다. 어쩌면 발걸음이 느려졌으리라. 하지만 주머니엔 육십 전밖에 없었고 그것마저 아까워 미련 없이 그 자리를 지나쳤던 것이다. 그의 안색이 변하자, 아내는 자기의 무식함에 화가 난 줄 알고 말도 끝맺지 못한 채 얼른 물러났다. 팡쉬안쉬도 말을 하다 말고 허리를 쭉 펴더니 중얼중얼 『상시집』을 읽기 시작했다.

1922년 6월

주)

1) 원제는 「端午節」, 1922년 9월 상하이 『소설월보』 제13권 제9호에 발표했다.
2) 『상시집』(嘗試集)은 신문화운동의 주역 중 하나인 후스(胡適)의 시집이다. 현대시라는 새로운 형식이 이 시집을 통해 시도되었다.

흰 빛[1]

천스청陳士成이 현시縣試 합격자 방榜을 보고 집으로 돌아왔을 때는 이미 오후였다. 아침 일찍 집을 나선 그는 방에서 먼저 천陳 자를 찾았다. 적지 않은 천 자들이 앞다투어 그의 눈 속으로 뛰어드는 듯했다. 하지만 이어지는 글자는 어느 것도 스청이 아니었다. 그리하여 다시 한번 열두 장 둥그렇게 나붙은 방을 찬찬히 살펴 나갔다. 사람들은 모두 흩어졌지만, 천스청은 끝내 자신의 이름을 찾지 못하고 홀로 과거장 벽 앞에 우두커니 서 있었다.

서늘한 바람에 희끗한 그의 짧은 머리칼이 가볍게 흩날렸다. 초겨울 태양이 따뜻하게 그를 내리쬐고 있었다. 하지만 그는 어지러운 듯 안색이 점점 창백해졌다. 피곤으로 충혈된 두 눈에선 야릇한 광채가 뿜어 나오고 있었다. 벽에 붙은 방문이 눈에 들어오지 않은 지는 제법 되었다. 새까만 동그라미들이 무수히 눈앞을 떠다닐 뿐이었다.

수재秀才에 급제하고 나서 향시鄕試를 보러 성에 가고 내처 차례로 관문을 통과하면…… 지역 유지들이 온갖 방법을 써서 혼담을 꺼낼 테고, 사람들은 신을 경외하듯 바라보며 지금까지의 경멸과 자신들의 멍청함을 깊이 뉘우치겠지…… 이 낡아 빠진 집에 세 들어 사는 자들을 쫓아내고…… 뭐 그럴 것까지야, 내가 이사를 가면 되지 뭐…… 집은 전부 새로 짓고 대문엔 깃대와 편액을 거는 거야…… 고관대작이 되려면 서울서 벼슬살이를 해야 될 거고, 그렇지 않다면 차라리 지방관 쪽이 나을 거야……. 평소 이리저리 계획을 세워 둔 전도前途가 순식간에 무너져 조각만이 남았다. 그는 산산이 부서진 육신을 수습해 망연히 집으로 난 길로 들어섰다.

대문 앞에 이르자 일곱 명의 학동들이 일제히 목청을 돋우어 책을 읽기 시작했다. 그는 깜짝 놀랐다. 마치 귓전에 종소리가 울리는 것 같았다. 작은 변발을 늘어뜨린 일곱 개 머리가 눈앞에 어른거리더니 온 방 가득 퍼졌다. 검은 동그라미까지 뒤섞여 춤을 추고 있었다. 그가 자리에 앉자 아이들이 오후 숙제를 제출했지만 하나같이 그를 깔보는 기색이 역력했다.

"돌아들 가거라." 그는 잠시 머뭇거리다가 참담한 기분으로 입을 열었다.

아이들은 후다닥 책 보따리를 싸서 옆구리에 끼고는 한 줄기 연기처럼 내빼 버렸다.

무수히 작은 머리들이 검은 동그라미와 어우러져 때론 뒤섞였다가 때론 이상한 모양으로 늘어서며 춤을 추고 있었다. 하지만 차츰 줄어들더니 마침내 흐릿해지고 말았다.

"또 땡쳤구먼!"

그는 깜짝 놀라 벌떡 몸을 일으켰다. 분명 귓전에서 소리가 들렸다. 고개를 돌려 보았지만 아무도 없었다. 또다시 댕 하며 종소리가 울리는 듯하더니 자기 입에서도 말이 새어 나왔다.

"또 땡쳤구먼!"

갑자기 그는 한 손을 들어 손가락을 꼽으며 생각에 잠겼다. 열한 번, 열세 번, 금년까지 열여섯 번, 문장을 알아보는 시험관이 하나도 없다니, 눈이 있어도 장님이니 가련한 일이로다. 이렇게 생각하니 자기도 모르게 피식 웃음이 나왔다. 하지만 분통이 치미는 건 어쩔 수가 없었다. 그리하여 책 꾸러미 아래서 필사한 팔고문八股文과 시첩試帖을 꺼내들고 밖으로 달려 나갔다. 대문 근처에 이르자 눈앞이 환해지는 것이 한 무리 닭들마저 그를 비웃고 있는 듯했다. 쿵쿵거리는 가슴을 억누를 수가 없어 어쩔 수 없이 추스르며 안으로 돌아섰다.

그는 또다시 주저앉았다. 눈빛이 유난히 번쩍거렸다. 눈엔 무수한 것들이 보였지만 희미했다. 무너져 내린 전도가 그 앞에 드러누워 있었다. 이 길이 점점 넓어지더니 그의 모든 길을 막아 버렸다.

이웃에선 밥 짓는 연기가 벌써 사라졌고 설거지도 끝냈지만 천스청은 아직 밥도 하지 않았다. 이 집의 세입자들은 현시가 있는 해 방이 나붙는 날 이런 그의 눈빛을 보면 일찌감치 문을 걸어 잠그는 것이 상책이라는 걸 오랜 경험으로 알고 있었다. 맨 먼저 사람 목소리가 끊겼고 이어서 하나둘 등불도 꺼졌다. 시린 밤하늘에 서서히 달이 솟았다.

하늘은 바다처럼 푸르렀다. 뜬구름은 누군가가 물에 붓을 씻어 낸 듯 하늘거렸다. 달은 천스청을 향해 냉랭한 빛을 쏟아붓고 있었다. 처음엔 방금 닦아 낸 쇠거울 같았는데, 신기하게 천스청의 전신을 투사하더니 이내 무쇠 같은 그림자를 만들어 내는 것이었다.

그는 아직도 바깥마당을 배회하고 있었다. 이제 눈은 제법 맑아졌고 사방도 고요했다. 그런데 어쩐 일인지 갑자기 정적이 깨지면서 촉급한 저음이 귓전을 파고들었다.

"왼쪽으로 돌아서 오른쪽으로 돌면……"

그는 흠칫 놀라 귀를 기울였다. 그 소리는 좀더 크게 되풀이되었다.

"오른쪽으로 돌아라!"

그는 알고 있었다. 자기 집안이 지금처럼 영락하지 않았을 때 여름이면 밤마다 이 마당에서 할머니와 바람을 쐬곤 했다. 그땐 열 살 안팎의 꼬마에 불과했다. 대나무 평상에 누워 있으면 할머니는 평상 옆에 앉아 재미있는 옛날이야기를 들려주셨다. 할머니 말로는, 할머니의 할머니에게 이런 이야기를 들었다는 거였다. 천씨의 조상은 어마어마한 갑부였는데, 이집이 그 기반이라 했다. 조상은 엄청난 은자를 이 집 어딘가에 묻어 두었다. 복 많은 자손이 찾으리라 했지만 여태 발견되지 않았다는 거였다. 그 장소가 수수께끼로 남아 있었던 것이다.

"왼쪽으로 돌아서 오른쪽으로 돌아라. 앞으로 갔다가 뒤로 가거라. 금이며 은이 수북할 테니."

평소 천스청은 이 수수께끼에 대해 나름대로 요량하는 바가 있었다. 그러나 대개 맞았다 싶으면 빗나가고 마는 것이었다. 한번은 탕唐씨에게 세 준 집 아래일 거라는 확신이 들었지만 차마 파러 갈 용기가 나지 않았다. 한참 지나고 나면 또 허방을 짚었다는 생각이 들었다. 집 안 곳곳에 파헤친 흔적은 몇 번 과거에 낙방한 뒤 생긴 발작의 흔적이었다. 그 뒤 자기가 봐도 창피하고 부끄러워 고개를 들 수 없었다.

그런데 오늘은 쇠 같은 빛이 그를 뒤덮으며 또다시 그를 나긋이 이끄는 거였다. 혹시 그가 주저할세라 확실한 증거를 보여 준 뒤 슬쩍 추임새를 넣음으로써 시선을 자기 집 쪽으로 향하지 않을 수 없게 했다.

흰 빛이 마치 흰 부채처럼 일렁이며 그의 집 안을 번쩍이고 있었다.

"이 자리였구나!"

이렇게 말하면서 그는 사자처럼 날렵하게 집 안으로 들어왔다. 안으로 들어서자 갑자기 빛의 종적이 묘연해졌다. 쓰러져 가는 집 한 칸과 부서진 탁자들만 어둠에 잠겨 있었다. 그는 멍하니 서서 다시 천천히 눈을 모으자 다시 흰 빛이 피어났다. 이번엔 더 넓고 유황불보다 더 하얗고 아침 안개보다 더 희미했다. 게다가 동쪽 벽으로 기댄 책상 아래서 피어나고 있었다.

사자처럼 문 뒤로 달려가 괭이를 집는 순간 검은 그림자에 몸을 부딪히고 말았다. 섬찟해서 황급히 불을 켜 보니 괭이는 그대로 세워져 있었다. 그는 책상을 옮기고 벽돌 넉 장을 단숨에 들어냈다. 쭈그리고 앉아 보니 늘 그래 왔듯 그 아래는 누르스름한 잔모래였다. 소매를 걷어붙이고 모래를 파헤치자 그 아래 검은 흙이 드러났다. 그는 조심조심 아주 조용히 땅을 파내려 갔다. 하지만 심야의 정적은 괭이 날의 둔중한 울림을 감추지는 못했다.

두 자나 파들어 갔지만 항아리는 보이질 않았다. 천스청은 초조해졌다. 그때 쩽하는 소리가 나며 손에 저림이 왔다. 괭이 날에 뭔가 단단한 것이 부딪힌 것이다. 급히 괭이를 던지고 더듬어 보니 커다란 벽돌 한 장이었다. 그의 심장이 가파르게 떨렸다. 정신을 가다듬고 벽돌을 파내 보니 그 아래는 예전과 같은 검은 흙이었다. 흙을 파내고 또 파냈지만 끝이 없을 것 같았다. 그런데 또 단단하고 작은 무언가가 느껴졌다. 둥그런 것이 녹슨 동전인 듯했다. 그 밖에 깨진 사기조각 몇 개가 더 나왔다.

천스청은 마음이 텅 빈 것 같았다. 흠뻑 땀에 젖은 채 조급하게 땅만

긁어 댈 뿐이었다. 그때 심장이 공중에서 파르르 떨렸다. 또다시 이상한 물건이 감지된 것이다. 말발굽 모양으로 생긴 것이었는데 손을 대 보니 퍼석거렸다. 그는 다시 정신을 집중해서 그것을 파냈다. 조심스레 들어올려 등불 아래 자세히 살펴보았다. 군데군데 벗겨져 있는 것이 아무래도 썩은 뼈다귀 같았다. 듬성듬성한 이빨이 그 위에 한 줄로 늘어서 있었다. 이것이 아래턱뼈임을 이미 직감하고 있었다. 그런데 그 뼈가 손 안에서 덜커덕거리더니 히죽히죽 입을 여는 것이었다.

"또 땡쳤구면!"

오싹 한기가 들어 순간 손을 놓아 버렸다. 턱뼈가 구덩이 속으로 데굴데굴 굴러 들어갔다. 그도 마당으로 도망을 치고 말았다. 집 안을 훔쳐보니 등불은 여전히 환히 켜져 있었고 턱뼈는 여전히 그를 조소하고 있었다. 하도 무서워서 그쪽을 바라볼 엄두가 나지 않았다. 저만치 처마 밑 어둠 속에 몸을 숨기고서야 마음이 안정되었다. 그런데 평온 속에서 또다시 나지막한 목소리가 귓전을 파고들었다.

"여긴 없어…… 산으로 가 봐…….."

그러고 보니 낮에도 길거리에서 누군가에게 그런 소리를 들은 것 같았다. 소리가 끝나기도 전에 퍼뜩 깨닫는 바가 있었다. 고개를 들어 하늘을 보니 달은 이미 서고봉西高峰 뒤로 숨은 뒤였다. 성에서 삼십오 리나 떨어진 서고봉이 눈앞에 홀笏처럼 시커멓게 서 있었다. 그 주변으로 광대한 흰 빛이 퍼져 나오고 있었다.

게다가 흰 빛은 아득하면서도 지척이었다.

"그래, 산으로 가자!"

결심을 한 그는 쓰린 마음으로 뛰쳐나갔다. 몇 번 문 여는 소리가 들리더니 더 이상 어떤 소리도 들리지 않았다. 등불이 커지면서 빈 방과 구덩이를 비추더니 마침내 몇 번 바지직거리다 점점 사그라들었다. 기름이 다 된 것이다.

"성문을 열어라~"

공포 어린 희망의 비명이 여명 속 서문 앞에서 아지랑이처럼 떨리고 있었다.

이튿날 누군가가 서문 밖 십오 리 떨어진 완류후萬流湖에서 시체 하나가 떠 있는 걸 발견했다. 그 소문이 삽시간에 퍼져 마침내 지보地保의 귀에까지 들어갔다. 마을 사람들을 시켜 건진 시체는 쉰 정도 남자로 '보통 몸집에 얼굴은 희고 수염이 없었'고 온몸에 실오라기 하나 걸치지 않았다. 누군가가 시체의 주인이 천스청이라 했다. 그러나 이웃들은 귀찮은 듯 보러 가지도 않았다. 시신을 인수할 친척도 없었으므로 현 의원의 검시를 거친 후 지보에 의해 매장되었다. 사인은 물론 문제될 것이 없었다. 죽은 시체의 옷을 벗겨 가는 건 늘 있는 일이었으므로 타살의 혐의를 둘 필요는 없었다. 게다가 검시인의 증언으로는 산 채로 물에 빠졌다는 거였다. 물에서 발버둥을 친 것이 확실했기 때문이다. 열 손가락 밑에 강바닥 진흙이 잔뜩 끼어 있었던 것이다.

1922년 6월

주)_____

1) 원제는 「白光」, 1922년 7월 10일 상하이 『동방잡지』 제19권 제13호에 발표했다.

토끼와 고양이[1]

후원後園에 사는 셋째댁이 여름에 흰 토끼 한 쌍을 샀다. 아이들에게 보여 주려던 것이었다.

놈들은 젖을 뗀 지가 얼마 되지 않은 듯했다. 짐승일망정 나름대로 천진난만함이 있었다. 그래도 작고 새빨간 귀를 쫑긋 세우고 코를 벌름거리며 눈동자에 벙벙한 기색을 드러내는 걸 보면 생면부지의 장소에 끌려오느라 제 집에서의 평정을 잃어버린 듯했다. 이런 놈들이라면 장날 사당 앞 장터에 나가면 이십 전 정도면 충분할 텐데 일 원이나 주었다고 했다. 심부름꾼을 시켜 가게에 가서 샀기 때문이다.

아이들은 물론 기뻐 어쩔 줄을 몰라 떠들썩하니 구경에 여념이 없었다. 어른들도 마찬가지였다. 그리고 S라 부르는 강아지도 덥석 달려들어 코를 킁킁대더니 한바탕 재채기를 하고는 몇 걸음을 물러섰다. 셋째댁이 "S, 잘 들어, 물면 안 돼"라며 단단히 이르고 머리를 한 대 쥐어박자 S는 물러나 더 이상 물려고 하지 않았다.

놈들은 뒷마당에 갇혀 있을 때가 많았다. 걸핏 하면 벽지를 물어뜯거나 상다리 같은 것을 갉아 댔던 모양이다. 마당엔 야생 뽕나무 한 그루가 있었다. 오디가 떨어지면 그걸 좋아해서 시금치는 아예 거들떠보지도 않았다. 까마귀나 까치가 내려앉으려 하면 잔뜩 몸을 웅크렸다가 뒷발을 걷어차며 펄쩍 뛰어오르는데 마치 새하얀 눈덩이가 날아오르는 것 같았다. 그러면 까마귀나 까치는 놀라서 황급히 달아나 버리는 거였다. 몇 번 그러고 나니 놈들은 더 이상 다가오려 하질 않았다. 셋째댁 말에 의하면, 까마귀나 까치야 기껏 먹이를 낚아채는 정도지만 밉살스런 건 몸집이 큰 검은 고양이였다. 놈은 늘상 낮은 담에 엎드려 사납게 노려보고 있어서 방비를 하지 않으면 안 되었다. S가 고양이와 앙숙이라는 것이 그나마 다행이라면 다행이었다.

꼬마들은 늘 이놈들을 붙들고 살았다. 놈들은 아주 온순해서 귀를 쫑긋 세우고 코를 벌름거리며 꼬마들 손바닥 위에 얌전히 있다가 틈만 보이면 폴짝 뛰어내려 내빼는 것이었다. 놈들의 잠자리는 자그만 나무상자였는데, 안엔 짚을 깔아서 뒤창 처마 아래 놓여 있었다.

이렇게 몇 달이 지났다. 그런데 어느 날 놈들이 갑자기 땅을 파기 시작했다. 파는 솜씨가 보통이 아니었다. 앞발로 긁고 뒷발로 차 내는데 반나절도 못 되어 깊은 굴 하나가 만들어졌다. 모두들 이상하게 여겼지만 나중에 자세히 살펴보니 한 놈의 배가 다른 놈보다 훨씬 불러 있었다. 다음 날 놈들은 마른풀과 나뭇잎을 굴로 물어 나르느라 한나절을 부산을 떨었다.

모두들 새끼를 볼 수 있다는 기대감에 마음이 부풀었다. 셋째댁은 아이들에게 이제 더 이상 손을 대선 안 된다고 엄명을 내렸다. 어머니도 기뻐하시며 놈들이 젖을 떼면 두어 마리 얻어다가 창밖에 놓고 기르자고 했다.

그후로 놈들은 굴속에서 살면서 이따금 나와 먹이를 먹곤 하더니 그 뒤로 아예 보이질 않았다. 미리 식량을 저장해 둔 것인지 아니면 먹지 않고 있는 것인지 알 길이 없었다. 열흘이나 지났을까, 셋째댁이 내게 말했다. 두 마리가 다시 나왔는데 새끼가 태어나자마자 모두 죽어 버린 것 같다고 말이다. 그도 그럴 것이 암놈 젖이 퉁퉁 불어 있는데도 젖을 먹인 흔적이 보이지 않았기 때문이다. 어투에 다소 화가 묻어났지만 어쩔 수 없는 일이었다.

햇살이 따스하고 바람도 없어 나뭇잎이 미동도 하지 않는 날이었다. 갑자기 어디선가 사람들이 웃고 떠드는 소리가 들려왔다. 소리 나는 곳을 보니 사람들이 셋째댁 뒤창에 기대어 무언가를 바라보고 있었다. 새끼 토끼 한 마리가 마당을 폴짝거리며 뛰어다니고 있었다. 이놈은 제 부모가 팔려 왔을 때보다 훨씬 작았지만 벌써 뒷발을 차며 깡충거리고 있었다. 꼬마들이 앞다투어 내게 일러 준 바에 의하면, 또 한 마리가 굴 밖으로 고개를 내밀었다가 숨어 버렸는데 틀림없이 이놈의 동생일 거라고 했다.

그 작은 것이 풀잎을 주워 먹으려 하자 큰 놈은 이를 허락지 않는 듯 입으로 뺏어 버리곤 했다. 그렇다고 자기가 먹는 것도 아니었다. 꼬마들이 소리 내어 웃자 작은 것이 놀라 굴속으로 들어가 버렸다. 큰 놈도 굴 입구까지 뒤따라가 앞발로 새끼 등을 들이민 다음 흙을 긁어 굴을 막아 버렸다.

그후로 마당은 더욱 소란스러워졌고 창문에서도 항상 누군가가 내다보고 있었다.

그런데 언제부턴가 큰 놈 작은 놈 할 것 없이 전혀 모습을 볼 수가 없었다. 당시 연일 날이 흐렸는데, 셋째댁은 검은 고양이의 마수에 당한 게 아닐까 걱정이 이만저만이 아니었다. 나는 그렇지 않을 거라고 했다. 날이 추워 숨어 있는 게 당연하고 햇볕이 들면 나올 거라고 이야기해 주었다.

그런데 햇볕이 들어도 놈들은 보이지 않았다. 그리하여 모두들 까마득히 잊어버리고 말았다.

놈들에게 늘 시금치를 먹이던 셋째댁만이 놈들을 잊지 못하고 있었다. 한번은 그녀가 뒷마당에 갔다가 담벼락 모퉁이에 다른 구멍 하나가 나 있는 걸 발견했다. 다시 예전 굴을 살펴보았더니 입구에 수많은 발톱자국이 희미하게 나 있었다. 그 발톱은 큰 놈 것이라 하기엔 너무 컸다. 그녀는 늘 담장 위에서 도사리고 있던 검은 고양이를 의심했다. 그리하여 그녀는 굴을 파 보아야겠다는 결심을 하기에 이르렀다. 마침내 그녀는 괭이로 굴을 파들어 갔다. 미심쩍긴 했지만, 그래도 새끼 토끼가 있을지도 모른다는 희망을 잃지 않았다. 끝까지 파들어 가자 썩은 풀 더미 위에 약간의 토끼털밖에 없었다. 새끼를 낳을 때 깔아 둔 것이리라. 그 밖엔 썰렁하기만 했다. 새하얀 새끼는커녕 굴 밖으로 고개를 내밀었던 동생조차 보이지가 않았다.

분노와 실망과 처량함이 그녀로 하여금 담 모퉁이 새 굴을 파 보지 않을 수 없게 만들었다. 괭이가 닿자마자 큰 놈이 먼저 굴 밖으로 뛰쳐나왔다. 여기로 이사를 왔다는 생각에 그녀는 너무 기뻤다. 그녀는 계속 파들어 갔다. 바닥까지 파들어 가자 여기도 풀잎과 토끼털이 깔려 있었다. 그 위로 아주 작은 새끼 일곱 마리가 잠을 자고 있었다. 온몸이 발그스름한 것이 자세히 보니 아직 눈도 뜨지 않은 채였다.

모든 게 명백해졌다. 셋째댁의 추측이 틀리지 않았던 것이다. 그녀는 위험을 예방하기 위해 일곱 마리를 모두 나무상자에 넣어 자기 방으로 데리고 갔다. 큰 놈도 상자 속에 밀어 넣어 억지로 젖을 빨리게 했다.

그 뒤 셋째댁은 검은 고양이를 증오했을 뿐 아니라 어미의 처사에도 마뜩해하지 않았다. 그녀 말에 의하면, 애초 두 마리가 봉변을 당하기 전에 작은 놈이 더 있었을 거라는 것이었다. 두 마리만 낳았을 리가 없을 것이고 젖을 골고루 먹이지 않아서 경쟁에 밀린 놈들이 먼저 죽었을 거라는 거였다. 아마 틀리지 않을 것이다. 일곱 마리 중 두 마리는 깡말라 있으니 말이다. 그래서 셋째댁은 틈만 나면 어미를 붙잡아 한 마리 한 마리씩 돌아가며 젖을 빨게 했다. 많이 먹거나 적게 먹지 않도록 말이다.

어머니는 내게 말했다. 저렇게 번거로운 양육법은 일찍이 들어 본 적이 없으니 아마 『무쌍보』[2]에 오를 수 있을 거라고 말이다.

흰 토끼 가족은 더욱 번성했고, 모두들 다시 기뻐하게 되었다.

이 일이 있은 이후 나는 서글픔을 금치 못했다. 깊은 밤 등잔 아래서 조용히 생각에 잠겼다. 두 마리 작은 생명이 귀신도 모르는 새에 사라지고 말았다. S가 한 번 짖지도 않았건만 생물의 역사에 아무런 흔적도 남기지 않은 채 말이다. 그리하여 옛일에 생각이 가닿았다. 예전 회관에 살고 있을 때, 어느 날 아침 일어나 보니 큰 홰나무 아래 비둘기 털이 가득 흩어져 있었다. 매의 밥이 된 게 분명했다. 그런데 오전에 사환이 와서 청소를 해버리고 나니 아무것도 보이지 않았다. 거기서 한 생명이 끊어졌다는 걸 누가 알겠는가? 또 한번은 시쓰파이러우西四牌樓를 지나다가 강아지 한 마리가 마차에 깔리는 걸 본 적이 있었는데 돌아올 때 보니 아무것도 보이지 않았다. 누가 치워 버린 것이리라. 총총히 오가는 행인들 가운데 거기서 한 생명이 끊어졌다는 걸 누가 알겠는가? 여름밤엔 창밖으로 파리들이 윙윙거리곤 했는데, 그들도 분명 도마뱀에게 잡아먹혔을 것이다. 하지만 나는 여태 그런 일에 마음을 써 본 일조차 없다. 다른 사람들도 알지 못했을 것이고……

조물주에게 비난받을 점이 있다면, 그건 너무 함부로 생명을 만들고 너무 함부로 훼멸한다는 점이다.

야옹 하는 소리가 나면서 두 마리 고양이가 창밖에서 또 싸움을 시작했다.

"쉰쩐아! 너 또 고양이를 괴롭히고 있구나."

"아니에요. 저희들끼리 물어뜯고 있어요. 나한테 맞을 놈이 어디 있다고요."

평소 어머니는 내가 고양이를 학대하는 걸 못마땅히 여겼다. 지금은 새끼 토끼를 동정해서 해코지를 하는 줄 알고 물어보시는 것일 게다. 온 집안 식구들은 내가 고양이와 앙숙인 줄 알고 있었다. 고양이를 죽인 적도 있고 평소에도 걸핏 하면 몽둥이질을 해댔으니 말이다. 그런데 그건 어디까지나 놈들의 교미 때문이 아니라 성가신 울음 때문이다. 도무지 잠을 잘 수가 없으니 말이다. 교미를 했으면 했지 그리 뻐근하게 법석을 피울 건 또 뭐람.

게다가 검은 고양이가 새끼 토끼를 잡아먹은 판이니 '대의명분'이 없지 않았다. 나는 어머니가 고양이를 너무 감싼다는 생각이 들어, 엉겁결에 모호하고도 투덜거림에 가까운 대답을 하고 말았다.

조물주는 너무 엉터리다. 나는 그에게 반항하지 않을 수 없다. 비록 그의 도움을 받기는 했지만⋯⋯.

저 검은 고양이가 언제까지 담장 위를 거만하게 활보할 수는 없을 것이다. 그렇게 마음을 먹자 나도 모르게 책장 속에 감추어 둔 청산가리 병으로 눈길이 갔다.

1922년 10월

1) 원제는「兎和猫」, 1922년 10월 10일 베이징『천바오 부간』에 발표했다.
2)『무쌍보』(無雙譜)는 청나라 때 금고량(金古良)이 편찬한 그림책이다. 그 안에는 한나라 때부터 송나라에 이르기까지 독특한 행위를 한 40명 인물의 초상이 실려 있다. 여기서는 유일무이하다는 의미로 쓰였다.

오리의 희극[1]

러시아의 맹인 시인 예로센코 군이 기타를 메고 베이징에 온 지 얼마 되지 않았을 무렵 대뜸 내게 고통을 호소하고 나섰다.

"적막하다, 적막해. 사막에 있는 듯 적막하도다!"

사실이 그럴 테지만, 나는 지금껏 한 번도 그렇게 느껴 본 적이 없었다. 오래 살다 보니 "난향 그윽한 방에 오래 있으면 그 향기를 느끼지 못하네"가 되고 만 것이다. 줄곧 소란스럽게만 여겨졌으니 말이다. 하기야 내가 말하는 소란이 어쩌면 그가 말하는 적막일지도 모르겠지만.

내 느낌엔 베이징에는 봄가을이 없는 듯했다. 베이징 토박이들은 지구의 기운이 북으로 방향을 틀었는지 이렇게 따뜻한 적이 없었다고 했다. 그런데도 나만 봄가을이 없다고 여기고 있었던 것이다. 늦겨울과 초여름이 붙어 있어서 여름이 지났다 싶으면 바로 겨울이 시작되는 것이었다.

늦겨울과 초여름 사이의 어느 날 밤, 어쩌다가 시간이 나서 예로센코 군을 방문했다. 그는 줄곧 내 동생 중미仲密 군 집에서 묵고 있었는데, 마침 그 시간은 모두가 잠이 들어 세상이 적막강산일 무렵이었다. 그는 혼자 침상에 기댄 채 길게 드리운 금발 사이로 높이 매달린 눈썹을 찌푸리고 있었다. 한때 그가 떠돌았던 땅 미얀마, 그 땅의 여름밤을 생각하고 있었던 것이다.

"이런 밤이면 말예요." 그가 말했다. "미얀마에선 어디를 가도 음악이에요. 집 안, 풀숲, 나무 위 어디나 벌레들 울음소리지요. 그 소리들이 만들어 내는 합주가 정말 환상적이에요. 그 사이로 이따금 '쉭쉭' 뱀 울음이 끼어들기도 하는데, 그것도 벌레들 울음소리와 어우러져⋯⋯." 그는 깊은 생각에 잠겼다. 당시의 풍경을 떠올리고 있는 듯했다.

나는 입을 열 수가 없었다. 그런 기묘한 음악은 베이징에서 들어 본 적이 없기 때문이다. 그래서 그 어떤 애국심으로도 변호할 길이 없었다. 그가 앞은 볼 수 없지만 귀는 먹지 않았으니 말이다.

"베이징에선 개구리 울음조차 들리지가 않다니⋯⋯." 그가 또 탄식하며 말했다.

"개구리 울음이야 있지!" 그 탄식이 내게 용기를 불러일으켜 불쑥 항변을 하고 나선 것이다. "여름에 큰비가 온 뒤엔 두꺼비 울음소리를 지천으로 들을 수 있을 거요. 그놈은 도랑에 사는데 베이징엔 도랑이 천지니까."

"그런가요⋯⋯."

며칠이 지나자 아니나 다를까 내 말이 여실히 증명되었다. 예로센코 군이 열댓 마리의 올챙이를 사 온 것이다. 그는 그것들을 마당 한가운데 작은 연못에 놓아주었다. 길이 석 자, 너비 두 자 정도의 이 연못은 중미 군이 판 것으로 연꽃을 심으려던 것이었다. 거기서 연꽃이 피는 것을 한 번도 본 적이 없지만 개구리를 기르기엔 안성맞춤이었다.

올챙이들은 대오를 지어 물속을 헤엄치고 다녔다. 예로센코 군도 늘 그들을 찾았다. 한번은 아이들이 "예로센코 선생님, 발이 나왔어요" 하자 그는 기뻐서 "그래!" 하며 미소를 지었다.

하지만 연못에서 음악가를 양성하는 것은 예로센코 군이 벌인 사업의 일단에 지나지 않았다. 그의 지론은 스스로 밥벌이를 해야 한다는 거였다. 여자는 가축을 길러야 하고 남자는 밭을 갈아야 한다는 거였다. 그래서 친한 친구를 만나면 들에다 배추를 심으라고 권하곤 했다. 중미 부인에게도 누차 벌을 쳐라, 닭을 길러라, 돼지를 길러라, 소를 길러라, 낙타를 길러라 하며 닦달이었다. 나중에 중미 집 안에 수많은 병아리들이 마당을 뛰어다니며 채송화 순을 죄다 쪼아 먹게 된 것도 어쩌면 그의 권고 때문이었는지 모른다.

그로부터 병아리 파는 촌부들이 늘 출입을 했는데, 올 때마다 몇 마리씩을 사곤 했다. 병아리는 곧잘 체하거나 설사를 해서 오래 살지 못했기 때문이다. 게다가 그중 한 마리는 예로센코 군이 베이징에 체류하며 유일하게 쓴 소설 「병아리의 비극」의 주인공이 되기도 했다. 어느 날 오전 그 촌부들이 생각지도 않게 새끼오리를 가지고 왔다. 빽빽 울어 대는 놈들을 말이다. 중미 부인은 손사래를 쳤다. 예로센코 군이 뛰어나오자 그들은 한 마리를 덥석 쥐어 주었다. 새끼오리는 그의 손아귀에서도 빽빽 울어 댔다. 그는 이놈도 너무 귀여워 사지 않을 수 없었다. 도합 네 마리, 마리당 팔십 문文이었다.

새끼오리도 귀엽기는 마찬가지였다. 온몸이 계란빛으로 땅바닥에 놓아주면 아장아장 걸어 다니며 서로를 불러 대서 늘 한데 모여 있었다. 내일 미꾸라지를 사다가 먹여 주자는 데 모두의 입이 맞추어졌다. 그러자 예로센코 군이 말했다. "그 돈도 제가 내지요."

그리하여 그는 강의를 하러 갔고 모두들 흩어졌다. 조금 뒤 중미 부인이 그들에게 찬밥을 먹이려고 가 보니 멀리서 첨벙대는 소리가 들려왔다. 달려가서 보니 새끼오리 네 마리가 연지에서 연신 물속으로 자맥질을 하며 뭔가를 먹어 대고 있었다. 놈들을 밖으로 몰아냈을 때는 이미 온 연못이 흙탕물이 된 상태였다. 한참을 지나 물이 가라앉은 다음에 보니, 가느다란 연뿌리 몇 줄기만이 삐죽이 솟아 있을 뿐이었다. 이제 막 발이 생긴 올챙이는 찾아볼 수가 없었다.

"예로센코 선생님, 없어졌어요, 개구리 새끼들이." 저녁 무렵 그가 돌아오는 걸 보고 제일 작은 꼬마가 황급히 이 일을 알렸다.

"응, 개구리?"

중미 부인도 나와 새끼오리들이 올챙이를 먹어 버린 이야기를 해주었다.

"저런, 저런!……" 그가 말했다.

새끼오리의 털이 노랗게 변할 무렵, 예로센코 군은 자신의 '어머니 러시아'가 갑자기 그립다며 총총히 치타^{Chita}로 떠났다.

사방에 개구리 울음소리가 어지러울 무렵 새끼오리도 잘 자랐다. 두 마리는 하얗고 두 마리는 얼룩박이였는데, 이젠 빽빽거리지 않고 제법 '꽥꽥'거리며 울었다. 연지도 그들이 휘젓고 다니기엔 너무 좁았다. 다행히 중미의 집은 지대가 낮아서 장마철이 되면 뜰 안이 온통 물바다가 되었다. 놈들은 신이 나서 헤엄을 치고 자맥질을 하고 날개를 퍼덕이며 '꽥꽥' 울어 댔다.

지금은 또다시 늦여름이 끝나고 초겨울이 시작되려 한다. 예로센코 군은 여전히 소식이 없다. 대체 어디에 있는 것일까.

오리 네 마리만이 아직도 사막 위에서 '꽥꽥' 울어 대고 있다.

1922년 10월

주)_____

1) 원제는 「鴨的喜劇」, 1922년 12월 상하이 『부녀잡지』 제8권 제12호에 발표했다.

지신제 연극[1]

지난 이십 년 동안 내가 전통극을 본 것은 딱 두 번뿐이었다. 앞선 십 년 동안엔 아예 보질 않았다. 볼 생각도 없었거니와 기회도 없었다. 두 번 다 최근 십 년 동안의 일인데, 그것마저 끝까지 보지 못했다.

첫번째는 민국 원년, 그러니까 내가 베이징에 첫발을 디뎠을 때였다. 당시 한 친구가 경극이 최고라며 구경 가 보지 않겠냐고 했다. 나는 생각했다. 연극을 보는 건 재밌는 일이지, 더욱이 베이징에서라면. 그리하여 신이 나서 어느 희원戲園으로 달려갔다. 극이 이미 시작되었는지 둥둥거리는 소리가 바깥에서도 들려왔다. 문을 밀고 들어가자 울긋불긋한 무언가가 눈앞에서 번쩍였다. 무대 아래를 보니 온통 사람들 머리로 꽉 차 있었다. 다시 마음을 가라앉히고 사방을 둘러보니 중간에 몇 개 빈 자리가 눈에 들어왔다. 비집고 들어가 앉으려는데 누군가가 내게 뭐라고 말을 했다. 귀는 이미 윙윙거리고 있었지만 귀를 기울여 보니 이런 말이었다. "사람 있소, 아니 되오!"

우리가 뒤로 물러서자 번쩍거리는 변발의 사내가 다가와 우리를 옆

쪽으로 데리고 가더니 자리 하나를 가리켰다. 자리라고 해야 알고 보면 긴 결상이었다. 하지만 그 폭이 내 허벅지의 4분의 3 정도인 데다 다리는 내 정강이보다 3분의 2는 길었다. 나는 일단 기어 올라갈 엄두가 나지 않았다. 그리고 죄인을 고문하는 형틀이 연상되어 나도 모르게 모골이 송연해졌다. 그리하여 밖으로 나오고 말았다.

한참을 걷고 있는데 갑자기 친구의 목소리가 들려왔다. "대체 왜 그래?" 돌아다보니 그도 내게 끌려 나왔던 것이었다. 그는 의아한 듯 물었다. "아니 왜 무작정 나와 버린 거야? 대꾸도 않고." 내가 말했다. "미안하네, 친구. 귀가 윙윙거려 자네 말을 전혀 못 들었어."

그 뒤 이 일을 생각할 때마다 좀 기이하단 생각이 들었다. 극이 형편없었던 것 같기도 하고, 아님 당시 내 사정이 객석에서 버틸 만하지가 못했던 것 같기도 하고.

두번째는 어느 해인지 잊어버렸지만, 후베이湖北성 수재의연금 모금이 있었고 탄자오톈譚叫天이 아직 살아 있었을 때라는 건 분명하다. 모금방법은 이 원을 내고 연극표 한 장을 사면 일등석에서 구경을 하도록 하는 것이었다. 출연자 대부분은 기라성 같은 배우들이었는데, 그중 하나가 탄자오톈이었다. 내가 표를 한 장 산 건 모금 운동원의 체면에 못 이긴 탓도 있지만, 호사가들이 나를 충동질해 자오톈을 안 보면 말이 되니 안 되니 한 탓도 있었을 것이다. 그리하여 나는 몇 년 전 귀가 멍멍하니 혼이 난 것도 잊은 채 일등석으로 갔다. 물론 거금을 들인 입장권이니만큼 써먹어야 속이 편할 거라는 생각이 작용하기도 했을 것이다. 나는 자오톈이 후반부 막에 나온다는 것, 그리고 일등석은 신식 구조여서 자리다툼을 할 일이 없다는 것을 들었던 터라 아홉 시가 되어서야 느긋하게 집을 나섰다. 그런데 누가 알았으랴, 예전처럼 만원이라 발을 디디기조차 어려울 줄을. 하는 수 없이 뒤쪽을 비집고 들어가 무대를 보았더니 노파 역의 라오단老旦이 한창 노래를 부르고 있었다. 라오단은 불 붙은 종이 노끈 두 개를 입에 물고 있었고, 그 옆으로 졸개귀신이 대령하고 있었다. 이런저런 요량을 해보니 라오단은 아무래도 목련존자의 어머니 같았다. 왜냐하면 뒤이어 승려 하나가 나왔기 때문이다. 하지만 나는 그 명배우가 누구인지 몰랐다. 그래서 내 왼쪽에 비집고 선 뚱뚱한 신사에게 물어보았다. 그는 한심하다는 듯 나를 한 번 째려보더니 이러는 거였다. "궁윈푸!"[2] 나는 내 촌스러움과 얼뜨기 같은 꼴이 부끄러워 얼굴이 화끈 달아올랐다. 그리고 속으로 다시는 물어보지 않으리라 작정을 했다. 그리하여 소녀 역의 샤오단小旦이 노래하는 걸 보았고, 처녀 역의 화단花旦이 노래하는 걸 보았고, 노인 역의 라오성老生이 노래하는 걸 보았고, 무슨 역인지도 모를 배우들이 노래하는 걸 보았고, 떼거지로 엉겨 싸우는 걸 보았고, 두세 명이 서로 싸우는 것을 보았다. 아홉 시가 넘어 열 시가 되었고, 열 시가 넘어 열한 시가 되었고, 열한 시가 넘어 열한 시 반이 되었고, 열한 시 반이 넘어 열두 시가 되었지만, 자오톈은 나오지 않았다.

나는 지금껏 그때처럼 끈기 있게 무언가를 기다려 본 적이 없다. 더구나 내 곁의 뚱뚱한 신사는 헉헉거리고 있지, 무대 위에선 둥둥깽깽 울긋불긋 번쩍번쩍 정신이 없지, 게다가 열두 시였다. 이 모든 게 문득 나로 하여금 이런 장소에 어울리지 않는다는 걸 깨닫게 해주었다. 순간 나는 몸을 비틀어 바깥쪽으로 힘껏 밀었다. 그러나 등 뒤가 이미 꽉 차 있는 느낌이었다. 아마 탱탱하고 뚱뚱한 그 신사 양반이 내가 있던 공간으로 오른쪽 반신을 들이민 것이리라. 나는 되돌아갈 길도 없이 떠밀리고 떠밀려 마침내 문밖으로 나왔다. 거리에는 손님을 기다리는 인력거 외에 행인은 찾아보기 어려웠다. 그래도 문 앞엔 십여 명이 고개를 쳐들고 광고판을 바라보고 있었다. 그 외에 한 무리가 우두커니 서 있는 것이, 내 생각엔, 연극이 끝나고 나오는 여자들을 눈요기하려고 죽치고 있는 것 같았다. 그런데도 아직 자오톈은 나오지 않았으니…….

하지만 밤기운은 상쾌했다. 이거야말로 '심장에 스며든다'는 것이리라. 베이징에서 이렇게 좋은 공기를 마셔 보기는 이번이 처음인 듯했다.

이날 밤이 바로 내가 전통극에 대해 이별을 고한 밤이었다. 그 뒤로 두 번 다시 그걸 생각해 본 적이 없다. 이따금 희원 앞을 지나갈 때가 있었지만 우리는 남남이었다. 정신적으로 하나는 남쪽, 하나는 북쪽에 있었던 것이다.

그런데 며칠 전 무심코 일본 책을 뒤적이게 되었다. 아쉽게도 책 이름과 저자 이름은 잊어버렸지만, 아무튼 중국의 전통극에 관한 것이었다. 그 가운데 한 편엔 대충 다음과 같은 이야기가 적혀 있었다. 중국 연극은 너무 두드려 대고 너무 질러 대고 너무 뛰어다녀서 관객들을 혼미하게 만들기 때문에 극장용으로는 적합하지 않다, 만약 야외 공연을 멀찍이서 감상하게 된다면 나름대로의 운치가 있을 것이다. 당시 생각엔 이것이야말로 미처 내가 생각지 못한 점을 꼭 집어 준 것 같았다. 왜냐하면 야외에서 아주 멋진 공연을 본 기억이 확실히 나기 때문이다. 베이징에 와서 두 번씩이나 희원에 간 것도 어쩌면 그 영향 때문이었는지도 모른다. 왜 그랬는지 모르겠지만 안타깝게도 책 이름은 잊어버렸다.

그 멋진 연극을 본 것은 그야말로 '멀고도 아득하여라'가 되어 버렸는데, 아마 열한두 살 때 일이었던 것 같다. 우리 루전의 풍습에 의하면 출가

한 여자는 살림을 맡기 전에 보통 여름이 되면 친정에 가 지내는 것이 상례였다. 당시 할머니가 아직 정정하시긴 했지만 어머니가 살림의 일부를 도맡아 꾸리고 있었던 터라, 여름이 되어도 그리 오랫동안 친정에 있을 수가 없었다. 성묘가 끝난 뒤 잠시 짬을 내어 며칠을 묵고 오는 게 전부였다. 그때 나는 해마다 어머니를 따라 외할머니 댁을 갔다. 그곳은 핑차오춘平橋村이라 불렀는데, 해변에서 멀지 않은, 시골 냇가의 외진 작은 마을이었다. 가구 수는 채 삼십 호가 못 되었고 농사를 짓거나 물고기를 잡고 살았는데 작은 구멍가게가 하나 있을 뿐이었다. 그래도 나에겐 천국이었다. 대접도 대접이었으려니와 "질질사간, 유유남산"秩秩斯干, 幽幽南山 따위의 시경 구절을 암송하지 않아도 되었으니까.

내 놀이동무는 수많은 아이들이었다. 멀리서 온 손님이라 하여 부모에게 일을 안 해도 좋다는 허락을 받고 나와 놀아 주었던 것이다. 작은 마을이다 보니 어느 한 집 손님이 모두의 손님이었던 셈이다. 우리는 또래였지만 항렬로 따지면 최소한 삼촌과 조카거나 더러 할아버지와 손자이기도 했다. 온 마을이 같은 성씨로 한 조상의 자손이었던 것이다. 하지만 우리는 동무였다. 어쩌다가 싸움이 나서 할아버지뻘 되는 아이를 때렸다 해도 동네의 노인이나 젊은이 중에 '위를 범했다'는 말을 떠올릴 사람은 하나도 없었다. 그리고 그들은 백에 아흔아홉이 까막눈이었다.

우리가 매일 하는 일은 지렁이를 캐는 것이었다. 지렁이를 잡아다 구리철사로 만든 작은 낚시에 꿰어 강가에 엎드려 새우를 잡았다. 새우란 놈은 수중 세계의 바보여서 아무 거리낌 없이 두 집게발로 낚시 끝을 붙잡아 그냥 입으로 가져간다. 그래서 한나절도 못 되어 한 사발 정도는 잡을 수 있었다. 이 새우는 보통 내 차지였다. 그다음으로는 함께 소를 먹이러

가는 일이었다. 그런데 소는 고등동물인 까닭에 황소건 물소건 낯선 사람을 얼씬도 못하게 했다. 나까지 깔보는 터라 나도 감히 다가가지 못한 채 멀찍이 따르거니 섰거니 반복할 뿐이었다. 그럴 때 동무들은 내가 아무리 '질질사간'을 외운다 해도 봐주는 법이 없이 그저 놀려 대는 것이었다.

그곳에서 내가 가장 바라 마지않은 것은 자오좡趙庄에 연극을 보러 가는 것이었다. 자오좡은 핑차오춘에서 오 리쯤 떨어진 꽤 큰 마을이다. 핑차오춘은 너무 작아서 단독으로 연극을 할 수가 없었다. 그래서 해마다 자오좡에 얼마씩을 내고 공동으로 합작을 하고 있었던 것이다. 그들이 왜 해마다 연극을 해야 했는지 당시로선 관심을 두지 않았지만, 지금 와서 생각해 보면 때가 마침 봄 제사 철이었으니 아마도 지신제地神祭 연극이었던 것 같다.

열두 살 되던 해, 기다리고 기다리던 그날이 왔다. 그러나 유감스럽게도 아침에 배를 부를 수가 없었다. 핑차오춘엔 아침에 나갔다가 저녁에 돌아오는 큰 배가 한 척밖에 없었는데 자리가 남아 있을 리 만무했다. 그 나머지는 모두 작은 배여서 쓸 수가 없었다. 이웃마을까지 사람을 보내 알아봤지만 허사였다. 이미 예약이 되어 있었다. 외할머니는 노발대발하시며 진즉 말을 넣어 두지 않아 이렇게 되었노라고 집안 사람들을 야단쳤다. 어머니는 외할머니를 위로하며 루전의 연극은 여기보다 더 재밌고 일 년에 몇 번씩 공연을 하니 오늘은 그만두는 게 좋겠다고 하셨다. 나만 마음이 달아 울음이 터질 것 같았다. 어머니는 애써 나를 달래며 고집을 부려 외할머니 화를 돋워선 안 된다고 타일렀다. 그리고 다른 사람들에게 묻어가는 건 외할머니가 걱정을 하실 거란 이유로 허락하지 않았다.

결국 모든 게 끝장나고 말았다. 오후가 되자 동무들은 모두 가 버렸

다. 연극이 이미 시작되었는지 징소리 북소리가 들리는 듯했다. 게다가 그
들은 객석에 앉아 콩국을 마시고 있을 터였다.

그날 나는 새우 낚시도 하지 않고 밥도 별로 먹지 않았다. 어머니는
난처해하셨지만 별다른 도리가 없었다. 저녁 식사 자리에서 외할머니도
이를 눈치채셨다. 내가 기분이 안 좋은 것도 당연하다며 저들이 너무 게으
름을 피워 손님 대접이 말이 아니게 되었노라 위로하셨다. 저녁을 먹고 나
자 연극을 보러 갔던 소년들이 모여들어 신나게 연극에 대해 떠들어 댔다.
나만 입을 다물고 있었다. 그들 모두 한숨을 지으며 나를 동정했다. 그런
데 갑자기 그중 가장 똑똑한 솽시雙喜가 뭔가를 생각해 낸 듯 제안을 하고
나섰다. "큰 배? 바〃 아저씨 배가 벌써 돌아와 있잖아?" 열댓 명의 소년들
도 생각이 났는지 맞장구를 치며 이 배에 나랑 같이 탈 수 있다고 했다. 나
는 기뻤다. 하지만 외할머니는 모두 아이들이라 마음이 안 놓인다고 하셨
다. 또 어머니는 어머니대로 어른이 따라간다면 모를까 하루 종일 일한 사
람을 밤까지 고생을 시키는 건 정리에 맞지 않는다고 하셨다. 이렇게 옥신
각신하고 있는 와중에 솽시가 속사정을 알아채고는 크게 소리쳤다. "제가
책임질게요. 배도 크고요. 쉰迅이는 여태껏 함부로 나댄 적이 없어요. 우리
는 또 물에 대해선 잘 알거든요!"

정말 그랬다! 십여 명 소년 중 헤엄을 칠 줄 모르는 아이는 하나도 없
었다. 게다가 두세 명은 파도타기의 명수였다.

외할머니와 어머니도 미더웠는지 더 이상 반대하지 않고 미소를 지
으셨다. 와아 소리를 지르며 우리는 문을 나섰다.

무겁던 마음이 홀연 가벼워지고 몸도 편안해지면서 말할 수 없을 정
도로 부풀어 오르는 것 같았다. 문을 나서자 달빛 아래 핑차오 다리 안으

로 흰 지붕을 한 배가 정박해 있는 것이 보였다. 모두 그 배에 뛰어올랐다. 솽시가 이물의 삿대를 빼들었고 아파^{阿發}가 고물의 삿대를 빼들었다. 어린 아이들은 나와 같이 선실 안에 앉았고 제법 나이가 든 아이들은 뱃고물로 모였다. 어머니가 전송을 나와 "조심하거라"라고 했을 때, 배는 이미 움직이기 시작했다. 교각에 부딪혔다가 몇 자 물러난 뒤 이내 앞으로 다리를 빠져나갔다. 그리하여 두 개의 노를 걸고 하나당 두 사람씩 일 리마다 교대로 노를 젓기로 했다. 웃음소리, 떠드는 소리가 뱃전의 철썩임과 어우러졌다. 좌우로 파란 콩밭과 보리밭으로 둘러싸인 강물을 헤치며 배는 날듯이 자오좡으로 나아갔다.

양쪽 기슭의 콩과 보리, 강바닥의 수초가 발산하는 싱그런 내음이 공기 속에 섞여 왔다. 달빛은 축축함 속에 몽롱했다. 거무스레 굽이치는 산들이 마치 용수철로 만든 짐승의 등줄기처럼 아득히 뱃고물 쪽으로 달음질쳤다. 그래도 내겐 배가 너무 느리게 느껴졌다. 네 번 교대를 하고서야 어렴풋이 자오좡이 보이는 듯했다. 노랫소리, 악기소리도 들리는 듯했다. 몇몇 불꽃은 무대인지 고깃배 불빛인지 모호했다. 그 소리는 아마 피리소리인 것 같았다. 조용히 구르다 길게 뽑는 소리는 내 마음을 잔잔히 가라앉혔다. 하지만 나도 모르게 그 소리와 함께 콩과 보리, 수초 내음 그윽한 밤기운 속으로 젖어 드는 느낌이었다.

불빛에 다가가 보니 고깃배의 불빛이었다. 조금 전 그 불빛은 자오좡이 아니었던 것이다. 그건 이물 맞은편의 소나무 숲이었다. 작년에 거기에 놀러 간 적이 있었다. 돌로 만든 말이 부서진 채 땅에 쓰러져 있었고, 돌로 만든 양 한 마리가 풀밭에 쭈그리고 있었다. 숲을 지나자 배는 방향을 틀어 기슭으로 들어갔다. 자오좡이 바로 눈앞이었던 것이다.

가장 눈을 자극한 것은 마을 밖 강가 공터에 우뚝 서 있는 무대였다. 아련한 달밤 공간을 구분키가 어려웠지만, 그림에서 본 적이 있는 신선 세계가 여기 나타난 게 아닐까 의심이 들 정도였다. 배는 더욱 속도를 냈다. 얼마 뒤 무대 위로 사람이 나타나 울긋불긋 움직이는 모습이 보였다. 무대 근처 강변을 새까맣게 메우고 있는 것은 연극 보러 온 사람들이 타고 온 배의 지붕들이었다.

"무대 근처는 빈자리가 없어. 우리 멀찍이서 보자." 아파가 말했다.

이때 배의 속도가 느려졌다가 얼마 뒤 멈춰 섰다. 과연 무대 근처로는 다가갈 수가 없었다. 삿대를 내릴 수 있는 곳이라야 무대 맞은편의 신전보다도 더 먼 곳이었다. 알고 보니 우리 배가 흰 지붕 배라 검은 지붕 배와 한 곳에 있고 싶지 않았던 것이다. 빈자리가 없기도 했지만……

배를 정박하느라 경황이 없는 와중에 무대를 보니 검고 긴 턱수염을 한 사람이 등에 깃발을 네 개 꽂고 긴 창을 꼬나든 채 웃통을 벗은 사내들과 한바탕 싸움을 벌이는 중이었다. 솽시의 설명에 의하자면, 저자가 그 유명한 남자 주인공 라오성老生 쇠대가리인데, 한 번에 여든네 바퀴나 공중제비를 돌 수 있다는 거였다. 낮에 직접 세어 봤다고 했다.

우리는 이물에 비집고 서서 싸움을 구경했다. 하지만 쇠대가리는 공중제비를 돌지 않았다. 웃통을 벗은 몇 사람만 한바탕 깝치다가 들어가 버렸다. 이어서 소녀 역의 샤오단小旦이 나와 앵앵거리며 노래를 불렀다. 솽시가 말했다. "밤엔 구경꾼이 적어 쇠대가리도 적당히 넘어가는 거야. 묘기를 누가 아무 때나 보여 준대?" 나는 그 말이 옳다고 믿었다. 그때 무대 아래엔 사람이 얼마 없었기 때문이다. 시골 사람들은 다음 날 일 때문에 밤을 샐 수 없어 일찍 자러 갔다. 드문드문 서 있는 사람이라고 해야 이 마을과 이웃마을 한량들 몇십 명에 불과했다. 검은 지붕의 배 안엔 이 지방 유지의 가족들이 있긴 했지만, 그들은 연극엔 관심이 없고 대부분 무대 아래서 과자며 과일이며 수박을 먹는 데 여념이 없었다. 그러니 관객은 없는 것이나 마찬가지였다.

하지만 내 관심은 공중제비에 있지 않았다. 내가 가장 보고 싶었던 건 흰 헝겊을 머리에 두르고 머리 위에 작대기같이 생긴 뱀 대가리를 두 손으로 받쳐 든 뱀의 요정이었다. 그다음은 누런 베옷을 입고 날뛰는 호랑이였다. 그런데 한참을 기다려도 아무것도 나타나지 않았다. 소녀가 들어가고 뒤이어 남자 조역인 늙수그레한 샤오성小生 한 사람이 나왔다. 나는 좀 피곤해서 구이성桂生에게 콩국을 좀 사 달라고 부탁했다. 잠시 후 구이성이 돌아와서 말했다. "없어. 콩국 파는 귀머거리도 돌아갔어. 낮엔 있어서 나도 두 그릇이나 마셨는데…… 가서 물 한 바가지라도 떠다 줄까?"

물은 마시고 싶지 않았다. 꾹 참고 연극을 보고 있긴 했지만 무얼 보고 있는지 알 수 없었다. 배우의 얼굴이 점점 일그러지면서 눈코입이 점점 흐릿해져 한 조각 밋밋한 평면으로 뭉쳐지는 듯했다. 나이 어린 애들 몇몇은 하품을 했고 나이 든 애들도 저희들끼리 떠들어 대고 있었다. 그런데 갑자기 붉은 저고리를 입은 광대 역의 샤오처우小丑가 무대 기둥에 꽁꽁 묶인 채 수염이 희끗한 사내에게 매를 맞기 시작했다. 그제야 다시 정신을 차려 낄낄대며 구경을 계속했다. 이날 밤 연극에서 제일 볼만한 대목이었다.

그런데 노파 역의 라오단老旦이 마침내 등장을 하고 말았다. 라오단은 본래 내가 제일 싫어하는 역이었다. 더욱이 앉아서 창唱을 하는 것은 질색이었다. 모두들 김이 샌 듯한 표정을 지었다. 애들도 나와 같은 생각임에 분명했다. 라오단은 처음엔 무대를 왔다 갔다 하며 창을 하다가 나중엔 결국 무대 한복판에 놓인 의자에 앉고 말았다. 나는 걱정이 되었다. 쌍시나 다른 아이들은 투덜투덜 욕을 해대고 있었다. 나는 참고 기다렸다. 꽤 시간이 지나 라오단이 손을 들었다. 나는 노파가 일어서려는 줄 알았다. 그런데 다시 천천히 손을 내리더니 제자리에 주저앉아 창을 계속하는 게 아닌가. 배 안에 있는 몇몇은 연방 한숨을 내리쉬었고 나머지도 하품을 해댔다. 쌍시는 끝내 참지 못하고 저 노래는 내일 가도 안 끝날 테니 돌아가는 게 좋겠다고 했다. 모두들 즉각 찬성했다. 그러자 떠나올 때처럼 펄떡거리면서 몇몇은 고물로 뛰어가 삿대를 뽑아 들어 몇 길을 뒤로 물리더니 고물을 돌려 노를 거는 것이었다. 그러고는 라오단에게 욕을 퍼부으며 소나무 숲을 향해 나아갔다.

달이 아직 떨어지지 않은 걸 보니 연극 구경한 시간이 그리 길진 않았던 모양이다. 자오촹을 떠나자 달빛은 더욱 환해졌다. 무대 쪽을 돌아보니 올 때마냥 선계의 누각처럼 아득히 떠서 온통 붉은 안개에 휩싸여 있었다. 귓전으로 다시 피리소리가 길고도 높게 들려왔다. 라오단은 벌써 들어갔겠지 했지만 다시 돌아가 구경을 하자는 말은 차마 꺼낼 수가 없었다.

얼마 뒤 소나무 숲도 이미 배 뒷전으로 밀려나 있었다. 속도는 느리지 않았지만 주변의 어둠이 하도 짙어서 밤이 깊었음을 말해 주고 있었다. 그들은 배우에 대해 평을 하기도 하고 욕을 하거나 웃어 대면서 더 힘차게 노질을 했다. 이물에 부딪히는 물소리가 더욱 높아졌다. 배는 마치 희고 커다란 물고기 한 마리가 아이들을 등에 업고 물살을 헤치고 나아가는 것 같았다. 밤일을 하러 나온 늙은 어부들조차 배를 멈춘 채 우리를 바라보며 손뼉을 쳤다.

핑차오춘이 일 리나 남은 지점에서 배가 느려졌다. 노잡이들은 피곤을 호소했다. 너무 힘을 쓴 데다가 오랫동안 아무것도 먹지 못했기 때문이다. 이번에 꾀를 낸 건 구이성이었다. 마침 콩이 제철이고 배엔 장작도 있으니 콩 서리를 해먹자는 것이었다. 모두가 찬성하여 즉각 배를 가까운 언덕에 정박시켰다. 언덕 위에 검고 반들반들한 것은 온통 실하게 알이 든 콩이었다.

"이봐, 아파, 이쪽은 너희 밭이고 이쪽은 류이^ㅡ 아저씨네 밭인데, 어느 쪽 걸 서리하지?" 맨 먼저 뛰어내린 촹시가 언덕 위에서 말했다.

우리도 모두 언덕 위로 뛰어 올라갔다. 아파가 뛰어오며 말했다. "잠깐만. 내가 좀 보고." 그는 이리저리 한번 더듬어 보더니 몸을 일으키며 말했다. "우리 집 걸로 하자. 우리 게 더 굵어." 모두들 와아 하며 아파네 콩밭으로 흩어져 한 아름씩 뽑아 배 위로 집어 던졌다. 촹시는 더 이상 뽑았다간 아파네 엄마한테 혼이 날 거라고 했다. 그러자 류이 아저씨네 밭으로 가서 한 아름을 서리해 왔다.

우리 가운데 나이 든 몇몇이 전처럼 천천히 노를 젓고 나머지 몇몇은 고물의 선실에서 불을 피웠다. 어린애들과 나는 콩깍지를 깠다. 얼마 뒤 콩이 익자 배를 물살에 내맡긴 채 둘러 앉아 콩을 집어 먹었다. 다 먹고 난 뒤 다시 노를 젓는 한편 그릇을 씻고 콩깍지를 버려 흔적을 싹 없앴다. 촹시가 우려하는 건 바^ 아저씨 배에 있는 소금과 장작을 쓴 것이었다. 이 노친네는 눈썰미가 귀신같아서 화를 낼 게 틀림없었다. 하지만 우리는 의논을 한 뒤 걱정할 거 없다는 쪽으로 결론을 내렸다. 그가 뭐라고 하면 작년에 강가에서 주워다 준 박달나무를 돌려 달라고 하면 될 일이었다. 거기에다 그를 향해 "야, 이 문둥아!" 한마디면 충분했다.

"돌아왔어요! 모두 탈 없잖아요. 제가 장담한다고 했잖아요." 쌍시가 이물에서 갑자기 큰소리를 질렀다.

이물 쪽을 바라보니 바로 앞이 핑차오 다리였다. 교각 위에 누군가가 서 있었는데 어머니였다. 쌍시는 어머니를 향해 소리를 지르고 있던 참이었다. 나는 앞 선실에서 뛰쳐나갔다. 배도 다리로 들어가 정박했다. 우리는 뿔뿔이 뭍으로 올랐다. 어머니는 화가 잔뜩 나 삼경이 지났는데 어찌이리 늦었냐고 타박을 했다. 그래도 금세 기분이 풀려 다들 와서 볶은 쌀을 먹으라고 하셨다.

모두들 주전부리는 이미 했고 졸려서 일찍 자는 게 좋겠다고 하면서 각자 돌아갔다.

다음 날 나는 한낮이 되어서야 일어났다. 바 아저씨네 소금이나 장작과 관련하여 무슨 말썽이 있었단 말은 들리지 않았다. 그래서 오후엔 새우 낚시를 하러 갔다.

"쌍시, 요 꼬맹이들, 어제 우리 밭 콩 서리했지? 따 먹으려면 조심해 따 먹을 일이지 온통 짓밟아 놓았으니." 고개를 들어 보니 류이 아저씨가 작은 배를 젓고 있었다. 콩을 팔고 돌아오는 길인지 배 위엔 남은 콩 한 무더기가 실려 있었다.

"네. 우리가 손님 대접을 했어요. 처음엔 아저씨네 콩은 손대지 않으려 했어요. 저것 보세요. 제 새우가 놀라서 도망가 버렸잖아요!" 쌍시가 말했다.

류이 아저씨는 나를 보자 노질을 멈추고는 웃으며 말했다. "손님을 접대했다고? 그럼, 그래야 하고말고." 그러고는 내게 말했다. "쉰 도령, 어제 연극은 재미있었나?"

나는 고개를 끄덕이며 말했다. "재밌었어요."

"콩은 먹을 만하던가?"

나는 거듭 고개를 끄덕이며 말했다. "아주 맛있었어요."

그러자 류이 아저씨가 몹시 감격해하며 엄지를 쑥 뽑아 올리더니 의기양양하게 떠들어 댔다. "역시 대처에서 공부를 한 도령이라 물건을 알아보시는구만. 우리 콩으로 말하자면 알알이 골라서 심은 거니까 말야. 촌놈들은 그것도 모르면서 다른 콩보다 못하다느니 어쩌니 하거든. 내 오늘 아씨한테 맛을 좀 보시라고 보내 드리지……" 그러고는 노를 저어 가 버리는 거였다.

어머니가 불러 저녁을 먹으러 돌아와 보니 상 위에 삶은 콩이 한 대접 수북이 놓여 있었다. 류이 아저씨가 어머니와 나더러 먹으라고 보내온 것이었다. 그는 어머니에게 내 칭찬을 침이 마르도록 했노라고 했다. "나이는 어려도 식견이 있어요. 머잖아 분명 장원급제 할 겁니다. 아씨, 아씨의 복은 내가 장담하지요." 그런데 콩은 어젯밤처럼 그리 맛있지가 않았다.

그렇다. 그 이후로 지금까지 나는 그날 밤처럼 맛있는 콩을 먹어 보지 못했다. 그날 밤처럼 재미있는 연극도 말이다.

1922년 10월

주)_____

1) 원제는 「社戲」, 1922년 12월 상하이 『소설월보』 제13권 제12호에 발표했다.
2) 궁윈푸(龔雲甫, 1862~1932)는 라오단에 정통한 유명 경극 배우이다.

방황 彷徨

『방황』(彷徨)은 루쉰이 1924년부터 1925년까지 지은 소설 11편을 수록한 소설집이다. 1926년 8월 베이징 베이신서국(北新書局)에서 처음 출판되었고, 작자 자신이 엮은 '오합총서'(烏合叢書) 가운데 한 권이다.

아침에 수레를 타고 창오를 떠나   朝發軔於蒼梧兮

저녁에 나는 현포에 도착했네.   夕余至乎縣圃

잠시 이 천문天門에 머물고자 하나,   欲少留此靈瑣兮

날이 어느덧 저물려 하네.   日忽忽其將暮

나는 희화에게 채찍을 멈추게 하고,   吾令羲和弭節兮

엄자 쪽으로 가까이 가지 못하게 했네.   望崦嵫而勿迫

길은 까마득히 아득하고 먼데,   路曼曼其脩遠兮

나는 오르내리며 찾아 구하고자 하네.   吾將上下而求索

—굴원屈原의 「이소」離騷 중

축복[1]

음력 세모歲暮가 역시 가장 세모답다. 시골과 읍내 안은 말할 것 없고 하늘에도 새해의 기상氣象이 뚜렷하다. 회색빛의 무거운 저녁 구름 사이로 간간이 섬광이 비치고 이어서 둔중한 소리가 울리는데 그것은 조왕신을 보내는[2] 폭죽 소리다. 가까이서 터뜨리면 더욱 강렬하여 귀청을 울리는 소리가 사라지기도 전에 공기 속에는 벌써 희미한 화약 냄새가 가득 퍼진다. 나는 바로 이날 밤 나의 고향 루전魯鎭으로 돌아왔다. 고향이라고 하지만 살던 집은 벌써 없어졌고 그래서 루쓰 나으리[3]의 집에서 며칠간 묵기로 했다. 나의 일가이며 나보다 항렬이 하나 높아서 "넷째 아저씨"四叔라고 불러야 할 이 사람은 성리학性理學을 가르치던 옛 국자감생[4]이었다. 그는 약간 늙은 것 빼고는 이전과 크게 달라진 곳이 없었다. 하지만 여전히 수염은 기르지 않았고, 인사말을 나누고 난 뒤에 나보고 "살이 쪘네"라고 말하고 나서는 신당[5]에 대해 욕을 퍼붓기 시작했다. 그러나 나는 이것이 나를 빗대어 놓고 욕하는 것이 아니라는 것을 안다. 그가 욕하는 것은 여전히 캉유웨이[6]이기 때문이다. 하지만 나누는 얘기도 통하지 않아서 오래지 않아 나는 서재에 혼자 남게 되었다.

　이튿날 나는 아주 늦게 일어났다. 점심을 먹은 뒤 몇몇 친척과 친구들을 만나 보러 나갔다. 사흘째도 매한가지였다. 그들 역시 뭐 큰 변화는 없었고, 좀 늙었을 뿐이었다. 어느 집 할 것 없이 다 바쁘게 '축복'[7]을 준비하고 있었다. 이것은 섣달 그믐날 루전의 큰 행사로 정성을 다해 예를 올리고 복신福神을 맞이하여 다음 해 일 년의 행운을 기원하는 것이다. 닭을 잡고, 거위를 잡고, 돼지고기를 사고 정갈하게 씻는다. 이 때문에 아낙네들의 팔은 모두 찬물에 불어서 벌겋게 되었다. 은으로 만든 팔찌를 차고 있는 이도 있었다. 이 고기들을 푹 삶은 뒤 여기저기 젓가락을 꽂아 놓는데, 이것을 이름하여 '복례福禮'라고 한다. 새벽 네 시쯤 이것들을 상에 차려 놓은 다음 촛불과 향불을 피워 놓고 공손히 복신들을 모셔서 향용토록 한다. 절은 남자들만 하게 되어 있고 절이 끝나면 의례히 폭죽을 터뜨린다.

　매년 어느 집에서나 이렇게 했다——복례와 폭죽 같은 것을 살 수만 있다면 올해도 물론 이렇게 할 것이다——. 하늘이 더욱 어두워지더니 오후에는 마침내 눈이 내리기 시작했다. 매화꽃만 한 큰 눈송이가 온 하늘에 춤추듯 날리고 거기에 뿌연 연기와 분주한 분위기까지 뒤섞이어 루전은 그야말로 북새통이었다. 내가 넷째 아저씨네 서재로 돌아왔을 때 지붕 위는 이미 눈으로 하얗게 덮였고, 그것이 방 안을 밝게 비추어 벽에 걸린 진단[8] 노인이 쓴 붉은색으로 탁본한[9] 커다란 '수壽' 자가 선명하게 보였다. 대련의 한쪽은 떨어져 긴 탁자 위에 말린 채 놓여 있었고, 다른 한쪽은 아직 걸려 있었는데 "사리를 통달하면 마음이 편안하다"[10]라고 쓰여 있었다. 나는 또 무료하여 창 아래의 책상머리로 가서 그 위에 쌓아 놓은 책을 뒤적거려 보았다. 완본이 아닌 듯한 『강희자전』 더미와 『근사록집주』, 『사서친』[11]이었다. 아무튼 나는 내일 떠날 작정이었다.

더구나 어제 만난 샹린댁[12]의 일을 생각하자 편안하게 있을 수가 없었다.

그것은 어제 오후의 일이었다. 마을 동쪽에 사는 친구를 만나고 돌아오는 길에 나는 강가에서 우연히 그녀를 만났다. 크게 부릅뜬 그녀의 눈을 보고서 나를 향해 온다는 것을 직감했다. 내가 이번에 루전에 와서 만난 사람 가운데 그녀만큼 크게 변한 사람은 없었다. 5년 전의 희끗희끗하던 머리카락은 이젠 완전히 하얘져서 마흔 살 전후의 사람으로 보이지 않았다. 야위고 누런 핏기 없는 얼굴은 이전에 보이던 비애의 표정조차 사라져 마치 나무토막 같았다. 간혹 도는 눈동자만이 그녀가 살아 있는 물체라는 것을 말해 주었다. 그녀는 한 손에 대바구니를 들고 있었는데, 안에는 깨진 빈 그릇이 있었다. 다른 한 손에는 자기 키보다 큰 대나무 막대를 쥐고 있었는데, 아래쪽은 쪼개져 있었다. 그녀는 완전히 거지였다.

나는 그녀가 와서 구걸할 걸로 알고 멈춰 섰다.

"돌아오셨어요?" 그녀가 먼저 이렇게 물었다.

"네."

"마침 잘됐어요. 당신은 글자를 알고 바깥세상도 본 사람이니 아는 것이 많겠지요. 한 가지 물어볼 것이 있어요.──" 생기 없던 그녀의 눈이 갑자기 빛났다.

그녀가 이런 말을 할 줄 생각도 못했던 나는 이상하여 서 있었다.

"그것은──" 그녀는 두어 걸음 다가와서는 비밀을 얘기하듯이 낮은 소리로 절절하게 물었다. "사람이 죽은 뒤에 영혼이 있나요, 없나요?"

나는 몸이 오싹해졌다. 그녀의 눈이 나를 주시하자 등을 가시에 찔린 듯했다. 학교에서 예고도 없이 시험을 치면서 선생님이 자기 바로 옆에 서 있을 때보다 더 당황스러웠다. 영혼의 유무有無에 대해서는 나 자신도 전혀 생각해 보지 않았다. 그렇지만 이때 그녀에게 어떻게 대답해야 좋을까? 나는 한순간 머뭇거리면서 생각을 해보았다. 이 마을 사람들은 으레 귀신을 믿는다, 그런데 그녀는 의심을 하고 있다.──아니 뭔가를 바라고 있는 것이 아닐까. 영혼이 있기를 바라든가, 아니면 없기를 바라든가……. 인생의 마지막 길에 들어선 사람에게 괴로움을 보낼 필요는 없겠지. 그녀를 위해서 차라리 있다고 말하는 편이 나을 것이다.

"아마도 있겠지요.──내 생각에는"이라고 나는 우물쭈물 대답했다.

"그렇다면, 지옥도 있습니까?"

"아! 지옥?" 깜짝 놀란 나는 어물어물 대답했다. "지옥은?──이치로 본다면 당연히 있어야지요.──허나 꼭 있을지는 모르겠어요,……아무도 그것을 본 적이 없으니……."

"그렇다면 죽은 집안사람을 만날 수 있을까요?"

"아아, 만날 수 있을지 없을지……?" 이때 나는 자신이 완전히 멍청한 사람이라는 것을 깨달았다. 어떤 망설임과 어떤 궁리도 이 세 가지 물음을 당해 낼 수 없었다. 나는 갑자기 겁이 나서 방금 했던 말을 뒤집어엎고 싶었다. "그건……사실 말이지 난 잘 모르겠어요……영혼이 있는지 없는지 나도 정확히 몰라요."

나는 그녀의 질문이 이어지지 않는 틈을 타서 성큼성큼 그녀의 곁을 떠나 총총히 넷째 아저씨의 집으로 돌아왔는데, 마음이 너무 불안했다. 나는 나의 대답이 그녀에게 어떤 위험을 가져다주지 않을까 걱정이 되었다. 다른 사람들이 축복으로 분주한 탓에 그녀 스스로 적막을 느꼈기 때문이겠지, 그런데 뭔가 다른 생각이 있는 것은 아닐까? ——혹시 어떤 예감이라도? 만약 다른 뜻이 있었다면, 그리고 그 때문에 무슨 일이 생긴다면 나의 대답은 정말로 일말의 책임을 져야 할 것이 아닌가……. 그러나 뒤이어 자신이 우스웠다. 우연한 일이며 본래 무슨 깊은 뜻은 없을 거라고 생각했다. 세세하게 되짚어 보는 것이 바로 교육가들이 말하는 신경병 증상이라고 해도 무리가 아니라고 여겨졌다. 하물며 "잘 모른다"고 분명하게 말해 내 대답을 부정했으니 무슨 일이 일어난다 한들 나와는 아무 상관없는 것이다.

"잘 모른다"는 한마디는 아주 유용한 말이다. 세상 경험이 적은 용감한 청년은 종종 사람들에게 과감히 의문을 해결해 주려고도 하고 아픈 사람에게 의사를 청해 주기도 하지만 만일 결과가 좋지 않으면 도리어 원망의 대상이 되기 쉽다. 하지만 잘 모른다는 한마디로 결론을 지으면 만사가 무탈하다. 나는 이때 이 말의 필요성을 느꼈다. 비록 상대가 걸식하는 여자라고 하더라도 절대로 생략해서는 안 될 일이었다.

그래도 나는 여전히 불안했다. 하룻밤이 지났는데도 무슨 불길한 예감이 드는 것처럼 수시로 생각이 났다. 눈 내리는 음산한 날에 무료한 서재에 틀어박혀 있자니 이 불안은 더욱 심해졌다. 차라리 떠나는 것이 나을 성싶었다. 내일 성城안으로 가자. 푸싱러우福興樓의 삶은 상어지느러미탕은 한 그릇에 1원으로 값도 싸고 맛도 좋았는데, 지금은 가격이 더 올랐을까? 전에 같이 놀던 친구들은 이미 뿔뿔이 흩어졌지만 상어지느러미만은 먹어 보지 않을 수 없다. 나 혼자서라도……. 아무튼 나는 내일 떠나기로 마음먹었다.

그렇게 되지 않기를 바라며 또 그렇게 되지 않겠지 하고 생각한 일이 매번 그렇게 되고 마는 것을 늘상 봐 온 나는 이번 일도 그렇게 되지 않을까 두려웠다. 과연 뜻밖의 일이 일어났다. 저녁때쯤 나는 사람들이 안방에 모여서 얘기하는 것을 들었는데, 뭔가 의논하는 듯했다. 그러나 얼마 뒤에 말소리가 그치더니 넷째 아저씨만 방에서 나오며 큰소리로 말했다.

"공교롭게 하필 이런 때에 ——거 정말 못된 종자야!"

나는 처음에 의아했다. 이어서 아주 불안해졌는데 이 말이 나와 관계가 있는 것 같았다. 문밖을 내다보았으나 아무도 없었다. 저녁 먹기 전 이 집의 날품팔이꾼이 차를 가지고 왔을 때, 겨우 소식을 물을 수 있었다.

"방금, 넷째 나으리는 누구 때문에 화가 났어요?"라고 나는 물었다.

"샹린댁 아닙니까?" 그 날품팔이꾼은 짧게 대답했다.

"샹린댁이? 어찌 되었는데요?" 나는 다급하게 물었다.

"죽었어요."

"죽었다구요?" 갑자기 심장이 쪼그라들더니 격하게 뛰는 듯했고 얼굴색도 변했다. 하지만 그 날품팔이꾼은 시종 고개를 들지 않아서 전혀 눈치채지 못했다. 나 역시 마음을 진정시키고 이어서 물었다.

"언제 죽었어요?"

"언제요? ——어젯밤 아니면 오늘 새벽일 겁니다. ——나도 확실히는 모르겠어요."

"왜 죽었대요?"

"왜 죽었냐구요? ——그야 굶어 죽지 않았겠어요?" 그는 무덤덤하게 대답하더니 여전히 나를 쳐다보지도 않고 나가 버렸다.

하지만 내가 놀란 것은 잠시뿐이었다. 오고야 말 일이 왔다가 이내 사라져 버렸다는 생각이 들었다. 억지로 나의 "잘 모르겠다"라는 말과 날품

팔이꾼의 "굶어 죽었다"는 말에 위로를 받을 필요도 없이 마음은 벌써 점점 가벼워졌다. 그러나 문득 마음이 무거워질 때도 없지는 않았다. 저녁상이 차려지고 넷째 아저씨와 엄숙하게 맞상을 했다. 나는 샹린댁 일을 묻고 싶었다. 하지만 그가 "귀신은 음양의 자연스런 변화의 산물이다"[13]를 읽고 있으면서도 금기로 여기는 바가 너무 많은 데다가 축복이 가까워 오는 때는 절대로 죽음이니 질병이니 하는 말을 입에 올리지 않는다는 것을 알고 있었다. 부득이할 경우는 대신할 은어隱語를 사용해야 하는데 애석하게도 나는 알지 못했다. 그래서 몇 차례 물어볼 생각도 했으나 끝내 그만두고 말았다. 나는 그의 엄숙한 얼굴에서 문득 내가 공교롭게도 바로 이때에 그를 귀찮게 하고 있으니 나쁜 종자라고 생각지 않을까 하는 의심이 들었다. 그래서 그를 안심시킬 요량으로 내일 루전을 떠나 성안으로 갈 거라고 알려 주었다. 그도 굳이 말리지 않았다. 이렇게 무거운 분위기 속에서 저녁식사를 마쳤다.

겨울 해가 짧은데 눈까지 내리다 보니 어둠은 어느새 온 마을을 뒤덮었다. 사람들은 모두 등불 아래서 바쁘게 일을 하고 있었지만 창밖은 조용하기만 했다. 두텁게 쌓인 눈 위에 떨어지는 눈송이들이 귀를 기울이면 사락사락 소리를 낼 것 같아 사람의 마음을 더욱 쓸쓸하게 하였다. 나는 노란빛을 내는 기름등불 앞에 혼자 앉아서 의지할 데 없던 샹린댁을 생각하였다. 그녀는 사람들에게 쓰레기더미 속에 던져진 싫증 난 낡은 장난감과 같은 존재였다. 그래도 예전에는 몸뚱이를 쓰레기더미 속에서 드러내고 있었으니 재밌게 살아가는 사람들이 볼 때는 그녀가 어째서 아직도 살려고 하는지 이상하게 여겨졌을 것이다. 하지만 지금은 무상[14]에 의해 아주 깨끗이 쓸려 버렸다. 영혼의 유무에 대해서 나는 모른다. 그러나 현세에서 살아 봤자 별수 없는 자가 죽는다는 것은 보기 싫던 자가 보이지 않는 것만으로도 남을 위해서나 자신을 위해서나 모두 좋은 일이다. 나는 창밖에 사락사락 소리를 내면서 내리는 눈에 귀를 기울이며 이렇게 생각하니 오히려 마음이 한결 후련해졌다.

그리고 이전에 보고 들었던 그녀의 반평생 삶의 흔적이 지금 하나로 연결되는 것이었다.

그녀는 루전 사람이 아니었다. 어느 해 초겨울 넷째 아저씨네 집에서는 하녀를 바꾸려고 했는데 그때 중개꾼인 웨이衛 노파가 그녀를 데리고 왔다. 머리를 하얀 끈으로 묶고 검정 치마에 남색 겹저고리, 옅은 남색 조끼를 입고 있었는데, 나이는 대략 스물예닐곱쯤 되어 보였으며 얼굴색은 푸르죽죽했으나 양쪽 볼만은 붉었다. 웨이 노파는 그녀를 샹린댁이라고 불렀는데, 자기 친정집 이웃에 사는 여인으로 남편이 죽어서 일하러 나왔다고 했다. 넷째 아저씨는 미간을 찌푸렸다. 넷째 아주머니는 남편이 그녀가 과부라는 점을 마음에 들어 하지 않는다는 것을 알았다. 하지만 그녀의 모습이 아주 단정하고 손과 발도 크고 튼튼하며 또 순종하는 눈빛으로 한마디도 하지 않는 것이 분수를 알고 참을성이 있는 사람 같았다. 이에 넷째 아저씨의 찌푸린 미간에도 불구하고 그녀를 머물게 했다. 시험 삼아 일하는 것을 두고 보는 동안에도 그녀는 쉬는 것이 무료한 듯 하루종일 일을 했다. 또 힘이 세어서 웬만한 남자 한 사람 몫의 일을 거뜬히 해냈다. 그래서 사흘째 되는 날 정식으로 일하는 것으로 하고 매달 500문文의 급료를 주기로 했다.

모두들 그녀를 샹린댁이라고 불렀지만 아무도 그녀의 성이 무엇인지 물어보지 않았다. 그렇지만 소개한 사람이 웨이자산衛家山 사람이고 이웃이라고 했기 때문에 대체로 성이 웨이衛씨일 거라고 생각했다. 그녀는 얘기하는 것을 그다지 좋아하지 않았다. 다른 사람들이 물어야 겨우 대답하는 정도였고 대답도 길지 않았다. 십여 일이 지난 뒤에야 비로소 그녀의 이력을 차츰 알 수 있게 되었다. 그녀의 집에 사나운 시어머니가 있고, 또 땔나무나 할 수 있는, 여남은 살 먹은 어린 시동생이 하나 있으며, 그녀의 남편은 올봄에 죽었고 원래는 남편도 나무꾼이었는데 그녀보다 나이가 열 살 적었다는 것이었다. 사람들이 아는 것은 이것뿐이었다.

세월은 빨리 흘러갔다. 하지만 그녀는 일을 조금도 게을리하지 않았고 먹는 것도 가리지 않았으며 무슨 일이든지 힘을 아끼지 않았다. 사람들은 모두 루魯씨 넷째 나으리 집에서 고용한 하녀는 일 잘하는 남자보다 낫다고들 얘기했다. 세모가 되면 청소를 하고 마당을 쓸고 닭을 잡고 거위를 잡고 철야로 삶으며 밤새 복례福禮 음식 장만을 혼자 도맡아 해서 날품팔이꾼을 고용할 필요가 없었다. 그런데도 그녀는 도리어 흐뭇해했고, 입가에는 차츰 미소가 번지고 얼굴도 하얗게 살이 올랐다.

설이 막 지난 뒤였다. 그녀가 강가에서 쌀을 씻고 돌아오더니 갑자기 얼굴색이 변하며 방금 강가 저쪽 건너편에서 한 남자가 서성거리고 있는데, 아무래도 시댁의 큰아버지 같다며 자기를 찾아온 것 같다고 말했다. 넷째 아주머니는 깜짝 놀라 자세하게 사연을 물어보았지만 그녀는 대답하지 않았다. 넷째 아저씨가 이 일을 알고는 얼굴을 찌푸리며 말하기를,

"이거 안 되겠어. 그 여자 도망쳐 온 모양이야."

그녀는 정말 도망쳐 왔던 것이다. 오래지 않아 이 추측은 사실로 드러났다.

십여 일이 지나서 모두들 지난 일을 잊어 갈 무렵, 웨이 노파가 불쑥 서른 여남은 돼 보이는 여인을 데리고 와서 샹린댁의 시어머니라고 했다. 그 여자는 시골티가 나긴 했지만 응대하는 폼이 침착하고 말도 제법 잘하는 편이었다. 인사를 나눈 뒤에 죄송하다는 말을 하고는 그녀의 며느리를 불러서 집으로 데리고 돌아가겠다고 했다. 봄이 되어 일이 많은 데다 집안에는 늙은이와 어린 것뿐이어서 일손이 부족하다고 했다.

"시어머니가 며느리를 데리고 가겠다는데 무슨 할 말이 있겠어"라고 넷째 아저씨가 말했다.

그래서 품삯을 계산하니 모두 1,750문이었다. 샹린댁은 주인집에 전부 맡겨 두고 한 푼도 쓰지 않았다. 모두 그녀의 시어머니에게 내주었더니 그 여자는 옷까지 챙겨 가지고 고맙다는 인사를 하고는 가 버렸다. 그때가 벌써 정오였다.

"아니, 쌀은? 샹린댁이 쌀을 일러 가지 않았나……?" 한참 뒤에야 넷째 아주머니는 놀라며 소리쳤다. 아마 시장해서 점심 생각이 났던 것이다.

그래서 모두들 쌀 이는 조리를 찾기 시작했다. 넷째 아주머니는 먼저 부엌으로 가 보고 다음에는 안채로 가 보고 침실에도 가 보았으나 조리는 그림자도 보이지 않았다. 넷째 아저씨가 대문 밖으로 나가 보았으나 그래도 보이지 않자 강가에까지 가 보았다. 강가에 조리가 반듯하게 놓여 있었고, 옆에는 채소도 한 포기 있었다.

직접 본 사람들의 말에 의하면, 오전부터 강가에는 흰 뜸을 친 배 한 척이 떠 있었는데, 뜸으로 완전히 덮여 있어서 안에 어떤 사람이 있는지 알 수 없었고, 일이 일어나기 전에는 아무도 주의를 기울여서 보지 않았다는 것이다. 샹린댁이 쌀을 일러 나와 막 앉으려고 하자 그 배에서 갑자기

산골사람 같은 두 남자가 뛰쳐나와 한 사람은 그녀를 안고, 다른 한 사람은 거들어 배로 끌고 갔다고 했다. 샹린댁의 울부짖는 소리가 몇 번 들리더니 입을 틀어막았는지 더 이상 아무런 기척도 없었다는 것이다. 이어서 두 여인이 걸어왔는데 한 사람은 모르는 사람이었고, 다른 한 사람은 바로 웨이 노파였다고 했다. 배 안을 엿보았지만 잘 보이지 않았는데 아마 샹린댁은 몸이 묶인 채 바닥에 누워 있는 듯했다는 것이다.

"괘씸하군! 그러나……" 하고 넷째 아저씨가 말했다.

이날은 넷째 아주머니가 손수 점심밥을 지었고, 아들 아뉴^{阿牛}는 불을 땠다.

점심을 먹고 나자 웨이 노파가 또 찾아왔다.

"괘씸하군!" 넷째 아저씨가 말했다.

"자네 무슨 생각이야? 무슨 낯으로 우리를 보러 왔나." 넷째 아주머니는 그릇을 씻다가 웨이 노파를 보자마자 화가 나서 말했다. "자네가 소개해 데리고 와서는 저쪽과 짜고서 빼돌리다니 남들 보기에 이 무슨 꼴인가, 자네 우리 집을 웃음거리로 만들 셈인가?"

"아이고, 그게 아니라, 저도 감쪽같이 속았어요. 그래서 이참에 분명하게 말씀드리러 왔습니다. 그녀가 저보고 일할 곳을 소개해 달라고 했을 때 전들 시어머니를 속이고 온 줄 생각이나 했겠습니까. 죄송하게 됐습니다. 나으리 그리고 마님. 제가 미련한 탓에 조심하지 않고 단골댁에 폐를 끼쳐 드렸습니다. 고맙게도 댁에서는 늘 넓은 도량으로 봐주시고 소인을 꾸짖지 않으셨지요. 이 다음에는 꼭 좋은 사람을 소개해서 용서를 구할까 합니다……."

"허나……." 넷째 아저씨가 말했다.

이렇게 해서 샹린댁 사건은 일단락이 되었고, 오래지 않아 잊혔다.

그러나 넷째 아주머니만은 뒤에 고용한 하녀들이 대체로 게으르지 않으면 게걸스럽고, 혹은 게걸스러운 데다가 게으르기까지 하니 도무지 마음에 들지 않아서 샹린댁이 또 생각났다. 이럴 때마다 그녀는 종종 혼잣 말로 "샹린댁은 지금 어떻게 지내고 있을까?" 했다. 그녀가 다시 와 주었으면 하는 말이었다. 그러나 두번째 설에는 그녀도 단념하고 말았다.

음력설이 거의 지나갈 무렵 웨이 노파가 새해인사를 하러 왔는데, 이미 술에 얼큰하게 취해 있었다. 웨이자산의 친정에 가서 며칠 있다 보니 늦게 찾아뵈었다고 했다. 두 사람이 대화를 하는 사이에 자연스레 샹린댁 얘기를 하게 되었다.

"그 여자 말이죠?" 웨이 노파가 신이 나서 말하기를 "지금은 운이 트였어요. 시어머니가 그녀를 끌고 갔을 때 이미 허씨 마을의 허라오류賀老六에게 주기로 약속이 되어 있었대요. 그래서 집에 돌아간 뒤 며칠 안 돼 꽃가마에 태워졌지요."

"아니, 그런 시에미가 다 있어……!" 넷째 아주머니는 놀라며 말했다.

"아이구, 우리 마님! 참말로 대갓집 마나님다운 말씀입니다. 우리 같은 산골 가난뱅이들이야 그런 일이 뭐 대수겠어요? 그녀에겐 어린 시동생이 있는데 장가를 보내야 했지요. 그녀가 시집가지 않으면 어디서 목돈을 마련해 결혼을 시키겠어요? 그녀의 시어머니는 여간내기가 아니어서 계산을 해보고는 그녀를 두메산골로 시집보냈어요. 만일 한마을 사람에게 보내면 예단을 많이 받지 못해요. 두메산골로 시집가려는 여자가 적다 보니 그 시어머니는 팔십 천문15)을 받았대요. 이번에 둘째 며느리를 맞아들이는데 예단비로 오십을 썼고, 또 잔치 비용을 제하더라도 십여 천문은 남았을 거예요. 그러니 얼마나 계산을 잘합니까……?"

"그래, 샹린댁은 결국 하자는 대로 했어……?"

"따르고 안 따르고가 어디 있습니까.──누구라도 한바탕 소란은 피우는 법이지요. 밧줄로 묶어 꽃가마에 태워 남자의 집으로 메고 가서 화관을 씌우고 서로 맞절시킨 다음 신방에 넣고 방문을 닫아 버리면 끝이지요. 하지만 샹린댁은 보통이 아니었던 모양이에요. 얼마나 소동을 피웠는지 모두들 유식한 집안에서 일을 했기 때문에 다르긴 다르다고 말했어요. 마님, 우리들은 많이 보았지요. 개가를 하면서 울부짖는 여자도 있었고, 죽느니 사느니 하면서 소란을 피우는 이도 있었으며, 남자집에 가서도 천지신명에게 예를 못 올리는 여자도 있고, 화촉까지 때려 부수는 여자도 있었습니다. 하지만 샹린댁은 여느 여자들과는 달랐어요. 그들 말에 의하면, 그녀가 오는 도중에 줄곧 소리치고 욕을 해서 허씨 마을에 도착했을 때는 목이 다 쉬었다고 하더군요. 가마에서 끌어내려 두 장정과 시동생이 힘껏 그녀를 붙잡고 절을 시키려 했지만 끝내 하지 못했답니다. 그들이 방심하여 손을 풀었더니, 아이구 이를 어째, 글쎄 그녀가 예식상 모서리에 머리를 들이받고 머리가 터져 선혈이 낭자했대요. 터진 곳에 두 묶음이나 되는 향 재를 붓고 붉은 천으로 두 겹이나 쌌지만 피가 멈추지 않더래요. 여러 사람이 달라붙어 그녀를 남자와 신방에 처넣고 문을 잠갔는데도 여전히 욕을 하고, 아이구 나 참……." 웨이 노파는 머리를 절레절레 흔들며 눈을 내리깔고는 입을 다물었다.

"그 뒤로 어떻게 되었어?" 넷째 아주머니가 물었다.

"그다음 날도 일어나지 않았대요." 그녀는 눈을 뜨며 말했다.

"그다음에는?"

"다음에는요? ―일어났지요. 연말에는 사내아이도 낳았어요. 새해가 되었으니 이젠 두 살이네요. 제가 친정에 며칠 머물면서 허씨 마을에 갔다 온 사람 얘기를 들으니 애기엄마도 몸이 불고 애도 포동포동하더래요. 시어머니도 없지 남편은 가진 것은 힘뿐이라 일도 잘하지 집도 자기 집이지. ―아, 그녀는 정말 운이 트였어요."

그후로는 넷째 아주머니도 다시는 샹린댁 이야기를 꺼내지 않았다.

그런데 어느 해 가을, 샹린댁이 운이 트였다는 소식을 들은 뒤 두 번의 설을 쇤 때였다. 그녀가 다시 넷째 아저씨의 집 안채에 서 있었다. 둥근 광주리가 탁자 위에 놓여 있고, 처마 밑에는 작은 이불보따리가 놓여 있었다. 그녀는 여전히 흰 끈으로 머리를 묶고 검정 치마에 남색 겹저고리, 옅은 남색의 조끼를 입었다. 얼굴은 검푸르고 누르스름한 빛이 감돌고 두 볼에는 이미 혈색이 사라지고 없었다. 내리감은 눈가에는 눈물자국이 보였으며 눈빛도 예전과 같이 그렇게 활기차지 않았다. 이번에도 웨이 노파가 그녀를 데리고 와서는 아주 딱하다는 표정을 지으며 장황하게 넷째 아주머니에게 말했다.

"……이거야말로 정말 '세상일은 한 치 앞도 모른다'는 격이지요. 이 사람 서방은 견실한 사람으로 젊고 팔팔했는데 장티푸스에 걸려 죽을 줄 누가 알았겠어요? 원래는 다 나았었다는데 찬밥을 먹고는 다시 재발했다지 뭐예요. 아들이 있는 것이 다행이었지요. 이 사람도 땔나무를 하고 찻잎을 따고 양잠도 하고 무슨 일을든 할 수 있어 원래 그 애를 키울 수 있었는데, 그만 그 아이가 이리에게 물려 갈 줄 누가 알았겠어요? 봄철도 다 지났는데 마을에 이리가 나타날 줄 누가 짐작했겠어요? 지금 이 사람은 외톨이가 되었어요. 게다가 시아주버니가 와서 집을 빼앗고 이 사람을 내쫓았어요. 정말 갈 곳이 없어서 어쩔 수 없이 옛 주인을 찾아왔지요. 다행히 이 사람은 더 이상 걸리는 것도 없고, 마님댁에서도 마침 사람을 바꾸려고 한다고 해서 제가 데리고 왔습니다.──제 생각에 잘 아는 집이라 풋내기보다 사실 더 낫지 않을까 해서…….”

“저는 정말 바보였어요, 정말.” 샹린댁은 멍한 눈을 들고 이어서 말했다. “저는 눈 내릴 때는 산속에 먹을 것이 없어 야수가 마을에 내려올 수 있다는 것은 알았지만, 봄에도 그럴 줄은 몰랐어요. 저는 아침 일찍 일어나 대문을 열고 작은 바구니에 콩을 가득 담아서 우리 아마오阿毛에게 문지방에 앉아서 그걸 까라고 했어요. 말을 잘 듣는 아이여서 내가 시키자 들고 나갔어요. 나는 집 뒤에서 장작을 패고 쌀을 일어 솥에 안친 다음, 콩을 찌려고 아마오를 불렀는데 대답이 없었어요. 그래서 나가 보니 콩이 땅바닥에 흩어져 있을 뿐 우리 아마오는 보이지 않았어요. 우리 애는 다른집에 가서 잘 놀지도 않았지만, 그래도 혹시나 해서 이집 저집 다니며 찾아보았으나 결국 아무 데도 없었어요. 저는 마음이 초조해져서 사람들에게 찾아봐 달라고 부탁했어요. 반나절 내내 찾아다니다가 산속에서 가시덤불 위에 걸린 우리 애의 신발 한 짝을 발견했어요. 모두들 그걸 보고 틀렸다, 이리가 물어 간 거라고 말했어요. 그래 좀더 들어가 봤더니 그 애는 과연 풀숲에 누워 있었는데, 뱃속의 오장은 이미 다 파먹혀서 비어 있고, 손에는 그 작은 바구니를 꼭 쥐고 있었어요…….” 샹린댁은 계속해서 흐느껴 울기만 할 뿐 제대로 말을 잇지 못했다.

넷째 아주머니는 처음에는 좀 망설였으나 그녀의 말을 듣고 나자 눈 주위가 점점 붉어졌다. 생각을 좀 해보고는 둥근 광주리와 이불보따리를 들고 아랫방에 두라고 했다. 웨이 노파는 무거운 짐을 내려놓은 듯 길게 숨을 내쉬었다. 샹린댁은 처음 왔을 때에 비해 기분이 좀 나아져서 가르치지 않아도 스스로 익숙하게 이불짐을 갖다 놓았다. 그녀는 이때부터 다시 루전에서 식모살이를 하게 되었다.

사람들은 여전히 그녀를 샹린댁이라고 불렀다.

그런데 이번에는 그녀의 처지가 크게 달라졌다. 일을 시작한 지 사나흘이 되어서 주인들은 그녀의 손발이 이전처럼 민첩하지 않고, 기억력도 많이 나빠졌음을 눈치챘다. 죽은 사람 같은 얼굴에는 하루종일 웃음기 하나 없었다. 넷째 아주머니의 말투에서 벌써 불만이 터져 나왔다. 그녀가 왔을 때 넷째 아저씨는 이전과 똑같이 미간을 찌푸렸지만 여태까지 하녀를 고용하는 데 애를 먹었던지라 크게 반대하지 않았다. 다만 넷째 아주머니에게 몰래 주의를 주며 말하기를, 이런 사람은 불쌍하기는 하지만 풍속을 해치는 이들이니 거들게 하는 것은 좋으나 제사 때는 일에 그녀가 손을 대게 해서는 안 되며 음식은 손수 만들어야지, 그렇지 않으면 불결해서 조상이 먹지 않을 것이라고 했다.

넷째 아저씨의 집안에서 가장 큰 일은 제사이고, 샹린댁이 예전에 가장 바빴던 때도 제사를 지낼 때였으나 이번에는 한가하였다. 제상을 대청 한가운데에 놓고 상보를 펴 놓고 나니, 그녀는 전에 하던 대로 술잔과 젓가락을 놓으려고 했다.

"샹린댁, 그만둬. 내가 놓을 테니." 넷째 아주머니가 황급히 말했다.

샹린댁은 어색한 듯 손을 거두고 또 촛대를 가지러 갔다.

"샹린댁, 그만둬. 내가 가져오지." 넷째 아주머니는 또 황망히 말했다.

그녀는 몇 바퀴 빙빙 돌기만 하다가 끝내 아무 할 일이 없어서 하는 수 없이 영문을 모른 채 물러났다. 그녀가 이날 할 수 있었던 일은 부엌에서 불을 때는 것뿐이었다.

루전 사람들도 여전히 그녀를 샹린댁이라고 불렀지만, 말투는 예전과 아주 달랐다. 또 그녀와 얘기는 하지만 웃는 모습은 차가웠다. 그녀는 그런 걸 전혀 깨닫지 못했다. 단지 눈을 똑바로 뜨고 자나 깨나 잊을 수 없는 자신의 얘기를 사람들에게 들려주었다.

"나는 정말 바보였어요, 정말로." 그녀는 말했다. "전 그저 눈 내릴 때라야 산속에 먹을 것이 없으니 야수가 마을에 내려올 수 있다는 것은 알았지만, 봄에도 그럴 줄 몰랐어요. 저는 아침 일찍 일어나 대문을 열고 작은 바구니에 콩을 가득 담아 우리 아마오를 불러 문지방에 앉아서 그것을 까라고 했어요. 말 잘 듣는 우리 애는 내가 뭐라고 하자 듣고 나갔어요. 나는 집 뒤에서 장작을 패고 쌀을 일어 솥에 안친 다음, 콩을 찌려고 아마오를 불렀는데 대답이 없었어요. 나가 보니 콩이 땅바닥에 흩어져 있을 뿐 우리 아마오는 보이지 않았어요. 여기저기 찾아보았으나 아무 데도 없었어요. 저는 마음이 조급해져서 사람들에게 찾아봐 달라고 부탁했어요. 반나절 동안 몇 사람이 산골짜기를 찾아다녔는데 가시덤불 위에 우리 애의 신발 한 짝이 걸려 있는 것을 발견했어요. 사람들은 모두 틀렸다, 이리를 만난 거라고 말했어요. 다시 가 보자 그 애는 과연 풀숲에 누워 있었는데, 뱃속의 오장은 이미 먹혀서 비어 있었고, 가엾게도 손에는 그 작은 바구니를 꼭 쥐고 있었어요……" 그녀는 눈물을 흘리면서 흐느끼는 것이었다.

이 이야기는 효과가 있었는지 남자들은 여기까지 듣다가 웃음을 거두고 무표정하게 가 버렸다. 여인들은 그녀의 처지를 동정할 뿐만 아니라 얼굴에서 바로 무시하던 표정을 바꾸고 함께 따라 울기까지 했다. 거리에서 그녀의 이야기를 듣지 못한 몇몇 나이 많은 여자들은 일부러 찾아가서 그녀의 이 비참한 얘기를 들으려고 했다. 그녀가 흐느끼는 대목까지 이야기를 듣고 나서는 그들도 눈가에 맺혀 있던 눈물을 흘리고 탄식을 하며 이런저런 의견들을 내놓으면서 흡족해하며 돌아갔다.

그녀는 이렇게 되풀이해서 사람들에게 자신의 비참한 얘기를 들려주었고, 그럴 때마다 늘 네댓 사람이 모여들어 그녀의 얘기를 들었다. 하지만 오래지 않아 모든 사람들이 귀에 못이 박히도록 들어 버려서 자비심이 많고 늘 염불을 외는 노부인들에게서도 더는 눈물자국을 볼 수 없게 되었다. 뒤에는 온 마을 사람들이 그녀의 말을 외울 수 있을 정도가 되어 그 얘기만 들어도 머리가 아플 지경이었다.

"나는 정말 바보였어요, 정말로"라고 그녀가 말을 꺼내면 사람들은 바로, "그래, 자네는 눈 내릴 때라야 산속에 먹을 것이 없어 야수가 마을에 내려올 수 있는 줄만 알았지"라며 그녀의 말을 잘라 버리고 가 버렸다.

그러면 그녀는 입을 헤벌리고 서서 눈을 멍하니 뜬 채 그들을 바라보다가 자신도 재미가 없다고 느낀 것인지 발길을 옮겼다. 하지만 그녀는 또 다른 일에서, 이를테면 작은 바구니나 콩이나 남의 아이들로부터 자기 아마오의 얘기를 끄집어내려고 애를 썼다. 두세 살 난 아이들을 보기만 하면 이렇게 말했다.

"아아, 우리 아마오가 살아 있다면 이만큼 컸을 텐데……."

아이들이 그녀의 눈을 보고 놀라며 엄마의 옷자락을 끌어당기며 가자고 졸랐다. 그렇게 되면 다시 그녀는 혼자 남게 되고 결국 재미가 없는지 돌아갔다. 나중에는 모두들 그녀의 버릇을 알게 되어서 아이가 보이기만 하면 그 아이를 가리키며 웃는 듯 마는 듯한 표정을 짓고 선수를 치며 그녀에게 묻는 것이었다.

"샹린댁, 당신의 아마오가 지금 살아 있다면 이만큼 컸지 않았을까?"

그녀는 아직도 자신의 슬픈 이야기가 여러 날 많은 사람들의 입에 오르내리며 저작咀嚼이 되어 이미 찌꺼기로 변해서 싫증 나고 타기할 만한 것에 지나지 않게 되었음을 잘 모르고 있었다. 하지만 사람들의 웃는 모습에서 어딘가 차갑고 또 날카로운 느낌을 받았고 자신도 더 이상 얘기할 필요가 없음을 깨달았다. 그래서 그녀는 그들을 힐끗 쳐다볼 뿐 한마디도 대꾸하지 않았다.

루전은 언제나 설을 지내기 위해 섣달 스무날부터 바빠진다. 넷째 아저씨의 집에서는 이번에 임시로 남자 일꾼을 고용했으나 여전히 일손이 모자라 또 류柳씨 어멈을 불러서 일손을 돕게 했다. 닭을 잡고 거위를 삶아야 하는데, 류씨 어멈은 불교 신자로서 채식을 하고 살생을 하지 않는 사람이라 그릇만 닦으려고 했다. 샹린댁은 불을 지피는 것 외에 할 일이 없어 한가롭게 앉아서 류씨 어멈이 그릇 씻는 것을 보고만 있었다. 가는 눈이 내리고 있었다.

"아아, 나는 정말 바보였어." 샹린댁은 하늘을 보고 탄식을 하며 혼잣말을 하였다.

"샹린댁, 너 또 시작이니?" 류씨 어멈이 지겹다는 듯이 그녀의 얼굴을 바라보며 말했다. "내 하나 물어보자, 너 이마의 흉터는 그때 부딪혀서 생긴 거지?"

"글쎄요." 그녀는 모호하게 대답했다.

"그럼 묻겠는데, 너는 그때 어떡하다 뒤에 허락을 했어?"

"내가요……?"

"그래 너 말이야. 결국 너 자신이 원했으니까 그랬겠지. 그렇지 않으면…….

"아이구, 그건 그 사람 힘이 얼마나 센지 몰라서 하는 소리예요."

"그건 못 믿어. 너도 그렇게 힘이 센데 그를 못 이긴다고. 틀림없이 결국에 제가 좋아서 허락해 놓고는 그가 힘이 세다고 변명하는 거지."

"아이고 참, 당신도…… 자기도 한번 그런 일을 당해 봐……" 하며 그녀는 웃었다.

류씨 어멈의 주름진 얼굴도 웃는 바람에 호두처럼 쭈글쭈글 오그라들었다. 메마른 작은 눈으로 샹린댁의 이마를 한번 보고 다시 그녀의 눈을 빤히 쳐다보았다. 샹린댁은 쭈뼛쭈뼛하며 웃음을 거두고 눈길을 돌려 눈송이를 바라보았다.

"샹린댁, 너는 정말 수지가 맞지 않았어." 류씨 어멈이 무슨 비밀을 얘기하듯이 말했다. "좀더 끝까지 버티든가 아니면 아예 어디 부딪혀 죽든가 하는 게 나았어. 지금 보면 너는 두번째 남자와 2년도 채 못 살고서 큰 죄명만 뒤집어썼어. 생각해 봐, 네가 훗날 죽어서 저승에 가면 그 죽은 두 남자 귀신이 임자를 두고 서로 다툴 텐데 너는 누구에게 가겠나? 염라대왕도 어쩔 수 없이 너를 찢어 두 귀신에게 나누어 주겠지. 내 생각에 그건 참……."

이렇게 말하자 그녀의 얼굴에 두려운 기색이 역력했다. 그것은 산골 마을에서는 들어 보지 못했던 말이었다.

"나는 자네가 일찌감치 액땜을 하는 것이 낫다고 봐. 토지묘에 가서 문지방 하나를 기증하여 그걸 자네 몸 대신 천 명의 사람들이 밟게 하고,

만 명의 사람이 타고 넘도록 해 이 세상에서 지은 죄를 씻으면 죽은 뒤에
도 고통을 면할 수 있을 거야."

샹린댁은 그 자리에서는 아무런 대답을 하지 않았으나 이 문제를 두
고 한참 고민한 모양이었다. 다음 날 아침 일어났을 때 두 눈 가장자리가
거무죽죽했다. 아침을 먹은 뒤 그녀는 마을 서쪽에 있는 토지묘에 가서 문
지방을 하나 시주하겠다고 했다. 묘지기[16]는 처음에는 승낙하지 않았으
나, 그녀가 다급해하며 눈물을 흘리며 사정하자 마지못해 허락해 주었다.
가격은 대전[17] 12천문이었다.

샹린댁은 이미 오래전부터 사람들과 얘기를 하지 않았는데, 사람들
이 아마오의 얘기에 싫증을 느꼈기 때문이었다. 하지만 류씨 어멈과 잡담
을 한 것이 퍼져 나가서 많은 사람들이 다시 새로운 흥미를 느끼고 또 그
녀에게 얘기해 달라고 조르기도 했다. 제목도 물론 새로운 형태로 바뀌었
는데, 주로 그녀의 이마에 난 흉터에 관한 것이었다.

"샹린댁, 물어보자, 자네는 그때 어떻게 따르게 되었어?" 한 사람이
이렇게 물었다.

"아, 애석하게도 머리를 헛부딪혔네그려." 다른 사람이 그녀의 흉터
를 보고 맞장구를 치며 말했다.

그들의 웃음과 말소리에서 또 자신을 비웃고 있다는 것을 알아차린
샹린댁은 눈을 부릅뜨고 그들을 바라볼 뿐 한마디도 대꾸하지 않았으며
나중에는 돌아보지도 않았다. 그녀는 하루 종일 입을 꽉 다물고 사람들이
치욕의 기호라고 생각하는 그 흉터를 그대로 드러내 놓고 묵묵히 거리를
뛰어다니고, 땅바닥을 쓸고, 채소도 씻고, 쌀도 일었다. 어느덧 1년이 지났
고 그녀는 넷째 아주머니에게서 그동안 일해서 모은 급료를 타서 그것을

멕시코 은화[18] 12원으로 바꾸고는 휴가를 얻어 마을의 서쪽으로 갔다. 그러나 한나절도 안 되어서 돌아왔는데, 기분도 좋아지고 눈빛도 의외로 빛났다. 넷째 아주머니에게 토지묘에 가서 문지방을 시주하고 왔다고 신이 나서 말했다.

동지冬至 제사 때가 되자 그녀는 더욱 열심히 일했다. 넷째 아주머니가 제수용품을 갖추고 아뉴와 함께 제상을 대청 가운데로 옮기는 것을 보고 그녀는 아무 생각 없이 술잔과 나무젓가락을 가지러 갔다.

"가만 둬, 샹린댁!" 넷째 아주머니는 황급히 소리쳤다.

그녀는 포락炮烙[19]의 형을 받은 것처럼 손을 움츠리고 얼굴색도 금세 잿빛으로 변하더니 더 이상 촛대를 가져가지도 않고 정신이 나간 듯이 서 있었다. 향을 피울 때가 되어 넷째 아저씨가 나가라고 해서야 그녀는 밖으로 나갔다. 이번에는 그녀의 신상에 아주 커다란 변화가 일어났다. 이튿날 그녀는 눈이 움푹 들어갔을 뿐만 아니라, 정신도 온전하지 않았다. 게다가 겁이 아주 많아져서 캄캄한 밤과 검은 그림자를 무서워했을 뿐만 아니라 사람을 보아도 무서워했다. 심지어 자신의 주인을 보아도 두려워 벌벌 떠는 것이 마치 대낮에 굴에서 나와 돌아다니는 쥐새끼 같았다. 그렇지 않으면 나무로 만든 허수아비처럼 멍하니 앉아 있었다. 반년이 안 되어 머리카락도 희끗희끗해졌고, 기억력은 더욱 나빠져 늘 쌀을 일러 가는 것도 잊어버렸다.

"샹린댁, 어쩌다 이렇게 되었어? 그때 차라리 집안에 들이지 말걸." 넷째 아주머니는 때때로 경고하듯이 맞대 놓고 이렇게 말하기까지 했다.

그렇지만 그녀는 종래 이런 상태였고 영리해질 가망은 전혀 없어 보였다. 그래서 그들은 그녀를 웨이 노파에게 돌려보낼 생각을 했다. 그러나 내가 루전에 머물고 있을 때는 그저 이런 얘기를 하고 있을 뿐이었는데, 지금에 와서 보니 그후 그 말대로 한 모양이었다. 하지만 그녀가 넷째 아저씨 집에서 나간 뒤 거지가 되었는지 아니면 웨이 노파 집에 먼저 갔다가 거지가 되었는지는 나로서는 알 수 없다.

근처에서 요란하게 터지는 폭죽소리에 놀라 깬 나는 콩알만 한 노란 등불을 바라보았다. 이어서 톡톡탁탁 하는 폭죽소리가 들려왔다. 그것은 넷째 아저씨집에서 '축복' 제사를 지내고 있기 때문이었다. 벌써 새벽 네시가 가까웠다는 것을 알았다. 나는 몽롱한 가운데 멀리서 끊이지 않고 터지는 폭죽소리를 어렴풋이 듣는다. 온 하늘에 가득찬 음향이 짙은 구름과 합쳐져 무리 지어 흩날리는 눈송이와 함께 온 마을을 감싸 안은 듯하다. 이 번잡한 소리에 안긴 나는 나른하고 또 편안해진다. 대낮부터 초저녁까지 품고 있던 의혹과 근심은 이 축복의 공기에 씻겨 사라졌다. 오직 천지간의 신들이 바친 제물과 술과 향불 연기에 거나하게 취해 하늘을 비틀비틀 거닐면서 루전의 사람들에게 무한한 행복을 약속해 주는 것만 같았다.

1924년 2월 7일

주)_____

1) 원제는 「祝福」, 1924년 3월 25일 상하이에서 발간된 반월간 『동방잡지』(東方雜誌) 제21권 제6호에 처음 발표되었다.
2) "조왕신을 보내는"(送竈) 일은 옛 풍속의 하나이다. 음력 12월 24일은 조왕신이 승천하는 날로서 이날 혹은 하루 전에 조왕신을 전송하는 제사를 지냈다.

3) 루쓰 나으리(魯四老爺). 루(魯)씨 집안의 웃어른 가운데 나이 순으로 위에서 네번째인
   사람을 가리키는 존칭. 뒤의 넷째 아저씨(四叔)는 아버지 세대이나 아버지보다 나이가
   적은 이에 대한 호칭.
4) 국자감생(國子監生). 국자감은 원래 봉건시대 중앙의 최고학부였는데, 청대 건륭(乾隆)
   이후에는 국자감에서 공부를 하지 않아도 재산을 기부하고 '감생'이란 명의를 얻을 수
   있었다. 감생은 국자감 생원의 준말.
5) 신당(新黨). 청말에 유신을 주장하거나 그런 경향을 가진 사람을 가리키는 말이다. 신해
   혁명을 전후하여 혁명당인이나 혁명을 지지하는 사람들을 '신당'이라고 하였다.
6) 캉유웨이(康有爲, 1858~1927)는 자가 광샤(廣廈), 호는 창쑤(長素)이며, 광둥(廣東) 난하
   이(南海) 사람이다. 청말 유신운동(維新運動)의 지도자로서 변법유신을 제창하여 군주
   전제를 군주입헌제로 바꿀 것을 주장하였다. 1893년 담사동(譚嗣同), 량치차오(梁啓超)
   등과 함께 광서제(光緒帝)에게 등용되어 정사에 참여하였는데 변법을 실시하려다가 서
   태후(西太后)를 비롯한 보수파의 강력한 반대로 인해 실패하고 말았다. 변법이 실패하
   자 국외로 도망하여 보황당(保皇黨)을 조직하고 쑨원(孫文)이 이끄는 민주주의혁명운
   동을 반대하였으며, 신해혁명 후에는 또 군벌 장쉰(張勳)과 손을 잡고 청조의 폐제 푸이
   (溥儀)를 부추겨 복벽하려 하였다.
7) 축복(祝福). 옛날 강남 일대에서 행해졌던 섣달 그믐날의 풍속이다. 청대 사람 범인(范
   寅)의 『월언』(越諺) 「풍속」(風俗)에서 "섣달 그믐에 한 해의 평안에 감사하고, 신과 조상
   에 감사하는 것을 축복"이라고 했다.
8) 진단(陳摶). 『송사』(宋史) 「은일열전」(隱逸列傳)에 의하면 진단은 오대(五代) 때 사람으로
   과거에 급제하지 못해 무당산(武當山)과 화산(華山)에 은거하면서 도를 닦았다. 후세 사
   람들은 그를 신선으로 간주하였다.
9) 주탁(朱拓). 은주(銀朱; 수은을 태워서 만든 주석) 등 붉은 색 안료를 사용하여 비석면을
   딴 탁본을 가리킨다.
10) "사리를 통달하면 마음이 편안하다"(事理通達心氣和平). 주희(朱熹)의 『논어집주』(論語
    集注)에 나오는 말이다. 주희는 「계씨」(季氏)편의 "시경(詩經)을 익히지 않고는 말을 못
    한다"와 "예기를 익히지 않고는 출세를 못 한다"라는 구절 밑에 다음과 같은 주를 달
    았다. "사리를 통달하면 마음이 편한 고로 말을 할 수 있다", "범절이 밝고 덕성이 높은
    고로 출세한다."
11) 『강희자전』(康熙字典). 청대 강희 연간에 장옥서(張玉書), 진정경(陳廷敬) 등이 어명을
    받고 편찬한 대형자전. 강희 55년(1716)에 간행되었다.
    『근사록집주』(近思錄集注). 도학(道學)의 초학서적. 송조 때 주희와 여조겸(呂祖謙)이
    주돈이(周敦頤), 정호(程顥), 정이(程頤), 장재(張載) 네 사람의 글을 골라 편집한 것으로
    도합 14권으로 되어 있다.

『사서친』(四書襯). 청대 사람 낙배(駱培)의 저서로서 사서(『논어』,『맹자』,『중용』,『대학』)를 해석한 책이다.

12) 샹린댁(祥林嫂). 수(嫂)는 비교적 젊은 기혼 여성을 가리키는 말. 샹린(祥林)은 남편의 이름이다.

13) "귀신은 음양의 자연스런 변화의 산물이다"(鬼神者二氣之良能也). 이것은 송대 사람 장재(張載)의 『장자전서』(張子全書) 「정몽」(正蒙) 그리고 『근사록』에 나오는 말이다.

14) 무상(無常). 불교 용어로서 본뜻은 모든 사물은 다 변하고 훼멸·파괴되는 과정에 있다는 뜻인데, 뒤에는 죽음의 뜻으로 또 미신적 전설에서 혼을 빼 가는 사자의 이름으로 사용되었다.

15) 팔십 천문(八十千文). 옛날에 일천문(一千文)을 일관(一貫) 혹은 일조(一吊)라고 불렀다. 그래서 천문을 관, 조라고 했다. 그러나 지방에 따라서는 바로 천문이라고 불렀다. 팔십 천문은 곧 팔십 조(吊)이고, 대략 팔만 문(文)이다.

16) 묘지기(廟祝). 옛날 묘에 살면서 향불을 관리하는 일을 맡은 사람을 가리킨다.

17) 대전(大錢). 보통의 동화(銅貨)보다 큰 것으로 화폐가치도 그만큼 높다.

18) 표면에 매의 도안이 그려져 있는 멕시코의 은화(鷹洋)는 아편전쟁 뒤 대량으로 중국에 유입되었다.

19) 포락(炮烙). 포격(炮格)이라고도 쓴다. 은(殷)나라 주왕(紂王) 때 혹형의 하나이다. 배인(裴駰)의 『사기집해』(史記集解) 「은본기」(殷本紀)에서 인용한 『열녀전』(列女傳)에 다음과 같은 기록이 있다. "동주(銅柱)에 기름을 붓고 그 밑에 숯불을 놓은 뒤 그 위를 죄인이 걸어가게 하고 숯불 위에 떨어지는 것을 보더니 달기(妲己; 주왕의 왕비)가 웃었다. 이름하여 포락의 형(刑)이라고 했다."

술집에서[1]

나는 북쪽에서 동남쪽으로 여행을 하던 도중에 길을 돌아 고향을 방문하고 S시에 다다랐다. 이 시는 나의 고향에서 30리밖에 떨어지지 않았다. 작은 배를 타면 반나절도 채 안 되어 도달하는데, 나는 전에 이곳의 학교에서 1년간 선생 노릇을 했었다. 한겨울 눈이 내린 뒤 풍경은 쓸쓸하기만 한데 나른하기도 하고 또 회고의 심사가 뒤섞여 잠시 S시의 뤄스洛思 여관에 머물기로 했다. 이 여관은 예전에는 없던 것이다. 원래 크지 않은 시내인지라 만날 수 있으리라 생각한 몇 명의 옛 동료들을 찾아 나섰으나 다들 어디로 흩어져 갔는지 한 사람도 만날 수 없었다. 학교 문 앞을 지나는데 이름도 바뀌고 모습도 달라져서 내게는 좀 낯설었다. 두 시간도 되지 않아 나의 흥취는 이미 사라졌고 괜한 일을 했다고 몹시 후회하였다.

내가 머물던 여관은 방만 세를 놓고 밥은 팔지 않았다. 그래서 식사는 꼭 다른 곳에서 시켜 주었는데 맛이 얼마나 없는지 입에 넣으니 흙을 씹는 것 같았다. 창밖을 내다보니 땟자국으로 얼룩덜룩한 담장이 있고 그 위에 말라죽은 이끼가 붙어 있었다. 그 위로 생기 없는 잿빛 하늘에서는 눈발이 흩날리고 있었다. 점심을 배불리 먹지 못한 데다 또 딱히 할 일도 없어서 자연스럽게 예전에 자주 다니던 이스쥐一石居라는 이름의 작은 술집이 생각났다. 여관에서도 멀지 않은 것 같아 곧 방문을 걸어 잠그고 거리를 나서 그 술집을 향해 갔다. 사실은 잠시 객의 무료함을 달랠 생각이었지 술을 사 마시려고 한 것은 아니었다. 이스쥐는 그대로 있었고, 좁고 우중충한 모습과 너덜너덜한 간판 모두 변함이 없었다. 하지만 주인부터 종업원에 이르기까지 낯익은 사람은 하나도 없었다. 나는 이 이스쥐에서 완전히 낯선 손님이 되어 버렸다. 그래도 나는 전에 늘 오르내리던 구석 계단으로 해서 곧장 2층으로 올라갔다. 그곳에는 예나 다름없이 다섯 개의 작은 탁자가 놓여 있었고, 바뀐 것이라고는 원래 나무창살이던 뒤쪽 창문에 유리가 끼워져 있다는 것뿐이었다.

"사오싱주紹興酒 한 근. ──안주는? 기름에 튀긴 두부 열 개 하고 고추장 듬뿍 내오게!"

따라 올라온 종업원에게 이렇게 이르고는 뒤쪽 창문 쪽으로 가서 창가에 붙어 있는 탁자 옆에 앉았다. 2층은 '텅텅 비어 있었고' 그래서 나는 마음대로 아래의 황폐해진 정원을 바라볼 수 있는 가장 좋은 자리를 골라 앉을 수 있었다. 이 정원은 술집 것은 아닌 듯했다. 나는 예전에도 여러 번 내려다본 적이 있었는데, 어떤 때는 눈이 내리는 날도 있었다. 그러나 북방 생활에 익숙한 나의 눈에는 지금 이 정원이 아주 경이로웠다. 몇 그루의 늙은 매화나무가 눈과 싸우며 나무 가득 꽃을 피우는 것이 엄동설한을 개의치 않는 듯했다. 무너진 정자 옆에 서 있는 한 그루 동백나무는 짙은 녹색의 무성한 잎에서 십여 개의 붉은 꽃을 드러내고 있었다. 눈 속에서 불꽃처럼 밝게 빛나는 꽃송이들은 분노하는 듯 오만한 듯 멀리 떠돌아다니는 여행자의 마음을 비웃는 것 같았다. 나는 이때 촉촉하여 무엇에 들러붙으면 잘 떨어지지 않고 투명하게 반짝이는 이 고장의 눈은 바람만 불면 흩날리어 안개처럼 온 하늘을 뒤덮는 북방의 마른 눈과는 전혀 다르다는 것을 문득 깨달았다…….

"손님, 술이요…….."

종업원은 무뚝뚝하게 말하면서 잔과 젓가락, 술병과 그릇 등을 놓고 갔다. 술이 온 것이다. 나는 탁자 쪽으로 돌아앉아 잔과 그릇 등을 바로 놓은 다음 술을 따랐다. 북방은 원래 나의 고향이 아니지만 남쪽으로 와도 나그네일 수밖에 없으니, 북쪽의 마른 눈이 어떻게 흩날리든 이곳의 부드러운 눈이 어떻게 마음을 끌든 간에 모두 나와는 아무런 상관도 없었다. 나는 애수에 잠기기는 했으나 기분좋게 술 한 잔을 마셨다. 술은 향기로웠고, 두부도 잘 튀겨졌다. 고추장이 너무 싱거운 것이 좀 아쉽다. 본래 S시 사람들은 매운 것을 먹을 줄 몰랐다.

오후라서 그런지 이곳이 술집이라고 하지만 술집 분위기는 조금도 나지 않았다. 나는 벌써 술 세 잔을 마셨지만 아직도 탁자 네 개는 텅 비어 있었다. 나는 황폐해진 정원을 보면서 점차 고독을 느끼기 시작했다. 하지만 다른 술손님들이 올라오는 것을 원하지도 않았다. 우연히 계단에서 발걸음 소리가 들리면 까닭 없이 약간 언짢아지고, 종업원임을 알고 나면 다시 안심이 되었다. 이렇게 또 술 두 잔을 마셨다.

나는 이번에는 분명 술손님이라고 생각했다. 그 걸음걸이가 종업원에 비해 훨씬 느리게 들렸기 때문이었다. 그 사람이 계단을 거의 다 올라왔다고 짐작했을 때 나는 불안한 듯이 머리를 들고 나오는 무관한 사람을 쳐다보았고 동시에 깜짝 놀라며 일어섰다. 나는 여기서 뜻밖에도 친구를 만나리라고 전혀 생각지 못했다.──만약 그가 지금 내가 그를 친구라고 부르는 것을 허락한다면 말이다. 올라온 사람은 분명 나의 옛 동창이며 또 교사 노릇을 할 때 옛 동료이기도 했다. 모습은 꽤 바뀌었지만 첫눈에 알아볼 수 있었다. 그런데 행동은 유달리 느려진 것이 옛날의 날쌔고 용맹한 뤼웨이푸呂緯甫는 아니었다.

"아──웨이푸, 자넨가? 여기서 자넬 만날 줄은 꿈에도 생각 못 했네."

"아, 자네구먼? 나도 정말 뜻밖일세……."

내가 그에게 동석하자고 하자 그는 약간 주저한 뒤에야 자리에 앉았다. 나는 처음에는 이상하다고 생각했으나 곧이어 약간 서글퍼졌고 또 불쾌했다. 그의 모습을 자세히 살펴보니 덥수룩하게 기른 머리와 수염은 전과 다름이 없었으나 창백한 장방형의 얼굴은 수척해 보였다. 차분해 보였으나 의기소침한 것 같기도 했고, 짙고 검은 눈썹 아래의 눈도 정기를 잃은 듯했다. 천천히 사방을 둘러보다가 황폐해진 정원을 내다볼 때 그의 눈에서는 갑자기 옛날 학창 시절에 남을 쏘아보던 때의 그런 빛이 번득였다.

"우리가," 나는 반갑게 그러나 꽤 어색하게 말했다. "우리가 헤어진 지 아마 10년은 되었을 거야. 난 자네가 지난濟南에 있다는 말을 듣고서도 게으른 탓에 끝내 편지 한 통 보내지 못했네……."

"피차일반 아닌가. 지금은 타이위안太原에 살고 있네. 이미 2년이 넘었어. 어머니와 함께 있다네. 어머니를 모시러 왔을 때는 자넨 벌써 이사한 뒤였네. 어떤 흔적도 남기지 않고."

"자네는 타이위안에서 뭐 하나?" 하고 내가 물었다.

"학생들을 가르쳐. 한 고향사람 집에서."

"그전에는?"

"그전에 말인가?" 그는 주머니에서 담배 한 가치를 꺼내어 불을 붙여 물고는 입에서 뿜어져 나오는 연기를 바라보며 생각에 잠긴 듯이 말했다. "뭐, 변변찮은 일을 했지, 아무 일도 안 한 거나 매한가지야."

그도 나에게 헤어진 뒤의 상황에 대해 물었다. 나는 그에게 대강 얘기해 주면서 종업원을 불러 먼저 술잔과 젓가락을 가져오라고 일렀다. 그에게 술을 한 잔 권하고 나서 술 두 근을 더 시켰다. 그 사이에 또 요리를 주문했다. 우리는 전에는 조금도 체면 같은 것을 차리지 않았는데, 지금은 서로 사양을 하느라 무엇을 주문해야 할지 정하기 어려웠다. 그래서 나중에는 종업원이 불러주는 것 가운데 회향두茴香豆, 얼린 고기凍肉, 기름에 튀긴 두부와 말린 생선 네 가지를 주문했다.

"여기 돌아와 보니 자신이 우습다는 생각이 들어." 그는 한 손에는 담배를 들고 다른 손에는 술잔을 들고 웃는 듯 마는 듯한 표정으로 내게 말했다. "나는 어렸을 때 벌이나 파리가 한곳에 정지해 있다가 무언가에 놀라자 바로 날아가더니 작은 원을 한 바퀴 그리고는 다시 돌아와 같은 곳에 앉는 것을 보고 사실 아주 우습다고 또 가련하다고 생각했었지. 그런데 의외로 지금 나 자신도 날아 되돌아왔어. 작은 원을 그리고 말이야. 그리고 뜻밖에도 자네 역시 되돌아왔네그려. 자넨 좀더 멀리 날아갈 수 없었나?"

"말하기 곤란하지만, 아무튼 작은 원을 좀 돈 것은 틀림없네." 나도 웃는 듯 마는 듯한 표정을 짓고 말했다. "그런데 자네는 왜 되돌아온 거야?"

"하찮은 일 때문이지." 그는 단숨에 술 한 잔을 다 털어 넣고 담배를 몇 모금 빨더니 눈을 더 크게 떴다. "하찮은 일이지만 ──이야기해 보도록 함세."

종업원이 새로 주문한 술과 안주를 가져와 탁자 위에 가득 차려 놓았다. 2층에는 담배연기와 튀김두부의 뜨거운 김이 서려 활기가 생겼고, 바깥에는 눈이 더 세차게 내리고 있었다.

"자네도 아마 알고 있을 거야" 하고 그는 말을 이었다. "내겐 어린 동생이 하나 있었는데, 세 살 때 죽어서 이곳에 묻었네. 난 그 애의 모습조차 잘 기억나지 않는데, 어머니는 무척 귀여운 아이고 나와도 사이가 좋았다고 하시면서 지금도 그 애 말만 나오면 울려고 하시네. 올봄에 사촌형님이 편지를 보냈는데 그 애 무덤 주위에 물이 스며들어 얼마 안 있어 강물에 잠길지도 모르니 빨리 조치를 취하라는 내용이었어. 어머니는 듣자마자 초조해하시면서 며칠을 잠도 잘 주무시지 못했어 ──어머니도 편지를 읽으실 줄 알거든. 그러나 내가 무슨 방법이 있어야지? 돈도 없고 시간도 없고, 당시는 아무런 방법이 없었네."

"지금까지 미루다가 연말 휴가를 이용해 무덤을 이장해 주려고 이곳 남쪽으로 돌아오게 된 거야." 그는 또 술 한 잔을 쭉 마시고 나서 창밖을 내다보면서 말했다. "과연 남쪽이야. 저쪽에서야 어디 이와 같을 수 있나? 눈 속에서도 꽃이 피고 눈 속의 땅도 얼지 않으니. 그저께 나는 성안에 가서 작은 관을 하나 샀네. ──땅속에 묻힌 것은 벌써 썩었을 거라고 생각했기 때문에 말이지 ──솜과 이불을 들고 인부 네 명을 데리고 고향으로 이장을 하러 갔어. 나는 그때 왠지 기분이 들떠 있었어. 나와 아주 의가 좋았던 어린 동생의 뼈를 보고 싶었네. 나는 아직 이런 일을 경험하지 못했거든. 무덤에 가 보니 과연 강물이 밀어닥쳐 무덤에서 두 자 거리까지 차 있더군. 가엾은 무덤은 2년 동안 흙을 북돋워 주지 않아 평평하게 되어 있었네. 나는 눈 속에 서서 무덤을 가리키며 일꾼들에게 '파시오!'라고 결연하게 말했네. 나는 평범한 사람이야. 그때 난 내 목소리가 좀 이상하다고 느껐네. 이 명령이야말로 내 일생에서 가장 위대한 명령이라는 생각이 들더 군. 하지만 일꾼들은 조금도 이상하다고 여기지 않고 파기 시작했어. 묘혈 까지 파내려 갔을 때 다가가 들여다보니 과연 관의 나무는 이미 썩어서 나 무부스러기와 나무조각이 한 무더기 남아 있었어. 나는 떨리는 마음으로 그것을 조심스럽게 파헤치며 어린 동생을 보려고 했네. 하지만 의외였어! 이불도 옷도 뼈도 그 어떤 것도 없었네. 이런 것은 모두 사라졌겠지만, 머 리카락은 잘 썩지 않는다는 말을 들어서 그것만은 남아 있을 거라고 생각 했지. 그래서 곧 엎드려 베개가 놓여 있던 자리로 짐작되는 곳의 흙을 자 세히 들여다보았으나 없었어. 흔적조차도 없었네!"

나는 문득 그의 눈 주위가 약간 붉어진 것을 보았다. 그러나 그것은 취기가 올라서 그런 것이었다. 그는 안주를 거의 먹지 않고 술만 자꾸 마 셨는데, 벌써 한 근 이상을 마셨다. 안색과 거동이 활발해지면서 점차 예 전에 보았던 뤼웨이푸의 모습에 가까워졌다. 나는 종업원을 불러 다시 술 두 근을 더 시킨 뒤 몸을 돌려 술잔을 들고 마주보면서 묵묵히 그의 얘기 를 들었다.

"사실, 일이 이렇게 되었으니 다시 이장할 필요는 없었지. 흙을 다시 메우고 관을 팔아 버리기만 하면 끝날 일이었어. 관을 판다는 것이 좀 괴 상하지만, 값만 싸게 해주면 본래 판 집에서 도로 사려고 할 것이니 적어 도 술값 몇 푼은 건질 수 있어. 하지만 나는 그렇게 하지 않았네. 시체가 놓 였던 자리의 흙을 솜에 싸서 그것을 이불로 감싼 뒤 새 관에 넣어 가지고 우리 아버지 무덤 옆에 가져와서 묻었네. 어제는 관 주위를 벽돌로 둘러쌓 는 일을 감독하느라고 반나절을 바쁘게 보냈어. 아무튼 이렇게 해서 일을 마무리짓고 어머니께 잘 말씀드리면 마음을 놓으실 수 있을 거라고 생각했어.──아아, 자네는 내가 어째서 예전과 아주 달라졌는지 이상해서 그런 눈으로 나를 보는 거지? 그래, 나도 우리들이 함께 성황당²⁾에 가서 신상神像의 수염을 뽑았던 일과 연일 중국 개혁의 방법에 대해 논의하다가 그 때문에 서로 싸우기도 했던 일들을 아직도 기억하고 있네. 하지만 지금 나는 이 모양으로 어물어물 두루뭉술하게 살아가고 있네. 나도 때론 옛 친구들이 나를 본다면 내가 친구였다는 사실을 인정하지 않을 거라고 생각하네.──아무튼 지금 내 꼴은 이렇다네."

그는 또 담배 한 가치를 꺼내어 입에 물고 불을 붙였다.

"자네 안색을 보니 아직도 나에게 어떤 기대를 하고 있는 것 같은데, ──나는 지금 많이 둔감해졌지만, 그 정도는 알아챌 수 있어. 이것이 나를 감격케 해. 하지만 또 나를 아주 불안하게 하기도 하네. 나에 대해 호의를 갖고 있는 옛 친구들의 기대를 저버리지는 않을까 하고⋯⋯." 그는 갑자기 말을 멈추더니 담배를 몇 모금 빨고는 다시 느릿느릿하게 말했다. "바로 오늘, 이 이스쥐에 오기 직전에 또 한 가지 쓸데없는 짓을 했네. 하지만 내 자신이 원한 일이야. 전에 우리가 살던 집 동쪽에 장푸長富라는 뱃사공이 살고 있었는데, 그에게는 아순阿順이라는 딸이 있었네. 자네도 그때 우리집에 왔으니 아마도 본 적이 있을 거야. 그러나 그때 그녀가 너무 어렸으니 눈여겨보지는 않았겠지. 뒤에 커서도 그다지 예쁘지는 않았네. 수수하게 생긴 갸름한 얼굴에 누런 피부색이었지. 두 눈만은 유별나게 크고 속눈썹도 아주 길었네. 또 눈의 흰자위도 맑은 밤하늘처럼 푸르렀네. 북방의 바람 없는 맑은 하늘과 같이 말일세. 이곳에서야 그렇게 맑은 하늘을 볼 수 없지. 그 애는 얼마나 야무진지 열 몇 살에 어머니를 잃은 뒤 어린 두 남동생과 여동생을 보살피고 또 아버지 시중도 들었어. 게다가 하는 일 모두 빈틈이 없었고 또 살림도 잘해서 집안이 점차 안정을 찾았어. 이웃들도 칭찬하지 않는 이가 없었고, 장푸도 늘 자랑하고는 했지. 이번에 내가 여기로 간다고 했을 때 어머니는 또 이 애 얘기를 하시더군. 노인네가 기억력이 너무 좋아. 어머니는 아순이 어떤 사람의 머리에 붉은 벨벳 꽃이 꽃혀 있는 것을 보고 자기도 하나 있었으면 했지만 그렇게 되지 않자 울어 버렸는데 한밤중까지 울다가 아버지한테 한 대 얻어맞고는 뒤에 눈언저리가 이삼 일 동안 빨갛게 부었던 일이 있었다고 하시더군. 이런 벨벳 꽃은 다른 지방에서 만든 것이어서 S시에서는 살 수 없는 거였다네. 그러니 그녀가 어디서 그걸 구할 수 있었겠는가? 이번에 남쪽으로 가는 길에 나보고 두 개를 사서 그녀에게 주고 오라고 하셨어.

"이 심부름을 나는 귀찮다고 여기지 않았고, 오히려 아주 즐거웠어. 아순을 위해 나는 사실 뭔가 해주고 싶었거든. 재작년 어머니를 모시러 왔을 때의 일이네. 어느 날 장푸가 집에 있었고, 어떡하다 나는 그와 한담을 하게 되었어. 그는 나보고 메밀범벅을 먹으라고 권했고 또 안에 들은 것이 설탕이라고 알려 주었어. 자네, 생각해 보게, 집안에 설탕이 있는 뱃사공이라면 살림이 그렇게 가난한 것은 아니지 않겠나. 그러니 먹는 것도 괜찮을 수밖에 없지. 그가 하도 권하는 바람에 하는 수 없이 먹겠다고 했어. 단작은 그릇에 달라고 했지. 장푸도 세상 물정을 잘 아는지라 아순에게 '선비들은 많이 먹지를 않으니까 작은 그릇에 담고 설탕을 많이 넣어 드려라!' 하고 이르더군. 그런데 차려 온 걸 보고 깜짝 놀랐네. 큰 그릇에 가득 담아 왔는데 내가 하루는 족히 먹을 수 있는 양이었어. 하지만 장푸가 먹는 그릇에 비하면 내 것은 분명 작은 그릇이었지. 나는 그때 난생처음 메밀범벅을 맛보았는데 사실 입에 맞지는 않고 너무 달았어. 나는 두어 숟가락 떠먹고는 그만 먹을 생각이었으나 무의식중에 문득 아순이 멀리 저쪽 구석에 서 있는 것이 보였어. 그 바람에 젓가락을 내려놓을 용기가 사라졌지 뭐야. 그녀의 표정에는 자기가 잘 만들지 못한 게 아닌가 하는 걱정과 우리들이 맛있게 먹어 주었으면 하는 기대가 나타나 있었어. 내가 반 이상 남긴다면 아순은 분명 실망하고 또 미안해할 것 같았지. 그래서 난 결심을 했네. 목구멍을 쫙 벌리고 부어 넣기로 말이야. 거의 장푸와 비슷한 속도로 빨리 먹었어. 나는 그때 비로소 음식을 억지로 먹는 것이 얼마나 고통스러운지 알았네. 어려서 회충약 가루에 설탕을 넣어 한 종지 가득 먹은 적이 있었는데 그와 비슷한 괴로움이었어. 그러나 나는 조금도 원망스럽지 않았네. 왜냐하면 빈 그릇을 치우려고 왔을 때 자랑스러움을 감추지 못하는 아순의 웃는 얼굴이 벌써 나의 고통을 보상하고도 남았기 때문이었어. 그날 밤 너무 배가 불러서 잠을 잘 수가 없었고 또 악몽을 꾸었지만 그녀의 일생이 행복하도록 빌었고 그녀를 위해 세상이 좋아지기를 빌었네. 하지만 이런 생각도 지난날 꾸었던 꿈의 흔적에 지나지 않아서 이내 자신을 비웃고 얼마 안 가서 금세 잊어버렸지.

"난 예전에 아순이 벨벳 꽃 때문에 얻어맞은 적이 있다는 것을 전혀 몰랐어. 어머니 얘기를 듣고 갑자기 메밀범벅을 먹던 일이 생각났고 뜻밖에 바빠졌다네. 나는 우선 타이위안시에서 두루 찾아다녔으나 살 수가 없었어. 그러다 지난에 가서……."

창밖에서 후두둑 소리가 나며 동백나무 가지가 휘도록 쌓여 있던 눈이 굴러 떨어졌다. 그러자 나뭇가지는 다시 곧게 뻗어서 검은 빛이 도는 윤기 있는 잎과 핏빛처럼 붉은 꽃이 유난히 선명하게 드러났다. 잿빛 하늘은 더욱 짙어졌고, 새들이 쩍쩍 울어 대는 걸 보니 황혼이 가까워지는 모양이었다. 모든 게 눈으로 뒤덮여 땅에서 먹을 것을 찾을 수 없으니 서둘러 둥지로 돌아가 쉬려는 것이겠지.

"지난에 가서야 말이지." 그는 창밖을 한 번 보고 몸을 돌려 술 한 잔을 비우고 담배를 몇 모금 빨더니 이어서 말했다. "나는 간신히 벨벳 꽃을 샀네. 아순이 두들겨 맞아 가면서도 갖고 싶어 했던 것이 이것인지 확실하진 않지만 아무튼 벨벳으로 만든 것이었다네. 그녀가 짙은 색을 좋아할지 아니면 연한 색을 좋아할지 그것도 알 수 없어서, 짙은 붉은색으로 하나, 분홍색으로 하나를 사서 이곳으로 왔네."

"바로 오늘 오후, 나는 밥을 먹고 나서 곧장 장푸를 만나러 갔지. 난 이 일 때문에 하루를 지체했네. 그의 집은 그대로 있었으나 웬지 음산한 느낌이 들었네. 물론 이것은 나 혼자만의 느낌일 수도 있네. 그의 아들과 둘째 딸──아자오阿昭가 문앞에 서 있었는데 많이 컸더군. 아자오는 언니와는 전혀 딴판이었는데 정말 귀신 같았어. 내가 자기 집을 향해 오는 것을 보고는 재빨리 집 안으로 뛰어들어 갔어. 그 사내아이에게 물어서야 장푸가 집에 없다는 것을 알았네. '너네 큰누나는?' 하고 물었더니 그 녀석은 눈을 부라리며 무슨 일로 찾는지 연신 묻질 않겠나. 당장 달려들어 잡아먹을 듯이 표독한 눈빛을 해가지고 말이야. 그래서 난 우물쭈물하며 물러나 왔네. 지금 난 이처럼 어물어물 살아가고 있어……."

"자넨 모를 거야, 내가 예전보다 더 사람들 찾아다니길 두려워한다는 사실을 말일세. 나는 이미 자신에 대한 혐오를 잘 알고 있다네. 그래 자기 자신조차도 싫어하면서 군이 남을 암암리에 불쾌하게 해서야 되겠나? 그래도 이번 심부름만은 하지 않을 수 없었어. 그래서 생각 끝에 그 집 맞은편에 있는 장작 파는 가게를 찾아갔네. 그 가게 주인의 어머니는 나이 많은 할머니인데 아직 살아 있었고, 게다가 나를 알아보고는 가게 안으로 들어오라고 하더군. 우리들이 몇 마디 인사를 나눈 뒤에 내가 S시에 돌아와 장푸를 찾는 연유를 설명했더니, 뜻밖에도 그 할머니는 탄식하며 이렇게 말했네.

"'애석하게도 아순은 이 벨벳 꽃을 달아 볼 복이 없구나.'

"그러고 나서 그 할머니는 상세하게 나에게 알려 주었네. '아마도 지난해 봄부터였을 거야. 그 애 얼굴이 노래지고 여위기 시작하더니 나중엔 늘 눈물을 흘리길래 그 까닭을 물었더니 대답을 하지 않았다오. 어떤 때는 밤새도록 우는 거야. 울어서 장푸가 성질을 참지 못하고 그 다 큰 애에게 미치기라도 했냐고 욕을 해댔지. 그런데 가을철에 접어들자 처음에는 가벼운 감기인 것 같더니 끝내는 드러누웠지 않았겠나. 그 뒤로 일어나지 못했어. 죽기 며칠 전에야 자기 엄마처럼 늘 피를 토하고 식은땀을 흘린다고 아버지한테 실토를 했다오. 그러나 아버지가 알면 걱정할까 봐 숨겼다는 거지. 어느 날 밤에는 그 애의 큰아버지인 장경長庚이 또 돈을 빌리러 왔다오.——이런 일이야 늘상 있는 일이지만——그 애가 돈을 주지 않으니까 장경은 차갑게 웃으면서 너무 깔보지 마라, 네 사내는 나보다 더 못할 테니! 하며 욕을 퍼붓고 갔다오. 그 애는 이때부터 수심에 잠겼지. 또 부끄러워 물어볼 수도 없으니까 그저 울기만 했다오. 장푸가 당황하여 네 신랑감은 아주 착한 사람이라고 타일렀지만 때는 이미 늦었어. 그 애는 그 말을 믿지도 않고, 기왕 몸이 이렇게 되었으니 아무래도 좋다고 그랬다는군.'

"그 할머니는 계속해서 말했어. '그 애의 신랑감이 정말로 장경보다 못하다면 그것은 정말 두려운 일이 아니겠어? 닭을 훔치는 좀도둑보다 못하면 그게 도대체 뭐란 말이오? 하지만 그 사내가 장례식에 왔을 때, 내 두 눈으로 보았는데 옷차림도 단정하거니와 사람이 의젓하더라구. 또 눈물을 글썽거리면서 자기가 반평생 배를 몰면서 고생고생하며 모은 돈으로 겨우 색시 맞을 준비를 했는데 갑자기 죽어 버렸다고 하잖겠소. 그가 정말 좋은 사람이며 장경의 말이 새빨간 거짓말이라는 것을 알겠더군. 그런데 아순은 그런 도둑놈의 미친 말을 믿고서 헛되이 목숨을 버렸으니 너무 안타까워.──허나 누구를 탓하겠소. 그저 아순이 복이 없다고 할 도리밖에.'

"그건 그렇고, 아무튼 내 일은 끝났네. 그런데 갖고 있는 두 벨벳 꽃은 어떻게 했겠나? 그래, 그 할머니께 부탁하여 아자오에게 보냈네. 이 아자오는 나를 보자마자 도망을 쳤는데 아마도 나를 한 마리 이리 따위로 생각했겠지. 나는 사실 그녀에게 주고 싶지는 않았어.──하지만 나는 그녀에게 줘 버렸어. 어머니께는 아순이 보고 너무 좋아하더라고 말하기만 하면 되는 거지. 이런 하찮은 일이 뭐라고! 적당히 얼버무리면 되는 거야. 그저 어물어물 설을 쇠고, '공자 가라사대 시(詩)에 이르기를' 따위나 가르치러 가면 되는 걸세."

"자네가 가르치는 것이 '공자 가라사대 시에 이르기를' 이런 건가?" 나는 기이하게 생각되어 이렇게 물었다.

"물론이지. 자네는 내가 가르치는 것이 ABCD인 줄 알았나? 내게는 두 명의 학생이 있는데, 하나는 『시경』[3]을 읽고, 다른 하나는 『맹자』를 읽지. 최근에는 한 명이 늘었는데 여자애라 『여아경』[4]을 읽고 있어. 산수 같은 것은 가르치지 않아. 내가 가르치지 않는 것이 아니라, 그 애들이 배울 필요가 없다는 거야."

"자네가 그런 책을 가르치고 있을 줄은 생각도 못했네……."

"그 애들 아버지가 그들에게 이런 것을 읽히고 싶어 하는데 제삼자인

내가 안 한다고 할 수 있나. 이런 하찮은 일이 뭐 그리 대단한 거라고. 그저 하라는 대로 하면 그만인 걸⋯⋯."

그는 이미 얼굴이 새빨개졌다. 많이 취한 듯했으나 눈빛만은 점점 소침해졌다. 나는 가볍게 한숨을 쉬었다. 한순간 어떤 말도 할 수 없었다. 계단에서 한바탕 떠들썩한 소리가 나더니 손님 몇몇이 올라왔다. 맨 앞 사람은 키가 작고 둥글둥글한 얼굴이며, 두번째 사람은 키가 크고 얼굴에 붉은 코가 도드라졌다. 그 뒤에도 사람들이 연이어 올라오는 바람에 작은 2층이 흔들릴 정도였다. 나는 눈을 돌려 뤼웨이푸를 보았다. 그 역시 눈을 돌려 나를 보았다. 나는 종업원을 불러 술값을 계산했다.

"자네는 그걸로 생활을 할 수 있나?" 나는 갈 준비를 하면서 물었다.

"그래,——난 매달 20원을 받아, 그럭저럭 살 만은 하네."

"그럼, 자네는 앞으로 어떻게 할 셈인가?"

"앞으로 말인가?——그건 나도 몰라. 그때 우리가 예상했던 일이 하나라도 된 것이 있었나? 난 지금 아무것도 모르겠어. 내일이 어떻게 될지 아니 당장 1분 뒤의 일도 어떻게 될지 모르고 있네⋯⋯."

종업원이 계산서를 가져와서 나에게 내밀었다. 뤼웨이푸는 처음 들어섰을 때의 겸손은 사라졌고, 단지 나를 한번 흘끗 보더니 담배만 피울 뿐 내가 술값을 내도록 내버려 두었다.

우리는 같이 술집을 나섰다. 그가 묵고 있는 여관은 나와는 방향이 반대여서 술집 앞에서 헤어졌다. 나는 혼자 내 여관을 향해 걸어갔다. 차가운 바람과 눈이 얼굴을 때렸는데, 오히려 아주 상쾌하게 느껴졌다. 날은 벌써 저물었고, 집과 거리는 온통 펑펑 쏟아지는 흰 눈그물 속에 짜여지고 있었다.

1924년 2월 16일

1) 원제는 「在酒樓上」, 1924년 5월 10일 상하이에서 발간된 『소설월보』(小說月報) 제15권 제5호에 처음 발표되었다.

2) 성황(城隍). 성지(城池 ; 도시의 성벽과 연못)를 주관한다고 간주되는 신(神).

3) 『시경』(詩經). 중국의 가장 오래된 시가 총집으로 모두 305편이 수록되어 있다. 춘추시대에 이루어진 책인데 대체로 주(周)나라 초부터 춘추 중기에 이르는 시기의 작품이 수록되었으며, 공자에 의해 편찬되었다고도 한다.

4) 『여아경』(女兒經). 부녀자들에게 봉건적 예교를 선전하는 통속적인 읽을거리의 하나이다. 판본이 많고 저자도 여럿인데, 비교적 널리 유행했던 것은 명대 조남성(趙南星)이 주를 단 판각본이다.

행복한 가정[1]
─쉬친원을 본받아

"……쓰든 안 쓰든 자기 뜻대로 하는 것이다. 쓰고 싶어 쓴 작품이 쇠와 돌이 부딪혀 내는 불꽃이 아니라 무한한 광원에서 용솟음치는 태양빛 같은 것이라야 바로 예술이다. 또 그런 작가라야 진정한 예술가다.── 그렇다면 나는…… 도대체 뭐란 말인가……?" 여기까지 생각하고 나서 그는 침대에서 벌떡 일어났다. 이전부터 그는 몇 푼의 원고료라도 벌어 생활을 유지해야겠다고 생각하고 있었다. 투고할 곳은 우선 행복월보사幸福月報社로 정했다. 고료가 비교적 나은 편이었기 때문이다. 그러나 작품은 정해진 범위가 있었는데, 그렇지 않으면 작품이 채택되지 않을 수도 있었다. 범위가 한정되어 있다면…… 오늘날 청년들이 고민하는 큰 문제는……? 적지는 않을 테지만, 대부분은 연애, 결혼, 가정 등등…… 그래, 그들 대다수가 이런 문제로 번민하고 또 토론하고 있다.[2] 그렇다면 가정에 대해서 써 보자. 그런데 어떻게 쓰지……? 아니야, 채택이 안 될 수도 있어. 굳이 재수없는 생각을 할 것까지는 없지만, 그래도……. 그는 침대에서 뛰어내려 네댓 걸음 걸어서 책상 앞으로 다가가 앉더니 원고지 한 장을 꺼내어 약간의 망설임도 없이 그러나 자포자기 식으로 '행복한 가정'이라고 제목 한 줄을 썼다.

그의 붓은 곧 멈추었다. 그는 고개를 들어 천장을 쳐다보며 이 '행복한 가정'을 어디에 설치할까 궁리하고 있었다. 그는 "베이징? 아니야, 침체되어 있고, 공기조차도 죽어 있어. 이 가정의 주위에 높은 담을 세운다고 공기까지 가로막을 수 있겠어? 정말 안될 일이야! 장쑤江蘇와 저장浙江은 언제 전쟁이 터질지 몰라 늘 벌벌 떨고 있고, 푸젠福建은 더 말할 것도 없어. 쓰촨四川과 광둥廣東은? 현재 전쟁이 한창이다.[3] 산둥山東과 허난河南 같은 곳은? ─아아, 붙잡혀 인질이 될지도 몰라.[4] 만일 한 사람이라도 납치된다면 그건 불행한 가정이 돼 버리겠지. 상하이上海와 톈진天津의 조계는 방세가 비싸고,…… 그렇다고 외국으로 정한다면 우습겠지. 윈난雲南과 구이저우貴州는 어떨지 모르지만 교통이 너무 불편해." 이리저리 생각해 보았지만 적당한 곳이 떠오르지 않아서 일단 A라는 곳으로 가정하기로 했다. 그러나 또 생각해 보니 "지금 많은 사람들이 알파벳을 사용하여 인명이나 지명을 표시하는[5] 것은 독자의 흥미를 떨어뜨린다고 반대한단 말이야. 이번 투고에는 쓰지 않는 것이 안전할 것 같다. 그렇다면 어떤 곳으로 하는 게 좋을까? ─후난湖南도 전쟁 중이다. 다롄大連은 역시 방세가 비싸고, 차하얼,[6] 지린吉林, 헤이룽장黑龍江은, ─마적들이 있다고 하니 역시 안 되겠어……!" 그는 다시 이리저리 생각해 보았지만 역시 마땅한 장소가 생각나지 않아 마침내 이 '행복한 가정'이 있는 곳을 A라고 부르기로 마음먹었다.

"결국 이 행복한 가정은 반드시 A에 있어야 해, 다시 생각할 필요가 없어. 물론 가정에는 부부 두 사람, 즉 남편과 아내가 있고 연애결혼을 했어. 부부간에는 사십여 개조의 조약이 체결되어 있는데 아주 상세하다. 그래서 아주 평등하고 대단히 자유롭다. 게다가 고등교육을 받아서 우아하고 고상하다……. 일본 유학생은 지금 별 것 아니다,──그렇다면 서양 유학생으로 해두자. 남편은 항상 양복을 입고, 칼라는 늘 새하얗다. 부인은 앞머리를 늘 참새둥지처럼 보글보글하게 파마를 하고, 치아는 항상 눈처럼 하얗게 드러난다. 옷만은 중국풍으로 하자……."

"안 돼, 그렇게는 안 돼요! 스물다섯 근!"

창밖에서 남자 목소리가 들려서 그는 자기도 모르게 돌아다보았다. 내려진 커튼에 비쳐 들어온 햇빛이 눈부시게 밝아서 눈이 어지러웠다. 이어서 작은 나무조각들이 땅바닥에 흩어지는 소리가 났다. "개의치 말자." 그는 다시 고개를 돌려 생각했다. "'스물다섯 근'이 뭐지?──그들은 우아하고 고상하며 문학과 예술을 사랑한다. 하지만 둘 다 어려서부터 행복하게 자랐기 때문에 러시아 소설은 좋아하지 않는다……. 러시아 소설은 하층민들을 많이 묘사하므로 사실 이러한 가정과 맞지 않는다. '스물다섯 근'? 상관하지 말자. 그렇다면 그들은 무슨 책을 읽을까!──바이런의 시? 키츠?[7] 아니야, 모두 적절하지 않아.──아, 있다. 그들은 모두 『이상적인 남편』[8]을 애독하고 있어. 내가 이 책을 읽은 적은 없지만 대학교수까지 칭찬하고 있는 것을 보면 그들 역시 애독하고 있을 게 분명해. 너도 보고, 나도 보고,──한 사람에 한 권씩, 이 가정에는 합쳐서 두 권……." 뱃속이 좀 빈 것 같아서 그는 붓을 놓고, 두 개의 받침대로 지구본을 받치듯이 두 손으로 자기 머리를 받쳤다.

"……그들 두 사람은 점심을 먹고 있는 중이야"라고 그는 생각했다. "식탁 위에는 하얀 천이 깔려 있고, 요리사가 요리를 올린다.──중국요리다. '스물다섯 근'이 뭐지? 상관 말자. 그런데 왜 중국요리지? 서양 사람들 말로는 중국요리가 가장 진보한 것이어서 아주 맛있고 위생적[9]이라고 했지. 그래서 그들은 중국요리를 선택했다. 날라 온 것은 첫번째 요리다. 그런데 첫번째 요리는 무엇으로 하지⋯⋯?"

"장작이⋯⋯."

그는 깜짝 놀라서 돌아보았다. 왼쪽 어깨 너머로 자기 집 마누라가 음산한 눈길을 그의 얼굴에 고정시킨 채 서 있었다.

"뭐야?" 그는 그녀가 자신의 창작을 방해하러 왔다고 생각해 약간 화를 냈다.

"장작이 떨어졌어요. 그래서 오늘 좀 샀어요. 전번에는 열 근에 이백사십 문[文10]이었는데, 오늘은 이백육십 문이래요. 나는 이백오십 문을 주려고 하는데. 괜찮아요?"

"좋아, 그래 이백오십 문."

"근수도 손해예요. 그 사람은 분명히 스물네 근 반이라지만, 나는 스물세 근 반으로 계산하려고 해요. 어때요?"

"좋아, 스물세 근 반으로 해."

"그럼, 오오 이십오, 삼오 십오⋯⋯."

"응, 오오 이십오, 삼오 십오⋯⋯." 그는 더 말하지 못하고, 잠깐 멈추더니 갑자기 붓을 들고는 "행복한 가정"이라고 한 줄 써놓은 원고지 위에 계산을 하기 시작했다. 한참 계산하고 난 뒤에야 고개를 들어 말했다.

"오백팔십 문!"

"그러면 돈이 모자라요. 팔 전이나 구 전 정도가⋯⋯."

그는 책상의 서랍을 열어 이삼십 개밖에 안 되는 동전을 몽땅 꺼내서는 벌리고 있는 그녀의 손바닥 위에 놓았다. 그녀가 방을 나가는 것을 보고 나서야 다시 머리를 책상 쪽으로 돌렸다. 그는 머리가 난잡하게 쌓여 있는 장작더미로 가득 차 있는 것 같았고, 오오 이십오 두뇌의 피질상에는 흩어진 수많은 아라비아 숫자가 새겨져 있는 듯했다. 그는 숨을 한번 깊이 들이쉬고는 또 힘껏 내쉬었다. 이 틈에 머릿속의 장작이며 오오 이십오의 아라비아 숫자를 쫓아내려는 듯했다. 과연 후 하고 숨을 크게 내쉬고 난 뒤로는 마음이 훨씬 가벼워졌다. 그래서 다시 원래의 명상 속으로 되돌아갔다.──

　"어떤 요리로 할까? 요리는 좀 특이해도 괜찮아. 돼지고기 탕수육이나 새우알과 해삼을 섞어 끓인 탕은 사실 너무 평범해. 여기서는 아무래도 '용호투'龍虎鬪로 해야겠어. 그런데 '용호투'는 또 뭔가? 일설에는 뱀과 고양이를 말하는데, 광둥의 고급 요리라서 큰 연회가 아니면 먹을 수 없다고 하지. 그러나 나는 장쑤 요릿집의 메뉴판에서 이 이름을 본 적이 있는데, 장쑤 사람들은 뱀과 고양이를 먹지 않는다고 하니 아마도 누군가가 말한 것처럼 개구리와 뱀장어를 일컫는 것일 거야. 그렇다면 지금 이 남편과 아내를 어느 지방 사람으로 가정하지?──아무래도 상관없어. 요컨대 어느 지방 사람이건 뱀과 고양이 혹은 개구리와 뱀장어 요리를 먹는다고 해서 행복한 가정이 훼손될 리는 없어. 아무튼 이 첫번째 요리는 반드시 '용호투'로 정하고 더 이상 신경쓰지 말자.

　"이리하여 '용호투' 그릇이 식탁 한가운데에 놓였고, 그들 두 사람은 동시에 젓가락을 들어 그릇 언저리를 가리키며 잔잔한 미소를 지으며 서로 마주보고…….

　"'My dear, please!'

"'Please you eat first, my dear.'

"'Oh no, please you!'

"그리고 두 사람은 동시에 젓가락을 뻗어 뱀고기를 집어,——아니야, 뱀고기는 너무 이상해, 뱀장어로 하는 것이 좋겠어. 그렇다면 이 '용호투'는 개구리와 뱀장어로 만든 거야. 그들은 동시에 뱀장어를 한 점 집는다. 크기도 같은 것을 집어 들어, 오오 이십오, 삼십오…… 아무래도 좋아, 동시에 입에 넣는다…….." 그는 뒤돌아보고 싶은 걸 참기 어려웠다. 뒤가 너무 소란스러웠고, 누군가가 두세 차례 왔다 갔다 했기 때문이었다. 그러나 그는 꾹 참고 필사적으로 생각을 계속했다. "아무래도 좀 어색하단 말이야, 어디에 이런 가정이 있겠어? 아아, 내 머리가 왜 이렇게 혼란스럽게 되었나, 이 모처럼의 제목도 써 내지 못할지도 모르겠어.——꼭 유학생으로 설정할 필요는 없겠어, 국내에서 고등교육을 받은 사람도 괜찮아. 그들은 모두 대학을 졸업했으며, 고상하고 우아해, 고상하고…… 남자는 문학가, 여자도 역시 문학가이든가 아니면 문학 숭배자다. 또는 여자는 시인, 남자는 시인 숭배자고 페미니스트다. 혹은……." 그는 끝내 참지 못하고 뒤돌아보았다.

등 뒤의 서가 옆에 이미 배추더미가 쌓여 있었다. 아래에는 세 포기, 중간에는 두 포기, 꼭대기에는 한 포기가 그를 향해 커다란 A자 형태로 쌓여 있었다.

"아아!" 그는 놀라서 탄식했다. 동시에 얼굴이 달아오르며 등짝에 침을 놓은 듯한 자극이 느껴졌다. "후우……." 그는 길게 숨을 한번 내쉬고 먼저 등짝의 침을 제거한 다음 생각을 계속했다. "행복한 가정은 집이 넓어야 해. 창고가 있어서 배추 같은 것은 거기에 넣어 둔다. 남편의 서재는 따로 있고 벽에는 가득히 책장이 놓여 있다. 그 옆에 무슨 배추더미 따위는 당연히 없다. 서가에는 중국 책과 외국 책으로 가득하고, 물론『이상적인 남편』도 그 안에 있으며——합해서 두 권이다. 침실도 따로 있다. 황동침대 혹은 약간 소박하게 제일감옥공장第一監獄工場에서 만든 느릅나무침대도 괜찮다, 침대 밑은 아주 깨끗하고,……" 그는 여기서 자신의 침대 밑을 한번 보았다. 장작은 이미 다 써 버렸고 한 가닥의 새끼줄만 죽은 뱀처럼 놓여 있었다.

"스물세 근 반,……" 지금 당장 장작이 "시냇물이 끊임없이 흐르듯" 침대 밑으로 흘러들어 오고, 머리에도 다시 장작이 쌓이는 느낌이 들어 황급히 일어나 문 쪽으로 가서 문을 달려고 했다. 하지만 두 손이 막 문에 닿으려는 순간 너무 지나치다는 생각이 들어 손을 멈추고 먼지가 잔뜩 낀 커튼만 내렸다. 그러면서 이것이야말로 쇄국의 조급함도 아니고 또 문호 개방의 불안도 아닌 바로 '중용의 도'[11]에 부합하는 방법이라고 생각했다.

"……그래서 주인의 서재는 항상 문이 닫혀 있다." 그는 돌아와 의자에 앉으며 생각했다. "의논할 일이 있으면 먼저 노크를 해서 허가를 얻고 들어온다. 이런 방법이 사실 옳은 거야. 만약 지금 주인이 자신의 서재에 있는데, 부인이 문예를 얘기하러 올 때도 역시 먼저 노크를 해야 한다. ——이래야만 안심이다. 그녀가 배추를 가지고 들어오는 일은 절대 없을 것이다.

"'Come in, please, my dear.'

"그러나 주인이 문예를 논할 시간이 없을 때 어떻게 하나? 그냥 개의치 말고 그녀가 바깥에서 똑똑 하며 계속 문을 두드리게 둘 것인가? 이건 안 되겠지.『이상적인 남편』에는 모두 적혀 있을지 몰라.——이 책은 아마도 분명 좋은 소설일 거야. 원고료가 들어오면 한 권 사서……."

탁!

그의 허리뼈가 곧게 섰다. 경험에 의해 이 "탁" 하는 소리는 마누라가 손바닥으로 세 살 된 딸의 머리를 때리는 소리라는 것을 알고 있었기 때문이었다.

"행복한 가정은……" 아이의 우는 소리를 들었으나 허리를 곧게 세운 채로 생각했다. "아이는 늦게 낳는 게 좋아. 늦게 낳든가 아니면 없는 것이 좋아. 둘이서 오붓하게 사는 게 좋아.──아니면 호텔에 사는 게 좋아, 모두 그들에게 맡기고 혼자만……." 울음소리가 커지는 것을 듣고 일어나 문의 커튼을 젖히며 생각했다. "맑스는 아이들의 우는 소리를 들으면서 『자본론』을 썼어, 그래서 그는 위대한 사람이다……." 바깥으로 연결된 방을 나서서 바람막이 덧문을 여니 석유 냄새가 코를 찔렀다. 방문 오른쪽에 엎어져 있던 아이가 그를 보더니 "앙" 하고 울기 시작했다.

"자아 자아, 괜찮아 괜찮아, 울지 마라 울지 마, 우리 착한 아가야." 그는 허리를 구부리고 아이를 끌어안았다.

아이를 안고 몸을 돌리니 방문 왼쪽에 마누라가 서 있었다. 그녀 역시 허리를 뻣뻣이 세우고 게다가 두 손을 허리에 대고 화가 잔뜩 난 것이 마치 체조라도 시작할 듯한 모습이었다.

"너까지 나를 못살게 구니! 도와주기는커녕 일만 저지르고──석유 등을 엎었으니 밤에 불을 어떻게 켠담……?"

"아아, 괜찮아, 괜찮아, 울지 마 울지 마." 마누라의 떨리는 목소리를 뒤로하고 아이를 안고 방으로 들어와서는 아이의 머리를 쓰다듬어 주며 "우리 착한 아기"라고 말했다. 그러고는 아이를 내려놓고 자기 의자를 끌어당겨 걸터앉은 다음 아이를 무릎 사이에 세우고 두 손을 올리며 말했다. "울지 마라, 착한 애야. 아빠가 '고양이가 세수하는 것'을 보여 줄게." 그러고는 목을 길게 빼고 혀를 내밀고는 멀리서 손바닥을 핥는 흉내를 두 번 해보이고, 그 손으로 얼굴에다 둥근 원을 그렸다.

"하하하, 야옹." 아이는 웃기 시작했다.

"그래 그래, 야옹." 계속해서 몇 번이나 원을 그리고 나서야 손을 내렸다. 아이는 빙그레 웃으면서 눈물을 머금은 채 그를 보고 있었다. 갑자기 아이의 사랑스럽고 천진난만한 얼굴이 5년 전 그 아이의 엄마 모습과 닮았다는 생각이 들었다. 새빨간 입술은 특히 많이 닮았고 윤곽만 작을 뿐이었다. 그때도 어느 쾌청한 겨울날이었다. 모든 장애를 무릅쓰고 그녀를 위해 희생할 것이라고 내가 고백했을 때 그녀 역시 이렇게 빙그레 웃으며 눈물을 머금은 채 나를 바라보았었다. 그는 취한 사람처럼 망연자실하게 앉아 있었다.

"아아, 사랑스러운 입술……." 그는 생각했다.

문의 커튼이 갑자기 젖혀지고 장작이 배달되었다.

그도 불현듯 놀라 정신을 차리고 보니 아이는 여전히 눈물을 머금은 채 빨간 입술을 벌리고 자기를 보고 있었다. "입술……" 옆을 힐끗 보니 장작이 배달되고 있었다. "……아마 앞으로도 오오 이십오, 구구 팔십일 이겠지!…… 그리고 음침한 눈으로……." 이렇게 생각하면서 바로 한 줄의 제목만을 썼을 뿐 온통 계산을 하느라 써 버린 원고지를 집어들어 구겼다가 다시 펴기를 몇 번 하더니 그것으로 아이의 눈물과 콧물을 닦아 주었다. "착한 아이지, 혼자서 놀아라." 그는 아기를 밀어내면서 말했다. 그러고는 종이뭉치를 힘껏 휴지통에 던져 넣었다.

그러나 이내 아이에게 좀 미안한 마음이 들어서 다시 고개를 돌려 아이가 쓸쓸히 나가는 것을 지켜보았다. 귀에는 나무 조각 소리가 들렸다. 그는 정신을 가다듬어 보려고 다시 고개를 돌려 눈을 감고 잡념을 끊고 조용히 앉아 있었다. 눈앞에 주황색 꽃술이 달린 평평한 원형의 검은 꽃이 떠올라 왼쪽 눈의 왼쪽 모서리에서 오른쪽으로 떠다니다가 사라졌다. 이어서 암록색의 꽃술이 달린 담록색 꽃이, 그다음에는 여섯 포기의 배추더미가 커다란 A자 모양으로 그를 향해 우뚝 쌓아 올려졌다.

1924년 2월 18일

주)_____

1) 원제는 「幸福的家庭」, 상하이 월간 『부녀잡지』(婦女雜誌) 제10권 제3호에 처음 발표되었다. 발표 시 작품 말미에 다음과 같은 작가의 '부기'(附記)가 붙어 있다. "나는 작년에 『천바오 부간』(晨報副刊)에서 쉬친원 군이 쓴 「이상적인 반려자」를 읽고 문득 이 소설의 큰 줄거리를 생각했다. 그리고 그의 필법을 따라 쓰는 것이 적합하다고 생각했다. 하지만 그때는 단지 그렇게 생각했을 뿐이다. 어제 문득 생각해 보고 다르게 할 것도 없어서 이렇게 써 보았다. 그러나 끝으로 가면서 점점 그의 필법에서 벗어났다. 너무 침울했기 때문이다. 그의 작품 결말은 이렇게 침울하지 않았던 것 같다. 그러나 대체적으로 모방한 것이 아니라고 말할 수는 없을 듯하다. 2월 18일 등불 아래 베이징에서 씀."
   쉬친원(許欽文), 저장성(浙江省) 사오싱(紹興) 사람. 당시의 청년 작가로 단편소설집 『고향』 등을 썼다. 그의 「이상적인 반려자」(理想的伴侶)는 『부녀잡지』 제9권 제8호(1923년 8월)에 발표되었던 '나의 이상적인 배우자'라는 제목의 원고모집에 촉발되어 쓰여진 풍자소설로서 같은 해 9월 9일 베이징의 『천바오 부간』에 실렸다.
2) 당시 신문·잡지에 제기된 연애, 결혼, 가정 문제에 관한 일련의 토론을 가리킨다. 예를 들어 1923년 5월과 6월 『천바오 부간』에서 진행된 '애정법칙'에 관한 토론, 『부녀잡지』의 이상적인 배우자에 관한 원고모집, '배우자선택 특집호'(제9권 제11호) 등이 있다.

3) 장쑤, 저장 등 각지의 전쟁은 장쑤 군벌 치셰위안(齊燮元)과 저장 군벌 루융샹(盧永祥)의 대치, 즈리계(直隷系) 군벌 쑨촨팡(孫傳芳)과 푸젠 군벌 왕융취안(王永泉) 등의 전쟁, 쓰촨 군벌 양썬(楊森)의 슝커우(熊克武)에 대한 전쟁, 광둥 군벌 천중밍(陳炯明)과 구이린계(桂林系), 뎬계(滇系; 즉 윈난계雲南系) 군벌의 전쟁, 후난(湖南) 군벌 자오헝티(趙恒惕)의 탄옌카이(譚延闓)에 대한 전쟁 등을 가리킨다.

4) 방퍄오(綁票). 옛날에 도적이 사람을 납치하고 인질의 가족을 위협하여 돈을 탈취하는 것을 '방퍄오'라고 했다. 당시 산둥과 허난은 토비 두목 쑨메이야오(孫美瑤), '라오양런'(老洋人) 등의 활동 지역으로 끊임없이 이런 사건이 발생했다.

5) 알파벳을 소설의 인명, 지명에 사용하는 문제에 관해 1923년 6월부터 9월까지 『천바오 부간』에서 논쟁이 있었다. 8월 26일 동 잡지에 실린 정자오쑹(鄭兆松)의 「알파벳 문제의 작은 결론」(羅馬字母問題的小小結束)에서는 "소설 속에 알파벳을 사용하는 것은 알파벳을 모르는 대다수의 민중에게 일종의 혐오감을 느끼게 하는 것이며, 적어도 작품의 보편성을 감소시키는 원인이다"라고 기술했다.

6) 차하얼(察哈爾). 당시의 차하얼특별구를 가리킨다. 1928년에 성으로 바뀌었다가 1952년 폐지되고 허베이성(河北省), 산시성(山西省), 네이멍구(內蒙古)자치구로 나뉘었다.

7) 바이런(George Gordon Byron, 1788~1824). 영국 시인. 그는 이탈리아의 부르주아혁명과 그리스 민족의 독립전쟁에 참가하기도 했다. 그의 작품은 전제억압자에 대한 반항과 부르주아 계급의 허위와 잔혹함에 대한 증오를 표현하고 있으며, 낭만주의 정신이 충만하다. 그는 유럽의 시가 발전에 큰 영향을 끼쳤다. 주요한 작품으로는 장편시 『돈 후안』(Don Juan), 시극 『맨프레드』(Manfred) 등이 있다.

키츠(John Keats, 1795~1821). 영국 시인. 그의 작품은 바이런과 셸리의 지지와 칭찬을 받았다. 그러나 그는 '순예술'적이고 유미주의적인 경향이 있어 바이런과 같은 일파에 넣지 않는다. 작품으로는 서사시 『라미아』(Lamia), 『이사벨라』(Isabella) 등이 있다.

8) 『이상적인 남편』(An Ideal Husband). 영국의 오스카 와일드(Oscar Wilde, 1854~1900)의 작품으로 4막극이다. 이 작품은 5·4 시기 이전에 중국어로 번역되어 『신청년』(新靑年) 제1권 제2, 3, 4, 6호, 또 제2권 제2호에 연재되었다.

9) 서양인들의 중국요리에 대한 칭찬과 관련해서는 루쉰이 『화개집속편』(華蓋集續編)의 「마상지일기」(馬上支日記)에서 다음과 같이 기술했다. "근래 중국인과 외국인이 중국요리를 두고 얼마나 맛있고 위생적인지 세계 제일, 우주 제몇번째라고 칭찬하는 말을 듣는다. 하지만 나는 실로 어떤 것이 중국요리인지 모르겠다. 우리는 몇몇 곳에서는 파와 달래를 옥수수가루로 만든 떡과 함께 섞어 먹고, 또 다른 몇몇 곳에서는 식초와 고추 그리고 절인 채소를 반찬 삼아 밥을 먹는다. 더 많은 사람들은 검은 소금만 핥아 먹고 또 더 많은 사람들은 핥아 먹을 검은 소금조차도 없다. 국내외 인사가 맛있고 위생적이어서 제일로 삼고 제몇 위로 생각하고 있는 것은 물론 이런 것들은 아니다. 바로 부자와

상류층이 먹는 요리에 다름 아니다."

10) '이백사십 문'의 원문은 '兩吊四'. '조'(吊)는 일반적으로 일천 문(一千文)을 가리키지
만, 베이징에서는 제전(制錢 ; 구멍이 있는 동전) 백 개(百文) 또는 동원(銅元 ; 동화銅貨)
열 개를 일 조(一吊)라고 했다.

11) 중용의 도(中庸之道). 유가 학설로서 송대 주희(朱熹)의 『중용장구집주』(中庸章句集注)
에서 "중(中)이란 기울거나 의지하는 것이 없고, 과하거나 모자라는 것이 없음을 이르
는 말이다. 용(庸)은 평상이다"라고 했다.

비누[1]

쓰밍四銘 부인은 기울어 가는 햇살 속에서 북쪽 창을 등지고 여덟 살 난 딸 슈얼秀兒과 함께 종이돈에 풀칠을 하고 있었다. 그때 문득 무겁고 느린 베신 소리를 듣고 남편 쓰밍이 돌아온 것을 알았으나 나가 보지도 않고 그대로 종이돈에 풀칠을 하고 있었다. 그런데 베신 소리가 더욱 가깝게 들리더니 그녀 옆에 와서 우뚝 멈추었다는 느낌이 들었다. 그래서 눈을 돌려 보니 쓰밍이 그녀 앞에서 어깨를 으쓱거리며 등을 구부리고는 마고자 속에 입고 있는 저고리 안주머니를 열심히 뒤지고 있었다.

그는 한참이나 뒤적거리다가 간신히 손을 빼냈다. 그의 손에는 장방형의 작은 초록색 종이 꾸러미가 있었고, 그것을 아내에게 주었다. 그것을 받아 쥔 아내는 감람橄欖 같기도 하고 아닌 것 같기도 한, 딱 부러지게 뭐라고 말하기 어려운 향기를 맡았다. 그리고 초록빛 종이 꾸러미에는 금빛 찬란한 상표가 찍혀 있고 섬세한 꽃무늬가 많이 그려져 있었다. 별안간 슈얼이 달려들어 보려고 하자 아내는 황급히 밀쳤다.

"시내에 나갔었어요……?" 아내는 종이 꾸러미를 보면서 물었다.

"응." 그는 아내가 쥐고 있는 종이 꾸러미를 보면서 대답했다.

아내는 그 초록색 종이 꾸러미를 열었다. 안에는 또 초록색의 얇은 종이가 있었다. 그 종이를 벗기자 물건의 정체가 드러났다. 반들반들하고 단단한데 이것 역시 초록색이었고, 표면에는 섬세한 꽃무늬들이 새겨져 있었다. 그리고 초록색으로 보였던 그 얇은 종이는 미색이었다. 감람 같기도 하고 아닌 것 같기도 한 뭐라고 말하기 어려운 향기가 더욱 강렬하게 코를 찔렀다.

"아아, 정말 좋은 비누네요." 아내는 두 손으로 아이를 안는 것처럼 그 초록색 비누를 코밑에 갖다 대고 냄새를 맡으면서 말했다.

"으응, 당신은 이제부터 이걸 써······."

남편이 이렇게 말하면서 눈빛이 자신의 목덜미를 쏘아보자 그녀는 광대뼈 아래쪽 얼굴이 화끈 달아오르는 것을 느꼈다. 그녀는 가끔 자신도 모르게 목덜미를, 특히 귀밑을 만져 볼 때가 있는데 그때마다 손가락 끝에 꺼칠꺼칠함이 느껴졌고 이것이 오랜 세월 쌓인 때인 줄은 알고 있었지만 지금껏 그다지 개의치 않았다. 지금 남편이 주시하는 가운데 이 초록색의 야릇한 향기를 풍기는 외제 비누를 마주 대하고 있으니 얼굴이 뜨거워지는 것을 감출 수 없었다. 얼굴의 열기는 자꾸 퍼져서 귀밑까지 화끈 달아올랐다. 그래서 그녀는 저녁을 먹은 다음 이 비누로 열심히 씻어 보기로 마음먹었다.

"어떤 데는 쥐엄나무 열매만으로는 깨끗하게 씻기지가 않아요." 그녀는 혼잣말을 했다.

"엄마, 이것 나 줘!" 슈얼이 손을 뻗어 초록색 종이를 뺏으려고 했다. 바깥에서 놀던 작은 딸 자오얼招兒도 달려왔다. 쓰 부인은 얼른 밀쳐 내고 얇은 종이를 씌우고 원래대로 초록색 종이에 싸서 허리를 펴고 세면대 위에 있는 선반의 가장 높은 곳에 두고는 한 번 더 살핀 다음 제자리로 돌아와 종이돈에 풀칠을 하였다.

"쉐청學程!" 쓰밍이 한 가지 일이 생각난 듯 갑자기 소리를 길게 뽑아 아들을 부르고는 아내의 맞은편에 있는 등받이 높은 의자에 걸터앉았다.

"쉐청!" 그녀도 따라서 불렀다.

그녀는 종이돈에 풀칠하던 것을 멈추고 귀를 기울였으나 아무런 대답이 없었다. 게다가 남편이 머리를 쳐들고 초조하게 기다리는 것을 보자 약간 미안한 마음이 들어 목청을 높여 날카롭게 소리를 질렀다.

"취안얼絟兒아!"

이번에는 확실히 효과가 있었는지 구두소리가 뚜벅뚜벅 나더니 얼마 뒤 취안얼이 그녀 앞에 와서 섰다. 속옷만 입은 채로 살찐 둥근 얼굴에는 땀이 번들거리고 있었다.

"뭐 하고 있었어? 아버지가 부르시는데 못 들었니?" 그녀가 꾸짖으며 말했다.

"막 팔괘권²⁾을 연습하느라고……." 이렇게 대답하고 나서 쉐청은 몸을 아버지 쪽으로 돌리고 똑바로 서서 그를 보았는데 무슨 일이냐고 묻는 듯했다.

"쉐청아, 좀 물어볼 것이 있다, '어두푸'惡毒婦가 뭐냐?"

"'어두푸'요……? 그건 '악랄한 여자'란 뜻 아니에요……?"

"무슨 엉터리 같은 소리!" 쓰밍은 별안간 화를 냈다. "그럼 내가 '여자'란 말이냐!?"

쉐청은 놀라서 두어 걸음 뒤로 물러나더니 다시 똑바로 섰다. 그는 간혹 아버지의 걸음걸이를 보고 연극의 늙은 선비 역을 맡은 배우 같다고 생각한 적은 있었으나 아버지를 여자로 생각해 본 적은 없었다. 그는 자신의 대답이 분명히 틀렸다는 것을 알았다.

"'어두푸'가 '악랄한 여자'라는 걸 몰라서 묻는 줄 아니? ——이건 중국말이 아니고 양놈들 말이란 말이다. 이 말이 무슨 뜻인지 모르겠니?"

"전,……전 모르겠는데요." 쉐청은 점점 더 쭈뼛쭈뼛해졌다.

"쯧쯧, 생돈을 들여서 너를 학당에 보냈는데 이런 것도 모르다니. 너네 학당은 '말하는 것과 듣는 것을 다 중요시한다'고 떠들어 대지만 아무것도 가르쳐 준 게 없구나. 이 양놈들 말을 한 아이는 기껏해야 열네댓 살밖에 안 된 너보다 더 어린 녀석이야. 그런데도 중얼중얼거리며 잘도 지껄이던데 너는 무슨 뜻인지도 모르느냐. 그래도 '전 모르겠는데요'라고 말하고 있으니 참! ——얼른 가서 찾아봐!"

쉐청은 기어 들어가는 목소리로 "예" 하고 대답하고는 공손히 물러나왔다.

"이건 정말 꼴불견이야, 요즘 학생들이란." 잠시 뒤 쓰밍은 또 개탄하며 말하기를 "사실 말이지, 나도 광서光緖 연간에 누구보다 열심히 학당을 열어야 한다[3]고 주장한 사람 가운데 하나지만, 학당의 폐해가 이렇게 클 줄은 생각지도 못했어. 무슨 해방이니, 자유니 하면서 배우는 것은 없고 헛소리만 해대니 말이야. 쉐청을 위해 쓴 돈이 적지 않은데 모두 허사가 되었어. 겨우 녀석을 중국식과 서양식을 절충한 학교에 들여보내고, 영어는 또 '말하는 것과 듣는 것을 함께 중시한다'고 해서 이것으로 잘될 줄 알았는데, 흥, 일 년을 공부했으면서도 '어두푸'가 뭔지도 모른다니 여전히 죽은 글만 배운 모양이야. 흥, 학당에서 뭐를 양성하겠어? 솔직히 말해 전부 없애 버리는 것이 나아!"

"그래요. 모두 문을 닫는 것이 나아요." 쓰 부인은 종이돈에 풀칠을 하면서 맞장구를 쳤다.

"슈얼 얘네들도 학당에 보낼 필요 없어. '계집애가 공부는 무슨 공부?'라며 전에 아홉째 할아버지가 여자 교육에 반대했을 때 난 그래도 그분을 비판했었지. 하지만 지금 보니까 결국 나이 든 사람 말이 맞았어. 당신도 생각 좀 해봐, 계집애들이 무리를 지어 길거리에 나다니는 것만도 꼴불견인데, 머리까지 자르려고 해. 내가 제일 싫어하는 것이 바로 저 머리 자른 여학생이야. 군인과 토비 들은 그래도 용서할 구석이 있지만, 저 여학생들이야말로 천하를 어지럽히는 것들이야. 아주 엄하게 단속해야 해……."

"맞아요. 사내들이 모두 중대가리가 된 것도 부족해서 여자애들까지 비구니 흉내를 내고 있으니."

"쉐청!"

쉐청은 금박 테두리를 친 작고 두꺼운 책을 들고 빠른 걸음으로 들어와서는 아버지에게 건네고 한 곳을 가리키며 말했다.

"이게 좀 비슷한데요. 이것은……."

쓰밍이 받아서 보니 그것은 사전이었다. 글자가 너무 작고 또 가로쓰기였다. 그는 이맛살을 찌푸리며 책을 창 쪽으로 들어 올려 눈을 가늘게 뜨고 쉐청이 가리킨 줄을 읽어 나갔다.

"18세기 창립된 공제조합[4] 명칭' ── 음, 아니야. ── 이 발음은 어떻게 하는 거냐?" 그는 앞에 있는 '양놈 글자'를 가리키며 물었다.

"오드펠로스(Oddfellows)."

"아냐, 틀렸어. 이거 아니야." 쓰밍은 또 갑자기 화를 내었다. "네게 말한 그것은 나쁜 말이야. 남을 욕하는 말이라구, 나 같은 사람을 욕하는 말이다. 알겠어? 가서 다시 찾아봐!"

쉐청은 아버지를 몇 번 쳐다보고는 움직이지 않았다.

"이게 무슨 수수께끼 같은 소리예요, 밑도 끝도 없이? 당신이 먼저 똑똑하게 설명을 해주고 나서 애더러 잘 찾아보라고 해야죠." 쓰 부인은 쉐청이 난처해하는 것을 보고, 가여운 생각이 들어 끼어들면서 불만스러운 듯 말했다.

"내가 말이야, 큰길가의 광룬샹廣潤祥에서 비누를 사고 있을 때였어." 쓰밍은 숨을 한번 내쉬고 아내를 향해 얼굴을 돌리고 말했다. "가게 안에서 학생 세 놈이 물건을 사고 있었어. 그들 눈에는 내가 잔소리가 좀 많다고 보였겠지. 나는 한 번에 대여섯 가지를 꺼내 놓고 보았는데 모두 사십 전[5] 이상이어서 사지 않았어. 십 전짜리는 영 형편없고 향기도 나지 않았어. 나는 중간 정도가 좋다고 생각해 이십사 전짜리 그 초록색으로 하나 골랐지. 점원들은 원래 약삭빠른 놈들이라 눈이 이마빼기에 올라가 붙어서 일찌감치 개 주둥이같이 입을 빼물고 있더군. 그런 데다 가증스럽게도 그 못된 학생놈들이 눈짓을 해가며 양놈 말을 지껄이면서 웃어 대질 않겠어. 그래도 난 물건을 열어 보고 난 뒤에 돈을 치르려고 했었지. 서양 종이로 포장되어 있으니 물건이 좋은지 나쁜지 어떻게 알 수 있겠어. 그런데 약삭빠른 놈이 안 된다면서 억지소리를 늘어놓지 않겠어. 그러니까 학생놈들도 맞장구를 치며 조롱하며 웃어 대더라구. 아까 그 말은 제일 작은 녀석이 나를 보면서 한 말인데 모두들 웃는 걸 보아 분명 나쁜 말임에 틀림없어." 그러고 나서 얼굴을 쉐청 쪽으로 돌리며 말했다. "너는 '욕설 부분'만 찾아봐!"

쉐청은 기어 들어가는 목소리로 "예"라고 대답하고 공손하게 물러나왔다.

"그들이 무슨 '신문화新文化, 신문화'라고 떠들어 대더니 여태껏 '화化'하고도 아직 모자란단 말인가?" 쓰밍은 두 눈을 천정에 고정시킨 채 계속 떠들어 댔다. "학생들에게도 도덕이 없고, 사회에도 도덕이 없어. 다시 무슨 대책을 세우지 않으면 중국은 정말 망하고 말 거야. ──당신도 생각해봐, 이 얼마나 탄식할 일인지……?"

"뭐가요?" 그녀는 전혀 놀라지 않고 입에서 나오는 대로 물었다.

"효녀였어." 그는 아내에게 눈을 돌리며 정중하게 말했다. "큰길에 거지가 둘이 있었어. 하나는 열여덟이나 아홉쯤 되어 보이는 처녀였어 ──사실 그런 나이에 거지행세는 어울리지 않는데도 거지노릇을 하고 있었어──. 또 하나는 앞 못 보는 육칠십 된 백발 노파로 포목점의 처마 밑에 앉아서 구걸을 하고 있었어. 사람들은 모두 그녀를 효녀라 하고, 그 늙은이를 처녀의 할머니라고 하더군. 처녀는 무엇을 좀 구걸하기만 하면 자기는 쫄쫄 굶으면서도 모두 할머니에게 주었어. 하지만 이런 효녀에게 적선하려고 하는 사람이 있겠어?" 그는 아내의 생각을 시험하려는 듯 눈빛을 아내에게 고정시켰다.

그녀는 남편이 설명해 주기를 기다리는 듯 대답도 하지 않고 남편을 빤히 바라보기만 했다. "흥, 없었어" 하고 쓰밍은 마침내 스스로 대답하면서 말했다. "내가 반나절 넘게 지켜보았는데 한 사람이 1문文을 던져주었을 뿐 나머지는 빙 둘러싸고는 야유를 하더군. 그리고 불량배 두 놈은 뻔뻔스럽게도 '아파阿發, 저 물건을 더럽다고 생각해서는 안 돼. 비누 두 개를 사 가지고 온몸을 뽀드득뽀드득 씻겨 보기만 하면 괜찮아!'라고 말하더군. 참, 당신 이게 할 말이라고 생각해?"

"흥," 그녀는 고개를 숙이고 한참 있다가 겨우 마지못해 "당신은 돈을 주었어요?"라고 물었다.

"나 말이야? ——아니. 한두 푼은 주기가 미안하더군. 그녀는 보통 거지와 달라. 적어도⋯⋯."

"흥." 그녀는 남편의 말이 끝나기도 전에 슬그머니 일어나서 부엌으로 갔다. 노을이 짙게 내리는 것으로 보니 벌써 저녁 먹을 시간이었다.

쓰밍도 일어나서 정원으로 나갔다. 바깥이 집 안보다 밝았고, 쉐청은 담구석에서 팔괘권을 연습하고 있었다. 이것은 그의 '가훈'[6]으로 밤낮이 바뀌는 시간을 효과적으로 이용하자는 것이었다. 쉐청은 거의 반년 이상을 이렇게 해왔다. 쓰밍은 대견한 듯 고개를 끄덕이더니 뒷짐을 지고 텅 빈 정원을 왔다 갔다 하며 거닐기 시작했다. 얼마 지나지 않아 하나뿐인 화분에 심은 만년청萬年靑의 넓은 잎도 어둠 속에 사라졌고, 누더기 솜 같은 구름 사이에서 별들이 반짝거리기 시작했다. 어두운 밤이 찾아온 것이다. 이맘때가 되면 쓰밍은 까닭없이 흥분되곤 했다. 그럴 때면 마치 큰일이라도 해낼 듯이 주위의 나쁜 학생과 타락한 사회를 향해 선전포고를 하곤 했다. 그의 의기는 점점 용맹스러워지고 걸음걸이도 보다 커지며 베신소리도 더욱 힘차게 울렸다. 그 바람에 닭장 속에 잠든 암탉과 병아리들이 놀라서 꼬꼬댁, 삐악삐악 소리를 내며 울기 시작했다.

거실에 등불이 켜졌다. 이것은 저녁식사를 알리는 봉화였다. 온 집안 식구들이 일제히 중앙의 탁자 주위로 모여들었다. 등불이 아래쪽에 놓였고, 맨 위쪽에는 쓰밍이 혼자 앉았다. 쉐청처럼 살찐 둥근 얼굴이었지만, 가느다란 팔자수염이 더 있을 뿐이었다. 요리와 탕의 열기 속에 혼자서 탁

자 한쪽을 차지하고 앉아 있는 그의 모습은 사당의 재물신 같았다. 왼쪽에
는 쓰 부인이 자오얼을 데리고 앉아 있고 오른쪽에는 쉐청과 슈얼이 나란
히 앉았다. 그릇과 젓가락 소리가 빗방울 떨어지는 소리처럼 들렸다. 모두
들 말이 없었지만 떠들썩한 저녁식사 시간이었다.

자오얼이 밥그릇을 엎질러서 탕이 식탁을 절반이나 적셔 버렸다. 쓰
밍은 가는 눈을 부릅뜨고 자오얼을 쏘아보았다. 아이가 울먹거리자 그제
서야 눈빛을 거두고 젓가락을 뻗어 일찍이 점찍어 둔 배추의 속잎을 집으
려 했다. 하지만 그것은 보이지 않았는데, 좌우를 둘러보니 쉐청이 막 입
을 크게 벌리고 쑤셔 넣고 있었다. 그래서 그는 멋쩍게 누런 이파리만 집
어먹을 수밖에 없었다.

"쉐청아," 쓰밍이 그의 얼굴을 쳐다보며 말했다. "그 말 찾아봤느냐?"

"그 말요?──아, 아직요."

"흥, 학문도 없고 세상 도리도 모르는 녀석, 아는 것이라곤 그저 먹는
것뿐이지! 그 효녀를 좀 따라 배워라. 구걸을 하지만 자기는 굶을지언정
할머니에게 효도를 다하는 그 효녀 말이다. 하지만 너희 학생놈들이 어찌
그것을 알겠느냐? 그저 제멋대로 살다가는 장차 그 불량배들처럼 되는 수
가 있어……."

"이리저리 생각한 끝에 한 가지 생각이 났는데, 맞는지는 모르겠어
요.──제 생각엔 그들이 말한 것이 아마도 '올드 풀'Old fool인 것 같아요.

"그래, 맞아! 바로 그거! 그놈들이 말한 것이 바로 그런 소리였어. '어
두푸레.'惡毒夫咧 이건 무슨 뜻이냐? 너도 그놈들과 같은 패거리니까 알 거
아니냐."

"뜻,──뜻은 저도 잘 몰라요."

"거짓말! 날 속이려구. 네놈들은 모두 못된 놈들이야!"

"'하늘도 밥 먹는 사람은 때리지 않는다'고 했는데, 당신은 오늘 어떻게 된 게 계속 골을 내고 밥을 먹을 때도 못살게 구는 거예요? 그 어린애들이 뭘 알아요." 쓰 부인이 갑자기 끼어들었다.

"뭐라고?" 쓰밍은 말하려고 하다가 머리를 돌려 그녀의 홀쭉한 볼이 잔뜩 부었고 얼굴색이 변한 데다 세모눈이 무서운 빛을 발하는 것을 보고서는 재빨리 입을 열어 "내가 무슨 화를 내는 게 아니라 쉐청에게 사리를 알게 하려는 것뿐이야"라고 말했다.

"이 애가 당신 마음속을 어떻게 알겠어요." 그녀는 더욱 화가 났다. "이 애가 사리분별을 한다면 벌써 초롱불을 밝히고 그 효녀를 찾아왔겠죠. 마침 당신이 이미 그 효녀에게 주려고 사 놓은 비누 한 장이 여기 있으니 이제 한 장만 더 사면……."

"무슨 소리야! 그건 그 불량배들이 한 말이야."

"꼭 그런 것은 아니죠. 하나를 더 사줘서 그녀가 뽀드득뽀드득 온몸을 씻는다면 세상도 태평스러워지잖아요."

"뭔 말이야? 그게 무슨 상관이야? 나는 당신이 비누가 없는 것이 생각나서……."

"어째서 상관이 없어요? 당신이 효녀에게 주려고 특별히 사 온 것이니 뽀드득뽀드득 씻겨 주면 더 좋잖아요. 나 같은 게 비누가 가당키나 해요, 다 필요 없어요. 난 그 효녀의 덕을 보고 싶지 않아요."

"무슨 소리야 지금? 참말이지 당신네 여자들이란……." 쓰밍은 얼버무렸고, 얼굴에는 쉐청이 팔괘권을 연습하고 났을 때처럼 기름땀이 흘러내렸다. 물론 태반은 뜨거운 밥을 먹었기 때문이겠지만.

"우리 여자들이 어쨌어요? 우리 여자들은 남자들보다 훨씬 나아요. 당신네 남자들은 열여덟아홉 살 된 여학생을 욕하지 않으면 열여덟아홉 살 된 여자 거지를 칭찬하는데, 모두 무슨 좋은 마음에서 하는 것은 아니죠. '뽀드득뽀드득'이라니 참 뻔뻔스럽기도 해라!"

"내가 벌써 말하지 않았어? 그것은 불량배들이……."

"쓰밍!" 바깥의 어두운 곳에서 갑자기 아주 큰 고함소리가 들렸다.

"다오퉁인가? 곧 나감세!" 쓰밍은 그가 바로 목소리 크기로 유명한 허다오퉁何道統임을 알고는 구원을 받은 듯이 기쁨에 차서 큰소리로 말했다. "쉐청, 너 어서 불을 켜고 허 아저씨를 서재로 모셔라."

쉐청은 촛불을 켜들고 다오퉁을 안내해 서쪽 행랑채로 들어갔다. 그 뒤로 부웨이위안卜薇園이 따랐다.

"마중을 못 나가서 미안, 미안하네." 쓰밍은 밥을 씹으면서 나와서는 두 손을 모으고 인사를 했다. "누추하지만 우리 집에서 식사라도, 어떤가……?"

"벌써 먹었네." 웨이위안도 다가와 두 손을 모으고 답례하면서 말했다." 우리가 밤중에 이렇게 찾아온 것은 이풍문사移風文社의 제18차 작품 모집의 제목 때문이네. 내일이 '이렛날'이 아닌가?"

"어! 오늘이 열엿새던가?" 쓰밍이 그제서야 깨달은 듯 말했다.

"이거 좀 보게, 얼마나 정신이 없는지 말이야!" 다오퉁이 큰소리로 말했다.

"그렇다면 오늘 밤에라도 신문사에 보내 내일 실리도록 해야겠군."

"제목은 내가 이미 달아 보았는데 어떤지 좀 봐 주게." 다오퉁은 이렇게 말하며 손수건으로 싼 것에서 종이쪽지 하나를 꺼내 쓰밍에게 주었다.

쓰밍은 촛불 앞으로 걸어가 종이를 펼치고 한자 한자 읽어 나갔다.

"'전국 인민이 한마음으로 대총통이 경전을 중시하고 맹모[7]를 숭상하여 혼탁한 문풍을 구하고 국수를 보전하도록 특별히 명령을 내리시기를 간절히 청원하는 글'——좋아, 아주 좋아. 그런데 글자수가 너무 많지 않아?"

"괜찮네!" 다오퉁이 큰소리로 말했다. "계산해 봤는데 광고비를 더 내지 않아도 되겠어. 그런데 시 제목은?" "시 제목 말인가?" 쓰밍은 그 말을 듣고 갑자기 공경한 태도로 말했다. "내가 생각해 둔 것이 있는데, 바로 효녀행[8]이야. 이건 실제로 있는 일이니 마땅히 그녀를 표창해야 한다고 생각하네. 오늘 큰길에서……."

"아니, 그건 안 되네." 웨이위안은 황급히 손을 저으면서 그의 말을 끊었다. "그건 나도 보았네. 그녀는 아마 '외지 사람'일 거야. 그녀의 말을 알아들을 수 없었고, 그녀도 나의 말을 알아듣지 못하니 결국 그녀가 어느 지방 사람인지 알 수가 없어. 사람들은 그녀가 효녀라고 말하지만, 내가 그녀에게 시를 지을 수 있느냐고 물었더니 그녀는 고개를 저었어. 시를 지을 수 있다면 좋았을 텐데." "하지만 충효는 인류의 근본이니, 시를 짓지 못하더라도……."

"그건 그렇지 않아, 누구라도 그렇지 않다는 것을 알아!" 웨이위안은 손바닥을 펴고 흔들며 쓰밍을 다그치며 말했다. "시를 지을 수 있어야 하고, 그래야 흥취가 있어." "우리들은," 쓰밍은 그를 밀어내면서 말했다. "이 제목에 설명을 덧붙여 게재하는 거야. 그러면 첫째 그녀를 표창하는 것이고, 둘째 이참에 사회를 비판하는 거야. 작금의 사회는 어떤 꼴이 돼 가고 있는가, 내가 옆에서 한나절을 지켜보았는데 돈 한 푼 주는 사람 보지 못했어. 이건 정말 인정이라고는 조금도 없는 게 아니고 뭔가……."

"아이구, 쓰밍!" 웨이위안이 또다시 나서서 말을 막았다. "자넨 정말
'중에게 대머리라고 욕하는' 격이로군. 나 역시 돈을 주지 않았어, 그때 마
침 돈이 없었거든."

"달리 생각하지 말게, 웨이위안." 쓰밍은 다시 그를 밀치면서 말했다.
"자네를 두고 말하는 것이 아니라 다른 사람을 두고 얘기하는 거야. 내 말
좀 들어 봐. 그녀들 앞에 한 무리의 사람들이 둘러서서 경의를 표하기는
커녕 야유를 보내기만 했어. 또 불량배 두 놈은 뻔뻔스럽고 제멋대로였어.
그중 한 놈이 '아파, 너 비누 두 개 사서 온몸을 뽀드득뽀드득 씻겨 보라구.
아주 좋을 테니까!'라고 말하더군. 자네 생각 좀 해봐, 이게……."

"하하하! 비누 두 장을!" 다오퉁의 우렁찬 웃음소리가 돌연 폭발하여
사람들의 귀가 먹먹할 정도였다. "자네가 샀다구, 하하하!"

"다오퉁, 다오퉁, 자네 좀 그렇게 떠들지 마." 쓰밍은 놀라서 허둥대며
말했다.

"뽀드득뽀드득, 하하!"

"다오퉁!" 쓰밍은 어두운 얼굴을 하고서, "우리는 진지한 일을 가지
고 의논하고 있는데 자넨 어떻게 허튼소리만 하여 사람들의 머리를 어지
럽히나. 좀 들어 봐, 우리는 이 두 개의 제목을 택하여 바로 신문사에 보내
내일 실리도록 해야 해. 이 일은 자네 두 사람이 수고를 좀 해줘야겠네."

"그래 그래, 그거야 당연히." 웨이위안은 흔쾌히 승낙하며 말했다.

"아아, 씻는단 말이지, 뽀드득……, 히히히……."

"다오퉁!!!" 쓰밍이 화가 나서 소리쳤다.

다오퉁은 더 이상 웃지 않았다. 그들은 설명문을 초안했다. 웨이위안

은 그것을 편지지에 옮겨 적고 다오퉁과 함께 신문사로 갔다. 쓰밍은 촛대를 들고 문앞까지 배웅을 하고 거실 문앞으로 돌아왔는데 마음이 좀 불안했다. 좀 머뭇거리다가 결국 방으로 들어갔다. 방 안에 들어서자 맨 먼저 눈에 띈 것은 방 한가운데에 있는 식탁 위에 놓인 그 초록색 비누 포장지였다. 그 종이 포장지 가운데에 찍힌 금빛 상표가 등불 아래서 밝게 빛나고 있고, 주위에는 섬세한 꽃무늬가 있었다.

슈얼과 자오얼은 식탁 아래 바닥에 쪼그리고 앉아 놀고 있었다. 쉐청은 식탁 오른쪽에 앉아 사전을 뒤적이고 있었다. 마지막으로 등불에서 멀리 떨어진 어두운 곳에 놓인 등받이가 높은 의자에 아내가 앉아 있었다. 등불에 비친 아내의 무표정한 얼굴에는 어떤 감정도 드러나지 않았고 두 눈은 아무것도 보지 않고 있었다.

"뽀드득뽀드득, 뻔뻔스러워, 뻔뻔스러워……."

등뒤에서 슈얼이 나직이 이렇게 말하는 소리를 들었다. 쓰밍이 돌아다보니 슈얼은 아무 짓도 하지 않았고, 단지 자오얼이 작은 손가락으로 자기 얼굴을 긁고 있었다.

그는 몸 둘 곳이 없어 촛불을 끄고 정원으로 나갔다. 그가 조심하지 않고 왔다 갔다 하는 바람에 암탉과 병아리들이 깨어나 꼬꼬댁, 삐악삐악 소리를 내기 시작했다. 그러자 그는 발걸음을 가볍게 떼면서 더 멀리 걸어갔다. 시간이 제법 흐른 뒤 거실의 등불이 침실로 옮겨졌다. 쓰밍은 달빛에 비친 땅을 보았는데 기운 자리 하나 없는 흰 명주천을 가득 펼쳐 놓은 듯했다. 하늘에는 하얀 구름 사이에 조금도 이지러지지 않은 옥쟁반 같은 달이 걸려 있었다.

그는 몹시 슬펐다. 그 효녀처럼 "하소연할 곳 없는 백성"[9]이 되어 외롭고 쓸쓸했다. 이날 밤 그는 아주 늦게 잠자리에 들었다.

그러나 다음 날 아침 그 비누는 벌써 사용되고 있었다. 이날 그는 평소보다 늦게 일어났다. 아내가 세면대에 몸을 구부리고 목덜미를 문지르고 있었는데, 비누 거품이 마치 커다란 게가 뿜어내는 거품처럼 두 귀 뒤까지 높이 부풀어 있었다. 이전에 쥐엄나무 열매를 쓸 때 아주 적은 흰 거품만이 났던 것에 비하면 정말 천양지차였다. 이때부터 쓰 부인의 몸에는 감람 같기도 하고 아닌 것 같기도 한 뭐라고 말하기 어려운 향기가 풍겼다. 거의 반년쯤 지나자 갑자기 냄새가 바뀌었다. 냄새를 맡아 본 이들은 모두 그것이 백단白檀의 향기 같다고 했다.

1924년 3월 22일

주)‾‾‾‾‾‾

1) 원제는 「肥皂」. 이 글은 1924년 3월 27일, 28일 이틀에 걸쳐 베이징의 『천바오 부간』에 처음 발표되었다.
2) 팔괘권(八卦拳). 권술의 일종으로 손바닥을 많이 사용하며 팔괘의 특정한 형식에 따라 움직인다. 청말 일부 왕공대신(王公大臣)과 5·4 전후의 복고파들이 이것을 '국수'(國粹)라고 제창했다.
3) 광서 연간에 학당을 연다는 것은 무술변법(1898)을 전후하여 유신파들의 추동하에 중국에서 근대교육사업을 벌이면서 학당을 개설한 것을 두고 한 말이다. 이런 학당들은 당시 서양의 근대적 과학, 문화 및 사회학설을 전파하는 데 일정한 역할을 하였다.
4) 원문은 '共濟講社'. 18세기 영국에 출현한 상호 구제를 목적으로 한 비밀결사를 말한다.
5) 사십 전(四角). '자오'(角)는 '은원'(銀元)제의 단위로서 1원(元)의 10분의 1을 말한다. 100분의 1은 분(分)이다.
6) 정훈(庭訓). 『논어』 「계씨」(季氏)에 "공자가 일찍이 혼자 서 있고 리(鯉; 즉 공자의 아들)가 정원을 지나치게 되었는데 그때 공자는 그에게 '시'와 '예'를 배워야 한다고 가르쳤

다고 한다. 뒤에 아버지의 가르침을 일컬어 '정훈' 또는 '과정(過庭)의 훈(訓)'이라고 불렀다.

7) 맹모(孟母). 자녀 교육에 뛰어난 현모(賢母)라고 전해지는 맹자의 어머니를 가리킴.

8) 효녀행(孝女行). '행'은 원래 중국 민간의 가요였던 악부(樂府)의 한 형식을 일컫는다. 예를 들어 '병거행'(兵車行), '비파행'(琵琶行) 등이 있다.

9) "하소연할 곳 없는 백성"(無告之民). 『예기』(禮記) 「왕제」(王制)에 나오는 말로 "고(孤 ; 아버지가 죽은 자식), 독(獨 ; 늙어서 자식이 없는 사람), 환(鰥 ; 홀아비, 늙어서 부인이 없는 사람), 과(寡 ; 남편이 죽은 부인)는 천자의 가난한 백성으로 하소연할 곳이 없는 사람들"이라고 하였다.

장명등[1]

흐린 봄날 오후, 지광마을^{吉光屯}의 유일한 찻집 안의 공기는 조금 긴장감이
흘렀다. 사람들의 귀에는 아직도 가늘고 무거운 목소리가 남아 있는 듯했
다.──"저 불을 꺼라!"

물론 온 마을의 사람들이 다 그런 것은 아니었다. 이 마을 사람들은
그다지 나다니지 않았다. 외출할 때마다 그들은 역서[2]를 찾아보고, 거기
에 "외출하면 좋지 않다"라고 씌어 있지는 않는지 확인하였다. 비록 씌어
있지 않다 하더라도 먼저 복신^{福神}이 있는 방향으로 가서 복을 빌었다. 금
기에 아랑곳하지 않고 찻집에 앉아 있는 이들은 활달하다고 자부하는 몇
명의 청년들뿐이었다. 그러나 집 안에 틀어박혀 있는 사람들은 마음속으
로 그들 하나하나 모두 집안 망치는 자식들이라고 간주했다.

지금도 이 찻집 안의 공기는 약간의 긴장감이 없지 않았다.

"아직도 그렇니?" 세모 얼굴이 찻잔을 들면서 물었다.

"여전히 그렇다는군." 네모 머리가 말했다. "아직도 '불을 꺼라, 불을
꺼라'라고 하고 있대. 눈빛은 더 반짝이면서 말이야. 무슨 귀신이 씐 것 같

아! 이건 우리 마을의 큰 우환거리야. 그러니 작은 일로 보아선 안 돼. 어떡하든 방법을 강구해 그를 없애 버려야 해!"

"그놈을 없애는 것쯤이야 무슨 일이겠어. 그놈은 그저……. 에이, 어떻게 생겨 먹은 놈이야! 사당을 지을 때 그놈 조상도 돈을 기부했는데 지금 와서 그놈이 장명등長明燈을 끄려 하고 있으니 말이야. 그래, 이게 불초한 자손이 아니고 뭐야? 우리 현縣으로 가서 그놈을 불효자라고 고발해 버리자구!" 쿼팅闊亭이 주먹을 쥐고 탁자를 내려치면서 격분하여 말했다. 옆으로 비스듬히 덮여 있던 찻잔 뚜껑이 쨍그랑 소리를 내며 뒤집혔다.

"안 돼. 불효자로 고발하려면 그의 부모나 어머니의 형제가 아니면……." 네모 머리가 말했다.

"애석하게도 그에게는 백부 한 사람밖에 없어……." 쿼팅은 바로 의기소침해졌다.

"쿼팅!" 네모 머리가 갑자기 소리쳤다. "너 어제 마작패 어땠어?"

쿼팅은 눈을 크게 뜨고 잠시 그를 보더니 대답하지 않았다. 통통한 얼굴의 좡치광莊七光이 목청을 돋우어 떠들어 대기 시작했다.

"등불을 꺼 버리면 우리 지광마을이 무슨 지광마을이야, 다 끝난 거아냐? 노인들 말로는 이 등불은 양무제3)가 켠 이래 지금까지 전해 내려오면서 한 번도 꺼지지 않았다는 거야. 장발적4)들이 반역을 일으켰을 때도 꺼지지 않았단 말이야……. 보라구, 체, 저 불빛이 파랗게 타고 있지 않나? 이곳을 지나가던 다른 지방 사람들도 한번씩 보고는 모두 칭찬을 하거든……. 쳇, 얼마나 좋아……. 그런데 그자가 지금 이렇게 소동을 피우다니 도대체 뭣 때문이야……?"

"그가 미친 거지. 아직 몰랐단 말이야?" 네모 머리는 깔보는 투로 말했다.

"흥, 너 똑똑하다!" 쾅치광의 얼굴색이 변했다.

"내 생각엔 옛날 방법으로 그를 속이는 것이 낫다고 봐." 이 찻집의 주인이자 점원으로 일하는 후이우灰五 아줌마가 옆에서 끼어들었다. 그녀는 처음에는 듣고만 있었는데, 이야기가 그녀가 생각하고 있던 원래 주제에서 벗어나는 것을 보고 얼른 나서서 말다툼을 말리는 한편 이야기를 본론으로 끌고 가려고 이렇게 말했다.

"옛날 방법이란 게 뭔데요?" 쾅치광은 의아해서 물었다.

"그놈은 전에도 미친 적이 있지 않았나? 지금과 똑같았어. 그때는 그놈의 아버지가 살아 있었을 때라 그놈을 속여서 고쳤지."

"어떻게 속였소? 난 왜 모르지?" 쾅치광은 더 의아해서 물었다.

"자네가 어떻게 알겠나? 그때 자네들은 먹고 쌀 줄만 아는 어린애들이었으니까. 나도 그땐 이렇지 않았어. 그 당시 내 손이 얼마나 희고 보드라웠는데……."

"지금도 희고 보드라워요……." 네모 머리가 말했다.

"무슨 소리야!" 후이우 아줌마는 눈을 흘기고는 웃으며 말했다. "허튼소리 그만해. 우리는 중요한 이야기를 하고 있는 중이니까. 그도 그때는 젊었어. 그의 아버지가 약간 정신이 나갔지. 어느 날 그의 할아버지가 그를 토지묘로 데리고 가서 토지신과 온장군 그리고 왕령관[5]님께 절을 시켰더니 그는 겁을 먹고는 끝내 절하려 하지 않고 뛰쳐나갔는데 그 뒤부터 좀 이상해졌다고 하더군. 그러더니 지금과 마찬가지로 사람들만 보면 정전正殿에 있는 장명등을 끄자고 하더래. 그는 불을 끄면 메뚜기 피해나 질병이 사라질 거라고 하면서 이 세상에 가장 큰일인 것처럼 말했다는 거야.

아마도 몸에 귀신이 붙어서 바른 신도神道를 두려워했던 거지. 우리들이야 토지신을 보고 어디 두려워하나? 자네들 차가 식지 않았어? 뜨거운 물을 좀더 타라구. 그래, 그 뒤에 그는 혼자 들어가서 끄려고 했어. 그래도 그의 아버지는 애지중지하여 그를 가두어 두려고 하지 않았어. 아, 나중에는 온 마을 사람들이 격분하여 그자의 아버지와 다투지 않았겠어? 하지만 별 수가 없었어,——다행히 우리집의 죽은 귀신死鬼(이 마을의 촌부村婦들은 종종 자신의 죽은 남편을 이렇게 불렀다)이 살아 있을 때여서 좋은 수를 생각해 냈지. 장명등을 두꺼운 이불로 둘러싸서 캄캄하게 한 다음에 그자를 데리고 가서 보게 하고는 불을 껐다고 했단 말이야."

"허허, 거 정말 생각 한번 잘했는데요." 세모 얼굴이 숨을 내쉬고는 무척 탄복한 듯이 말했다.

"그렇게 할 것까지 뭐 있어," 쿼팅이 분기탱천하여 말하기를, "그런 놈은 때려죽이면 그만이야, 흥!" "그럴 수야 있나?" 그녀는 놀라며 그를 쳐다보고는 급히 손을 저으며 말했다. "그래서는 안 되지! 그의 할아버지는 도장을 쥐어 본 적이 있던(실결관實缺官이 되었던 적이 있음을 의미함) 사람이 아닌가?"

쿼팅 등은 서로 쳐다보았다. "그 죽은 귀신"이 생각해 낸 방법 외에는 확실히 다른 방법이 없다는 것을 알게 되었다.

"그 뒤로는 좋아졌어!" 후이우 아줌마는 입 주위의 흰 거품을 손등으로 닦고 나서 더 빠르게 말했다. "뒤에 아주 좋아졌어! 그자는 그 뒤부터 다시는 사당 문에 들어가지 않았고, 또 몇 년 동안 그런 말을 입 밖에 내지도 않았어. 그런데 어찌 된 일인지 이번에 제사를 보고 난 뒤 며칠 지나지 않아 다시 정신이 이상해지지 않았겠어. 거 참, 예전과 똑같아. 오늘 오후에 그자가 여기를 지나갔으니 분명 또 사당에 갔을 거야. 자네들이 쓰어른四爺과 의논하여 다시 한번 그를 속여 보는 것이 좋겠어. 그 등불은 양오제梁五弟6)가 켠 것이 아니야? 저게 꺼지면 이곳은 바다로 변하고, 우리들은 모두 미꾸라지로 변한다고 하지 않았어? 자네들은 빨리 가서 쓰어른과 의논해 봐, 그렇지 않으면……."

"먼저 토지묘에 가 보자구." 네모 머리가 이렇게 말하고 위풍당당하게 나갔다.

쿼팅과 쌍치광도 따라 나갔다. 세모 얼굴이 마지막에 나가면서 문입구에 서서 뒤를 돌아다보고 말했다.

"오늘 거는 내 이름으로 달아 두시오! 저이들 것까지……."

후이우 아줌마는 그러마 하고 대답하고는 동쪽 담 아래로 가서 숯 동강이를 집어 들고 담벼락에 작은 삼각형과 짧고 가는 선 아래에 두 개의 선을 더 그어 넣었다.

그들이 토지묘가 보이는 곳까지 왔을 때 과연 거기에 몇 사람이 모여 있었다. 하나는 바로 그자이고 두 사람은 구경꾼이었으며 세 명은 어린애였다.

그러나 사당 문은 굳게 닫혀 있었다.

"됐어! 문은 아직 닫혀 있어." 쿼팅은 기쁜 듯이 말했다.

그들이 가까이 가자 아이들도 담대해졌는지 그들 주위로 가까이 다가왔다. 그때까지 사당 문을 마주하고 서 있던 그자도 얼굴을 돌려 그들을 보았다.

그자는 평소와 마찬가지로 네모난 누런 얼굴에 해진 남색 무명 저고리를 입고 있었다. 짙은 눈썹 아래의 크고 긴 눈만은 이상한 광채를 담고 있었는데, 사람을 볼 때면 오랫동안 눈을 깜박이지 않았고 비분과 두려운 빛을 띠고 있었다. 짧은 머리카락에는 지푸라기 두 올이 붙어 있었는데, 그것은 아이들이 몰래 뒤에서 올려 놓은 것 같았다. 아이들이 그의 머리를 본 뒤 목을 움츠리고 웃으며 혀를 낼름 내미는 것으로 보아 알 수 있었다.

그들은 멈춰 서서 서로 얼굴을 쳐다보았다.

"너 뭐하고 있어?" 마침내 세모 얼굴이 한걸음 다가서며 따졌다.

"라오헤이老黑에게 문을 열어 달라고 했어." 그는 낮은 소리로 온화하게 말했다. "등불을 꼭 꺼야 하기 때문에 말이야. 봐라, 머리 셋에 팔이 여섯 개인 푸른 얼굴, 세 개의 눈깔, 긴 모자, 반쪽 대가리, 쇠대가리에 돼지 이빨, 모두 불어서 끄지 않으면 안 돼……. 꺼야 해. 꺼야, 그럼 우리들은 메뚜기 피해도 없고, 역병도 사라질 거야……."

"히히, 허튼소리!" 쿼팅은 비웃었다. "네가 불을 꺼 버리면 메뚜기는 더 늘어날 거고, 너도 역병에 걸릴 거야!"

"히히!" 쫭치광도 따라 웃었다.

웃통을 벗은 한 아이가 가지고 놀던 갈대를 쳐들고 그자에게 겨누고 앵두 같은 입을 벌리고 말했다. "탕!"

"자 이젠 돌아가! 가지 않으면 네 큰아버지가 네 뼈를 분질러 버릴 거야! 등불은 내가 대신 꺼 주지. 며칠 뒤에 와서 보면 알게 될 거야." 쿼팅이 큰소리로 말했다.

그의 두 눈이 더욱 번쩍거리며 못을 박은 듯 쿼팅의 눈을 뚫어지게 바라보자 쿼팅은 얼른 눈길을 피했다.

"네가 끈다고?" 그는 비웃듯이 미소를 짓더니 단호하게 말했다. "안 돼! 너희들은 필요 없어. 내가 끌 거야. 지금 당장!"

퀴팅은 술 깬 뒤처럼 힘이 없고 맥이 풀렸다. 그러자 네모 머리가 앞으로 나서서 천천히 말했다.

"넌 사리가 분명한 사람이었는데 이번에는 왜 이렇게 어리석어졌어? 내가 일깨워 줄 테니 잘 들어 보면 자네도 이해하게 될 거야. 등불을 꺼 버려도 그런 것들은 그냥 남아 있지 않을까? 그러니 이렇게 어리석게 굴지 말고 어서 돌아가! 잠이나 자!"

"불을 꺼 버려도 그것들이 그대로 있다는 것은 나도 알아." 그는 갑자기 음흉하게 웃는 얼굴을 드러내었다. 하지만 즉시 웃음을 거두고 엄숙하게 말했다. "그래도 나는 이렇게 할 수밖에 없어. 내가 먼저 이렇게 하는 것이 좋아. 내가 불을 끄겠어. 혼자서 끄겠다구!" 그는 이렇게 말하면서 몸을 돌려 힘껏 사당 문을 밀었다.

"이봐!" 퀴팅이 화를 내면서 "너도 이 마을 사람 아냐? 넌 꼭 우리 모두를 미꾸라지로 만들고 싶어? 돌아가! 밀어도 열리지 않아, 문을 열 방법이 없어! 등불도 끌 수 없어! 그러니 어서 돌아가는 게 좋아!"

"난 돌아가지 않아! 불을 꺼야 해!"

"안 돼! 넌 문을 열 수 없어!"

"……."

"너는 문을 열 수 없어!"

"그렇다면 다른 방법을 쓰겠어." 그는 그들에게 고개를 돌리고 흘끗 보더니 차분하게 말했다.

"흥, 네게 무슨 다른 방법이 있어?"

"……."

"네게 무슨 다른 방법이 있겠어!"

"불을 지를 거야."

"뭐?" 쿼팅은 자신이 잘못 들은 것은 아닌지 의심했다.

"그래, 불을 지를 거야!"

맑은 종소리가 긴 여운을 끌듯이 침묵이 흘렀다. 주위의 살아 있는 사물들이 모두 그 속에 응결된 듯했다. 그러나 이윽고 몇 사람이 소곤소곤 속삭이는가 싶더니 이내 모두 뒤로 물러났다. 그리고 두세 사람은 좀 먼발치에 가 멈춰 섰다. 토지묘의 뒷대문 담장 밖에서 쫭치광이 외치는 소리가 들렸다.

"이봐, 라오헤이야, 큰일 났어! 사당 문을 단단히 잠그라구! 라오헤이, 자네 알아들었어? 문을 잘 잠가! 우리들이 방법을 강구해서 올 테니!"

하지만 그는 다른 일에는 개의치 않고 단지 강렬한 눈빛을 반짝이며 땅과 공중과 사람들의 몸을 마치 불씨를 찾고 있는 듯이 신속하게 살피고 있었다.

네모 머리와 쿼팅이 몇 집의 대문을 베틀의 북처럼 한바탕 들어갔다 나갔다 하자 지광마을은 삽시간에 술렁이기 시작했다. 많은 사람들의 귀와 마음속에는 "불을 지를 거야!"라는 무서운 소리가 들렸다. 물론 집 안 깊숙이 칩거하고 있는 몇몇 사람들의 귀와 마음에는 전혀 들리지 않았지만 말이다. 그러나 온 마을의 공기는 긴장되었고, 이 긴장을 느끼는 사람들은 모두 아주 불안했다. 자신이 미꾸라지로 변하는 것 같고, 세상도 이것으로 멸망하는 듯했다. 그들은 망하는 것이 지광마을뿐이라는 것을 어렴풋이 알고 있었으나, 지광마을이 바로 온 세상이라고 여기고 있었다.

이 사건의 핵심 인물들은 얼마 뒤에 쓰어른의 사랑방에 모였다. 상좌에는 나이 지긋하고 덕망이 있는 궈라오와郭老娃가 앉았다. 그의 얼굴은 바람에 바싹 마른 귤처럼 쭈글쭈글했고, 손으로 허연 턱수염을 금세 뽑아낼 것처럼 쓰다듬고 있었다.

"점심 전에," 그는 수염에서 손을 떼며 천천히 말했다. "마을 서쪽에 사는 라오푸老富의 아들이 제 아버지가 중풍에 걸린 것은 토지신이 불안해하기 때문이라고 했소. 이렇게 되면 장차 마을에 무슨 일이 생기면 다들 이 댁을 찾아와서……, 그래, 모두 댁으로 찾아와서 귀찮게 할 거요."

"그럴까요?" 쓰어른 역시 윗입술에 난 희끗희끗한 메기수염을 꼬면서 여유롭게 전혀 개의치 않는다는 듯이 말했다. "이 또한 그 애 아비의 업보라. 그 애 아비도 살아서는 보살을 믿지 않았잖소? 그래서 그때 나와도 사이가 좋지 않았지만 어찌 해볼 도리가 없었어. 그런데 지금 내게 무슨 방법이 있겠소?"

"난 한 가지 방법이 있다고 생각하네. 그래, 한 가지 방법은 있어. 내일 그놈을 묶어서 성으로 끌고 가 거기 그 성황당城隍堂에서 하룻밤, 그래, 하룻밤을 지내게 하여 귀신을 쫓는 거요."

퀴팅과 네모 머리는 온 마을을 수호한 공로로 전에는 감히 엄두도 못 내던 응접실에 처음 들어왔을 뿐만 아니라 라오와의 아래 자리와 쓰어른의 위쪽 자리에 앉게 되었고 게다가 차까지 마시게 되었다. 그들은 라오와를 따라 들어와 보고를 한 뒤 차만 마셨고 다 마신 뒤에도 입을 열지 않았다. 그런데 이때 갑자기 퀴팅이 의견을 내놓았다.

"그 방법으로는 너무 늦습니다! 지금 두 사람이 감시를 하고 있지만, 가장 중요한 것은 당장 어떻게 하느냐 하는 것입니다. 정말 불이라도 지른다면……."

귀라오와는 놀라서 아래턱이 약간 떨렸다.

"만약 정말로 불을 지른다면……." 네모 머리가 다그치듯 말했다.

"그렇게 되면," 쿼팅은 큰소리로 말했다. "큰일입니다!"

노란 머리의 여자아이가 들어오더니 차를 따라 주었다. 쿼팅은 더 이상 말하지 않았고 바로 찻잔을 들고 마셨다. 그는 몸을 한 번 떨고는 찻잔을 내려놓았다. 혀를 내밀어 윗입술을 핥은 다음 찻잔 뚜껑을 열고 후후 불었다.

"정말 골칫거리야!" 쓰어른이 손으로 탁자 위를 가볍게 쳤다. "이런 종자는 정말 죽어도 마땅해! 에잇!"

"그렇지요, 정말 죽일 놈입니다." 쿼팅이 머리를 들었다. "작년에 렌거좡連各莊에서도 한 놈 때려죽였지요. 이런 놈을 말입니다. 다같이 약속을 하고 모두가 일제히 손을 대서 누가 제일 먼저 때렸는지 알 수 없게 했더니 아무 탈 없이 무사히 넘어갔다고 하더군요."

"그건 그때 일이고." 네모 머리가 말했다. "이번엔 사람들이 지키고 있어요. 우린 하루빨리 방법을 생각해 내야 합니다. 제 생각에는……."

라오와와 쓰어른 모두 숙연하게 그의 얼굴을 바라보았다.

"제 생각에는 잠시 그를 가둬 두는 것이 좋겠습니다." "그거 좋겠구면, 좋은 생각이야." 쓰어른이 가볍게 고개를 끄덕였다.

"좋습니다!" 쿼팅이 말했다.

"그거 확실히 괜찮은 방법이군." 라오와가 말했다. "지금 당장 그자를 댁으로 끌고 오겠소, 댁에서는 얼른 방 한 칸을 마련해 놓으시오. 그리고 자물쇠도 준비해 두시오."

"방을?" 쓰어른이 얼굴을 들고 잠시 생각하더니 말했다. "우리 집에는 그런 빈 방이 없는데. 그리고 그 애가 언제 나을지 모르는 마당에⋯⋯."

"그럼 그자가 살고 있는 집을⋯⋯." 라오와가 말했다.

"우리 집의 류순六順도," 쓰어른이 갑자기 엄숙하고 슬프게 말했는데 목소리도 약간 떨렸다. "가을에는 장가를 보내야 하겠는데⋯⋯. 그 애는 나이가 저렇게 많은데도 미칠 줄만 알았지 가정을 꾸릴 생각은 안 한단 말이야. 우리 동생도 저세상 사람이 되었는데 생전에 성실하게 산 것은 아니지만 그렇다고 대를 끊을 수야 없지 않을까⋯⋯." "그야 당연히 그렇죠!" 세 사람은 이구동성으로 말했다.

"류순이 아들을 낳으면 난 둘째를 그에게 양자로 보낼 생각이야. 하지만──남의 자식을 그저 받을 수야 있겠나?"

"그건 안 되지요!" 세 사람이 이구동성으로 말했다.

"그 누더기 같은 집이야 나와는 아무 상관 없어. 류순도 안중에 없을 테고. 그렇지만 배 아파 낳은 자식을 남에게 준다는 게 어미된 입장에서 잘 납득이 되겠는가?"

"그야 물론이지요!" 세 사람은 이구동성으로 말했다.

쓰어른은 말이 없었다. 세 사람은 서로 얼굴을 쳐다보았다.

"난 날마다 그 애가 낫기를 바랐네." 쓰어른은 잠시 침묵한 뒤에 천천히 말했다. "하지만 그 애는 결국 나빠졌어. 병이 낫지 않는 게 아니라 자기 자신이 좋아지려고 하지 않아. 어떻게 할 방법이 없군. 이분이 말한 것처럼 가둬 두는 것이 남에게 폐도 끼치지 않고, 제 아비 망신도 덜 시킬 테니 차라리 나을지도 모르겠어. 그래야 제 아비 볼 낯도 있을 테고⋯⋯."

"그야 물론이지요," 퀴팅은 감동받은 듯 말했다. "그렇지만 방이⋯⋯."

"사당에는 빈 방이 없나……?" 쓰어른이 천천히 물었다.

"있지요!" 쿼팅이 황급히 말했다. "있어요! 대문으로 들어가서 서쪽에 빈 방이 하나 있습니다. 네모난 작은 창문이 하나 있는데 창에 격자가 끼워져 있어서 절대 빠져나올 수 없습니다. 아주 그만이에요!"

라오와와 네모 머리도 기쁜 표정을 드러냈다. 쿼팅은 한숨을 내쉬더니 입술을 뾰족이 내밀고 차를 마셨다.

저녁노을이 지기도 전에 세상은 이미 태평해졌다. 아니면 전부 잊어버린 것인지도 모른다. 사람들의 얼굴에서 긴장감이 사라졌을 뿐만 아니라 조금 전까지의 기쁜 기색도 찾아볼 수 없었다. 토지묘 앞은 사람들의 왕래가 평소보다 많았지만 그것도 얼마 안 가서 뜸해졌다. 다만 며칠 동안 문이 닫힌 탓에 아이들이 들어가 놀지 못했는데, 오늘은 마당에서 전에 없이 재미있게 놀았다. 어떤 아이들은 저녁을 먹은 뒤에도 토지묘로 달려와서 뛰어놀며 수수께끼 놀이를 했다.

"너 맞혀 봐." 제일 큰애가 말했다. "내가 한 번 더 말해 줄게.

빨간 삿대로 흰 뜸배를 저어

맞은편 강가에 가 잠깐 쉬고,

과자를 좀 먹고는,

희문戱文[7]을 한번 노래하네."

"그게 뭐야? '빨간 삿대'紅劃楫라는 거." 한 여자애가 말했다.

"내가 말해 줄게, 그건……."

"좀 가만있어 봐!" 머리에 버짐이 난 애가 말했다. "내가 맞혀 볼까, 돛단배지."

"돛단배." 웃통을 벗은 아이도 말했다.

"하하, 돛단배라고?" 제일 큰아이가 말했다. "돛단배는 노를 젓지, 그게 어떻게 희문을 불러? 너희들은 맞히지 못했어. 내가 말하지……."

"가만있어 봐." 머리에 버짐이 난 애가 또 말했다.

"흥, 넌 못 맞혀. 내가 말하지, 그건 거위야."

"거위!" 여자애가 웃으면서 말했다. "빨간 삿대라는 게."

"그럼 흰 뜸배란 뭐야?" 웃통 벗은 애가 물었다.

"불을 지를 거야!"

아이들은 모두 놀랐으나 바로 그를 기억해 내고 일제히 서쪽 옆방을 주시했다. 한 손으로 나무 창살을 거머쥐고, 다른 한 손으로 나무껍질을 뜯으며 그 사이로 두 눈이 번쩍거리고 있었다.

일순 침묵이 흘렀다. 머리에 버짐이 있는 아이가 갑자기 소리를 지르며 달아났다. 다른 아이들도 웃고 떠들면서 달아났다. 웃통을 벗은 아이는 갈대를 뒤를 향해 가리키고 숨을 헐떡거리며 앵두 같은 작은 입술에서 낭랑한 소리를 냈다.

"탕!"

그 이후로 완전히 정적에 휩싸였다. 저녁 어둠이 내려앉자 파란 장명등은 신전神殿과 신감神龕을 더욱 밝게 비추었다. 그리고 뜰 안이며 나무울타리의 어둠을 비춰 주었다.

아이들은 토지묘 밖으로 뛰어나가서는 멈춰 섰다. 손에 손을 잡고서 천천히 자신들의 집을 향해 걸어갔다. 모두 웃으면서 입에서 나오는 대로 지어낸 노래를 합창했다.

"흰 뜸배, 건너편 강가에 쉬네.

당장 불을 끌 거야. 내가 끌 거야.

희문을 부르네.

불을 지를 테야! 하하하!

불불불, 과자를 좀 먹네.

희문을 부르네.

……

……."

1925년 3월 1일[8]

주)

1) 원제는 「長明燈」. 이 글은 1925년 3월 5일부터 8일까지 베이징의 『민국일보 부간』(民國日報副刊)에 처음 연재되었다.

2) '역서'의 원문은 '黃曆'. 중국의 역서는 조정에 의해 분포되고 황색 종이에 인쇄되었기 때문에 '황력'이라고 불렸다. 여기에는 농사절기(農事節氣) 외에 '제사를 지내도 좋은 날', '외출을 삼갈 날', '여러 가지 일을 삼갈 날' 등의 미신적인 길흉, 그리고 날마다 길한 신이 있는 방향 등이 실려 있었다.

3) 양무제(梁武帝). 남조 양의 창건자 소연(蕭衍, 464~549)을 가리킨다. 중국 역사상 불교의 신봉자로서 유명한 황제다.

4) 장발적(長毛). 홍수전(洪秀全, 1814~1864)이 지도하는 태평천국군(太平天國軍)을 가리킨다. 청 정부의 체발령(剃髮令)에 반발하여 머리를 기르고 변발하지 않았기 때문에 '장모'(長毛)라고 불렸다.

5) 토지신(社老爺), 온장군(瘟將軍), 왕령관(王靈官). 모두 전설에 나오는 신들의 이름이다. 토지신은 토지를 주관하는 신이고, 온장군은 질병을 주관하는 신이며, 왕령관은 검찰을 주관하는 하늘의 장군이다. 도교의 사당에서 대체로 산신령으로 모신다.

6) 양오제(梁五弟). 양무제(梁武帝)를 잘못 말한 것. '武帝'와 '五帝'의 발음이 같다.

7) 희문(戲文). 중국 남방지역의 전통 연극에서 부르는 노래를 말함.

8) 루쉰의 『일기』에 따르면 이 글을 집필한 날짜는 1925년 2월 28일이 되어야 한다.

조리돌림[1]

수도[2] 시청西城의 큰길에는 이때 아무런 소동도 일어나지 않았다. 불꽃같은 태양이 아직 직접 내리쬐고 있지는 않았지만, 길 위의 모래는 벌써 반짝반짝 빛을 내고 있었고, 뜨거운 열기가 공기 속에 가득 차 도처에서 한여름의 위력이 발휘되고 있었다. 개들은 하나같이 혀를 축 늘어뜨리고, 나무 위의 까마귀들도 주둥이를 벌리고 헐떡거리고 있었다. 허나 물론 예외도 있었다. 저 멀리 두 개의 구리잔[3] 맞부딪히는 소리가 은은하게 들려왔다. 그 소리에 사람들은 쏸메이탕[4]을 떠올리고 서늘한 감을 조금 맛보았다. 그러나 사이를 두고 들려오는 나른한 단조單調의 금속음 소리가 도리어 정적을 한층 더 깊게 하였다.

머리 위에서 작열하는 뜨거운 태양으로부터 한시라도 빨리 도망치려는 듯 묵묵히 앞으로 달리는 인력거꾼의 발걸음소리만 들릴 뿐이었다.

"따끈따끈한 바오쯔包子[5]요! 막 쪄 낸……."

열두어 살 먹은 뚱뚱한 아이가 길가의 점포 앞에서 눈을 가늘게 뜨고 입을 삐죽거리며 소리를 질렀다. 긴긴 여름날에 졸음이 쏟아지는 것인지 목소리는 쉬었고 졸음기도 가득 담겨 있었다. 그 애의 옆에 있는 낡아 빠진 탁자 위에는 이삼십 개의 찐빵과 바오쯔가 온기 하나 없이 차갑게 놓여 있었다.

"자, 찐빵과 바오쯔가 왔어요, 따끈따끈한……."

그 애는 갑자기 힘껏 벽에 부딪혔다가 튕겨 나오는 공처럼 큰길 저편으로 쏜살같이 달려갔다. 그때 전봇대 옆에 그 애와 마주하고서 길 쪽을 향해 두 사람이 서 있었다. 한 사람은 옅은 황색 제복에 칼을 옆에 찬 누런 얼굴의 비쩍 마른 순경으로 손에는 포승줄 한 끝을 잡고 있었다. 포승줄의 다른 한쪽 끝에는 남색 무명 두루마기에 흰 조끼를 입은[6] 남자의 팔이 묶여 있었다. 이 남자는 머리에 새 밀짚모자를 쓰고 있었는데, 모자의 챙이 축 처져서 눈 주위를 가리고 있었다. 그렇지만 키가 작은 뚱뚱한 아이가 머리를 쳐들자 그 남자의 눈과 딱 마주쳤다. 그 남자의 눈은 그 아이의 머리통을 보고 있는 것 같았다. 뚱보 아이는 얼른 눈을 내리깔고 흰 조끼를 쳐다보았다. 그 조끼에는 한줄 한줄 크고 작은 글자들이 씌어 있었다.

삽시간에 구경꾼들이 커다란 반원을 그리며 둘러쌌다. 대머리 영감이 들어서자 빈자리는 거의 메워졌는데, 그마저도 곧 웃통을 벗어 붙인 붉은 코의 체격이 건장한 뚱보 사나이가 채워 버렸다. 몸집이 가로로 퍼진 뚱보는 두 사람 분의 자리를 차지해 버려, 뒤이어 오는 사람들은 하는 수 없이 뒷줄에 서서 앞사람들의 목과 목 사이로 머리를 밀어 넣을 수밖에 없었다.

흰 조끼의 정면에 서 있던 대머리는 허리를 구부리고 조끼 위에 씌인 글자들을 연구하더니 마침내 소리 내어 읽기 시작했다.

"옹嗡, 도都, 형哼, 팔八, 이而,……."

뚱뚱한 아이는 흰 조끼 입은 남자가 이 빛나는 대머리를 연구하고 있는 것을 보고 자기도 따라서 연구해 보았다. 머리는 온통 번들번들 빛나고, 귀 언저리에 회백색의 머리카락이 한 줌 남아 있을 뿐, 그 밖에는 별로 신기한 것이 없었다. 그런데 뒤에 서 있던 아이를 안은 하녀가 이때다 하고 밀고 들어오려고 했다. 그러자 대머리는 자리를 빼앗길까 봐 곧장 곤추섰다. 글자를 다 읽지 못했으나 어쩔 수 없는 일이었다. 그래서 그는 흰 조끼를 입은 남자의 얼굴을 바라보았다. 그러나 밀짚모자의 챙 아래 코 절반과 입 그리고 뾰족한 턱만 보였다.

또 힘껏 담벼락에 던지면 튀어나오는 공처럼 소학교 학생 하나가 쌩하고 달려왔다. 한 손으로 자기 머리 위에 쓴 새하얀 헝겊 모자를 누르고 사람들 틈을 비집고 들어갔다. 그러나 셋째 줄——혹은 넷째 줄인지——까지 들어갔을 때, 끄떡도 않는 거대한 물체에 부딪쳤는데, 머리를 들어 보니 남색 바지의 허리 위로 벌거벗은 아주 넓은 등판이 보였고, 그 등에서는 땀이 흘러내리고 있었다. 그는 어떻게 할 수가 없어서 하는 수 없이 남색 바지의 허리를 따라 오른쪽으로 이동했다. 다행히 그 끝에 빈틈이 있어 빛이 새어 들고 있었다. 소학생이 머리를 숙이고 막 뚫고 들어가려 했을 때, "뭐야" 하는 소리가 나더니 그 바지 허리 아래의 엉덩이가 오른쪽으로 움직이자 빈틈은 순식간에 닫히고 빛도 동시에 사라졌다.

하지만 얼마 뒤에 소학교 학생은 순경의 칼 옆으로 비집고 나왔다. 그 아이는 이상한 듯 사방을 둘러보았다. 바깥은 한 무리의 사람들이 둘러쌌고, 위에는 흰 조끼를 입은 사람이, 그 맞은편에는 웃통을 벗은 뚱뚱한 아이가, 그리고 뚱뚱한 아이 뒤에는 벌거벗은 붉은 코의 체격 건장한 뚱보 사내가 서 있었다. 소학생은 그제서야 조금 전 그 거대한 장애물의 정체를 깨닫고는 놀라 탄복하면서 붉은 코를 바라보았다. 소학교 학생의 얼굴을 지켜보고 있던 뚱뚱한 아이는 저도 모르게 그 애의 눈길을 따라 머리를 돌렸다. 거기에는 거대한 젖가슴이 있었고 젖꼭지 주위에는 몇 가닥의 긴 털이 나 있었다.

"저 사람이 무슨 죄를 지었어요……?"

모두들 놀라서 돌아보니 노동자 같아 보이는 사내가 대머리 영감에게 조심스럽게 묻고 있었다.

대머리는 대답을 하지 않고 눈을 크게 뜨고 그 사람을 쳐다보기만 했다. 그 남자가 공손하게 눈을 내리고 잠시 뒤에 다시 보자 대머리는 아직도 눈을 크게 뜨고 그를 쳐다보고 있었다. 게다가 다른 사람들도 모두 눈을 크게 뜨고 그를 응시하는 듯했다. 그래서 그는 자신이 무슨 죄를 지은 것처럼 쭈뼛쭈뼛해져서 결국에는 천천히 뒤로 물러나 슬그머니 내빼고 말았다. 그 자리는 양산을 겨드랑이에 낀 키다리가 메웠다. 대머리는 다시 얼굴을 돌려 흰 조끼를 보았다.

키다리는 허리를 구부리고 축 처진 밀짚모자의 챙 아래로 흰 조끼의 얼굴을 쳐다보려다가 무슨 연유인지 갑자기 허리를 폈다. 그래서 그 뒤에 선 사람들은 다시 힘껏 목을 길게 쭉 빼야 했다. 그 가운데 한 말라깽이는 죽은 농어처럼 입까지 크게 벌렸다.

순경이 갑자기 한 발을 들자 모두들 놀라서 황급히 눈길을 그의 발로 옮겼다. 그러나 그가 들었던 발을 내려놓자 모두들 다시 흰 조끼를 보았다. 키다리는 갑자기 다시 허리를 구부리고 늘어뜨려진 밀짚모자의 챙 밑을 훔쳐보려고 했으나 곧바로 일어서더니 한 손으로 머리를 썩썩 긁었다.

대머리는 재미가 없었다. 그는 아까부터 뒤쪽이 조용하지 않은 데다가 이어 귓가에서 쩝쩝 하는 소리가 들렸기 때문이었다. 그가 이맛살을 찌푸리며 머리를 돌려 보니, 그의 오른쪽에서 시커먼 손 하나가 만두 반쪽을 쥐고 고양이 얼굴을 한 사람의 입에 밀어 넣고 있었다. 그래서 그는 아무 말도 하지 않고 흰 조끼의 새 밀짚모자를 바라보았다.

갑자기 벼락과 같은 일격에 몸이 옆으로 퍼진 뚱보 사나이까지 앞으로 비틀거렸다. 그와 동시에 그의 어깨 위로 그에 뒤지지 않을 살찐 팔이 뻗어 나와 다섯 손가락을 펴서 뚱뚱한 아이의 뺨을 철썩 때렸다.

"거 잘했다! 빌어먹을 놈……." 뚱보 사나이 뒤에서 미륵보살[7]처럼 그보다 더 둥글고 살찐 얼굴이 이렇게 말했다.

뚱뚱한 아이도 네댓 걸음 비틀거렸지만 넘어지지는 않았다. 한 손으로는 뺨을 만지며 몸을 돌려 뚱보 사나이의 다리 옆 빈틈으로 비집고 나가려 했다. 뚱보 사나이는 얼른 바로 서더니 엉덩이를 비틀어 그 틈을 막아 버리고 못마땅한 듯이 물었다.

"뭐하는 거야?"

뚱뚱한 아이는 덫에 걸린 쥐새끼마냥 어찌할 바를 몰라 하다가 갑자기 소학교 학생 쪽으로 쌩 달려가 그 애를 밀어제치고 돌진해 나갔다. 소학교 학생도 몸을 돌려 따라 나갔다.

"하, 요 어린 것들이……." 대여섯 사람이 동시에 이렇게 말했다.

다시 조용해지자 뚱보 남자는 흰 조끼를 입은 사내를 바라보았다. 그런데 흰 조끼가 얼굴을 들어 그의 가슴팍을 보고 있음을 알아채고는 얼른 고개를 숙이고 자신의 가슴팍을 내려다보았다. 두 젖가슴 사이의 골짜기에 땀이 흠뻑 고여 있었다. 그래서 그는 손바닥으로 땀을 털어 냈다.

그런데 형세는 아무튼 그다지 평온하지 않은 것 같았다. 아이를 안은 하녀는 소동이 났을 때 사방을 둘러보다가 조심하지 않아 까치 꼬리처럼 쪽 진 '쑤저우식 머리'[8]를 곁에 서 있는 인력거꾼의 콧대에 부딪혔다. 인력거꾼이 그 하녀를 밀친다는 것이 그만 아이를 밀치고 말았다. 아이가 몸을 뒤로 뻗대면서 사람들이 둘러선 밖을 가리키며 집으로 가자고 징징댔다. 비틀거리던 하녀는 몸을 바로 가누고는 아이를 돌려 안고서 흰 조끼 쪽을 향해 손가락으로 가리키며 말했다.

"자, 저것 봐라! 정말 재밌지……!"

그 틈새로 갑자기 밀짚모자를 쓴 학생 같은 머리가 나오더니 수박씨 같은 것을 입 안에 넣고 아래턱을 위로 움직여 깨물고는 물러가 버렸다. 그 자리는 땀범벅에 먼지를 뒤집어 쓴 타원형 얼굴이 채웠다.

겨드랑이에 양산을 낀 키다리도 성이 나서 한쪽 어깨를 기울이고 미간을 찌푸리며 어깨 너머로 뒤에 서 있는 죽은 농어를 쏘아보았다. 그렇게 큰 입에서 뿜어내는 열기만 해도 견디기 어려운데 무더운 여름날인지라 더욱 참기 어려웠다. 대머리는 전봇대에 붙어 있는 붉은 간판에 씌어진 네 개의 흰 글자를 아주 흥미 있다는 듯이 쳐다보고 있었다. 뚱보 남자와 순경은 하녀의 전족형纏足型 신발코를 곁눈질로 관찰하고 있었다.

"잘한다!"

어디선가 별안간 몇 사람이 동시에 소리를 질렀다. 모두들 무슨 일이 일어났다는 것을 알고 일제히 머리를 돌렸다. 순경과 그가 끌고 온 범인까지도 몸을 움직였다.

"막 나온 바오쯔요! 자, 따끈따끈한……."

길 맞은편에서는 뚱뚱한 아이가 머리를 빼딱하게 하고는 잠에 취한 듯한 소리를 길게 뽑았다. 길에는 인력거꾼들이 내리쬐는 뙤약볕을 한시라도 빨리 벗어나려는 듯 묵묵히 달리고 있었다. 사람들은 모두 실망하였다. 다행히 사방을 둘러본 결과 마침내 십여 집 떨어진 곳에 인력거 한 대가 서 있었고, 인력거꾼 하나가 막 일어서려고 하는 것을 발견했다.

둘러쌌던 둥근 원이 바로 무너지고 모두들 뿔뿔이 흩어져 갔다. 뚱보 사나이는 절반도 못 가서 길가의 홰나무 밑에서 쉬었고, 대머리와 타원형 얼굴보다 걸음이 빨랐던 키다리는 거의 다다랐다. 인력거에 탄 손님은 그냥 앉아 있었고, 인력거꾼은 일어나긴 했으나 아직도 무릎을 주무르고 있었다. 주위에는 대여섯 사람이 서서 히히덕거리며 구경하고 있었다.

"괜찮소?" 인력거꾼이 인력거를 끌려고 하자 손님이 물었다.

인력거꾼은 머리를 끄덕이고는 인력거를 끌고 갔다. 모두들 그를 멍하니 전송했다. 처음에는 넘어졌던 그 인력거를 알아볼 수 있었지만, 다른 인력거들과 뒤섞이고 난 뒤에는 구별할 수 없게 되었다.

개 몇 마리가 혀를 늘어뜨리고 헐떡거리고 있을 뿐 길거리는 조용했다. 뚱보 남자도 홰나무 그늘 아래서 아주 빠르게 오르내리는 개의 뱃가죽을 바라보고 있었다.

하녀는 아이를 안고 처마 그늘 밑에서 나와 비척비척 걸어갔다. 뚱뚱한 아이는 머리를 빼딱하게 하고 눈을 가늘게 뜨고는 잠에 취한 소리를 길게 뽑는다.

"따끈따끈한 바오쯔요! 자!……금방 쪄 낸……."

1925년 3월 18일

주)_____

1) 원제는「示衆」, 1925년 4월 13일 베이징의 주간『위쓰』(語絲) 제22기에 처음 실렸다.
2) 원문은 '首善之區'. 수도를 가리킨다.『한서』「유림전」(儒林傳)에 "고로 교화를 행함에 수선(首善)을 건설하여 경사(京師)에서 시작한다"라고 기록되어 있다. 여기서는 베이양 군벌 시대의 수도 베이징을 가리킨다.
3) 구리잔(銅盞). 잔 모양의 작은 구리그릇(銅器). 옛날 북경에서 쏸메이탕을 파는 장사꾼이 늘 구리잔 두 개를 서로 부딪혀 가락이 있는 소리를 내어 손님을 모았다.
4) 쏸메이탕(酸梅湯). 청매(靑梅)와 얼음사탕을 끓여서 차게 식힌 청량음료. 여름 베이징의 명물이다.
5) 바오쯔(包子). 속을 넣고 찐 빵을 말한다. 만두(饅頭)는 속이 없는 빵이다.
6) 조리돌림을 할 때 죄인에게 입힌 형의(刑衣)를 가리킨다. 표에 죄상이 적혀 있다.
7) 미륵보살(彌勒佛). 불교 보살의 하나. 불경에는 그가 석가모니의 불교적 지위를 계승하여 성불(成佛)이 되었다고 함. 늘상 보는 미륵불의 조상(彫像)은 살찌고 둥근 웃는 얼굴에 가슴과 배를 드러내어, 속칭 배불뚝이 미륵불이라고 한다.
8) 쑤저우식 머리(蘇州俏). 옛날 부녀자들이 머리를 빗는 형태의 하나. 쑤저우 일대에서 먼저 유행하여 이런 명칭이 붙었다.

가오 선생[1]

이날 아침부터 오후까지 그는 『중국 역사 교과서』를 읽어 보고 『원료범강감』[2]을 뒤지는 데 온 시간을 써 버렸다. 실로 "사람이 글자를 알게 되면서 우환이 시작된다"[3]고 하더니, 갑자기 세상사에 불만을 갖게 되었다. 더구나 지금까지 이런 불만을 느껴 본 적이 없었다.

무엇보다도 먼저 그는 지난날 부모들이 자식들에게 너무도 관심을 갖지 않았다고 생각했다. 그는 어렸을 적에 뽕나무에 기어올라가 오디 따 먹는 것을 무척 좋아했다. 그래도 부모들은 전혀 보살펴 주지 않아서 한번은 나무에서 떨어져 머리를 다친 적이 있었는데 잘 치료해 주지 않아 지금도 왼쪽 눈썹 위에 영원히 지워지지 않을 쐐기 모양의 흉터가 남았다. 지금 그는 유달리 머리를 길게 길러서 좌우로 갈라 빗어 내린 덕분에 가까스로 가릴 수 있게 되었지만, 쐐기의 끄트머리만은 가릴 수 없었다. 아무튼 이것도 약점인 것은 분명하니 만일 여학생들이 발견하는 날에는 무시당하는 것은 피할 수 없게 되었다. 그는 거울을 내려놓고 원망스러운 듯이 한숨을 지었다.

다음은 『중국 역사 교과서』의 편자가 교원의 입장을 전혀 고려하고 있지 않은 점이었다. 이 교과서는 『요범강감』과 부합하는 곳도 있었으나 태반은 부합하지 않았다. 부합하는 듯하면서도 부합하지 않는 듯도 하여 강의를 할 때 어떻게 연결시켜야 할지 알 수 없었다. 더구나 그 교과서 속에 끼여 있는 쪽지를 발견하고 나서는 중도에 사직한 역사 교원이 원망스러웠다. 거기에는 "제8장 「동진東晉의 흥망」에서부터"라고 씌어 있었기 때문이었다.

만일 전임자가 삼국시대 부분을 다 강의하지 않았더라면 강의 준비가 이렇게까지 힘들고 고통스럽지는 않았을 것이다. 그가 가장 잘 아는 것이 바로 삼국시대 부분이었다. 예를 들어 도원에서 세 호걸이 결의형제를 맺는 것이라든지, 제갈공명이 계략으로 화살을 빼앗은 대목이라든지, 세 번이나 주유를 화나게 했던 대목이라든지, 황충이 딩준산定軍山에서 하후연을 벤 것이라든지, 그 밖에도 얘깃거리는 무궁무진해서 아마 한 학기에 다 하기 힘들 것이다. 당나라에 이르러서는 진경秦瓊이 말을 파는 일화 같은 게 있는데 이에 대해서도 자신 있게 강의할 수 있었다. 그런데 하필이면 동진 때부터 강의하게 될 게 뭔가. 그는 원망스러워 한숨을 쉬었고 다시 『요범강감』을 집어 들었다.

"어이, 이 사람, 밖에서 보는 것도 모자라 집 안에 틀어박혀서까지 들여다보는 거야?"

이런 말소리와 함께 등 뒤에서 어깨 너머로 손이 쑥 나오더니 그의 아래턱을 건드렸다. 그러나 그는 전혀 움직이지 않았다. 목소리와 거동으로 보아 몰래 들어온 마작 친구 황싼黃三이라는 것을 눈치챘기 때문이다. 그의 오랜 친구인 황싼은 일주일 전까지만 해도 그와 함께 마작을 하고 연극을 보고 술도 마시고 여자의 뒤를 쫓아다녔다. 그러나 그가 『대중일보』大 中日報에 「중화국민은 모두 국사國史를 정리할 의무가 있음을 논함」이라는 인구에 회자되는 명문을 발표하고 이어서 셴량여학교賢良女學校의 초빙을 받은 뒤로는 이 황싼이 하나도 잘난 곳 없는 비천한 인간으로 느껴졌다. 그래서 그는 고개를 돌리지 않고 정색을 하고는 무뚝뚝하게 대답했다.

"허튼소리 그만해! 난 지금 강의 준비를 하고 있어⋯⋯."

"자네 입으로 라오보老鉢에게 말하지 않았나, 선생이 된 건 여학생 얼굴을 보고 싶어서라고 말이야?"

"라오보의 미친 소리를 믿지 말라구!"

황싼은 그의 책상 옆에 앉더니 책상 위를 흘끔 쳐다보았다. 거울과 어지럽게 널린 책들 사이에서 펼쳐진 채로 있는 붉은 종이의 문서를 발견하고는 집어다가 눈을 크게 뜨고 한 자 한 자 읽어 나갔다.

초빙장

가오얼추(高爾礎) 선생을 본교의 역사 교사로 초빙하여 매주 수업 4시간, 매 시간당 강사료로 은화 30전을 드리기로 약속함.

중화민국 13년 음력 구월 초하루[4]
셴량여학교 교장 허완수전[5]

"'가오얼추 선생'이라? 이게 대체 누구야? 자넨가? 자네 이름 바꿨어?" 황싼은 다 읽고 나서 황급히 물었다.

그러나 가오 선생은 거만하게 웃을 뿐이었다. 그는 분명히 이름을 바

꾸었다. 하지만 황싼은 마작에만 정신이 팔려서 지금까지 신학문과 신예
술에 관심이 없었다. 그는 러시아의 대문호 고리키도 모르고 있으니 이 바
꾼 이름의 깊은 의미를 어떻게 말해야 알까?[6] 그래서 그는 거만하게 웃기
만 할 뿐 대답하지 않았다.

"어이, 간(蚌) 군, 이런 쓸데없는 장난은 그만두게!" 황싼이 초빙장을 내
려놓고 말했다. "여기에 남학교가 생긴 뒤로 풍기가 말이 아니야. 그런 데
다 여학교까지 세우겠다고 하니 장차 어떤 꼴이 될지 모르겠군. 무슨 일로
자네까지 나서는 건가, 그만두게, 그만둬……."

"꼭 그렇다고 할 수는 없어. 게다가 허 부인이 모처럼 청하는데 거절
할 수도 없고……." 황싼이 학교를 비방하는 데다 손목시계는 벌써 2시 반
을 가리켜 수업시간까지 30분밖에 남지 않았기 때문에 그는 약간 화가 났
고 또 초조한 기색을 드러냈다.

"좋아! 그럼 그 얘기는 그만두세." 눈치 빠른 황싼은 바로 화제를 바
꾸었다. "본론을 이야기함세. 오늘 밤에 한판 벌이기로 했네. 마오씨 마을
毛家屯의 마오쯔푸毛資甫 큰아들이 묏자리를 보려고 풍수쟁이[7]를 청하러 왔
네. 수중에 현찰 이백 원[8]을 쥐고 있어. 오늘 밤에 한판 벌이기로 약속이
되었네. 우리 쪽은 나하고 라오보하고 자네야. 꼭 와야 해, 절대 일이 틀어
져서는 안 돼. 우리 셋이서 그자를 홀딱 벗겨 버리잔 말이야!"

간 군──가오 선생──은 망설였지만 말하지 않았다.

"꼭 와야 해, 꼭! 난 라오보한테 가서 상의를 해야겠어. 장소는 역시
우리집이야. 그 얼간이는 '풋내기'니까 벗겨 버리는 것은 누워서 떡 먹기
야! 자네는 대나무 무늬가 뚜렷한 마작패를 내주게!"

가오 선생은 천천히 일어서서 침상 끝에 가더니 마작 상자를 가져다

그에게 주었다. 손목시계를 보니 2시 40분이었다. 그는 황싼이 수완이 좋기는 하지만 내가 이미 교사가 되었다는 걸 알면서도 내 앞에서 학교를 비방하고 또 수업 준비까지 방해하는 것은 옳지 못한 일이라고 생각했다. 그래서 그는 차갑게 말했다.

"저녁에 다시 의논하자구. 난 수업하러 가야 해."

이렇게 말하면서 원망스럽게 『요범강감』을 한번 보고 교과서를 새 가죽 가방 안에 넣고서, 또 아주 조심스럽게 새 모자를 쓰고는 황싼과 함께 문을 나섰다. 문을 나선 그는 걸음을 크게 하고 마치 목수가 사용하는 활비비[9]처럼 두 어깨를 흔들며 곧바로 걸어갔다. 얼마 뒤 황싼은 그의 그림자조차 볼 수 없었다.

셴랑여학교에 도착하자 가오 선생은 새로 찍은 명함을 문지기인 곱사등이 노인에게 주었다. 잠시 후 "어서 오십시오"라는 말을 듣고 그는 곱사등이 노인을 따라 모퉁이를 두 번 돌아서 교원 휴게실 겸 응접실로 쓰는 방으로 들어갔다. 허 교장은 자리에 없었다. 수염이 희끗희끗한 교무주임이 그를 맞아 주었다. 이 사람이 그 이름도 유명한 완야오푸萬瑤圃로서 '옥황향안리'[10]라고도 불렸는데, 최근에 그가 여자 신선과 주고받은 시 『선당수창집』仙壇酬唱集을 잇달아 『대중일보』에 연재하고 있었다.

"아아! 얼추 선생! 존함은 오래전부터 들어 알고 있습니다!……" 완야오푸는 연신 두 손을 맞잡으며 무릎 관절과 발목 관절을 대여섯 차례 구부리는 것이 거의 무릎을 꿇을 듯하였다.

"아! 야오푸 선생! 익히 말씀 많이 들었습니다!……" 얼추 선생은 가죽 가방을 겨드랑이에 끼고 그대로 따라하면서 말했다.

그러고는 그들은 자리에 앉았다. 산송장 같은 사환이 더운 물 두 잔을 들고 왔다. 가오 선생이 맞은편의 괘종시계를 보니 아직 2시 40분이었다. 그의 손목시계보다는 30분이나 늦었다.

"아! 얼추 선생의 대작, 그래, 그……, 그래, 그— '중국국수의무론'中國國粹義務論 말입니다. 정말 간단명료하고 핵심을 찌르고 있어서 아무리 읽어도 싫증이 나지 않아요! 그야말로 소년들의 좌우명이에요. 좌우명, 좌우명입니다! 저 역시 문학을 아주 좋아하지만 감상할 뿐이지요. 어떻게 얼추 선생에게 비교할 수 있겠어요." 그는 다시금 손을 맞잡고 낮은 목소리로 말했다. "우리의 성덕계단盛德乩壇[11]에서는 날마다 여선女仙을 초대하고 저도 늘 시의 창화唱和에 참여합니다. 얼추 선생도 왕림하시지요. 그 계선乩仙이 바로 예주선자[12]이신데, 그녀의 말씨부터가 천상에서 속세로 내려온 화신花神 같아요. 명사들과 시 창화하는 것을 제일 좋아하고 더구나 신당新黨에 대찬성이니, 선생님 같은 학자에게는 반드시 호의적인 눈길[13]을 보낼 겁니다. 하하하!"

그러나 가오 선생은 이에 대해 무슨 고담준론을 발표할 형편이 아니었다. 그것은 그의 준비 — 동진의 흥망 — 가 충분하지 않았고, 더욱이 이때는 그 부족한 것마저 거의 잊어버리고 있었기 때문이었다. 그는 불안하고 걱정이 되었다. 어수선한 머리에는 여러 단편적인 생각들이 떠올랐다. 교단에서의 자세는 마땅히 위엄이 있어야 하고, 이마의 흉터는 반드시 가려야 하며, 교과서는 천천히 읽어야 하고, 학생들을 볼 때는 점잖아야 한다. 이런 생각을 하고 있는데, 야오푸의 말소리가 어렴풋이 들렸다.

"……올방개荸薺를 하나 주셨어…… '취하여 푸른 난조를 타고 창공에 오르노라'醉倚靑鸞上碧霄 이 얼마나 초탈합니까…… 덩샤오鄧孝 선생은 다섯 번이나 간청하여서야 겨우 오언절구 한 수를 받았는데…… '붉은 소매로 은하수를 휘저으니, 이르지 말라'紅袖拂天河, 莫道 …… 예주선자의 말씀이 ……얼추 선생님은 처음으로……이곳이 본교의 식물원입니다!"

"아하!" 얼추는 그가 손을 들어 가리키는 것을 보고 그제서야 어수선한 생각에서 깨어났다. 그의 손가락이 가리키는 쪽을 보니 창밖에는 자그마한 공터가 있었고, 거기에는 네댓 그루의 나무가 심어져 있었으며 바로 맞은편에 세 칸짜리 단층집이 있었다.

"저게 교실입니다." 야오푸는 손을 움직이지 않고 말했다.

"아, 예!"

"학생들은 아주 순해요. 강의를 듣는 것 외에는 재봉 일에 전념하고 있지요……."

"아, 예!" 얼추는 다급해졌다. 그는 야오푸가 이젠 그만 말했으면 하고 바랐다. 그래야 정신을 가다듬어 서둘러 동진의 흥망을 생각할 수 있겠는데.

"유감스럽게도 학생들 중에 몇 명은 시 짓는 법을 배우려고 하지만, 그것은 안 됩니다. 유신維新도 물론 좋지만, 시를 짓는 것은 양가의 규수들에게 적합하지 않습니다. 예주선자 역시 남녀의 구별[14]을 어지럽히는 일이며 천제天帝가 좋아하지 않는다고 하여 여자 교육에 그다지 찬성하지 않으셨어요. 저도 이 문제를 가지고 그분과 몇 차례 토론을 했지만……."

얼추는 종소리를 듣고 벌떡 일어났다.

"아니, 아닙니다. 앉으세요! 저건 끝나는 종입니다."

"야오푸 선생께서도 공무로 바쁘실 텐데 염려 마시고……."

"아니, 아닙니다! 바쁘지 않습니다! 저는 여자 교육을 진흥시키는 것이 세계적인 추세이긴 하지만 잘못하면 극단으로 치우치기 쉽다고 생각합니다. 그래서 천제가 좋아하지 않는 것도 폐해를 미연에 방비하자는 취지에서 나온 것이겠지요. 운영하는 사람이 불편부당하고 중용의 도에 맞게 하고 국수로서 귀결점으로 삼는다면 단연코 폐해는 없을 겁니다. 얼추 선생, 당신 생각은 어떻습니까, 그렇지 않습니까? 이에 대해서는 예주선자께서도 '가히 받아들일 만한 점이 있다'고 하셨습니다. 하하하하!"

학교 사환이 또 더운 물 두 잔을 가져왔다. 그러나 종이 다시 울렸다.

야오푸는 얼추에게 두어 모금 마시게 하고는 그제서야 천천히 일어나더니 그를 이끌고 식물원을 질러서 교실로 갔다.

그는 가슴이 뛰었다. 교단 옆에 꼿꼿이 섰을 때 그의 눈에 비친 것은 교실 절반을 꽉 채운 부스스한 머리였다. 야오푸는 안주머니에서 편지지 한 장을 꺼내더니 펼친 뒤 보면서 학생들에게 말했다.

"이분은 가오 선생, 가오얼추 선생입니다. 가오 선생께서는 유명한 학자로서 저 유명한 「중화국민은 모두 국사를 정리할 의무가 있음을 논함」이라는 글을 쓰신 분입니다. 『대중일보』의 소개에 의하면 가오 선생께서는 러시아의 문호 고리키의 인품을 흠모하여 이름을 얼추爾礎로 고치셔서 경의를 표했으니 진정 우리 중화문단의 행운이다! 라고 했습니다. 이번에 허 교장선생님의 거듭되는 초청을 받고 겨우 승낙을 하시어 본교에서 역사를 가르치게 되었습니다……."

가오 선생이 갑자기 너무 고요하다고 느꼈을 때 야오푸 선생의 모습은 이미 보이지 않았고, 자신만 교단 옆에 서 있었다. 그는 하는 수 없이 교단에 올라가서 인사를 하고 마음을 가라앉혔다. 또 위엄 있는 태도를 보여야 한다고 다짐했던 것을 기억해 내고 천천히 책을 펴고 '동진의 흥망'을 강의하기 시작했다.

"호호!" 누군가가 몰래 웃는 것 같았다.

가오 선생은 얼굴이 화끈거리면서 얼른 책을 들여다보았다. 그러나 그의 강의는 결코 틀리지 않았다. 책에는 분명 '동진의 편안'[15]이라 되어 있었다. 책[16] 저편으로 보이는 것은 여전히 교실의 절반을 차지한 부스스한 머리였고 다른 움직임은 없었다. 그는 이것이 자신의 의심 탓이지 사실은 아무도 웃지 않았다고 생각했다. 그래서 그는 다시 정신을 가다듬고 책을 보면서 천천히 강의를 해나갔다. 처음에는 자기가 무슨 말을 하고 있는지 제 귀로도 들을 수 있었으나 점차 머리가 얼떨떨해지더니 나중에는 무슨 말을 하는지도 모르게 되었다. 그러다가 '석륵[17]의 웅대한 계획覇圖'을 강의할 무렵에는 키득키득 숨죽인 웃음소리만이 들려왔다.

그는 어쩔 수 없이 교단 아래를 보았다. 상황은 이미 처음과 많이 달랐다. 교실의 절반은 모두 눈이었다. 여기에 작고 깜찍한 이등변삼각형들이 있었고, 그 삼각형 안에는 콧구멍이 두 개씩 있었다. 이것들이 한 무리를 이루어 마치 흔들리는 깊은 바다처럼 반짝거리며 줄기차게 그의 시선을 향해 밀어닥치고 있었다. 그러나 그가 보았을 때 갑자기 번쩍이며 교실의 반이 부스스한 머리로 변했다.

그는 얼른 눈길을 거두었다. 그러고는 교과서에서 눈길을 뗄 엄두를 내지 못했다. 부득이한 경우에는 눈을 돌려 천정을 바라보았다. 천정은 누렇게 변색된 흰 횟가루로 중앙에는 둥근 능선이 두드러졌다. 하지만 이번에는 이 둥근 것이 다시 움직이더니 갑자기 커졌다 작아졌다 하는 바람에 그는 눈이 어질어질했다. 그는 눈길을 아래로 떨구었다가는 다시 그 무서운 눈과 콧구멍이 한데 어우러진 바다를 보게 될 거라는 예감이 들었다. 그래서 그는 다시 시선을 책으로 옮겼다. 그때는 이미 '비수의 싸움'[18]으로, 놀란 부견傅堅이 '초목을 모두 병사'로 보는 장면을 강의하고 있었다.

그는 많은 학생들이 소리 죽여 웃는 것 같았지만 꾹 참고서 강의를 계속했다. 분명히 강의한 지 상당한 시간이 흘렀다고 생각했는데 종은 아직 울리지 않았다. 학생들이 얕볼까 두려워 손목시계도 볼 수 없었다. 그래서 더 강의를 하다 보니 '탁발씨¹⁹⁾의 발흥'에 이르렀고 이어서 '육국흥망표'六國興亡表였다. 그는 원래 오늘 여기까지 진도가 나갈 거라고 생각하지 않아서 준비를 하지 않았던 부분이었다.

그는 문득 자신의 강의가 중단되어 있음을 느꼈다.

"오늘은 첫날이니 이 정도 합시다……." 그는 한참이나 당황해서 머뭇거리다가 이렇게 더듬더듬 말하고는 꾸벅 머리를 숙이고 교단을 내려와서 교실 문을 나섰다.

"호호호!"

많은 학생들의 웃음소리가 등 뒤에서 나는 것 같았고, 그 웃음소리는 저 깊은 콧구멍의 바다에서 흘러나오는 듯했다. 망연자실하게 식물원에 들어선 그는 맞은편의 교원휴게실을 향해 성큼성큼 걸어갔다.

그는 깜짝 놀라 얼결에 손에 든 『중국 역사 교과서』까지 땅바닥에 떨어뜨렸다. 갑자기 머리에 무엇이 부딪혔으므로 두어 걸음 물러서서 자세히 보니 비스듬히 내민 나뭇가지가 앞에 있었는데 그의 머리에 부딪혀 나뭇잎들이 가늘게 떨리고 있었다. 그는 얼른 허리를 굽혀 책을 주워 들었다. 책 옆엔 나무 팻말이 세워져 있고 그 위에는 이렇게 씌어 있었다.

> **뽕나무**
> 뽕나무과

많은 학생들의 웃음소리가 등 뒤에서 나는 것 같았고, 그 웃음소리는 저 깊은 콧구멍의 바다에서 흘러나오는 듯했다. 그래서 그는 아파 오는 머리를 문지르기도 쑥스러워 그냥 교원휴게실로 뛰어 들어갔다.

그 안에는 더운 물그릇 두 개가 그대로 있을 뿐 산송장 같은 학교 사환은 보이지 않았고, 야오푸 선생도 어디로 갔는지 보이지 않았다. 모든 것이 암담했고 오직 그의 새 가죽 가방과 새 모자가 암담함 가운데 빛을 발하고 있었다. 벽의 괘종시계를 보니 겨우 3시 40분이었다.

자기 집으로 돌아온 지 꽤 시간이 흘렀는데도 가오 선생은 이따금 온몸이 달아오르고 또 무단히 분노가 치밀었다. 나중에는 학교는 분명 풍기가 문란하다, 차라리 문을 닫는 것이 낫다, 특히 여자학교는——무슨 의미가 있는가, 허영심만 가득 찬 것이 아닌가! 라고 생각하게 되었다.

"호호!"

그의 귀에는 아직도 소리 죽여 웃는 소리가 들리는 것 같았다. 그래서 그는 더욱 화가 났고 사표를 낼 결심을 더욱 굳혔다. 저녁에 허 교장에게 편지를 쓰리라. 발이 아파서라고만 쓸 것이다. 그런데 만류한다면 또 어떻게 하지?——그래도 가지 말아야지. 정말 여자학교가 어떤 꼴이 될지 모르겠는데 괜히 자신이 그들과 한패가 될 게 뭐야? 절대 그럴 필요가 없어, 라고 생각했다.

그래서 그는 단호하게 『요범강감』을 치워 버리고 거울은 한쪽으로 밀쳐 놓은 다음 초빙장도 접어 버렸다. 그리고 자리에 앉으려다가 초빙장이 징그러울 정도로 붉다고 느껴져 집어서는 『중국 역사 교과서』와 함께 서랍에 넣어 버렸다.

모든 것을 치우고 나니 책상 위에는 거울뿐이어서 눈앞이 환해졌다. 그래도 아직 마음이 개운치 않았고, 왜 그런지 넋이 반쯤 나간 듯했다. 그 순간 퍼뜩 생각이 나서 빨간 리본이 달린 가을 모자를 쓰고 황싼의 집을 향해 갔다.

"어서 오게, 얼추 가오 선생!" 라오보가 큰소리로 말했다.

"집어치워!" 그는 이맛살을 찡그리며 라오보의 머리를 딱 쳤다.

"강의를 했나? 어떻던가, 쓸만한 애가 몇이나 돼?" 황싼은 열심히 물었다.

"난 더 가르칠 생각이 없네. 여자학교가 정말 어떤 꼴이 될지 모르겠어. 우리같이 점잖은 사람들이 확실히 함께할 곳이 아니야⋯⋯."

새알심湯圓처럼 살이 찐 마오씨네의 큰아들이 들어왔다.

"아아! 존함은 익히 많이 들었습니다!⋯⋯." 방 안에 있던 사람들은 모두 두 손을 맞잡고 무릎 관절과 발목 관절을 연신 굽히고 꺾는 것이 무릎을 꿇기라도 하려는 듯했다.

"이분이 바로 전에 말한 적이 있는 가오간팅高干亭 형입니다." 라오보가 가오 선생을 가리키며 마오씨네의 큰아들을 향해 말했다.

"아아! 존함은 익히 많이 들었습니다!⋯⋯" 마오씨네의 큰아들은 특별히 그를 향해 몇 번이나 손을 모으고 머리를 끄덕거렸다.

방 안 왼쪽에는 일찌감치 네모난 탁자가 비스듬히 놓여 있었다. 황싼은 손님을 응대하면서 심부름하는 여자아이와 함께 앉을 자리와 주마籌馬를 정리하였다. 이윽고 탁자의 모서리에 가는 양초가 켜지고 네 사람은 자리를 잡고 앉았다.

방 안은 쥐 죽은 듯 조용했다. 자단紫檀 재질의 탁자에 부딪히는 골패

^{骨牌} 소리만이 초저녁의 정적 속에서 투명하게 울렸다.

　　가오 선생의 패는 결코 나쁘지 않았다. 그러나 무언가 불만을 품고 있었다. 그는 본래 무슨 일이든 쉽게 잊어버리는 편이었지만 유독 이번만은 세상 풍기가 염려되었다. 그의 앞에는 주마가 점점 늘어나고 있었지만 그의 마음은 편안하지도 또 낙관적으로도 되지 않았다. 그러나 시간이 흐르면 풍속도 바뀌는 법, 세상 풍기도 결국에는 좋아질 거라고 생각했다. 그러나 그때는 시각이 너무 늦었고, 벌써 둘째 판이 끝나 그의 패는 바야흐로 '청일색'²⁰⁾을 거의 맞추게 되었을 때였다.

1925년 5월 1일

주)_____

1) 원제는 「高老夫子」, 1925년 5월 11일 베이징의 주간 『위쓰』 제26기에 처음 발표되었다.

2) 『원료범강감』(袁了凡綱鑑). 즉 『요범강감』인데 명조 때 원황(袁黃)이 주희의 『통감강목』(通鑑綱目)을 집록하여 편찬한 것으로 도합 40권으로 되어 있으며 청조 말기에는 책방에 판각본이 있었다.

　　원황의 자는 곤의(坤儀)이고 호는 요범(了凡)이며 저장성(浙江省) 자산(嘉善) 출신으로 명조 만력(萬曆) 때 진사(進士)를 지냈다. 그의 저서로는 『역법신서』(曆法新書), 『군서비고』(群書備考) 등이 있다.

3) "사람이 글자를 알게 되면서 우환이 시작된다"(人生識字憂患始). 이 말은 송대 소식(蘇軾)의 시 「석창서취묵당」(石蒼舒醉墨堂)에 보인다.

4) 원문은 '菊月吉旦'. 음력 9월 초하루를 가리킨다. 옛날에는 자주 꽃이 피는 기간을 이용해 달(月)의 이름을 붙였다. 9월은 국화가 피는 때이기 때문에 국월이라고 했다. 길단(吉旦)은 초하루를 말한다.

5) 허완수전(何萬淑貞). '何'는 남편의 성, 원래 성은 만(萬)이다. 중국에서는 여자가 결혼한 뒤에도 성을 바꾸지 않지만, 이처럼 남편의 성을 붙여서 부르기도 했다. 수전(淑貞)이 이름이며, 뒤에 나오는 완야오푸(萬瑤圃)는 이 사람의 친척으로 보인다.

6) 고리키(Максим Горький, 1868~1936). 본명은 알렉세이 막시모비치 페시코프(Алексей Максимович Пешков)이고, 소련의 프롤레타리아계급 작가이다. 작품으로는 장편소설 『포마 고르지예프』(Фома Гордеев), 『어머니』(Мать) 그리고 자전소설 3부작 『어린 시절』(Детство), 『세상 속으로』(В людях), 『나의 대학』(Мои университеты) 등이 있다.

루쉰은 고리키(중국명은 高爾基)의 이름조차 모르는(성이 가오爾씨이고 이름이 얼지爾基라고 생각한다) 인물이 이름을 가오얼추(高爾礎)라고 개명하는 것을 통해 당시 중국 사회에 보이는 이런 사람들의 추태를 풍자하고, 외국 사람의 성을 중국풍의 이름으로 번역하는 방법을 비판한 것이다.

7) '풍수쟁이'의 원문은 '陽宅先生'. 이른바 감여가(堪興家), 속칭 '풍수선생'. 그들은 산 자의 주택을 '양택'(陽宅), 묘지를 '음택'(陰宅)이라고 불렀다.

8) 이백 원(二百番). 번(番)은 번병(番餠)의 줄임말. 일찍이 중국의 어느 지역에서는 외국으로부터 유입되는 은폐(銀幣)를 번병이라고 불렀다(뒤에는 은원銀元을 가리켰다).

9) 활비비. 활같이 굽은 나무에 시위를 매고, 그 시위에 송곳 자루를 건 다음 당기고 밀고 하여 구멍을 뚫는 송곳.

10) 옥황향안리(玉皇香案吏). 옛날에 속되게 우아함을 뽐내는 문인들은 흔히 옛사람의 시나 사(詞)의 구절을 따서 별호를 지었다. 옥황향안리는 당나라 때 사람 원진(元稹)의 「주택으로 낙천을 자랑하다」(以州宅誇於樂天)의 "나는 옥황향안리, 귀양살이가 마치 봉래(蓬萊)에서 사는 것 같네"에 나온다.

11) 계단(乩壇). 부계(扶乩)를 행하는 장소. 부계는 미신의 일종으로 두 사람이 丁자형으로 된 나무틀을 잡고 밑으로 늘어진 막대의 끝자락이 그릇에 담긴 모래의 표면에 새긴 문자를 신의 계시라고 간주한다.

12) 예주선자(蕊珠仙子). 도교 전설에 나오는 선녀로서 그가 살고 있는 곳을 예주궁이라고 한다.

13) 호의적인 눈길(青眼). 『진서』(晉書) 「원적전」(阮籍傳)에 의하면 "진나라 원적이 자신이 미워하는 자에게는 백안(白眼)으로 대하고, 중시하는 자는 청안(青眼)으로 대했다"고 한다. 뒤에 "청안을 더해"라는 말로 존중, 호감을 표시하게 되었다.

14) 남녀의 구별. 원문은 '兩儀'. 『주역』(周易) 「계사전」(繫辭傳)에 보이는 말로 원래 천지(天地)를 가리키는 말이었는데, 뒤에 남녀를 가리키는 것으로 사용되었다.

15) '편안'(偏安). 중원을 잃고 일부 지방에 안거함을 만족해한다는 뜻.

16) '책'의 원문은 '서뇌'(書腦). 책의 등 부분을 끈(실)으로 묶은 선장본(線裝本)의 철한 부분을 가리킨다.

17) 석륵(石勒, 274~333). 갈족(羯族) 출신으로 서진(西晉) 말년에 산둥에서 봉기를 일으켰는데 점차 발전하여 할거세력이 되었다. 뒤에 전조(前趙)를 멸하고 정권을 세웠다. 후조(後趙)라고 불렸다.

18) 비수의 싸움(淝水之戰). 383년 동진의 군대가 안후이성(安徽省) 비수에서 8만의 병력으로 전진(前秦) 부견의 100만 대군을 물리친 전투를 말한다. 『진서』「부견재기」(苻堅載記)에 의하면 싸움이 벌어졌을 때 부견이 성루에 올라가 살폈는데 팔공산(八公山)의 초목을 죄다 진나라의 군대로 잘못 보았다고 한다. '초목이 모두 병사'(草木皆兵)란 성어도 여기서 온 것이다.

19) 탁발씨(拓跋氏). 고대 선비족의 한 갈래로 386년에 탁발규(拓跋珪)가 스스로 위(魏)나라 왕이 되었는데, 점차 강성해져 황허강 이북의 여러 곳을 차지하였다. 398년에 탁발규가 평성(平城; 지금의 산시성山西省 다퉁大同)에 도읍을 정하고 황제가 되어 기원을 고쳤는데 그것을 북위(北魏)라고 한다.

20) 청일색(淸一色). 마작 용어로 한 사람의 수중에 있는 패가 동일한 꽃으로 맞춰지는 것을 말한다.

고독자[1]

1.

내가 웨이롄수魏連殳를 알게 된 것을 생각해 보면 정말 특이했다. 그것은 장례식에서 시작하여 장례식으로 끝났던 것이다.

　당시 나는 S시에 살고 있었는데, 사람들이 자주 그의 이름을 거론하는 것을 들었다. 모두 그가 아주 괴상하다는 것이었다. 동물학을 전공했지만 중학교에서 역사를 가르쳤고, 사람들에게 언제나 냉담하면서도 남의 일에 참견하기를 좋아했다. 또 가정은 파괴되어야 한다고 늘 말하면서도 월급을 타면 어김없이 그의 할머니에게 부쳐 주는데 하루도 늦은 적이 없었다. 이 밖에도 사소한 얘깃거리는 많다. 아무튼 S시에서는 화젯거리가 되는 사람 중 하나였다. 어느 해 가을 나는 한스산寒石山의 한 친척집에서 한가하게 지낸 적이 있었다. 그 집은 성이 웨이씨로 롄수와는 한집안이었다. 하지만 그들은 그를 잘 알지 못했으며, "우리들과 다르다"고 말하며 그를 마치 외국 사람으로 보는 듯했다.

이것도 그리 이상할 것이 없었다. 중국에 새로운 교육운동이 일어난 지 벌써 20년이 흘렀건만 한스산은 초등학교조차 없었다. 산골마을 전체에서 외지로 나가 유학을 한 사람은 렌수 한 사람뿐이었다. 그래서 마을 사람들이 볼 때 그는 분명 이상한 부류였다. 그러면서도 시기하고 부러워하며 그가 돈을 많이 벌었다고 얘기하곤 했다.

늦가을이 되자 이 산골마을에 이질이 유행했다. 나도 불안해 성안으로 돌아갈 작정이었다. 그때 렌수의 할머니가 병을 얻었는데, 나이가 많아 아주 위중하다는 얘기를 들었다. 두메산골이라 의사도 없었다. 그의 가족으로는 사실 이 할머니밖에 없었다. 할머니는 하녀를 고용하여 단출하게 살고 있었다. 그는 어릴 적에 부모를 여의고 이 할머니의 보살핌으로 자랐다. 할머니는 예전에 고생을 무진장 했는데 지금은 편안하다고 했다. 그러나 렌수에게 처자식이 없다 보니 집안은 아주 쓸쓸하기만 했다. 이런 것도 소위 사람들이 다르다고 말한 이유의 하나가 될 것이다.

한스산은 성에서 육로로는 약 백 리, 수로로는 칠십 리나 떨어져 있어서 사람을 시켜 렌수를 불러오려면 적어도 왕복 나흘이 걸렸다. 산골 벽지에서는 이러한 일도 사람들이 모두 알고 싶어 하는 큰 뉴스였다. 이튿날 할머니의 병세가 위중하여 소식을 전할 사람이 출발했다는 소문이 온 마을에 퍼졌다. 그러나 할머니는 새벽 2시쯤 끝내 숨을 거두었다. 임종을 앞두고 "왜 나에게 렌수를 만나게 해주지 않는 거야……?"라는 말을 남겼다고 한다.

문중의 어른과 가까운 친척들 그리고 할머니의 친정 식구들과 한가한 사람들이 한 방에 모여 렌수가 언제쯤 도착할지 얘기를 하고 있었는데 대체로 입관을 시작할 무렵이나 되어야 할 거라는 의견들이었다. 관과 수의는 이미 갖추어져 있어서 새로 장만할 필요가 없었다. 그들에게 제일 큰 문제는 어떻게 이 '맏손자'[2]를 대할 것인가 하는 거였다. 그가 모든 장례 의식을 새로운 격식으로 바꾸려고 할 거라 생각했기 때문이었다. 그들은 의논 끝에 세 가지 조건을 상정하고 그에게 실행을 요구하기로 했다. 첫째, 흰 상복을 입는다. 둘째, 무릎을 꿇고 절을 한다. 셋째, 스님이나 도사를 불러서 법사[3]를 행한다는 것이었다. 결국은 전부 옛 전통에 따른다는 것이었다.

그들은 상의가 이루어지자 렌수가 도착하는 날 모두 대청 앞에 모여 대열을 이루고 서로 호응하며 힘을 합쳐 극히 엄중한 담판을 벌이기로 약속하였다. 마을 사람들은 죄다 침을 삼키며 신기한 듯 새로운 소식을 기다렸다. 그들은 렌수가 "서양식 교육을 받은" '신당'新黨으로 줄곧 어떤 도리 따위는 안중에 없는 위인인지라, 쌍방의 충돌은 불가피할 것이며 어쩌면 의외의 진기한 일이 발생할지도 모른다고 생각했다.

렌수가 집에 도착한 것은 오후였는데 문에 들어서자 할머니의 영전에 허리를 구부렸을 뿐이라고 한다. 문중의 어른들은 계획에 따라 즉시 행동에 옮겼다. 그를 대청으로 불러들인 다음 먼저 일장 연설을 늘어놓고는 본론에 들어갔다. 모두들 이에 맞장구치며 제각기 떠들어 대어 그에게 반박할 기회를 주지 않았다. 마침내 할 말을 다 해버려서 더 이상 할 말이 없게 되자 대청 안에는 침묵이 흘렀다. 모두들 조심조심 그의 입을 쳐다보았다. 렌수는 안색도 변하지 않고 짤막히 대답할 뿐이었다.

"다 좋습니다."

이것은 그들에게는 너무나 뜻밖의 대답이었다. 모두들 마음의 무거운 짐을 내려놓기는 했으나 도리어 더 무거워지는 것 같기도 했다. 너무도 '이상해서' 몹시 우려되기도 했다. 이 소식을 들은 마을 사람들도 몹시 실망하여 서로 떠들기를 "이상한데! 그가 '모두 괜찮다'고 하다니! 우리도 어디 가 보세" 하였다. 다 괜찮다는 것은 옛 관례대로 한다는 것이니 굳이 가 볼 필요도 없었지만, 그래도 그들은 보고 싶어 해가 저물자 들뜬 마음으로 대청 앞에 가득 모여들었다.

나도 구경하러 갔던 사람 중 하나였다. 나는 미리 향과 양초 한 갑을 보내 두었다. 그의 집에 도착했을 때에는 렌수가 죽은 이에게 수의를 입히고 있었다. 그는 몸집이 작고 여윈 사람이었다. 덥수룩한 머리와 짙은 눈썹과 검은 수염이 길쭉한 얼굴의 절반을 덮고 있었고, 두 눈만이 검은 얼굴에서 빛을 발하고 있었다. 수의를 입히는 솜씨가 대단한 것이 마치 장례 전문가 같아서 옆에서 구경하던 사람들이 탄복했다. 한스산의 풍속에 의하면 이런 때에는 외갓집 친척들이 트집을 잡기 마련이었다. 그래도 그는 그저 묵묵히 누가 뭐라고 해도 얼굴색 하나 변하지 않고 그대로 따랐다. 내 앞에 서 있던 백발의 할머니는 부러워하며 탄성을 질렀다.

다음에는 절을 하고 그다음에는 곡을 하였는데 여자들은 모두 경문經文을 외었다. 그다음에는 입관이었다. 그다음에 절을 하고 또 곡을 하는데 곡은 관 뚜껑에 못을 박을 때까지 계속되었다. 일순 조용해지더니 별안간 사람들이 술렁거리면서 놀라움과 불만스러운 기색이 드러났다. 나도 퍼뜩 렌수가 시종 눈물 한 방울 흘리지 않고 거적자리에 앉아서 두 눈만 어두운 얼굴에서 반짝이고 있는 것을 발견하였다.

이처럼 놀라움과 불만스러운 분위기 속에서 입관이 끝났다. 사람들은 모두 못마땅하여 돌아갈 눈치들이었지만 렌수는 거적자리에 앉아서 생각에 잠겨 있었다. 그런데 갑자기 그가 눈물을 흘리기 시작하더니 이어서 소리를 지르며 대성통곡을 하였다. 마치 상처 입은 이리가 깊은 밤 광야에서 울부짖는 것 같았고, 그 슬픔 속에는 분노와 비애가 뒤섞여 있는 듯했다. 이런 일은 전례가 없는 일이어서 미리 예방할 수 없었던지라 모두들 어찌해야 좋을지 몰라 한동안 망설이고 있는데 몇 사람이 나서서 그를 말리게 되자 사람들이 점점 더 많이 모여들어 그를 빙 둘러쌌다. 그러나 그는 철탑과 같이 끄떡도 하지 않고 앉아서 통곡만 하였다.

사람들은 흥취가 사라져 흩어질 수밖에 없었다. 그는 울고 또 울었다. 대략 반 시간쯤 울더니 갑자기 울음을 딱 그치고는 문상객들에게 인사도 하지 않고 집 안으로 들어가 버렸다. 그의 뒤를 따라서 살펴보러 갔던 사람의 말에 의하면 그는 자기 할머니의 방으로 들어가 침대에 쓰러지더니 급기야 깊이 잠들어 버렸다고 했다.

이틀 뒤, 그러니까 내가 성으로 돌아가기로 한 그 전날, 마을 사람들이 귀신이라도 만난 것처럼 떠들고 있는 것을 들었다. 롄수가 일체의 가재도구를 불살라서 할머니 영전에 바치고, 나머지는 할머니가 살아 계실 때 받들어 모시고 죽을 때 임종까지 지켜 준 하녀에게 나누어 주고, 또 그녀에게 집도 무기한으로 빌려 주려고 한다는 것이었다. 그래서 일가친척들은 입에 침이 마르도록 말렸지만 끝내 그의 뜻을 꺾을 수 없었다고 한다.

아마도 호기심 때문이었겠지만, 돌아가는 길에 나는 그의 집 앞을 지나다가 들러서 조문을 하였다. 흰 상복을 입고 나타난 그의 표정은 전과 다름없이 냉랭했다. 정중히 위로의 말을 전했지만 그는 그저 고개만 끄덕이는 것 외에 이렇게 한마디 말로 대답했을 뿐이었다.

"호의에 대단히 감사드립니다."

2.

우리가 세번째로 만난 것은 그 해 초겨울 S시의 어느 책방에서였다. 우리는 동시에 머리를 끄덕이며 아는 체를 했다. 그러나 우리를 가깝게 한 것은 그 해 연말에 내가 실직을 한 뒤였다. 그때부터 나는 늘 롄수를 찾아갔다. 그것은 첫째로는 당연히 따분했기 때문이었고, 둘째로는 그의 천성이 쌀쌀하기는 하지만 실의한 사람을 친근히 대해 준다는 얘기를 들었기 때문이었다. 그러나 세상사는 변화무쌍한 것, 실의한 사람도 언제까지나 실의에 젖어 있으라는 법은 없는 것, 그러다 보니 그에게는 오랫동안 사귄 친구가 극히 적었다. 이 소문은 과연 거짓이 아니어서 내가 명함을 건네자 그는 곧 만나 주었다. 두 칸이 서로 통하게 되어 있는 거실에는 별다른 장식도 없었고 책상과 의자 외에는 책장이 몇 개 있을 뿐이었다. 사람들은 모두 그를 무서운 '신당'이라고 했지만 책꽂이에는 새로운 책이 그다지 많지 않았다. 그는 이미 내가 실직한 사실을 알고 있었다. 상투적인 인사말을 나눈 뒤 별로 할 말이 없어 주인과 손님이 덤덤히 마주 앉아 있다 보니 분위기는 점점 침울해졌다. 나는 그가 급하게 담배 한 대를 피우고는 꽁초에 손가락을 델 정도가 되자 땅바닥에 던져 버리는 것을 묵묵히 쳐다보았다.

"담배 태우시죠." 그는 손을 내밀어 또 담배를 집으며 문득 이렇게 말했다.

그래서 나도 한 대를 집어 피우며 교사 생활 이야기며 책에 대한 얘기를 했지만 분위기는 여전히 침울하기만 했다. 내가 자리를 뜨려고 하는데 문밖에서 떠드는 소리와 발자국 소리가 한바탕 나더니 사내애와 여자

애 네 명이 뛰어 들어왔다. 큰애는 여덟이나 아홉 살쯤 되어 보이고, 작은 애는 네댓 살쯤 되어 보였는데, 손이며 얼굴이며 옷이 더러운 데다가 아주 밉살스러웠다. 그러나 롄수의 눈에는 곧 기쁜 빛이 드러났다. 그는 서둘러 일어나더니 거실 옆방으로 들어가면서 이렇게 말했다.

"다량大良, 얼량二良 모두 와 봐라! 너희들이 어제 사 달라던 하모니카 를 사다 놨어."

아이들은 우르르 뒤쫓아가더니 이내 제각기 하모니카를 불면서 몰려 나왔다. 그런데 거실을 나서자마자 무엇 때문인지 모르겠지만 갑자기 싸 움이 일어서 한 아이가 울음을 터트렸다.

"한 사람에 하나씩, 다 같은 거야. 싸우지 마라!" 그는 아이들의 뒤를 뒤따르면서 이렇게 타일렀다.

"뉘 집 아이들인데 이렇게 많아요?" 나는 물었다.

"주인집 애들이에요. 애들에겐 엄마가 없고 할머니뿐입니다."

"집주인은 혼자 삽니까?"

"네, 그의 부인은 삼사 년 전에 죽었어요. 재혼을 하지 않았구요──그 렇지 않았다면 나 같은 독신남에게 방을 빌려 주지는 않았을 거예요." 그 는 말하면서 차갑게 미소 지었다.

나는 그가 왜 지금껏 독신으로 사는지 물어보고 싶었지만, 친숙하지 않아서 끝내 입을 열지 못했다.

사귀어 보니 롄수는 얘기를 곧잘 하는 사람이었다. 그는 토론하기를 아주 좋아했고 게다가 이따금 기발한 생각을 말하기도 했다. 그런데 참을 수 없었던 것은 그를 찾아오는 어떤 손님들이었다. 그들은 아마도 『침륜』[4] 을 읽었는지 늘 자신은 "불행한 청년"이라거나 "쓸모없는 인간"이라고 하면서 게처럼 나태하고 또 오만하게 큰 의자를 틀고 앉아서는 한숨을 쉬기도 하고 이맛살을 찌푸리며 담배를 피우는 것이었다. 게다가 주인집 아이들이 툭하면 서로 다투고 그릇을 뒤집어엎으며 과자를 사 달라고 졸라 대는 통에 머리가 어지러울 정도였다. 그러나 롄수는 아이들 얼굴만 보면 평소의 그런 차가운 태도는 보이지 않고 자신의 생명보다 더 소중하게 여겼다. 한번은 산량三良이 홍역을 앓는다는 소리를 듣고 너무 당황하여 검은 얼굴이 더 검어졌었다고 한다. 그런데 생각했던 것보다 병은 심각하지 않아서 뒤에 아이들의 할머니에 의해 웃음거리로 전해지기도 했다.

"뭐라고 하든 아이들이 좋아요. 그들은 모두 천진난만해……." 내가 좀 귀찮아한다는 것을 눈치챈 듯 그는 어느 날 기회를 봐서 그렇게 말하였다.

"다 그런 것은 아니지요." 나는 아무렇게나 대답했다.

"아니요, 어른들의 나쁜 성질이 아이들에게는 없어요. 후천적인 악은 당신이 평소에 공격하는 그런 악과 같이 환경이 그렇게 만든 것이죠. 원래는 결코 나쁘지 않고 천진난만했지요……. 나는 중국에 희망이 있다면 그것은 바로 여기에 있다고 생각해요."

"아니요, 아이들에게 나쁜 씨앗이 없다면 어떻게 커서 나쁜 열매가 열리겠어요? 예를 들어 하나의 씨앗은 그 안에 본래 가지와 잎과 꽃과 열매가 될 싹을 갖고 있기 때문에 자랐을 때 이러한 것들이 나올 수 있는 거예요. 어찌 근거 없이……." 그 무렵 나는 하는 일 없이 한가한지라 훌륭한 사람들이 하야하면 채식을 하고 참선을 하는 것[5]처럼 불경을 읽고 있었다. 물론 불교의 교리를 터득하고 있었던 것은 아니어서 잘 읽어 보지도 않고 그저 입에서 나오는 대로 지껄였다.

그런데 렌수는 화난 얼굴로 나를 노려보더니 더 이상 아무 말도 하지 않았다. 나는 그가 할 말이 없어 그랬는지 아니면 반론할 가치가 없다고 여겨서 그랬는지 짐작할 수가 없었다. 다만 그가 오랫동안 나타내지 않던 냉랭한 태도를 드러내며 묵묵히 담배 두 대를 연거푸 피웠다. 그가 세 대째 담배를 집으려고 할 때 나는 더 앉아 있을 수가 없어 도망쳐 나오고 말았다.

　이런 섭섭한 감정은 석 달이 지나서야 겨우 풀렸다. 그것은 아마 그때의 일을 잊어버렸거나 아니면 '천진한' 아이들에게 그 자신이 원수가 되었기 때문일 것이다. 그래서 아이들에 대해 모욕적인 언사를 던진 나의 심정을 헤아릴 수 있다고 생각한 모양이었다. 하지만 이것은 어디까지나 나의 추측에 불과하다. 그때는 그가 나의 집에 와서 술을 마실 때였다. 그는 서글픈 표정을 짓고는 반쯤 고개를 들고 말했다.

　"생각해 보면 정말 기괴한 일입니다. 내가 여기 오다가 길에서 한 어린애를 만났는데 갈댓잎을 들고 나를 가리키며, 죽일 거야! 라고 하질 않겠어요. 아직 걸음도 제대로 걷지 못하는 애가 말이에요……"

　"그것은 환경이 나쁘게 가르친 것이지요."

　나는 이내 이렇게 말한 것을 후회했다. 그러나 그는 별로 개의치 않고 술만 마시더니 그 사이에 줄곧 담배를 피워 댔다.

　"깜빡 잊고 있었네, 물어보고 싶은 게 있었는데." 나는 다른 말로 얼버무렸다. "당신은 그다지 남의 집을 잘 방문하지 않는 편인데, 오늘은 어쩐 일로 여기까지 왔어요? 우리들이 서로 알고 지낸 지 일 년이 넘었는데, 당신이 나를 찾아온 것은 처음이지요."

　"당신에게 알려 줄 것이 있어요. 당분간 우리 집에 찾아오지 마십시오. 우리집에는 아주 밉살스러운 어른 하나와 아이 하나가 와 있는데, 모두 사람 같지 않아요!"

"어른 하나와 아이 하나라니? 대체 그들이 누구예요?" 나는 좀 이상했다.

"내 사촌 형과 그의 아들 녀석이지요. 허허, 아들도 아비와 똑같아."

"당신을 만나러 성안에 온 김에 놀다 가겠다는 심산인가요?"

"아니요, 나에게 의논할 일이 있어 왔다는데, 그 애를 나의 양자로 삼으라는 거예요."

"아니! 당신의 양자로?" 나는 놀라서 소리쳤다. "당신은 아직 결혼도 하지 않았잖소?"

"그들은 내가 결혼하지 않을 거라는 것을 알고 있어요. 하지만 그들에게 그것이 무슨 상관입니까. 그들은 사실 한스산에 있는 쓰러져 가는 내 집을 상속받으려는 것이에요. 내게는 그 집 외에는 아무것도 없습니다. 당신도 알다시피 수중에 돈이 들어오면 즉각 다 써 버려서 가진 거라고는 그 집 한 채뿐이오. 그래서 그들 부자의 일생 사업은 그 집을 빌려 살고 있는 하녀를 쫓아내는 것입니다."

그의 차갑고 쌀쌀한 말투에 나는 소름이 끼쳤다. 그렇지만 나는 그를 위로하며 말했다.

"당신 친척들이 설마 그렇게까지 하겠어요. 그들의 생각이 약간 고루할 뿐이지요. 할머니가 돌아가셨을 때 당신이 대성통곡을 하자 그들도 모두 당신을 에워싸고 열심히 위로해 주고……."

"내 아버지가 돌아가셨을 때도 똑같았어요. 내가 울고 있자 그들도 열심히 나를 에워싸고 위로해 주었지요. 내 집을 뺏으려면 증서에 내 도장을 받아야 했기 때문에……." 그의 두 눈은 위를 응시하는데 마치 공중에서 그 당시의 정경을 찾으려는 듯했다.

"결국 관건은 당신에게 자식이 없다는 겁니다. 당신은 왜 여태까지 결혼을 하지 않는 거요!" 나는 퍼뜩 화제를 바꿀 말을 찾아냈다. 그것은 오래전부터 물어보려고 생각해 왔던 것이었는데, 이때가 가장 좋은 기회라고 여겼다.

그는 의아한 듯이 나를 쳐다보았고, 얼마 뒤에 눈길을 자신의 무릎 위로 옮기더니 담배만 피울 뿐 대답이 없었다.

3.

하지만 그렇게 실의가 깊어지는 생활이었음에도 렌수를 평안히 살아가도록 하지 않았다. 점차 지방의 작은 신문에서 익명의 인사들이 그를 공격했고, 학계에서도 늘 그와 관련된 유언비어가 떠돌았다. 그러나 이것은 이전처럼 단순한 화젯거리가 아니라 대개는 그에게 불이익을 주는 것이었다. 이것이 그가 근래 즐겨 문장을 발표한 결과라는 것을 알고 있었던 나는 별로 개의치 않았다. S시 사람들은 거리낌없이 의견을 발표하는 사람을 가장 싫어해서 그런 사람이 있으면 반드시 암암리에 골려 주었다. 이런 일은 본래부터 그러했던 것으로 렌수 자신도 알고 있었다. 그런데 봄이 되자 그가 갑자기 교장에 의해 해직당했다는 소문이 들렸다. 이것은 약간 갑작스럽게 느껴졌다. 사실 이것 역시 예전부터 늘 있어 왔던 일이지만, 내가 알고 있는 사람이 이런 일을 당하지 않기를 바랐기 때문에 갑작스럽게 느껴졌던 것뿐이었다. S시 사람들이 이번만 특별히 나쁜 것은 결코 아니었다.

그때 나는 나 자신의 생계 때문에 바빴다. 더구나 그 해 가을에는 산양山陽에 가서 교편 잡는 일을 알아보고 있었기 때문에 그를 찾아가 볼 겨를이 없었다. 좀 여가가 생겼을 때는 그가 해직을 당한 지 약 석 달이 지난 뒤였다. 그러나 롄수를 찾아갈 마음이 생기지 않았다. 어느 날 큰길을 지나다가 우연히 헌책방 앞에서 걸음을 멈춘 나는 깜짝 놀랐다. 그곳에 진열된 급고각汲古閣 초판본 『사기색은』[6]은 바로 롄수의 책이기 때문이었다. 그는 장서가는 아니지만 책을 좋아했고, 이 책은 귀중한 선본善本이어서 부득이한 일이 아니고서는 쉽사리 팔아 버릴 리가 없었다. 실직한 지 이삼 개월이 되어 빈궁함이 이 지경에 이른 것인가? 그는 돈이 생기면 그 자리에서 써 버리니까 무슨 저축 같은 것은 없었다고 하지만. 그래서 나는 롄수를 찾아가 보기로 결심하고 내처 길에서 술 한 병과 땅콩 두 봉지, 훈제 생선 두 마리를 샀다.

그의 방문은 닫혀 있었다. 두어 번 소리쳐 불렀지만 대답이 없었다. 나는 그가 자고 있지는 않나 해서 더 큰 소리로 부르며 손으로 방문을 두드렸다.

"나간 모양이오!" 다량의 할머니인 세모눈의 뚱뚱한 여인이 맞은편 창문으로 희끗희끗한 머리를 내밀며 귀찮다는 듯이 큰소리로 말했다.

"어디 갔어요?" 나는 물었다.

"어디 갔냐구? 그걸 누가 알겠어요? —— 그 사람이 가긴 어딜 갔겠소. 좀 기다리면 이내 돌아올 거요."

나는 문을 열고 거실로 들어갔다. 정말 "하루 못 본 것이 삼 년이나 못 본 것 같다"[7]고 했는데, 눈에 보이는 것은 모두 처량하고 쓸쓸해 보였다. 남은 가재도구도 몇 개 되지 않은 데다가 책도 S시에서는 누구도 사려는 사람이 없는 양장본洋裝書 몇 권만 남아 있었다. 방 안의 둥근 탁자는 아직 그대로 있었다. 이전에는 우울하면서도 비분강개했던 청년들과 회재불우의 기사奇士들 그리고 더럽고 시끄러운 아이들이 항상 이 탁자 주위에 모여 있었는데, 지금은 정적만 남았고 옅은 먼지가 가득 쌓여 있을 뿐이었다. 나는 탁자 위에 술병과 종이 꾸러미를 놓고 그 옆에 의자를 끌고 와서 방문을 마주하고 앉았다.

분명 "좀 있으면"이란 말이 틀리지 않았다. 방문이 열리고 한 사람이 쓸쓸하게 그림자처럼 들어왔는데, 바로 롄수였다. 해질 무렵이어서 그런지 얼굴이 더 검어 보였으나 표정은 여전했다.

"어! 오셨소, 온 지 오래되었소?" 그는 반가운 모양이었다.

"아니 얼마 안 됐어요"라고 대답하고는 "어디에 갔었어요?"

"뭐 어디에 간 것은 아니고 그냥 마음 내키는 대로 돌아다녔소."

그도 의자를 탁자 옆에 끌고 와 앉았다. 우리들은 술을 마시기 시작했고, 그의 실직에 관해서 얘기를 나누었다. 그러나 그는 그런 이야기는 별로 하고 싶어 하지 않았다. 그는 예상했던 일이고 또 여러 번 당해 본 일이라 이상하지도 않고 얘기할 만한 것도 못 된다고 생각했다. 그는 예전처럼 술만 마시며 사회와 역사에 관한 자기 생각을 얘기했다. 웬일인지 나는 이때 텅 빈 책꽂이를 바라보다가 급고각 초판본 『사기색은』이 생각나서 불현듯 고독과 비애를 느꼈다.

"거실이 퍽 쓸쓸하군요……. 요즘은 찾아오는 손님이 별로 없어요?"

"없어요. 그들은 내 심경이 편치 않으니 와도 재미없을 거라고 생각하지요. 심경이 좋지 않으면 사실 사람들을 불편하게 하거든. 겨울 공원에 가는 사람은 없잖소……." 그는 술 두 잔을 연이어 마시고 나서 묵묵히 생각하다가 갑자기 얼굴을 들어 나를 보더니 물었다. "당신이 찾고 있는 일자리도 아직 별 다른 소식이 없소……?"

나는 그가 벌써 약간의 취기가 있다는 것을 분명하게 알았지만 그 말에 기분이 언짢아져서 한마디 하려고 했다. 그런데 그가 이때 귀를 기울여 뭔가를 듣고는 곧 땅콩을 한 움큼 쥐고 나가 버리는 것이었다. 문밖에서 다량 등의 웃음소리가 들렸다.

하지만 그가 나가자 아이들의 웃음소리는 그쳤는데 모두 가 버린 것 같았다. 그는 쫓아가면서 몇 마디 했지만 아이들의 대답은 들리지 않았다. 그는 또다시 그림자처럼 풀죽은 모습으로 돌아와서 쥐고 갔던 땅콩을 종이 포장지에 내려놓았다.

"이젠 내가 주는 것은 먹으려고 하지 않아." 그는 나지막한 소리로 자조하듯이 말했다.

"롄수," 나는 비애를 느꼈지만 억지로 미소를 지으며 말했다. "너무 자신을 괴롭히는 것 같아요. 당신은 인간을 너무 나쁘게만 보는 것 같은데……."

그는 차갑게 웃었다.

"내 말 아직 끝나지 않았소. 당신은 우리들, 가끔 찾아오는 사람들이 아무 일 없이 한가하기 때문에 이곳에 와서 당신을 소일거리 대상으로 삼는다고 생각하시오?"

"그렇진 않소. 다만 때론 그렇게 생각할 때도 있소. 혹시 이야깃거리를 찾으러 오지는 않았나 하고 말이오."

"그것은 당신이 잘못 생각한 거요. 모두 결코 그렇지 않아요. 당신은 스스로 누에집[8]을 만들어 자신을 그 속에 가두어 놓고 있소. 세상을 좀 밝게 볼 필요가 있어요."

나는 한숨 지으며 말했다.

"그럴지도 모르지요. 하지만 그 누에집은 어디서 오는 겁니까?——물론 세상에는 그런 사람들이 수두룩하죠. 예를 들어 내 할머니 같은 분이 바로 그랬소. 내 비록 할머니의 피를 이어받은 것은 아니지만 그 운명은 이어받았을지도 모르지요. 하지만 이것도 뭐 중요한 것은 아니오. 나는 그때 이미 다 울어 버렸으니까……."

나는 바로 그의 할머니 장례식 때의 장면이 생생하게 떠올랐다.

"난 당신이 그때 왜 그렇게 대성통곡했는지 이해할 수 없어요……." 나는 불쑥 이렇게 물었다.

"할머니를 입관할 때 말이오? 그래, 당신은 이해 못할 거요." 그는 등불을 켜면서 냉랭하게 말했다. "당신과 내가 교제하게 된 것도 그때의 울음 때문이었다고 생각하오. 당신은 모르겠지만, 그 할머니는 내 아버지의 계모였소. 아버지의 생모는 세 살 때 돌아가셨지." 그는 생각에 잠기며 묵묵히 술을 마시고 훈제한 생선을 먹었다.

"그런 옛일은 나도 처음에는 알지 못했소. 그저 어렸을 적부터 좀 이상하다고 생각했었지. 그때는 아버지가 살아 계셨고 집안 형편도 괜찮아서 정월에는 조상의 초상을 걸어 놓고 성대하게 제사를 지냈지요. 그 많은 성장盛裝한 화상들을 구경하는 것은 그 당시 내게는 더없는 즐거움이었어요. 그런데 그때 나를 안고 있던 한 하녀가 초상화 한 폭을 가리키며 '이분이 도련님의 할머니예요. 절 하세요. 씩씩하게 빨리 자라게 해달라고 말이에요.' 그때 나는 할머니가 계신데 또 무슨 '진짜 할머니'가 있을 수 있는지 잘 깨닫지 못했소. 그렇지만 나는 그 '진짜 할머니'를 좋아했어요. 그 할

고독자 327

머니는 집에 계시는 할머니처럼 늙지도 않았어요. 젊고 예뻤으며 금박무늬의 빨간 옷을 입고 구슬로 장식한 관을 쓰고 있었는데 그것은 내 어머니의 초상화와 거의 비슷했어요. 내가 할머니를 보면 그녀의 눈도 나를 바라보았고 입가에는 미소까지 짓고 있었지요. 그래서 나는 이 할머니가 나를 정말 사랑한다고 생각했어요.

"그렇지만 나는 집에서 종일 창밑에 앉아 천천히 바느질을 하는 할머니도 좋아했어요. 비록 내가 아주 기쁘게 그녀 앞에서 쾌활하게 떠들고 말을 걸고 해도 웃음 한 번 보이는 법 없이 언제나 차가운 느낌뿐이어서 아무래도 다른 할머니들과 좀 다르다는 생각을 했지만, 그래도 나는 여전히 그 할머니를 좋아했어요. 그 뒤로 점차 멀어지게 되었지만 그렇다고 내가 나이가 들면서 그분이 아버지의 생모가 아니라는 사실을 알게 되어서가 아니라, 하루도 빠짐없이 기계처럼 바느질만 하던 모습이 보기에 싫증 났기 때문이었어요. 그래도 할머니는 여전히 예나 다름없이 바느질을 하면서 나를 돌봐 주고 또 귀여워해 주셨지요. 할머니는 좀처럼 웃지 않았지만, 큰소리로 꾸짖지도 않았어요. 아버지가 돌아가실 때까지 줄곧 그랬어요. 그 뒤로 우리집 생계는 전적으로 할머니의 바느질에 의지할 수밖에 없게 되어서 할머니는 더욱더 그러했지요. 내가 학교에 들어갈 때까지……."

등불이 점점 어두워졌다. 기름이 다 된 모양이었다. 그는 일어나서 책꽂이 밑에서 작은 양철통을 꺼내어 기름을 부었다.

"이달에만 기름값이 두 번이나 올랐어……." 그는 등잔마개를 잘 돌려 놓고 천천히 말했다. "생활이 하루하루 어려워지고 있어요.── 할머니는 그 뒤에도 여전했습니다. 내가 학교를 졸업하고 일자리를 얻어 형편이 다소 나아진 뒤에도, 아니 할머니가 병이 들어 도저히 견딜 수 없게 되어 자리에 눕게 되기까지 그러했다고 하는 편이 맞을 거예요…….”

“내 생각에 할머니는 말년에 그렇게 고생한 편은 아니었소. 또 사실 만큼 사셨으니 내가 눈물을 흘릴 것까지는 없었지요. 더구나 우는 사람도 많지 않았어요? 이전에 할머니를 몹시 괄시하던 사람까지도 울었으니 말입니다. 적어도 얼굴만은 매우 슬퍼보였소. 하하!…… 그런데 나는 그때 어찌 된 일인지 그녀의 일생이 눈앞에 떠올랐소. 스스로 고독을 만들어서 그것을 씹어 삼켜 온 사람의 일생이 말이오. 게다가 이런 사람은 세상에 아주 많다는 생각이 들었어요. 이런 사람들을 생각하니 자연 슬퍼지면서 눈물이 나질 않겠소. 그보다도 내가 그때 너무 감상적이었던 게 큰 이유였던 것 같지만…….”

“지금 나에 대한 당신의 비판은 바로 이전의 할머니에 대한 나의 생각과 같소. 하지만 당시의 내 생각은 사실 옳지 않았어요. 나 자신이 세상 일을 좀 알기 시작하면서 확실히 할머니와 점점 멀어져 갔으니까…….”

그는 침묵했다. 손가락 사이에 담배를 끼운 채 머리를 숙이고 생각에 잠겼다. 등불이 가늘게 떨렸다.

“아, 사람이 죽은 뒤에 한 사람도 그를 위해 울어 주는 이가 없도록 하는 일은 쉬운 일이 아니야.”

그는 혼잣말처럼 중얼거리고는 잠시 후에 얼굴을 들어 나를 보며 말했다. “당신도 별 수가 없는 모양이지요. 나도 빨리 일자리를 찾아야 할 텐데…….”

“그래 부탁해 볼 만한 친구는 더 없소?” 나는 이때 자신의 일조차도 어떻게 해볼 도리가 없었다.

“몇 사람 있기는 하지만 그들의 처지도 나와 별반 차이가 없소…….”

내가 롄수와 작별하고 문을 나서자 둥근 달이 이미 중천에 떠 있었다. 아주 고요한 밤이었다.

4.

산양의 교육사업 상황은 말이 아니었다. 학교에 부임한 지 두 달이 지났는데도 월급 한 푼 받지 못해 담배도 아껴 피워야 할 판이었다. 하지만 학교 직원들은 월급이 한 달에 십오륙 원인 말단 직원에 이르기까지 자기 운명에 만족하고 본분을 지키지 않는 이가 없었다. 게다가 그들은 고생 속에서 단련된 무쇠 같은 육체에 의지하여 몹시 수척해져 얼굴이 누렇게 뜨면서도 아침 일찍부터 저녁 늦게까지 일을 하였다. 그러다가도 지위와 명예가 높은 사람이 들어오면 공손히 일어나서 인사를 하였다. 실로 "의식이 풍족해야 예절을 안다"[9]는 말이 필요 없는 백성들이었다. 이런 상황을 지켜볼 때마다 왜 그런지 롄수와 헤어질 때 그가 나에게 부탁한 말이 생각났다. 당시 그의 살림 형편은 말이 아니었다. 때때로 궁색한 모습이 드러나서 예전의 침착함은 찾아볼 수 없었다. 내가 떠난다는 것을 알고는 한밤중에 찾아와서 한참을 머뭇거리더니 더듬거리며 이렇게 말했다.

"거기 가면 무슨 방법이 있지 않겠소? 베껴 쓰는 일이라도 좋으니 한 달에 이삼십 원이라도 괜찮은데, 나는……."

나는 깜짝 놀랐다. 그가 이렇게까지 타협적으로 나오리라고는 생각지 못했기 때문에 한동안 말이 나오지 않았다.

"나는……, 나는 아직 좀더 살아야 하니까……."

"거기 가 보고, 될 수 있는 대로 알아보리다."

이것이 내가 그날 그에게 책임지고 한 대답이었다. 이 말은 훗날 늘 내 귀에 들려왔다. 동시에 롄수의 모습도 눈앞에 떠올랐다. "나는 아직 좀 더 살아야만 해"라고 더듬거리며 말하던 목소리까지 들리는 것이었다. 그동안 나는 여러 곳에 추천을 해보았다. 하지만 무슨 효과가 있었겠는가. 일은 적고 사람은 많으니 돌아오는 결과는 사람들이 나에게 몇 마디 미안하다는 말을 하는 것뿐이었다. 나는 나대로 그에게 몇 마디 송구하다는 편지를 보냈다. 한 학기가 끝나 갈 무렵 상황은 더 나빠졌다. 그 지역의 몇몇 신사紳士들이 발간하는 『학리주보』學理週報에서 나를 공격하기 시작했다. 물론 이름을 거론한 것은 아니지만, 말이 아주 교묘하여 사람들이 한번 보면 누구나 다 내가 학교에서 소동을 선동하고 있다[10]고 느끼도록 하였고 또 롄수를 추천한 일조차 자기 패를 끌어들여 작당 모의를 하려 한다고 생각하게끔 했다.

나는 꼼짝도 할 수 없게 되었다. 그러다 보니 수업하는 것을 제외하고는 문을 닫아걸고 집 안에 숨어 있을 수밖에 없었다. 때때로 담배 연기가 창틈 사이로 새어 나가는 것까지 학교 내의 소동을 조장한다는 혐의를 받지 않을까 두려웠다. 그래서 롄수의 일은 입 밖에 낼 수도 없었다. 한겨울이 될 때까지 나는 이렇게 지냈다.

하루종일 눈이 내리더니 밤이 되어도 그치지 않았다. 바깥은 얼마나 조용한지 정적의 소리까지 들을 수 있을 정도였다. 작은 등잔불 아래서 눈을 감고 우두커니 앉아 있는 나의 눈에는 눈송이들이 펑펑 쏟아져 눈 덮인 허허벌판에 다시 눈이 쌓이는 모습이 보이는 것만 같았다. 지금쯤은 고향에서도 새해를 맞이할 준비로 다들 한창 바쁘겠지. 어느덧 나 자신이 어린 아이가 되어 뒤뜰 평평한 곳에서 꼬마 친구들과 함께 눈사람을 만들고 있었다. 두 개의 자그마한 숯덩이를 눈사람의 눈에 끼워 넣었더니 눈이 아주 새까맣다. 그 눈이 갑자기 반짝하는가 싶더니 롄수의 눈으로 변하였다.

"나는 아직 좀더 살아야만 해!" 여전히 그 목소리였다.

"왜?" 나는 나도 모르게 이렇게 묻고는 곧 스스로도 우스워졌다.

이 우습다는 문제가 나를 일깨웠다. 나는 자세를 바로 하고 앉아서 담배에 불을 붙였다. 창문을 열고 내다보니 눈은 더욱더 세차게 쏟아지고 있었다. 문 두드리는 소리가 나더니 이윽고 누가 들어왔는데, 그것은 귀에 익은 하숙집 심부름꾼의 발걸음 소리였다. 그는 나의 방문을 열더니 여섯 치 남짓한 봉투 하나를 건네주었다. 몹시 거친 필체였는데 얼핏 보니 '위함'魏緘이라는 두 글자가 있는 것으로 보아 롄수가 보낸 것임을 알았다.

이것은 내가 S시를 떠난 뒤 그가 내게 보낸 첫번째 편지였다. 나는 그가 게으른 사람이라는 것을 알고 있었기 때문에 그에게서 소식이 없다고 하여 이상하게 여긴 것은 아니지만, 가끔은 전혀 소식을 전하지 않는 그를 원망하기도 했다. 그런데 이 편지를 받고 보니 또 어쩐지 이상한 생각이 들어 얼른 겉봉을 뜯었다. 편지도 똑같이 거친 필체로 이렇게 쓰여 있었다.

선페이申飛…….

내가 당신을 뭐라고 불러야 할지? 빈칸으로 남겨 두니 당신이 뭐라고 불리기를 원하는지 스스로 써넣기 바라오. 나는 아무래도 좋소.

헤어진 뒤로 모두 세 통의 편지를 받았지만 답신을 하지 않았소. 그 이유는 아주 간단하오. 난 우표를 살 돈조차 없었기 때문이오.

당신이 나의 소식을 알고 싶어 할 것 같아 간단히 알려 드리리다.

나는 실패했소. 예전에 나 스스로 실패자라고 생각했으나 지금에 와서 보니 결코 그렇지 않다는 것을 알았소. 지금이야말로 정말 실패자요. 전에는 내가 좀더 살아 주기를 바라는 사람도 있었소. 나 스스로도 좀더 살기를 바랐소. 하지만 살아갈 수가 없었소. 지금은 그럴 필요가 없게 되었으나 그래도 살아가려고 하오…….

그래도 살아가려 하겠다고?

내가 좀더 살기를 바라던 그 사람 자신이 더 살지 못하고 이미 적에게 속아 살해당하고 말았소. 누가 죽였느냐고? 아무도 모르오.

인생의 변화는 너무도 빠르오! 지난 반년 동안 난 거의 거지나 다름없었소. 아니, 실제로 이미 구걸을 하고 있었다고 할 수 있소. 그러나 나는 아직 해야 할 일이 있소. 나는 그것을 위해 구걸을 하고, 그것을 위해 추위에 떨고 굶주렸으며, 그것을 위해 고독하게 살았고, 그것을 위해 고통을 받았소. 하지만 멸망만은 원하지 않소. 보시오, 내가 좀더 살기를 원하는 한 사람의 힘은 이렇게 컸소. 그런데 지금은 없소. 이 한 사람마저도 없어졌소. 동시에 나 자신도 살아갈 자격이 없다고 느꼈소. 다른 사람은? 역시 자격이 없소. 동시에 난 또 내가 살아가기를 바라지 않는 그런 사람들을 위해서라도 기어코 살아가야 하겠다고 생각하오. 다행히 내가 잘 살아가기를 바라던 사람은 이미 사라졌으니까 그 누구도 마음 아파하지는 않을 것이오. 나는 이런 사람들의 마음을 아프게 하고 싶지는 않소. 그런데 지금은 없소. 그 한 사람마저 없어졌소. 통쾌하고 후련하기 그지없소. 나는 벌써 이전에 나 자신이 증오했던 것, 반대했던 것들 모두를 몸소 실행해 봤소. 그리고 이전에 나 자신이 숭배하고 주장했던 모든 것을 거부했소. 나는 이제 완전히 실패했소.──하지만 난 승리한 것이오.

당신은 내가 미쳤다고 생각합니까? 내가 영웅이나 위인이라도 된 것으로 생각하시오? 아니, 그렇지 않소. 이 일은 아주 간단하오. 나는 요즘 두杜 사단장의 고문이 되어 매달 80원의 월급을 받고 있소.

선페이……

당신이 나를 어떻게 생각할지 모르겠지만 그건 당신 좋을 대로 하시오. 난 아무래도 좋소.

당신은 아직도 나의 옛날 거실을 기억하고 있겠지요. 우리가 성안에서 처음 만났고 또 서로 헤어질 때의 그 거실 말이오. 나는 지금도 그 거실을 사용하고 있소. 그런데 여기에는 새로운 손님, 새로운 선물, 새로운 찬사, 새로운 아부, 새로운 절과 인사, 새로운 마작과 연회, 새로운 경멸과 혐오, 새로운 불면과 각혈이 있소……

당신은 지난번에 보낸 편지에서 교편 생활이 여의치 않다고 했소. 당신도 고문을 할 생각이 있소? 그럴 의사가 있다면 내가 주선해 줄 테니 나한테 알려주시오. 사실 문지기를 해도 무방하오. 새로운 손님과 새로운 선물, 새로운 찬사가 있기는 매한가지요……

여기는 큰 눈이 내렸는데 당신이 있는 곳은 어떻소? 지금은 한밤중, 두어 번 각혈을 하고 나니 정신이 맑아졌소. 당신이 가을부터 지금까지 편지를 세 통이나 보내 주었다는 것을 생각하니 놀랍기 그지없소. 그래서 당신에게 소식을 전하지 않으면 안 되겠다고 생각했소. 당신이 너무 어이없어 할지는 모르겠지만.

아마 앞으로 더 이상 편지를 쓸 것 같지 않소. 나의 이 습관은 당신도 이미 알고 있는 것이오. 언제 돌아오시오? 빨리 돌아온다면 서로 볼 수 있을 것이오.──하지만 나는 우리들이 결국 같은 길을 걷지는 않을 거라고 생각하오. 그렇다면 제발 나를 잊어 주기 바라오. 당신이 일전에 나의 생계를 걱정해 준 것에 대해 나는 진심으로 감사하고 있소. 그러나 이제 나의 일을 잊어 주시오. 나는 지금 이미 '좋아졌으니' 말이오.

12월 14일, 롄수

편지를 보고 나는 "어이없을" 정도는 아니었지만, 대충 훑어보고 다시 한번 자세히 읽어 보니 어쩐지 좀 불안해졌다. 그러나 이와 동시에 유쾌하기도 하고 기쁘기도 했다. 또 그의 생계가 더 이상 문제가 되지 않는 듯이 보여 나도 한시름 덜게 된 셈이었다. 비록 나로서는 아무런 도움도 되지 못했지만 말이다. 문득 그에게 답신을 보내야겠다는 생각을 했지만 별로 할 말이 없는 것 같아 그만두고 말았다.

분명히 나는 점차 그를 잊어 가고 있었다. 나의 기억 속에서 그의 모습도 별로 나타나지 않았다. 그런데 편지를 받은 지 열흘이 되지 않아 S시에 있는 학리칠일보사學理七日報社가 갑자기 그들의 『학리칠일보』를 우편으로 계속 부쳐 주었다. 나는 이런 것을 그다지 즐겨 보는 편은 아니었으나 부쳐 주었으니 손가는 대로 뒤적거려 보았다. 그런데 그 신문을 받아보면서부터 또 롄수를 생각하게 되었다. 그 안에는 「눈 오는 밤 롄수 선생을 뵙고」雪夜謁連殳先生,『롄수 고문의 고재아집』連殳顧問高齋雅集이니 하는 그와 관련된 시문이 실려 있었기 때문이었다. 한번은 '학리한담'學理閑譚란에 '일화'라는 제목을 달고 지난날 그가 남의 웃음거리가 되었던 이야기들이 흥미진진하게 서술되어 있었는데, 거기에는 "비범한 사람은 모름지기 비범한 일을 하게 된다"[11]는 뜻을 은연중에 풍기고 있었다.

이런 일로 그를 기억했지만, 어찌 된 일인지 그의 모습은 점점 희미해

저 갔다. 그렇지만 날이 갈수록 나와 더 가까워지는 것 같기도 하였으며 때로는 나로서도 알 수 없는 불안과 아주 경미한 전율마저 느꼈다. 다행히 가을이 되자 『학리칠일보』는 오지 않았다. 그렇지만 산양 지방에서 발간하는 『학리주간』學理週刊에는 「유언은 바로 사실이다」流言卽事實論라는 장편의 논문이 실렸다. 그 안에는 모군들에 관한 유언은 이미 공정한 신사들 사이에서 널리 떠돌고 있다고 씌어 있었다. 이것은 특정한 몇 사람을 가리키고 있었는데 그 안에는 나도 포함되어 있었다. 나는 지극히 조심하는 수밖에 없었고, 이전처럼 담배연기가 문틈으로 새어 나가는 것까지도 조심하게 되었다. 조심한다는 것은 숨 가쁜 고통이었다. 이 때문에 만사를 제쳐 놓게 되었고 렌수를 생각할 겨를도 없었다. 요컨대 사실 나는 그를 이미 잊어버렸던 것이다.

그러나 결국 나도 여름방학 때까지 견뎌 내지 못하고 5월 말에 산양을 떠났다.

5.

산양에서 리청歷城으로 다시 타이구太谷로 반년 남짓 돌아다녔으나 끝내 아무런 일자리도 얻지 못한 나는 다시 S시로 돌아가기로 결심했다. 돌아온 때는 이른 봄 어느 날 오후였다. 비가 내릴 듯한 날씨여서 모든 것이 잿빛 속에 잠겨 있었다. 이전에 살았던 하숙집에 빈 방이 있어서 다시 거기에 짐을 풀었다. 오는 길에 렌수 생각을 한 나는 도착한 뒤 저녁을 먹고 나서 그를 찾아가 보기로 마음먹었다. 나는 원시12) 지방의 명산품인 떡 두 봉지를 손에 들고 길 한가운데 드러누워 있는 개들을 피해 가면서 질척질척한 길을 한참 걸어 겨우 렌수의 집 앞에 도착했다. 집 안은 유난히 밝아 보였다. 고문이 되더니 집까지도 몹시 밝아졌구나 하고 생각하면서 자신도 모르게 어둠 속에서 웃었다. 그러나 얼굴을 들어 보니 대문 옆에 흰 종이[13]가 비스듬하게 붙어 있었다. 나는 다량의 할머니가 죽었구나 하고 생각하면서 대문 안으로 들어서서 곧장 안으로 걸어 들어갔다.

희미한 불빛이 비치고 있는 뜰 안에는 관이 놓여 있었다. 그 옆에는 군복을 입은 사병인지 마부인지 모를 사람이 웬 사람과 이야기를 주고받고 있었다. 그 사람은 바로 다량의 할머니였다. 그 밖에 짧은 옷을 입은 몇 명의 인부가 할 일 없이 서성거리고 있었다. 나는 갑자기 가슴이 두근거리기 시작했다. 그녀도 얼굴을 돌려 나를 가만히 바라보았다.

"아! 돌아오셨소? 며칠만 더 일찍 오시지……." 그녀는 갑자기 큰소리로 말했다.

"누가…… 누가 죽었어요?" 나는 이미 짐작을 하고 있었지만 그래도 이렇게 물었다.

"웨이 대인魏大人이 그저께 돌아가셨다우."

나는 사방을 둘러보았다. 등잔불을 하나만 켜 놓아서 그런지 거실 안은 어두컴컴했다. 큰 방에는 하얀 장례용 휘장이 쳐져 있었고, 방 밖에는 몇 명의 아이들이 모여 있었는데 바로 다량과 얼량 등이었다.

"저쪽에 안치되어 있어요." 다량의 할머니가 다가와 가리키며 말했다. "웨이 대인이 출세한 뒤로 안방까지 빌려 주었지요. 지금 그는 저기에 누워 있어요."

휘장 위에는 아무것도 쓰여 있지 않았다. 앞에는 긴 상 하나와 네모 상이 하나 놓여 있었다. 네모상 위에는 밥그릇과 찬그릇이 여러 개 놓여 있었다. 내가 방 안에 들어서자 갑자기 흰 상복을 입은 두 사나이가 앞을 가로막더니 죽은 생선 같은 눈을 치켜뜨고 의심스러운 눈초리로 나를 쏘아보았다. 나는 황망히 렌수와의 관계를 설명했고, 다량의 할머니도 옆에서 증명해 주었다. 그제서야 그들의 손과 눈에서 경계의 빛이 누그러졌고, 내가 가까이 다가가서 절하는 것을 허락했다.

나는 머리를 숙여 절을 하자 갑자기 어떤 사람이 땅바닥에서 엉엉 울기 시작했다. 마음을 진정시키고 보니 여남은 살 먹은 아이가 거적자리에 엎드려 있었다. 그 아이는 흰 상복을 입고 있었는데 빡빡 깎은 머리에는 한 묶음의 삼줄[14]이 감겨 있었다.

나는 그들과 인사를 마치고 나서야 그중 한 사람은 렌수의 사촌 형으로 가장 가까운 친척이고 다른 한 사람은 먼 조카뻘 되는 사람임을 알게 되었다. 나는 고인을 한번 보고 싶다고 했더니 "죄송합니다"라고 하면서 한사코 말렸다. 그러나 마침내 내게 설복을 당해 휘장을 걷었다.

나는 이번에 죽은 렌수와 만나게 되었다. 하지만 기이했다! 그는 구겨진 짧은 셔츠와 바지를 입고 있었고 가슴께에 아직 핏자국이 있었으며 얼굴은 몰라보게 수척해 있었으나 그의 모습은 예전과 다르지 않았다. 편안히 입을 다물고 눈을 감은 모습은 마치 잠들어 있는 듯했다. 하마터면 코끝에 손을 대어 아직 숨을 쉬고 있는 것은 아닌지 확인해 보고 싶을 정도였다.

죽은 이든 산 사람이든 모든 것이 죽은 듯이 조용했다. 내가 물러 나오자 그의 사촌 형이 다가와서 '제 동생'은 젊고 역량도 있어 앞길이 구만 리 같은데 갑자기 '작고'作古를 하고 말았습니다, 이것은 '우리 집안'의 불행일 뿐만 아니라 친구들을 대단히 상심케 하는 일이라며 인사를 했다. 이 말은 롄수를 대신하여 사과를 드린다는 뜻이 담겨 있었는데, 이렇게 말 잘하는 사람은 산골에서는 드물었다. 그러나 이후로는 또 침묵이 흘렀다. 죽은 이든 산 사람이든 모든 것이 죽은 듯이 조용했다.

나는 아주 무료함을 느꼈고 아무런 비애의 감정도 없었다. 그래서 마당에 나가 다량의 할머니와 한담을 나누기 시작했다. 입관 때가 다 되어서 수의가 오기를 기다린다는 것과 관에 못을 박을 때는 '자오묘유'子午卯酉 네 가지 해에 출생한 사람은 반드시 그 자리를 피해야 한다는 것을 알았다. 할머니는 신이 나서 얘기하는데 말하는 것이 청산유수 같았다. 롄수의 병세와 살아 있을 때의 일들을 얘기했는데, 그 가운데에는 그에 대한 비평도 담겨 있었다.

"아시겠지만 웨이 대인이 운이 트이고 나서부터 사람이 예전과 달라졌어요. 얼굴도 높이 쳐들고 의기양양했지요. 사람들에게도 더 이상 예전처럼 어수룩하지 않았어요. 당신도 그가 이전에는 벙어리처럼 날 보고 노부인이라고 불렀던 거 알지요? 그런데 나중에는 '늙은 할멈'이라고 불렀어요. 허허, 정말 재미있었어요. 사람들이 그에게 약초[15]를 보냈지만, 그는 먹지 않고 마당에 내던져 버리고는──바로 여기에──'늙은 할멈, 당신이나 드슈'라고 소리쳤어요. 그가 운이 트이자 드나드는 사람들이 많아져서 안방을 내드리고 난 옆방으로 옮겼지요. 진짜로 출세한 뒤에는 보통사람들과는 다르다고 우리는 늘 말했지요. 당신이 한 달만 빨리 왔더라면 여기의 떠들썩함을 볼 수 있었을 텐데, 사흘이 멀다 하고 연회를 벌였지요. 모두들 떠들고 웃고 노래 부르고 시도 짓고 마작도 하고……"

"이전에 그는 아이들이 제 아버지를 무서워하는 것보다 더 아이들을 무서워했어요. 그래서 언제나 목소리를 낮춰 부드럽게 말하곤 했지요. 근자에는 완전히 달라졌답니다. 아이들과 말도 잘하고 떠들기도 잘했지요. 그래서 우리 애들도 그와 노는 것을 아주 좋아해서 시간만 나면 그의 집에 가곤 했지요. 그도 여러 가지 방법으로 아이들을 놀렸지요. 아이들이 뭘 사 달라고 하면 개 짖는 소리를 내라든가 머리가 땅에 닿도록 절을 하라든가 하면서, 하하, 참 요란했지요. 두어 달 전에 얼량이 신을 사 달라고 졸랐을 때에는 세 번이나 머리가 땅바닥에 닿도록 절을 시켰어요. 참 그 신발은 지금도 신고 다니는데 아직 멀쩡해요."

흰 상복을 입은 사람이 한 명 나오자 할머니는 입을 다물었다. 내가 렌수의 병에 대해 물었는데 그녀는 잘 알지 못했다. 단지 오래전부터 몸이 마르기 시작했지만 그가 늘 기분 좋게 지냈기 때문에 아무도 눈치채지 못했다는 것이었다. 한 달쯤 전에야 비로소 그가 몇 차례 피를 토했다는 말을 들었지만 의사에게 보이지 않은 것 같다고 했다. 그러다가 쓰러졌으며 죽기 사흘 전에 목이 막히어 한마디 말도 못했다는 것이었다. 저 멀리 한스산에서 찾아왔다는 십삼 十三 대인은 그에게 저금한 돈이 있냐고 물었지만, 그는 대답도 하지 못했다는 것이다. 십삼 대인은 그가 일부러 벙어리 흉내를 낸다고 의심했다지만, 폐병으로 죽은 사람들 중에는 말을 못 하는 사람도 있다는데 그걸 누가 알겠는가…….

"하지만 웨이 대인은 성격이 아주 괴상했어요." 할머니는 갑자기 낮은 목소리로 말했다. "그는 저축할 생각은 안 하고 돈을 물처럼 썼어요. 십삼 대인은 우리들이 무슨 이익을 본 것이 아닌가 의심하고 있는데, 무슨 얼어 죽을 이익이에요? 그는 정말 흥청망청 써 버렸어요. 물건을 사더라도 오늘 산 것을 내일 죄다 팔아 버리거나 부숴 버리니 정말 무슨 영문인지 알 수가 없었어요. 죽고 나니까 아무것도 없지 뭐예요, 글쎄. 모두 못 쓰게 되었어요. 그렇지 않았다면 오늘도 이처럼 쓸쓸하지는 않았을 텐데……."

"그는 터무니없는 일만 하면서 실속 있는 일이라곤 조금도 하려고 하지 않았어요. 나는 느낀 바가 있어 찾아가 그에게 권하기도 했어요. 나이가 나이니만큼 어서 결혼을 해야 한다고 말입니다. 지금과 같은 형편이면 결혼이야 별 문제가 되지 않는다고 그랬지요. 어울리는 집안이 없으면 먼저 첩이라도 몇 두어도 괜찮다고 했지요. 사람은 아무튼 세상 격식에 맞게 살아야 한다고 말했더니 그는 껄껄 웃으면서 '할멈, 할멈은 늘 남을 대신해 이렇게 걱정해 주는 것이 좋소?' 이러지 않겠어요. 그는 근자에 들떠서 남의 좋은 말을 들으려고 하지 않았어요. 일찍 내 말만 들었더라도 이렇게 혼자서 쓸쓸히 황천길을 가지 않아도 됐을 텐데. 하다못해 친척 몇 사람의 울음소리라도 들을 수 있지 않았겠어요……."

가게의 점원이 옷을 메고 왔다. 친척 셋이 속옷을 꺼내어 휘장 뒤로 갔다. 얼마 안 있어 휘장이 걷혔는데 속옷은 이미 갈아입혔고 이어서 겉옷을 입히고 있었다. 이것은 내게 아주 낯선 모습이었다. 빨간 줄이 굵게 쳐진 황토색의 군복 바지를 입었고, 그다음에는 금빛이 번쩍이는 견장이 붙은 군복 상의를 입었다. 무슨 계급인지, 어디서 받은 것인지는 알 수 없었다. 입관한 다음에 보니 롄수는 아주 부자연스럽게 누워 있었다. 발치에는 한 켤레의 황색 가죽 구두가 놓여 있고, 허리 옆에는 종이로 만든 지휘도가 놓였으며 장작개비같이 바짝 마른 거무죽죽한 얼굴 옆에는 금테를 두른 군모가 놓여 있었다.

친척 셋이 관을 붙들고 한바탕 곡을 한 다음 울음을 그치고 눈물을 닦았다. 머리 위에 삼줄을 동인 아이가 물러가고 산량도 달아났는데, 아마도 '자오묘유'의 하나에 해당하는 모양이었다.

인부가 관 뚜껑을 둘러메고 왔으므로 나는 다가가서 영원히 이별하는 롄수를 마지막으로 보았다.

그는 어색한 의관에 둘러싸인 채로 눈을 감고 입은 꼭 다물고 편안히 누워 있었다. 입가에는 차가운 미소를 머금고, 이 우스꽝스러운 시체를 냉소하고 있는 듯했다.

관 뚜껑에 못을 치는 소리가 들리자 동시에 곡소리가 울렸다. 이 곡소리를 끝까지 다 들을 수가 없어서 난 마당으로 나왔다. 발길이 가는 대로 걷다 보니 어느새 대문 밖으로 나왔다. 질척질척한 길이 또렷이 비쳤다. 고개를 들어 하늘을 올려다보니 짙은 구름은 이미 흩어지고 둥근 달이 차가운 빛을 던지며 걸려 있었다.

나는 무거운 뭔가에서 뚫고 나오려는 것처럼 걸음을 재촉했다. 그러나 잘 되지가 않았다. 귓속에서 무언가 발버둥치는 것이 있었다. 아주 오랫동안 발버둥치던 것이 마침내 밖으로 뛰쳐나왔다. 그것은 길게 울부짖는 소리 같았다. 마치 상처 입은 이리가 깊은 밤중에 광야에서 울부짖는 것처럼 그 고통 속에는 분노와 비애가 뒤섞여 있었다.

내 마음은 가벼워졌다. 나는 차분한 마음으로 달빛을 받으며 축축이 젖은 돌길을 걸어갔다.

1925년 10월 17일 완결畢

1) 원제는 「孤獨者」, 이 글은 『방황』에 수록되기 전에 신문·잡지에 발표된 적이 없다.

2) 맏손자(承重孫). 봉건적 종법제도에 의하면 장자(長子)가 먼저 죽었을 때는 직계 장손, 즉 맏손자가 망부를 대신하여 조부모 장례의 상주가 되어야 했다.

3) 법사(法事). 원래는 불교도들이 염불을 하거나 불공을 드리는 활동을 말한다. 여기서는 중이나 도사가 혼백을 구원하는 미신적 의식을 가리킨다.

4) 『침륜』(沈淪). 위다푸(郁達夫)의 소설집으로 중편소설 『침륜』, 단편소설 「남천」(南遷), 「은회색의 죽음」(銀灰色的死) 등이 수록되어 있으며 1921년 10월 상하이 태동도서국(泰東圖書局)에서 출판되었다. 이 소설들은 '불행한 청년' 혹은 '잉여자'들을 주인공으로 하여 당시 제국주의와 봉건 세력의 압제 아래서 우울해하고 고민하고 자포자기하는 일부 프티부르주아 지식인들의 병태적 심리를 보여 주었다.

5) 원문은 '吃素談禪'. 담선은 불교 교리를 담론하는 것. 당시 군벌, 관료가 세력을 잃으면 하야 '선언'과 '통전'(通電; 관계자에게 타전하는 전문)을 발표하여 해외 유람을 하거나 산속에 은거하며 참선을 행하고 이후 국사에 관여하지 않는 등을 선언하는 일이 종종 있었다. 실제로는 동향을 살피고 재기의 기회를 노리는 행위였다.

6) 『사기색은』(史記索隱). 당나라의 사마정(司馬貞)이 『사기』에 주석을 가한 책으로 전체 30권이다. 급고각(汲古閣)은 명말의 장서가 모진(毛晉)의 장서실이다. 『사기색은』은 모진이 중각(重刻)한 송판서(宋版書)의 하나이다.

7) "하루 못 본 것이 삼 년이나 못 본 것 같다"(一日不見, 如隔三秋). 이 구절은 『시경』「왕풍」(王風)의 「채갈」(采葛)편에 보인다.

8) 누에집(獨頭繭). 사오싱(紹興)의 방언으로 고독한 사람을 독두(獨頭)라고 부른다. 누에(繭)는 실을 토해 내 충(繭; 풀이름)을 만들고 자신을 고독하게 그 속에 가두어 둔다. 여기서는 '독두충'(獨頭繭)을 이용해 스스로 고독을 즐기는 사람을 비유하고 있다.

9) "의식이 풍족해야 예절을 안다"(衣食足而知禮節). 『관자』(管子) 「목민」(牧民)에 "곳간이 가득차야 예절을 알고, 의식이 충족되어야 영욕을 안다"라는 말이 나온다.

10) 원문은 '挑剔學潮'. 1925년 5월 루쉰이 베이징여자사범대학의 다른 6명의 교수와 연명으로 반동적인 베이징여자사범대학 당국에 반대하는 학생들의 운동을 지지하는 선언을 발표하자, 천시잉(陳西瀅)은 같은 달 『현대평론』(現代評論) 제1권 제25기에 발표한 「한담」(閑談)에서 루쉰 등이 "몰래 학조(學潮)를 도발한다"고 공격하였다. 저자는 여기서 이 말을 사용해 의미가 통하지 않는 천시잉의 문장을 풍자하였다. '도척'(挑剔)은 본래 흠을 들추어낸다는 의미다.

11) "비범한 사람은 모름지기 비범한 일을 하게 된다"(且夫非常之人, 必能行非常之事). 『사기』「사마상여열전」(司馬相如列傳)에서 나온 말이다.

12) 원시(聞喜). 산시성(山西省)에 있는 현.

13) 흰 종이(斜角紙). 옛날 중국의 민간 풍습에는 사람이 죽으면 대문에 흰 종이를 어슷하
　　게 붙였다. 그 종이에는 죽은 사람의 성별과 연령, 입관할 때 기피해야 할 띠를 가진 사
　　람, 그리고 삼갈 일들과 날짜를 적어 놓음으로써 다른 사람들이 알고 피하게 하였다.
　　이것을 소위 '앙방'(殃榜)이라고 한다. 청대 범인(范寅)의 『월언』(越諺)에 의하면 액신
　　은 "사람의 머리에 닭의 몸뚱이를 가졌는데", "사람이 죽으면 꼭 찾아오며 그를 범하
　　는 자는 죽는다"고 하였다. 뒤에 나오는 자오묘유(子午卯酉)생 즉 쥐, 말, 토끼, 닭 띠의
　　사람은 다 자리를 피해야 한다는 말이다.

14) 원문은 '苧麻絲'. 옛 풍속에는 죽은 자의 자식 또는 손자는 빈소를 지킬 때나 장례를 지
　　낼 때 상주의 표식으로 머리에 이것을 썼다.

15) 선거출(仙居朮). 저장성 셴쥐현(仙居縣)에서 나는 약용식물 '백출'(白朮)을 가리킨다.

죽음을 슬퍼하며[1]
─쥐안성(涓生)의 수기

나는 할 수만 있다면 나의 회한과 비애를 쯔쥔子君을 위해서, 나 자신을 위해서 쓰려고 한다.

회관[2] 안 한쪽 구석에 있어 잊혀진 이 낡은 방은 적막하고 공허하기 그지없다. 세월은 정말 빠르게 흘러 내가 쯔쥔을 사랑하고 그녀에 의지해 이 적막과 공허에서 도망쳐 나온 지도 벌써 만 1년이 되었다. 그리고 또 무슨 일인지 내가 되돌아왔을 때 비어 있는 곳 또한 공교롭게도 이 방뿐이었다. 부서진 창문, 창밖의 반쯤 말라죽은 홰나무와 늙은 자등紫藤나무, 창가의 네모 탁자, 허물어져 가는 벽, 벽에 기대어 있는 나무 침대 이 모든 것이 예전 그대로였다. 한밤중에 홀로 침상에 누워 있으니 쯔쥔과 동거하기 이전과 똑같아서 과거 1년간의 시간은 하나도 남김없이 사라져 그런 것은 존재하지도 않은 것 같은 느낌이 들었다. 이 낡은 방을 떠나 지자오후퉁吉兆胡同에 희망에 가득 찬 작은 가정을 꾸리고 살던 일이 거짓말 같았다.

그뿐만이 아니다. 1년 전의 적막과 공허는 결코 이렇지 않았다. 늘 기대를 품고 있었다. 쯔쥔이 올 것이라는 그런 기대를 말이다. 오랜 기다림의 초조함 속에서 벽돌길에 닿는 하이힐의 맑은 소리가 들리면 나는 얼마나 생기가 돌았던가! 이윽고 나의 눈앞에는 보조개 핀 창백한 둥근 얼굴, 희고 가녀린 팔, 무늬가 새겨진 무명 블라우스와 검정 치마가 나타났다. 그녀는 창밖의 반쯤 시든 홰나무의 새로 난 잎을 따 가지고 와서 보여 줄 때도 있었고, 또 쇠처럼 늙은 줄기에 송이송이 피어난 엷은 보랏빛 등나무 꽃을 따서 내게 보여 줄 때도 있었다.

그러나 지금은, 정적과 공허만이 여전할 뿐 쯔쮠은 결코 다시 오지 않는다. 게다가 영원히, 영원히!……

쯔쮠이 나의 이 낡은 방에 없을 때 나는 아무것도 눈에 들어오지 않았다. 너무 무료한 나머지 과학책이든 문학책이든 손에 잡히는 대로 집어 들었다. 읽어 가다가 퍼뜩 정신이 들어 보면 벌써 십여 페이지나 뒤적거렸건만 책 속의 내용은 전혀 기억나지 않았다. 그런데 귀는 유달리 밝아서 대문 밖 길 가는 사람들의 신발 소리를 모두 알아들을 수 있을 것 같았다. 그 속에 쯔쮠의 구두 소리도 점점 가까이 다가오는 듯했다.──그러나 그 소리는 다시 점차 멀어져서 마침내 여러 사람들의 어지러운 발자국 소리에 사라지고 만다. 나는 쯔쮠의 구두 소리와 전혀 다른 베신을 신은 소사小使[3]의 아들을 싫어했다. 그리고 쯔쮠의 구두 소리와 흡사한 소리를 내며 언제나 새 구두를 신고 크림을 바르고 다니는 옆집의 애송이가 미웠다!

쯔쮠이 타고 오던 차가 뒤집힌 게 아닐까? 아니면 전차에 치인 것은 아닐까? 나는 모자를 쓰고 그녀를 만나러 가려다가 그녀의 작은아버지한테 욕먹던 일이 생각나 그만두었다.

갑자기 그녀의 구두 소리가 한발짝 한발짝 가까워졌다. 마중을 나갔을 때는 이미 얼굴에 보조개를 띤 채 자등나무 울타리 아래를 지나오고 있었다. 쯔쥔이 작은아버지한테서 야단을 맞지 않은 것 같아 나는 저으기 마음이 놓였다. 잠시 서로 말없이 마주본 뒤 이윽고 낡은 방 안에는 차츰 나의 말소리로 가득 찼다. 가정의 전제, 구습 타파, 남녀평등, 입센과 타고르, 셸리[4] 등에 관해서 이야기하였다……. 쯔쥔은 미소를 지으며 머리를 끄덕였고, 두 눈에는 순진하고도 호기심으로 가득한 빛이 어려 있었다. 벽에는 동판의 셸리 반신상이 붙어 있었다. 잡지에서 오려 낸 것인데 그의 초상화 가운데 가장 아름다운 것이다. 내가 그녀에게 그것을 보라고 가리키자, 그녀는 힐끗 한번 보더니 부끄러운 듯 고개를 숙였다. 그것으로 보아 쯔쥔이 아직 구사상의 속박에서 완전히 벗어나지 못한 것 같았다.―나는 뒤에 셸리가 바다에 빠져 죽었을 때의 기념상 아니면 입센의 초상화로 바꾸려고 생각했지만 끝내 바꾸지 못했다. 지금은 이것조차 어디로 갔는지 모른다.

"나는 나 자신의 것이지, 그들 누구도 나에게 간섭할 권리는 없어요!"
이것은 쯔쥔이 나와 교제를 시작한 지 반년쯤 되어 이곳에 살고 있는 작은아버지와 고향 집의 아버지에 대한 이야기를 하다가 잠시 말 없이 생각하더니 분명히 그리고 단호하고도 침착하게 했던 말이다. 그때는 이미 나의 생각, 나의 신세, 나의 결점을 숨김없이 쯔쥔에게 다 말했고, 그녀도 완전히 이해하고 있었다. 쯔쥔의 이 말은 나의 영혼을 진동시켰고, 그 뒤 여러 날 동안 귓속에서 울렸다. 그리고 나는 염세가가 말하듯이 중국 여성은 구제할 수 없는 것이 아니라 머지않은 장래에 빛나는 서광이 비칠 거라는 것을 알고 말할 수 없는 기쁨을 느꼈다.

그녀를 대문 밖까지 배웅할 때면 언제나 열 걸음쯤 떨어져서 걸었다. 그럴 때면 언제나 저 메기수염을 한 늙은이의 얼굴이 더러운 유리창에 코끝이 일그러질 정도로 바싹 붙어 있었다. 바깥마당에 나서면 또 늘 그렇듯이 크림을 덕지덕지 바른 그 애송이의 얼굴이 반짝반짝하는 유리 창문으로 보였다. 그러나 쯔쥔은 곁눈질도 하지 않고 당당하게 걸어 나갔다. 나도 당당하게 돌아왔다.

"나는 나 자신의 것이지, 그들 누구도 나에게 간섭할 권리가 없어요!" 이런 철저한 사상이 그녀의 머릿속에 있었다. 그것은 나보다 더 투철하고 더 단단했다. 크림을 덕지덕지 처바른 애송이나 코끝이 일그러질 정도로 유리창에 얼굴을 대고 내다보는 늙은이 따위가 그녀에게 뭐 대수겠는가?

내가 그때 어떻게 나의 순진하고 열렬한 사랑을 그녀에게 표현했는지 이제는 잘 기억이 나지 않는다. 지금은커녕 그 직후에 이미 모호해져서 밤중에 곰곰이 돌이켜 보아도 약간의 단편만이 남아 있을 뿐이었다. 그런데 동거 생활을 시작한 지 한두 달 뒤에는 이런 단편조차도 행방이 묘연한 꿈이 되고 말았다. 나는 단지 쯔쥔에게 사랑을 고백하기 십여 일 전에 있었던 일을 기억할 뿐이다. 그때 나는 사랑을 고백할 때에 어떤 자세를 취하며 어떤 말부터 먼저 하며 또 만약 거절당했을 때는 어떻게 할 것인지 하는 것에 대해 미리 자세하게 생각해 두었다. 그러나 그때가 되자 아무 소용이 없었다. 얼마나 당황했던지 자신도 모르게 영화에서 본 적이 있는 방법을 사용하고 말았다. 뒤에 그때 일을 생각하기만 하면 얼굴이 붉어졌다. 그런데 얄궂게도 이것만 기억에 영원히 남아서 내가 눈물을 머금고 쯔쥔의 손을 잡고서 한쪽 무릎을 꿇던 모습이 지금도 암실의 외로운 등불에 비친 광경처럼 보인다…….

내가 한 일뿐 아니라 쯔쥔이 한 말과 행동도 나는 그때 똑똑히 보지 못했다. 그녀가 나한테 허락했다는 것만 알았다. 그때 쯔쥔의 얼굴색이 창백해졌다가 뒤에 점점 빨갛게 바뀌던 ── 일찍이 본 적이 없고 그 뒤에도 본 적이 없을 만큼 새빨간 얼굴이 기억난다. 어린아이의 눈과 같은 쯔쥔의 눈에는 슬픔과 기쁨이 엇갈린 그리고 놀람과 의혹을 동반한 빛이 쏟아졌다. 애써 나의 시선을 피하느라고 허둥거리며 창문이라도 부수고 뛰쳐나갈 듯한 모습이었다. 나는 그녀가 이미 나의 사랑을 받아들였다는 것은 알았지만, 그녀가 무슨 말을 했는지 아니면 아무 말도 하지 않았는지는 알 수 없었다.

그러나 쯔쥔은 하나도 빠짐없이 기억하고 있었다. 내가 한 말을 글을 읽는 것처럼 줄줄 외웠으며 내가 한 동작을 나의 눈에는 보이지 않는 필름을 눈앞에 걸어 놓은 것처럼 너무도 생생하고 자세하게 말했다. 물론 내가 다시는 생각하고 싶지 않은 천박한 영화의 한 장면까지도 말이다. 밤이 깊어 주위가 조용해지면 서로 마주앉아 복습하는 시간이 된다. 나는 늘 질문을 받고 시험을 치고 또 그때 한 말을 다시 해보라는 명령을 받는다. 그러나 나는 열등생처럼 항상 그녀로부터 보충을 받고 교정을 받아야만 했다.

이 복습도 뒤에는 점차 횟수가 줄었다. 그러나 그녀가 허공을 주시하고 깊은 생각에 잠기며 이어서 얼굴빛이 점차 부드러워지고 보조개가 깊어지는 것을 보면 나는 그녀가 또 혼자서 복습하고 있다는 것을 알았다. 그러면 나는 그녀가 나의 그 우스꽝스러운 영화의 한 장면을 볼까 두려웠다. 그러나 나는 그녀가 그것을 보고 싶어 하고 또 그것을 보지 않고는 견딜 수 없다는 것을 알고 있었다.

하지만 그녀는 그것을 우스꽝스럽다고 여기지 않았다. 나 자신은 우스꽝스럽다고 여기고 심지어 비루하다고까지 생각했지만 그녀는 조금도 우습다고 생각하지 않았다. 나는 그 이유를 잘 알고 있었다. 그것은 나에 대한 쯔쥔의 사랑이 그토록 열렬하고 그렇게 순진했기 때문이었다.

지난해 늦은 봄은 가장 행복했고 또 가장 바쁜 때였다. 내 마음은 안정되었으나 다른 부분이 몸과 함께 바빠지기 시작했다. 그 무렵에 우리는 비로소 어깨를 나란히 하고 길을 걸었고 공원에도 몇 차례 갔었지만 그보다 살 집을 구하러 다닌 적이 가장 많았다. 나는 길에서 이따금 호기심과 비웃음과 상스러움과 경멸의 눈초리를 만났다. 그럴 때 자칫하다가는 나의 온몸이 움츠러들 것 같아서 그때마다 나는 즉각 오만과 반항심을 내세워 지탱하였다. 그러나 그녀는 조금도 두려워하는 빛 없이 완전히 무관심한 태도로 마치 아무도 없는 곳을 지나는 것처럼 태연히 앞으로 걸어갔다.

방을 구하는 일은 사실 쉽지가 않았다. 태반은 구실을 대며 거절을 하였고, 더러는 우리가 마음에 들지 않았다. 처음에 우리는 너무 까다롭게 골랐다.──그렇다고 지나치게 까다로운 것은 아니었는데, 어느 집이든 아무리 보아도 우리들이 살 만한 곳이 못 되었던 것이다. 그러나 나중에는 아무 데라도 받아 주기만 하면 좋겠다고 생각하게 되었다. 이십여 곳을 돌아보고 나서야 겨우 임시로 그럭저럭 살 만한 곳을 찾았는데, 바로 지자오후퉁에 있는 작은 집의 두 칸짜리 남쪽 방이었다. 집주인은 말단 관리였는데 이해심이 있는 사람으로 자신들은 안채와 곁채에서 살고 있었다. 그에게는 부인과 돌이 안 된 딸애가 있었고 또 시골 출신의 하녀를 데리고 있었다. 아이가 울지만 않는다면 너무 한가롭고 조용했다.

우리의 세간은 몹시 단출했다. 하지만 그것을 장만하느라고 내가 마련한 돈을 거의 다 써 버렸다. 쯔쥔도 하나밖에 없는 금반지와 귀고리를 팔았다. 내가 말렸으나 쯔쥔이 한사코 팔겠다고 하여 나도 더 이상 어찌할 수가 없었다. 그녀도 한몫 거들게 하지 않으면 그녀의 마음이 편치 않다는 것을 나는 알고 있었다.

쯔쥔은 진작에 그녀의 작은아버지와 싸우고 헤어졌다. 그래서 작은 아버지는 그녀를 다시는 조카딸로 생각하지 않겠다고 노발대발하였다. 나도 말로는 충고한다고 하면서도 사실은 나 때문에 겁을 먹거나 나를 질시하는 몇몇 친구들과 잇달아 절교했다. 그러나 이렇게 하고 나니 마음은 도리어 편했다. 매일 일이 끝나면 황혼이 깃들고 또 인력거꾼도 짓궂게 늑장을 부렸지만 아무튼 우리 두 사람이 서로 마주앉는 시간은 있었다. 우리는 처음에는 말없이 서로를 쳐다보다가 이어서 마음을 터놓고 다정하게 얘기를 나누고, 그러다가 다시 침묵했다. 우리는 머리를 숙이고 곰곰이 생각하기는 하나 그렇다고 다른 무엇을 생각하고 있는 것은 아니었다. 나는 점차 그녀의 몸과 그녀의 영혼을 두루 읽어 내고 있었다. 불과 3주도 채 안되어 나는 그녀를 더 깊이 이해하게 되었다. 이전에 많이 이해했다고 생각했었는데 이제 와서 보니 오히려 둘 사이에 거리감이 있었으며 그 거리감이 없어진 것 같았다.

쯔쥔도 나날이 활발해졌다. 그러나 그녀는 꽃을 좋아하지 않았다. 내가 묘시[5]날 사온 두 개의 화분에 나흘 동안이나 물을 주지 않아 구석에서 말라 죽었다. 나 역시 모든 것을 돌볼 시간이 없었다. 그러나 그녀는 동물을 좋아했다. 주인집 아주머니한테서 전염된 듯하지만, 한 달이 못 되어 우리집 식솔이 갑자기 늘어나서 병아리 네 마리가 작은 마당에서 주인집의 십여 마리와 함께 뛰어다니고 있었다. 그러나 그녀들은 병아리의 생김새를 잘 알고 있어서 각자 어떤 것이 자기집 것인지 구별할 수 있었다. 그 외에 내가 묘시에서 사온 얼룩 발바리가 한 마리 있었는데, 원래 부르던 이름이 있었으나 쯔쥔이 따로 아수이阿隨라고 이름 지어 불렀다. 나도 아수이라고 부르긴 했지만 그 이름이 마음에 들지는 않았다.

진실로 애정은 끊임없이 새로워지고 성장하고 창조되어야 하는 것이다. 내가 이 말을 쯔쥔에게 하자 그녀도 알았다는 듯이 머리를 끄덕였다.

아아, 그것은 얼마나 평화롭고 행복한 밤이었던가!

안녕과 행복은 영원한 안락과 행복인 채로 머물고 싶어 한다. 우리가 회관에 있을 때는 때때로 의견의 충돌과 생각의 오해가 있었으나, 지자오후퉁으로 온 이후 이런 일조차 없어졌다. 우리는 등불 밑에 마주 앉아 지난날을 돌이켜 보면서 그때 충돌한 뒤 화해가 몰고 오는 재생의 기쁨을 음미하곤 했다.

쯔쥔은 몸이 불고 혈색도 좋아졌다. 다만 애석한 것은 너무 바쁜 것이었다. 집안일을 돌보느라 담소를 나눌 시간도 없었으니 하물며 독서와 산보는 생각할 수조차 없었다. 우리는 늘 하녀를 두어야겠다고 말하곤 했다.

저녁때 집에 돌아와서 그녀가 안 좋은 표정을 감추는 것을 볼 적마다 나도 마음이 언짢았다. 내가 특히 못마땅했던 것은 그녀가 억지로 미소를 짓는 것이었다. 다행히 그 연유를 알아보니 그것은 관리 부인과의 암투 때문으로 그 도화선은 바로 두 집의 병아리였다. 이런 일이라면 왜 나에게 말하지 않았단 말인가? 사람은 역시 하나의 독립된 집이 필요하다. 이런 곳에 사는 것은 무리다.

내가 다니는 길은 틀에 박혀 있었다. 일주일 가운데 6일을 집에서 사무실로, 또 사무실에서 집으로 다녔다. 사무실에서는 책상에 앉아서 공문과 편지를 베끼고 또 베꼈다. 집에서는 그녀와 마주앉았거나 또는 그녀가 화로에 불을 지피고, 밥을 짓고, 만두 찌는 것을 도왔다. 내가 밥 짓는 법을 배운 것도 바로 이때였다.

식사도 회관에 있을 때보다 훨씬 나아졌다. 요리하는 것이 쯔쥔의 장기는 아니었지만 그래도 정성을 다했다. 그녀가 밤낮으로 애를 태우는 일에 대해서는 나 역시도 함께 애를 태우지 않을 수 없게 되어서 말 그대로 고락을 같이하게 되었다. 더구나 하루 종일 땀을 흘려서 짧은 머리카락이 이마에 달라붙고 손까지 거칠어지는 쯔쥔을 볼 때마다 내 마음은 더 그러했다.

게다가 아수이를 기르고 닭을 치는……모두가 그녀가 아니면 안 될 일이었다.

나는 안 먹어도 괜찮으니 그렇게 너무 애쓰지 말라고 쯔쥔에게 충고를 해보았으나 그녀는 흘깃 나를 쳐다보고는 아무 말도 하지 않고 서글픈 표정을 지었다. 그래서 나도 입을 다물었다. 하지만 그녀는 여전히 그렇게 애를 썼다.

내가 예상하고 있던 타격이 마침내 찾아왔다. 쌍십절[6] 전날 밤 나는 멍하니 앉아 있었고, 그녀는 그릇을 씻고 있었다. 문 두드리는 소리가 나서 문을 열어 보니 사무실의 사환이었다. 그는 내게 등사한 종이쪽지 한 장을 내밀었다. 짐작되는 바가 있어서 등잔 밑으로 가서 그것을 들여다보니 과연 쪽지에는 다음과 같이 씌어 있었다.

이것은 회관에 있을 때부터 이미 예상했던 일이었다. 크림을 덕지덕지 처바른 애송이 녀석은 국장 아들의 노름친구였으니 분명 있는 소리 없는 소리 지어내어 고자질했을 터였다. 지금에 와서야 효과가 나타났으니 오히려 너무 늦었다고 할 수 있다. 사실 이것은 나에게 큰 타격은 아니었다. 나는 벌써 오래전부터 남에게 글을 베껴 써 주거나 혹은 글을 가르쳐 주거나 아니면 힘은 좀 들지만 책을 번역하는 일도 해보려고 마음먹고 있었다. 더구나 『자유의 벗』自由之友 편집장은 몇 번 만난 적이 있는 사람으로 두 달 전에는 편지까지 주고받았다. 그렇지만 나는 가슴이 두근거렸다. 그다지도 두려움을 모르던 쯔쥔의 얼굴색이 변하는 것이 특히 마음 아팠다. 그녀는 요즈음 좀 나약해져 있었다.

"뭐 대수롭지 않네요. 흥, 우린 새로운 일을 하는 거예요. 우린……." 그녀는 이렇게 말했다.

쯔쥔은 말끝을 흐렸다. 왜 그런지 그 말은 내 귀에는 들떠 있는 것같이 들렸다. 등불도 유달리 어둡게 느껴졌다. 사람들은 정말 우스운 동물이다. 극히 사소한 일에도 심각한 영향을 받으니 말이다. 우리는 처음에는 묵묵히 서로를 바라보고만 있다가 앞으로 할 일에 대해 의논하기 시작했다. 우선 지금 갖고 있는 돈을 최대한 아끼는 한편 베껴 쓰는 일과 가르치는 일을 구하는 '광고'를 신문에 내고 또 『자유의 벗』 편집장에게 편지를 써서 지금의 내 처지를 설명하고 어려운 시기에 처한 우리를 도와주는 의미에서 나의 번역 원고를 실어 줄 것을 부탁하기로 하였다.

"말했으면 말한 대로 하자! 이참에 새로운 길을 찾는 거야!"

나는 즉시 책상으로 몸을 돌려 참기름 병과 식초 접시 등을 치웠다. 그러자 쯔쥔이 어두침침한 등불을 가져왔다. 나는 먼저 광고 문구의 초를 잡고 다음에 번역할 책을 고르기로 했다. 이사 온 뒤로 한 번도 펼쳐 보지 않아서 책들 위에는 뽀얗게 먼지가 쌓여 있었다. 마지막에 편지를 썼다.

나는 편지를 어떻게 써야 할지 몰라 꽤 망설였다. 붓을 멈추고 생각을 집중시키다가 언뜻 그녀의 얼굴을 쳐다보았는데 흐릿한 불빛 아래 유난히 쓸쓸해 보였다. 나는 정말 이처럼 자질구레한 일이 굳세고 두려움을 모르는 쯔쥔에게 이토록 뚜렷한 변화를 줄 것이라고는 전혀 생각지 못했다. 그녀는 요즘 확실히 나약해졌다. 그것은 결코 오늘 밤에 시작된 것이 아니었다. 이 때문에 나의 마음은 더욱 심란해졌고, 갑자기 평화로운 생활의 그림자──회관의 낡은 집에 깃든 정적이 눈앞에 어른거렸다. 막 눈을 뜨고 그것을 응시하려고 하는데 다시금 흐릿한 등불이 나타났다.

한참 뒤에야 장문의 편지 한 통을 다 썼다. 유달리 피곤한 것이 근래 나 자신도 좀 나약해진 것 같았다. 그래서 우리는 광고와 편지를 내일 함께 부치는 것으로 했다. 그러고 나서 우리는 약속이나 한 듯이 똑같이 허리를 폈고 무언중에 서로의 굴복하지 않는 강인한 정신을 느끼며 새로 싹트는 미래의 희망을 보는 듯했다.

바깥에서의 타격은 도리어 우리의 새로운 정신을 진작시켰다. 사무실에서의 생활이란 원래 새장수 손 안의 새와 같아서 몇 톨의 쌀로 목숨을 이어 갈 뿐이지 살이 찔 수는 없는 것이다. 세월이 흐르면 날개가 마비되는 상황에 이르고 새장 밖으로 내보내어도 이미 날 수가 없게 된다. 지금은 어쨌든 새장에서 벗어났다. 나는 이제부터 내 날개가 날개짓을 잊어버리기 전에 새롭게 드넓은 하늘을 향해 비상해야 한다.

광고가 즉시 효력을 일으키지 못하는 것은 당연하다. 그렇다고 번역 또한 쉬운 일은 아니었다. 이전에 대강대강 훑어볼 때는 이해가 되는 듯하던 것도 정작 붓을 들고 번역을 시작하고 보니 의문투성이고 진행도 아주 느렸다. 그러나 나는 열심히 하기로 마음먹었다. 거의 새것에 가까운 사전이 보름도 되지 않았는데 가장자리에 손때가 시커멓게 묻었으니, 이것은 곧 내 작업의 절실함을 증명해 주었다.『자유의 벗』편집장은 일찍이 자신의 잡지는 좋은 원고를 썩히지 않는다고 말했었다.

애석하게도 내게는 조용한 방이 없다. 쯔쥔도 이전의 그런 조용함은 사라지고 나를 살뜰히 보살펴 주지도 않았다. 방 안은 늘 그릇과 접시들로 어지럽고 석탄 연기가 가득차서 사람이 편안하게 일할 수가 없었다. 그러나 서재를 둘 능력이 없는 나 자신을 원망하는 수밖에 없었다. 게다가 아수이가 있고, 닭들까지 생겼다. 또 닭들이 자라자 툭하면 주인집과 옥신각신하였다.

날마다 '강물이 흐르듯 끊임없이' 되풀이되는 것은 밥 먹는 일이었다. 쯔쥔의 업적은 전적으로 이 식사와 관련된 일에서 세워진 것 같았다. 먹고 나면 돈을 마련하고 마련하면 또 먹었다. 게다가 아수이도 먹이고, 닭들도 먹여야 했다. 그녀는 전에 이해했던 것을 깡그리 잊어버린 듯했다. 나의 구상이 항상 이 식사를 재촉하는 소리 때문에 끊어진다는 것을 생각하지 못하는 것 같았다. 자리에 앉아서 약간 화가 난 표정을 지어 보여도 전혀 고치려 하지 않고 마치 아무것도 모른다는 듯이 우적우적 먹어 댔다.

그녀가 나의 작업이 정해진 식사 시간의 속박을 받아서는 안 된다는 것을 깨닫게 하는 데 꼬박 5주가 걸렸다. 나의 말을 이해한 뒤에 그녀는 자 못 불쾌했을 테지만 아무 말도 하지 않았다. 내 일은 과연 이때부터 비교 적 신속하게 진행되었고, 얼마 후에 5만 자나 되는 것을 다 번역하였다. 한 차례 손을 더 보면 이미 써 놓은 소품小品 두 편과 함께 『자유의 벗』에 보낼 수 있게 되었다. 다만 밥 먹는 일은 여전히 내게 고민거리였다. 음식이 식 는 것은 상관없었으나 늘 모자랐다. 어떤 때는 밥도 모자랐다. 내가 종일 방 안에서 머리만 쓰기 때문에 먹는 양은 이전보다 많이 줄었는데도 그랬 다. 그것은 먼저 아수이를 먹이기 때문이었다. 어떤 때는 요즘 나도 쉽게 먹지 못하는 양고기까지 주었다. 그녀는 아수이가 말라서 얼마나 불쌍한 지, 주인집 아주머니가 이 때문에 우리를 놀리는데 자기는 이런 조롱은 참 을 수 없다고 했다.

그래서 내가 먹다 남긴 밥은 닭들만 먹었다. 나는 이 사실을 나중에야 알게 되었다. 그리고 헉슬리[7]가 '우주에서의 인류의 위치'를 규정한 것처 럼 나도 이 집에서의 위치를 파악하게 되었다. 즉 개와 닭의 중간쯤에 있 었던 것이다.

그후 몇 차례의 언쟁과 독촉을 거쳐 닭들은 점차 반찬으로 변했다. 우 리와 아수이는 십여 일간 신선한 고기 맛을 보았다. 그러나 사실 그 닭들 은 매일 몇 톨의 수수밖에 먹지 못한 탓에 몹시 야위었다. 그런 뒤로 아주 조용해졌다. 단지 쯔쥔만이 기운이 없고 늘 쓸쓸함과 무료함을 느끼며 말도 잘 하지 않았다. 사람이란 얼마나 변하기 쉬운 것인가! 라고 나는 생각했다.

그런데 아수이도 더 데리고 있을 수 없었다. 우리는 더 이상 어떤 곳에서 회신이 오지 않을까 하는 희망을 가질 수 없었다. 쯔쥔에게는 아수이를 인사시키거나 뒷발로 일어서게 할 먹이마저도 떨어지고 없었다. 겨울은 또 이렇게 빨리 다가오는지 난로가 큰 문제가 되었다. 아수이의 먹이는 사실 우리들에게 일찍부터 아주 큰 부담이었다. 그래서 아수이도 데리고 있을 수 없게 되었다.

만약 마른 풀대[8]를 달아서 묘시에 끌고 나가 팔면 돈 몇 푼은 받을 수 있을 테지만 우리는 차마 그렇게 할 수 없었고 또 그렇게 하고 싶지 않았다. 결국 보자기를 머리에 덮어씌운 뒤 내가 서쪽 교외로 끌고 가서 풀어 놓았다. 그래도 쫓아오려고 하여 그다지 깊지 않은 구덩이에 밀어 넣었다.

집에 돌아오니 집안은 한결 더 조용해진 것 같았다. 그러나 나는 비통한 표정을 짓고 있는 쯔쥔의 얼굴을 보고 너무 놀랐다. 물론 아수이 때문이겠지만, 나는 이런 얼굴을 여태 본 적이 없었다. 하지만 어째서 이 정도로 충격을 받는단 말인가? 나는 개를 구덩이에 밀어 넣고 왔다는 말은 하지 않았다.

밤이 되자 그녀의 비통한 얼굴에 얼음같이 차가운 기색이 더해졌다.

"이상한데.——쯔쥔, 당신 오늘 왜 그런 거야?" 내가 참지 못하고 물었다.

"뭐가요?" 그녀는 나를 쳐다보지도 않았다.

"당신의 얼굴빛이……."

"아무것도 아니에요.——아무 일도 없어요."

나는 마침내 그녀의 말과 행동에서 그녀가 나를 냉정한 사람으로 본다는 것을 알았다. 사실 나 혼자뿐이라면 생활하기 어렵지 않다. 오만스러운 성격 탓에 줄곧 세상과 교류하지 않았고, 여기로 이사 온 뒤로는 옛날부터 알고 지내던 사람들도 멀리했지만, 어디든 멀리 떠나간다면 살길은 얼마든지 있다. 지금 이런 생활의 압박에서 오는 고통을 참는 것도 대부분은 그녀 때문이고, 아수이를 내다 버린 것도 그 때문이 아닌가. 하지만 쯔쥔의 소견이 좁아져서 이런 점조차도 생각하지 못하는 것 같았다.

나는 기회를 잡아서 이러한 이치를 그녀에게 암시했더니 그녀는 알아들었다는 듯이 머리를 끄덕였다. 하지만 그후 그녀의 태도를 보면 이해하지 못했거나 아니면 전혀 믿지 않는 것 같았다.

차가운 날씨와 쌀쌀한 표정이 나를 집안에서 편안하게 있을 수 없도록 압박했다. 그렇지만 어디로 간단 말인가? 큰길과 공원에는 쌀쌀한 표정은 없지만 찬바람이 사람의 피부를 찢듯이 매섭게 분다. 나는 마침내 통속通俗도서관에서 나의 천국을 찾아냈다.

그곳은 표를 살 필요가 없었고, 열람실에는 두 개의 난로까지 있었다. 불이 꺼질 듯 말 듯 타고 있는 석탄난로이지만 난로가 있는 것을 보는 것만으로도 정신적으로 다소 따뜻함을 느낄 수 있었다. 책은 볼 만한 게 없었다. 옛것은 진부하고, 새것은 거의 없었다.

다행히 나는 거기에 책을 읽기 위해 가는 것이 아니었다. 나 말고도 늘 몇 사람이 있었는데, 많으면 십여 명 정도로 모두 얇은 옷을 입고 있었다. 모두가 나처럼 책을 읽는 체하면서 불을 쬐고 있었다. 이곳은 내게 안성맞춤의 장소였다. 길거리에서는 쉽게 아는 사람을 만나게 되고 또 경멸의 눈초리를 받게 되지만, 여기서는 그러한 봉변을 당할 일이 없었다. 그네들은 영원히 다른 난로 옆에 둘러서 있거나 아니면 자기 집의 난로를 쬐고 있을 것이기 때문이다.

그 도서관에는 별로 읽을 만한 책은 없었지만 그곳은 생각의 나래를 펼 수 있는 편안하고 조용한 곳이었다. 혼자 우두커니 앉아 지난 일을 돌이켜 보니, 나는 지난 반년 동안 오직 사랑——맹목적인 사랑——만을 위해 인생의 다른 의의를 모두 소홀히 해왔다는 것을 깨달았다. 첫째는 바로 생활이다. 사람은 반드시 살아가야 하고 사랑은 바로 그것에 수반되는 것이다. 세상에는 노력하지 않는 자를 위해 활로를 열어 주는 일은 결코 없다. 나는 아직도 날갯짓하는 법을 잊지 않고 있다. 비록 이전에 비해 많이 의기소침해졌지만…….

열람실과 책을 읽는 사람들의 모습은 점차 사라지고, 그 대신 내 눈앞에는 노도怒濤 속의 어부, 참호 속의 병사, 자동차 안의 귀인, 조계지의 투기꾼, 심산유곡深山幽谷의 호걸, 강단 위의 교수, 초저녁의 운동가와 심야의 도둑 등의 모습이 보였다……. 쯔쥔은——옆에 없었다. 그녀의 용기는 모두 사라졌다. 오직 아수이 때문에 가슴 아파하고, 밥하는 일에 온 정신을 쓰고 있을 뿐이다. 그런데 이상한 것은 쯔쥔이 그다지 야위지 않았다는 것이다…….

추워졌다. 난로 속에 꺼질 듯 말 듯한 몇 조각의 석탄도 끝내 다 타 버렸다. 도서관이 문 닫을 시간이었다. 다시 지자오후퉁으로 돌아가 얼음과 같이 차가운 얼굴을 봐야만 했다. 근래 간혹 따뜻한 표정을 볼 때도 있었지만, 이것이 도리어 나에게 더 큰 고통을 주었다. 어느 날 밤 쯔쥔은 갑자기 오랫동안 볼 수 없었던 순진한 눈빛을 드러내더니 웃으면서 회관에 있을 때의 일을 나에게 얘기하였다. 그러는 쯔쥔의 얼굴에는 때때로 약간 공포스러운 낯빛이 비치기도 했다. 나는 요즘 내가 그녀보다 더 냉담해져서 그녀에게 의심을 사고 있다는 것을 알고 있었으므로 억지로라도 애써 그녀 이야기에 맞장구를 치며 그녀를 얼마간이라도 위로해 주려고 했다. 그러나 내가 얼굴에 웃음을 띠고 말을 입 밖에 내자마자 바로 공허로 변했고, 이 공허는 참기 어려운 악독한 조소가 되어 즉각 나 자신에게 되돌아왔다.

쯔쥔도 눈치를 챈 듯, 그 이후로는 평소의 그 무감각해 보이던 침착성까지도 잃어버렸다. 감추려고 무진 애를 썼지만 이따금 그 근심과 의혹의 빛을 드러내는 것이었다. 하지만 내게는 훨씬 부드러워졌다.

나는 그녀에게 다 털어놓고 싶었지만 감히 말할 용기가 없었다. 고백하려고 결심하였다가 막상 그녀의 어린아이와 같은 눈을 보면 나는 잠시 애써 기쁜 표정을 지어야 했다. 그러나 그럴 때마다 그것이 또다시 나를 조소하게 되고 나로 하여금 그 냉정한 침착성마저 잃게 하였다.

쯔쥔은 이때부터 옛일의 복습과 새로운 시험을 시작하였다. 그녀는 나에게 허위적인 위로의 답안을 내도록 강요했다. 나는 위로를 그녀에게 보이고 허위의 초고는 내 마음속에 새겨 두었다. 나의 마음은 점점 이런 초고로 가득 채워져서 늘 숨 쉬기 어려웠다. 나는 고뇌하는 동안 늘 생각했다. 진실을 말하는 데는 대단한 용기가 필요하다. 만약 이 용기가 없이 허위에 안주하게 된다면 그야말로 새로운 인생의 길은 열 수 없다. 새로운 길만이 아니라 그런 사람조차도 없을 것이다!

몹시 추운 어느 날 아침 쯔쥔은 원망스러운 표정을 짓고 있었다. 이제까지 한 번도 본 적이 없던 표정이었다. 아마 내가 그렇게 보았기 때문인지도 모른다. 나는 그때 차갑게 분노했고 몰래 비웃었다. 그녀가 연마한 사상과 활달하고 두려움을 모르던 언사는 결국 한낱 공허에 지나지 않으며 더구나 자신은 이 공허에 대해서도 자각하지 못하고 있었다. 그녀는 이미 어떤 책도 읽지 않고 있었고, 또 인간의 생활에서 첫번째가 삶을 도모하는 것이며, 이 삶을 도모하는 길을 향해서는 반드시 손을 맞잡고 나아가거나 아니면 홀로 분투해 가야만 한다는 것을 모르고 있었다. 만약 남의 옷자락에 매달리기만 한다면 그가 전사라고 할지라도 싸울 수 없게 되어 함께 멸망하고 마는 것이다.

나는 새로운 희망은 우리 두 사람이 헤어지는 길밖에 없다고 생각했다. 그녀를 의연하게 버리고 가야만 한다. ── 나는 갑자기 그녀의 죽음을 생각했다. 그러나 바로 자책하고 후회했다. 다행히 이른 아침이어서 시간이 충분하였으므로 나는 진심을 말할 수 있었다. 우리들이 새로운 길을 개척하기에는 다시 없는 기회였다.

나는 그녀와 한담을 하면서 일부러 우리들의 지난 일들을 끄집어내고 문예에 관해서도 얘기했다. 외국의 문인과 그 문인의 작품 『노라』, 『바다에서 온 부인』[9]을 들먹였고, 노라의 결단력을 칭찬했다……. 모두가 지난해 회관의 낡은 방에서 했던 얘기였으나 지금은 이미 공허한 것으로 변했다. 나의 입에서 나온 말이 내 귀로 들어갈 때 이따금 모습을 감춘 못된 아이가 등 뒤에 숨어서 악랄하게 내 흉내를 내고 있는 것은 아닌가 하는 의심이 들었다.

그래도 그녀는 고개를 끄덕이며 귀를 기울이고 있었으나 나중에는 입을 다물었다. 나도 더듬더듬거리며 나의 말을 끝냈으나 그 말의 여음마저도 허공으로 사라져 버렸다.

"그래요." 쯔쥔은 잠시 침묵한 뒤에 말했다. "하지만,……쮜안성 당신, 요즈음 많이 변했어요. 그렇지 않아요? 당신,──제게 솔직히 말해 주세요."

나는 머리를 한 대 얻어맞은 기분이었다. 그러나 이내 정신을 차리고 나의 생각과 주장을 말했다. 함께 멸망하는 것을 피하기 위해 새로운 길을 개척하고 새로운 생활을 창조해야 한다고.

끝으로 나는 단단히 결심하고 몇 마디 덧붙였다.

"……더구나 당신은 이제부터 거리낌없이 용감하게 앞으로 나아갈 수 있게 되었소. 당신은 나보고 솔직하게 말해 달라고 했소. 그렇소, 사람은 허위적이어서는 안 되겠지요. 솔직하게 말하리다. 왜냐하면, 왜냐하면 말이지 나는 이제 당신을 사랑하지 않소! 그러나 이것은 당신에게 잘된 일이오. 당신이 아무런 걱정 없이 일할 수 있으니 말이오……."

나는 이와 동시에 커다란 변고가 닥칠 것을 예상했으나 침묵만 흘렀다. 쯔쥔의 얼굴이 갑자기 마치 죽은 사람처럼 흙빛으로 변했다. 그러나 금세 다시 생기를 되찾더니 눈에는 순진하고 밝은 빛이 나타났다. 이 눈빛은 배고픈 아이가 자애로운 엄마를 찾을 때처럼 사방을 휘둘러보았다. 그렇지만 나의 눈길과 마주칠까 봐 두려워 허공에서 떠돌고 있을 뿐이었다.

나는 차마 더 이상 볼 수가 없었다. 다행히 아침이라 나는 찬바람을 무릅쓰고 통속도서관으로 곧장 달아났다.

나는 거기서 『자유의 벗』을 보았는데 나의 소품이 다 실려 있었다. 이것은 나를 놀라게 했고 약간의 생기를 얻은 듯했다. 나는 생각했다. 생활의 길은 아직 많다.──하지만 현재 상태로는 역시 안 된다.

나는 오랫동안 서로 소식이 끊겼던 친구들을 찾아보기 시작했다. 그러나 이것도 한두 번에 불과했다. 그들의 집은 물론 따뜻했으나 나는 뼛속 가득 매서운 추위를 느꼈다. 밤에는 이 얼음보다 더 차가운 나의 방에서 몸을 웅크리고 잤다.

얼음 같은 바늘끝이 나의 영혼을 찔렀고 나를 영원히 마비의 고통 속에 빠트렸다. 생활의 길은 아직 많고 나 역시 날갯짓을 잊지 않았다.──나는 갑자기 그녀의 죽음에 대해 생각했다. 그러나 바로 자책하고 참회했다.

나는 통속도서관에서 종종 반짝이는 한 줄기 빛을 보았다. 새로운 삶의 길이 앞에 놓여 있었다. 쯔쥔은 용감하게 깨닫고 의연하게 이 차디찬 방을 떠나갔다.──조금도 원망하는 기색 없이, 나는 하늘에 떠도는 구름처럼 몸이 가벼워졌다. 위에는 푸른 하늘이 있고, 아래에는 높은 산과 깊은 바다가 있으며, 큰 건물과 높은 누각, 전쟁터, 자동차, 조계지, 공관, 맑은 날의 시장, 깜깜한 밤이 있었다…….

그리고 정말 이러한 새로운 생활이 도래할 것이라는 예감이 들었다.

우리는 정말 참기 어려운 겨울, 이 베이징의 겨울을 그럭저럭 보냈다. 심술궂은 아이에게 붙잡힌 잠자리처럼 실에 묶여 놀림감이 되고 학대받으면서 간신히 목숨은 부지하고 있지만 결국 땅바닥에 쓰러져서 죽음만을 기다리고 있는 것과 같았다.

『자유의 벗』편집장에게 세 번이나 편지를 썼는데 이제야 겨우 답신이 왔다. 편지봉투에는 20전짜리와 30전짜리 도서구입권[10] 두 장이 들어 있을 뿐이었다. 나는 재촉하려고 우표 값으로 9전을 썼는데, 얻은 것이라고는 아무 소득 없는 공허를 위해 하루를 굶은 것밖에 없었다.

그런데 올 것이 드디어 왔다는 느낌이 들었다.

그것은 겨울에서 봄으로 바뀔 무렵의 일이다. 바람도 그다지 차갑지 않았으므로 나는 전보다 더 오래 밖에서 배회하다가 어두워져서야 집에 돌아왔다. 그런 어느 날 저녁 어스름에 나는 평소대로 맥없이 돌아왔다. 집 대문이 보이자 평상시보다 더 풀이 죽어 발걸음은 더욱 느려졌다. 그러나 마침내 방 안에 들어섰다. 불이 켜져 있지 않아서 성냥을 더듬어 찾아 불을 붙였는데 이상한 적막과 공허가 느껴졌다!

놀라서 멍하니 서 있는데 주인집 아주머니가 창밖에서 나를 불렀다.

"오늘 쯔쥔의 아버지가 여기에 와서 그녀를 데리고 갔어요." 그녀는 아주 짧게 말했다.

전혀 예상치 못한 일이라 나는 뒤통수를 한 대 얻어맞은 것처럼 말없이 서 있었다.

"그래, 그녀가 따라갔어요?" 잠시 뒤에야 나는 이렇게 한마디 물었다.

"갔어요."

"쯔쥔 —— 쯔쥔이 무슨 말 안 했어요?"

"아무 말 하지 않았어요. 단지 당신이 돌아오면 떠났다고 전해 달라더군요."

나는 믿을 수가 없었다. 그러나 방 안은 전에 없이 적막하고 공허했다. 나는 쯔쥔을 찾으려고 여기저기 두루 살펴보았으나 방 안에는 낡은 가구 몇 개만 보였고 또 그 모두 휑뎅그렁한 것이 사람이나 물건을 감출 수 있을 것 같지는 않았다. 나는 생각을 돌려 편지나 남겨 둔 쪽지라도 있을 까 해서 찾아보았지만 보이지 않았다. 소금, 고추, 밀가루, 배추 반 포기가 한 곳에 모여 있었고, 그 옆에 동전 몇십 개가 놓여 있었다. 이것은 우리 두 사람의 생활 재료 전부였다. 지금 그녀는 정중하게 이것을 나 한 사람에게 남겨 두어 무언중에 내가 이것으로 좀더 오랫동안 생활을 유지하라고 가르친 것이다.

나는 주위의 모든 것으로부터 배척당한 듯 마당 한가운데로 뛰어나 왔다. 어둠이 내 주위를 둘러싸고 있었다. 안채의 종이 창문에는 등불이 밝게 비치고 있었다. 주인집 부부가 아이들을 어르며 놀고 있었다.

마음이 진정되자 나는 무거운 압박 속에서 점차 흐릿하게 탈출할 수 있는 길이 보였다. 높은 산과 큰 호수, 조계지, 전등불 아래의 호화로운 연회, 참호, 칠흑 같은 어두운 밤, 날카로운 칼의 일격, 소리 없이 다가오는 발걸음…….

마음은 다소 가벼워지고 편안해졌다. 그러나 여비를 생각하니 한숨이 나왔다.

자리에 누워 눈을 감으니 예상되는 앞길이 환영처럼 떠올랐으나, 한밤중이 되기 전에 이미 끝났다. 대신 어둠 속에서 갑자기 먹을 것이 나타나는 것 같더니 이어서 쯔쥔의 누런 얼굴이 떠올랐다. 쯔쥔은 아이와 같은 눈으로 애원하는 듯 나를 바라보고 있었다. 정신을 차리고 보니 아무것도 없었다.

그러나 나는 다시 마음이 무거워졌다. 내가 왜 며칠 더 참지 못하고 그렇게 성급하게 그녀에게 진실을 말했던 것일까? 이제 그녀는 자기에게 남은 것이라고는 오직 아버지──자녀의 채권자──의 추상 같은 위엄과 얼음보다 차가운 이웃의 멸시뿐이라는 것을 알게 될 것이다. 그 밖에는 공허뿐이다. 공허의 무거운 짐을 지고 추상 같은 위엄과 차가운 눈초리 속에서 소위 인생의 길을 걸어가야 하다니 이것은 그 얼마나 무서운 일인가! 더구나 그 길의 끝은 또한——묘비조차 없는 무덤일 뿐이다.

나는 쯔쥔에게 진실을 말하지 말았어야 했다. 우리들은 서로 사랑했으므로 나는 영원히 그녀에게 거짓말을 했어야 했다. 만약 진실이 귀중한 것이라면 그것이 쯔쥔에게 무거운 공허가 되어서는 안 된다. 물론 거짓말 역시 하나의 공허이지만 아무래도 이처럼 무겁지는 않을 것이다.

나는 쯔쥔에게 진실을 말하면 그녀가 조금도 주저함 없이 우리가 동거하기로 했던 그때처럼 굳세고 의연하게 나아갈 수 있을 거라고 생각했다. 그러나 이것은 나의 착오였다. 그녀가 당시 용감하고 두려움이 없었던 것은 사랑 때문이었다.

허위의 무거운 짐을 질 용기가 없었던 나는 무거운 진실의 짐을 그녀에게 넘겨주고 말았다. 쯔쥔은 나를 사랑한 뒤부터 이 무거운 짐을 짊어지고 추상 같은 위엄과 차가운 멸시 속에서 인생의 길을 걸어가야만 했던 것이다.

나는 그녀의 죽음에 대해 생각했다……. 나는 스스로를 비겁자라고 생각했다. 진실한 사람이든 위선적인 사람이든 강한 사람들에게 마땅히 배척당해야 할 인간이었다. 그러나 그녀는 오히려 처음부터 끝까지 내가 좀더 오래도록 생활할 수 있기를 희망했다…….

나는 지자오후퉁에서 떠나고 싶었다. 이곳은 너무도 공허하고 적막했다. 이곳을 떠나기만 하면 쯔쥔이 내 옆에 있을 것 같았다. 그녀가 시내에 있기만 하면 이전에 회관에 있을 때처럼 어느 날 뜻밖에 나를 찾아올 것이다.

그러나 일체의 청탁과 편지에도 아무런 반응이 없었다. 나는 하는 수
없이 오랫동안 찾은 일이 없던 지인 한 분을 방문했다. 그는 내 큰아버지
의 유년시절 동창으로 강직하기로 유명한 발공[11]이며 베이징에 산 지 꽤
오래되어서 교제도 아주 넓었다.

아마도 의복이 남루해서 그랬던지 문에 들어서자마자 문지기의 무시
를 당했다. 나는 겨우 주인을 만났다. 주인은 나를 알아보기는 했으나 냉
랭했다. 그는 우리의 지난 일들을 전부 알고 있었다.

"물론, 자네는 이곳에 그대로 있을 수 없네." 그는 일자리를 구해 달라
는 나의 말을 들은 뒤 차갑게 말했다. "그런데 어디로 가겠나? 참 곤란하
구만. ──자네 그 뭐야, 자네 친구, 쯔쥔, 자네 아는가, 그녀가 죽은 거."

나는 너무 놀라서 말도 하지 못했다.

"정말입니까?" 나는 간신히 이렇게 물었다.

"허허. 정말이고말고. 우리집 왕성王升이 그 사람과 한 마을이지."

"그런데, ──왜 죽었는지 모릅니까?"

"그걸 누가 알겠나. 아무튼 죽은 것만은 사실이야."

어떻게 작별 인사를 하고 어떻게 집으로 돌아왔는지 아무것도 기억
나지 않았다. 나는 그가 거짓말한 것이 아니라는 것을 알고 있다. 쯔쥔은
이제 다시는 지난해 나를 찾아온 것처럼 올 수 없게 되었다. 그녀가 추상
같은 위엄과 차가운 멸시 속에서 공허의 무거운 짐을 짊어지고 소위 인생
의 길을 걸어가려고 해도 이미 할 수 없게 되었다. 그녀의 운명은 내가 그
녀에게 주었던 진실 ──사랑을 잃은 인간은 죽고 만다는 진실에 의해 결
정되었다!

물론 나는 이제 더 이상 여기에 있을 수 없었다. 하지만 "어디로 갈 것 인가?"

주위는 광대한 공허와 죽음과 같은 정적이다. 사랑을 잃고 죽은 사람들의 눈앞에 펼쳐진 암흑이 나에게는 뚜렷이 보이는 듯했다. 또 모든 고민과 절망의 신음 소리가 들리는 것 같았다.

나는 아직 새로운 것을 기대하고 있다. 이름 없는 것, 뜻밖의 것이 찾아올 거라고 말이다. 그렇지만 하루하루 죽음과 같은 정적뿐이다.

나는 이전에 비해 거의 외출하지 않고 광대한 공허 속에 몸을 맡긴 채 죽음의 정적이 나의 영혼을 갉아먹도록 내버려 두고 있다. 죽음의 정적은 때때로 스스로 전율하다가 스스로 몸을 숨기기도 했는데, 이 단절과 연속 사이에 이름 없는 뜻밖의 새로운 기대가 번득이기도 했다.

하늘이 잔뜩 찌푸린 어느 날 오전, 태양은 아직 구름 속에서 몸부림쳐 나오지 못하고 공기조차도 지쳐 있었다. 작은 발자국 소리와 씩씩거리는 콧김 소리에 나는 눈을 떴다. 휙 둘러보았으나 방 안은 여전히 공허했다. 그런데 우연히 땅바닥을 보았더니 한 마리 작은 짐승이 어슬렁거리고 있었다. 너무 말라서 거의 죽어 가고 있었으며 온몸이 흙투성이였다…….

자세히 보고 나는 깜짝 놀라서 심장이 멎더니 이어서 세차게 뛰기 시작했다.

그것은 아수이였다. 아수이가 돌아온 것이다.

내가 지자오후퉁을 떠난 것은 집주인 식구들과 그 집 하녀의 차가운 눈초리 때문만은 아니었다. 태반은 이 아수이 때문이었다. 그러나 "어디로 갈 것인가?" 새로운 삶의 길은 물론 많다. 나는 그것을 대략 알고 있었다. 때로는 그 모습이 희미하게 보였으며 바로 눈앞에 있는 것같이 느껴졌다. 그러나 나는 거기로 가는 첫걸음을 어떻게 떼야 할지 알지 못했다.

수차례 생각도 해보고 비교도 해보았으나 나를 받아 줄 수 있는 곳은 오직 회관뿐이었다. 낡은 방과 나무 침대, 시들어 가는 홰나무와 자등나무는 그대로였다. 하지만 그때 나에게 희망과 기쁨과 사랑과 생활을 주었던 것들은 전부 사라지고 오직 공허만이, 내가 진실과 바꾼 공허만이 남아 있었다.

새로운 삶의 길은 아직 많다. 나는 그 길로 나아가야 했다, 나는 살아야 하기 때문에. 그러나 나는 어떻게 첫걸음을 내딛어야 할지 몰랐다. 어떤 때는 그 삶의 길이 회색의 뱀처럼 스스로 꿈틀꿈틀거리며 나를 향해 오는 것 같았다. 나는 기다리고 기다리며 다가오는 것을 지켜보았는데 갑자기 어둠 속으로 모습을 감추어 버렸다.

이른 봄의 밤은 아직도 그렇게 길었다. 오랫동안 멍하니 앉아 있노라니 오전에 거리에서 본 장례식 행렬이 떠올랐다. 행렬 앞에는 종이 사람과 종이 말이, 뒤에는 노래를 부르는 것 같은 곡소리가 따랐다. 나는 이제야 그들의 총명함을 알았다. 이것이 얼마나 수월하고 간단한 일인가.

그런데 나의 눈앞에는 쯔쥔의 장례식 모습이 떠올랐다. 홀로 공허의 무거운 짐을 지고 회백색의 긴 길을 걷고 있다. 하지만 이내 주위의 추상 같은 위엄과 차가운 멸시 속에 사라졌다.

나는 정말 귀신이라든가 지옥이라는 것이 있기를 바란다. 그렇다면 지옥의 바람이 아무리 세차게 분다고 할지라도 나는 기어코 쯔쥔을 찾아내어 나의 회한과 비애를 고백하고 용서를 빌 것이다. 그렇지 않으면 지옥의 독염이 나를 에워싸고 나의 회한과 비애를 불태울 것이다.

나는 광풍과 독염 속에서 쯔쥔을 끌어안고 그녀에게 용서를 빌거나 그녀를 기쁘게 할 것이다…….

그러나 이것은 새로운 삶의 길보다 더 공허한 것이다. 지금 있는 것은 이른 봄의 밤, 여느 때와 같은 긴 밤뿐이다. 나는 살아 있다. 나는 새로운 삶의 길을 향해 발을 내딛지 않으면 안 된다. 그 첫걸음은――나의 회한과 비애를 써 내려가는 것뿐이다. 쯔쥔을 위해서, 나 자신을 위해서.

나 역시 노래를 부르는 것 같은 곡소리로 쯔쥔을 보내고 망각 속에서 장례를 지낼 수밖에 없다.

나는 잊으려고 한다. 나는 나 자신을 위해서 망각 속에서 쯔쥔을 장례 치르는 것조차 다시 생각하지 않으련다.

나는 새로운 삶의 길을 향해 첫걸음을 내딛으려 한다. 나는 진실을 마음의 상처 속에 깊이 묻어 두고 묵묵히 앞으로 나아갈 것이다. 망각과 거짓말을 나의 길잡이로 삼고서…….

1925년 10월 21일 완결

주)_____

1) 원제는 「傷逝」, 이 글은 『방황』에 수록되기 전에 신문·잡지에 발표된 적이 없다.
2) 회관(會館). 예전에 한 고향 사람이나 같은 업종 사람들의 체류 혹은 모임을 위하여 동

향회나 동업조합에서 도시에 설립한 관사이다.

3) 원문은 '長班'. 옛날 관리를 따라다니던 종. 보통 '청차'(聽差 ; 기관과 부유한 집에서 잡일
   을 하던 종)를 가리켜 '장반'(長班)이라고 부르기도 했다.

4) 입센(Henrik Ibsen, 1828~1906). 노르웨이 극작가이다.
   타고르(Rabindranath Tagore, 1861~1941). 인도 시인이다. 1924년에 중국에 온 적이
   있다. 당시 중국어로 번역된 그의 시 작품으로는 『신월집』(新月集, *The Crescent Moon*),
   『비조집』(飛鳥集, *Stray Birds*) 등이 있다.
   셸리(Percy Bysshe Shelley, 1792~1822). 영국 시인이다. 일찍이 아일랜드 민족독립운
   동에 참가하였으며 혁명사상을 전파하고 혼인의 자유를 쟁취하기 위하여 싸웠기 때문
   에 여러 차례 박해를 받았다. 뒤에 배가 침몰하여 바다에 빠져 죽었다. 그의 유명한 단
   시 「서풍(西風)의 노래」(*Ode to the West Wind*), 「종달새의 노래」(*To a Skylark*) 등이 5·
   4 이후에 중국에 소개되었다.

5) 원문은 '廟會'. 묘시(廟市)라고도 한다. 옛날 절기나 정해진 날에 절이나 사당 그리고 그
   부근에서 열린 시장을 말한다.

6) 쌍십절(雙十節)은 중화민국의 건국 기념일로 10월 10일이다.

7) 헉슬리(Thomas Henry Huxley, 1825~1895). 영국의 생물학자. 그의 저서 『우주에서의
   인류의 위치』(*Evidence as to Man's place in nature*)는 다윈의 진화론을 선전한 중요
   한 저작이다.

8) 풀대(草標). 옛날에는 판매되는 물품에 초간(草杆)을 붙여 매물을 표시했다.

9) 『노라』(『인형의 집』*Et Dukkehjem*을 말한다), 『바다에서 온 부인』(*Fruen fra Havet*) 모두
   입센의 유명한 희곡이다.

10) 도서구입권(書券). '서권'은 도서 구입에 사용할 수 있는 상품권으로 특정한 서점에서
    액면가대로 도서를 구입할 수 있다. 중국에서는 신문사나 잡지사 가운데 현금 대신 이
    것으로 고료를 지불하는 데가 있었다.

11) 발공(拔貢). 청대 과거제도에는 정해진 연한(처음에는 6년, 뒤에는 12년으로 고쳤다)에
    수재(秀才) 가운데 '글쓰기와 행실이 모두 우수한' 이를 선발하여 국자감(國子監)에 입
    학시켰다. 이를 발공이라고 불렀다.

형제[1]

공익국公益局은 요즈음 할 일이 없어서 몇몇 직원들은 여느 때와 마찬가지로 사무실에서 집안일을 얘기하고 있었다. 친이탕秦益堂이 물담뱃대水煙筒를 손에 쥔 채 숨도 못 쉴 정도로 기침을 하는 통에 모두들 입을 다물어야 했다.

한참 뒤 그는 붉게 충혈된 얼굴을 들고 숨이 가빠 씩씩거리며 말했다.

"어제 그놈들이 또 싸웠어. 안방에서 문 앞까지 나가며 계속해서 싸워 대는데 내가 아무리 야단을 쳐도 듣질 않더군." 희끗희끗한 수염 몇 가닥이 난 그의 입술이 또 떨리고 있었다. "셋째 놈이 말하기를, 다섯째가 복권으로 날린 돈은 공금으로 처리할 수 없고 자신이 배상해야 한다고 말이지……."

"봐, 역시 돈 때문이군요." 장페이쥔張沛君이 분개하면서 부서진 소파에서 일어섰다. 움푹하게 들어간 두 눈이 자애롭게 반짝였다. "난 정말 형제들 간에 왜 그렇게 세세하게 따져야만 되는지 이해할 수가 없어요, 어찌 되었건 같은 거 아니예요……?"

"자네 형제들 같은 사람들이 또 어디에 있을까." 이탕이 말했다.

"우리 같으면 따지지 않지요, 피차 모두 같으니까. 우리는 돈이란 말을 염두에 두지 않아요. 그렇게 하니 아무 일도 없더군요. 어떤 집이 재산 분배로 소란스러우면 나는 우리의 상황을 알려 주고 그들이 따지지 않도록 타이르지요. 이탕께서도 아드님들을 잘 타일러서……."

"천만의 말씀……." 이탕은 고개를 저으며 말했다.

"그건 아마도 어려울 거야." 이렇게 말하며 왕웨성汪月生은 경의를 표하며 페이쥔의 눈을 쳐다보았다. "자네 형제들 같은 사람은 사실 드물어. 나는 본 적이 없어. 자네들은 정말로 어느 누구도 사리사욕이 없으니, 이거 쉽지 않은 거야……."

"그놈들은 안채에서 대문 앞까지 나가 싸우고……." 이탕이 말했다.

"자네 동생은 여전히 바쁘지……?" 웨성이 물었다.

"지금도 한 주에 18시간 수업을 해요. 그 밖에 93명분의 작문 지도가 있어서 그야말로 바빠서 어쩔 줄을 몰라해요. 요 며칠은 휴가를 냈어요. 몸에 열이 있는 걸 보니 감기에 걸린 모양이에요……."

"거 조심해야지." 웨성이 정중하게 말했다. "오늘 신문을 보니, 요즘 돌림병이 유행한다고……."

"무슨 돌림병요?" 페이쥔이 놀라서 황급히 물었다.

"거 뭐라더라, 무슨 열이라고 했는데."

페이쥔이 큰 걸음으로 열람실을 향해 급히 뛰어갔다. "정말 드물단 말이야," 웨성은 그가 나는 듯이 달려가는 것을 보면서 친이탕을 향해 찬탄을 하였다. "저들 두 형제는 마치 한 사람 같아. 세상의 모든 형제가 저렇다면 집에서 어디 난리법석을 피우겠어. 우리는 따라할 수도 없어……."

"복권으로 날린 돈은 공금으로 처리할 수 없다고 하더라니까……."

이탕은 불 붙인 종이를 담뱃대에 넣으며 원망스러운 듯이 말했다. 사무실은 잠시 조용해졌으나, 얼마 뒤에 페이쥔의 발소리와 사환을 부르는 소리로 그 정적이 깨졌다. 무슨 큰 재난이라도 만난 듯이 말을 약간 더듬거렸고 목소리까지 떨리고 있었다. 그는 프티스 의사에게 전화를 걸어 바로 통싱同興아파트 장페이쥔의 집으로 왕진을 와 달라 하라고 사환에게 분부하고 있었다.

웨성은 그가 매우 당황하고 있다고 느꼈다. 왜냐하면 진작부터 그가 서양 의사를 신뢰한다는 것은 알고 있었지만 수입도 많지 않고 평소에 절약을 하는 편인 그가 이 지역에서 가장 유명하고 값도 비싼 의사를 불렀기 때문이었다. 그래서 자리에서 일어나 그쪽으로 가 보니 그는 얼굴이 새파랗게 질려 사환이 전화하는 것을 옆에서 듣고 있었다.

"왜 그래?"

"신문에는…… 유행하는 것이 성…… 성홍열이라고 하던데. 내, 내가 오후에 사무실로 나올 때 징푸靖甫는 얼굴이 온통 빨개지고……. 벌써 외출했다고? 그럼 그들에게 전화로 찾아서 바로 와 달라고 부탁드려요. 통싱아파트, 통싱아파트로……."

그는 사환이 전화하는 것을 듣고는 곧장 사무실로 달려가 모자를 집었다. 왕웨성도 걱정이 되어 뒤따라갔다.

"국장님이 오시면 휴가를 좀 청한다고 말씀드려 주세요, 집에 아픈 사람이 있어서 의사를 부르러 간다고……."

그는 아무렇게나 머리를 끄덕이며 말했다.

"걱정 말고 어서 가 보오. 국장은 안 올지도 모르니." 웨성이 말했다.

그러나 그는 그 말을 들었는지 아닌지 이미 뛰어나가 버렸다.

길거리에 나온 그는 평소처럼 인력거 삯을 흥정하지도 않고 튼튼하고 잘 달릴 수 있을 것같이 보이는 인력거꾼을 보자마자 값을 묻고는 그대로 올라탔다. "좋소, 빨리 가기나 합시다!"

아파트는 보통 때와 같이 아주 평안하고 조용했다. 어린 사환이 여느때처럼 문밖에 앉아서 호금胡琴을 켜고 있었다. 그는 동생의 침실로 들어갔다. 가슴이 더 심하게 뛰는 것을 느꼈다. 동생의 얼굴이 더 빨개지고 또 숨을 가쁘게 쉬고 있었기 때문이었다. 그가 손을 뻗어 동생의 이마를 만져보니 손이 델 정도로 뜨거웠다.

"무슨 병인지 모르겠어? 괜찮겠지?" 징푸가 눈에는 근심스러운 빛을 띠면서 물었다. 자신도 심상치 않다고 느끼는 모양이었다.

"괜찮을 거야, ……감기겠지." 그는 얼버무리며 대답했다.

그는 평소에 미신을 파괴하는 데 앞장서 왔다. 그러나 이때는 징푸의 상태나 하는 말로 보아 좀 불길한 느낌이 들었고, 환자 자신도 어떤 예감을 하고 있는 듯했다. 이런 생각이 그를 더 불안하게 했다. 바로 나가서 조용히 사환을 불러 프 의사를 찾았는지 병원에 전화로 물어보라고 시켰다.

"네, 그래요. 그렇습니다. 아직 못 찾았다고요." 사환이 수화기에다 이렇게 말하고 있었다.

페이쥔은 안절부절 어쩔 줄을 몰랐다. 그러나 그는 초조해하면서도 문득 성홍열이 아닐지도 모른다는 생각이 들었다. 하지만 프 의사를 찾지 못했으니, ……같은 아파트의 바이원산白問山이 한의사이긴 하지만 병명쯤은 알지도 몰라. 그렇지만 그는 전부터 그에게 수차례 한의사를 공격하는 말을 했었고, 게다가 프 의사를 찾는 전화를 그가 이미 들었을지도 몰랐다…….

그러나 그는 결국 바이원산을 부르러 갔다.

바이원산은 전혀 개의치 않고 바로 대모^{代瑁}테의 검정 안경을 쓰고 함께 징푸의 방으로 와 주었다. 그는 맥을 짚어 보고 얼굴을 자세히 살펴본 뒤 옷을 헤치고 가슴을 보고는 조용히 나갔다. 페이쥔은 그의 방까지 뒤따라갔다.

그는 페이쥔에게 앉으라고 권했지만 입은 열지 않았다.

"원산 형, 동생이 결국……?" 그는 참지 못하고 물었다.

"홍반사^{紅斑痧}요. 벌써 반점이 나기 시작했어요."

"그렇다면 성홍열은 아닌가요?" 페이쥔은 약간 마음이 놓였다.

"서양 의사들은 성홍열이라고 부르지만, 우리 한방에서는 홍반사라고 하지요."

이때 그는 손발이 차가워지는 것을 느꼈다.

"나을까요?" 그는 근심스럽게 물었다.

"낫지요. 당신 집의 운에 달린 것이지만."

그는 머리가 멍해져서 어떻게 바이원산에게 처방을 받고 그의 방에서 나왔는지 알 수 없었다. 그렇지만 전화기 옆을 지나칠 때는 프 의사 생각이 났다. 그는 다시 한번 병원에 물어보았다. 계신 곳은 이미 찾아냈으나 너무 바빠서 가더라도 아주 늦을 것 같고 어쩌면 내일 아침에나 갈 수도 있다는 대답이었다. 하지만 그는 오늘 밤 안으로 꼭 와 달라고 신신당부했다.

방에 들어와 불을 켜고 보니 징푸의 얼굴은 더 빨개져 있었다. 분명히 빨간 반점들이 나타났고, 눈꺼풀도 부어 있었다. 자리에 앉았지만 거의 바늘방석에 앉아 있는 듯했다. 점점 깊어 가는 밤의 정적 속에서 이제나저제나 하고 기다리고 있자니 자동차의 경적 소리가 한 대 한 대 더욱 또렷이 들렸다. 어떤 때는 자기도 모르게 프 의사의 자동차가 아닌가 생각하여 마중하러 뛰어나가기도 했다. 하지만 그가 문 앞까지 채 가기도 전에 그 차는 벌써 지나가 버리고 말았다. 실망하고는 몸을 돌려 마당을 지나오는데 밝은 달이 서쪽 하늘에 떠올라 옆집의 오래된 홰나무가 땅에 시커먼 그림자를 던지고 있었다. 그것이 그의 침울한 마음을 더 울적하게 했다.

갑자기 까마귀 울음소리가 났다. 이것은 그가 평소에 늘 듣던 소리였다. 그 오래된 홰나무에는 서너 개의 까마귀 둥지가 있었다. 그렇지만 지금은 너무 놀라서 발이 떨어지지 않았다. 두근거리는 가슴을 안고 조용히 징푸의 방으로 들어가 보니 그는 눈을 감고 누워 있었는데, 얼굴 전체가 부어오른 것 같았다. 그러나 자지는 않고 있었으며 발소리를 들었는지 갑자기 눈을 떴다. 두 눈이 등불 속에서 이상하리만큼 처량하게 반짝이고 있었다.

"편지예요?" 징푸가 물었다.

"아, 아니. 나야." 그는 깜짝 놀라 약간 당황해하며 더듬더듬 말했다. "나야. 아무래도 서양 의사가 보는 게 빨리 나을 것 같은데. 그가 아직 안 오네……."

징푸는 대답하지 않고 눈을 감았다. 페이쥔은 창가의 책상 옆에 앉았다. 모든 것이 조용했고 환자의 가쁜 숨소리와 째깍째깍 하는 자명종 시계 소리만이 들렸다. 문득 멀리서 자동차 경적소리가 울렸고 그의 마음은 갑자기 긴장되었다. 경적 소리는 점점 가까이 와서 문앞에 멈추는 듯하더니 곧장 지나쳐 가버렸다. 이런 일을 수차례 겪다 보니 그는 자동차의 경적 소리도 여러 가지가 있다는 것을 알게 되었다. 호루라기 소리와 같은 것이 있고, 북 치는 소리 같은 것도 있고, 방귀를 뀌는 소리 같은 것도 있고, 개가 짖는 것 같은 소리도 있으며, 오리 울음소리와 소 울음소리 같은 것도 있으며, 암탉이 놀라서 우는 소리 같은 것도 있고, 흐느껴 우는 것 같은 소리…… 그는 갑자기 자신에게 화가 났다. 왜 진작 프 의사 자동차의 경적이 어떤 소리인지 주의해서 알아 두지 않았단 말인가?

맞은편 방에 사는 사람은 아직 돌아오지 않았다. 여느 때처럼 연극을 보러 갔거나 기방²⁾에 갔을 것이다. 그러나 밤이 깊어지면서 자동차도 점차 줄어들었다. 강렬한 은백색의 달빛이 종이창을 하얗게 비추고 있었다.

기다림에 지쳐 심신의 긴장이 천천히 풀리면서 그는 더 이상 자동차의 경적 소리에 귀를 기울이지 않게 되었다. 하지만 이 틈을 타고 어지러운 생각들이 일어났다. 징푸의 병이 틀림없이 성홍열이고 또 고칠 수 없을 것 같은 생각이 들었다. 그렇다면 생계는 어떻게 할 것인가, 나 혼자서? 작은 도시에 살고 있지만 물가가 오르기만 하는데……. 나의 세 아이와 동생의 두 아이를 양육하는 것도 힘든데 학교에 보내 공부시킬 수 있을까? 하나나 둘만 공부시킨다면, 물론 우리 아들 캉얼康兒이 가장 총명하지,── 하지만 사람들이 틀림없이 동생 자식들을 냉대한다고 욕을 하겠지…….

장례는 어떻게 하나, 관을 살 돈도 부족한데 어떻게 고향까지 운구해 가지? 잠시 공공영안실³⁾에 맡겨 두는 수밖에 없지…….

갑자기 멀리서 발소리가 들려왔다. 바로 일어나서 밖으로 나가 보니 맞은편 방 사람이었다.

"선제先帝께서는 백제성白帝城에서……."⁴⁾

그는 기분 좋게 나지막히 읊조리는 노랫소리를 듣자 실망하고 화가 나서 달려가 욕을 해주고 싶었다. 그런데 이어서 칸델라[휴대용 석유등]를 들고 이쪽으로 오는 사환의 모습이 보였다. 등불은 뒤를 따라오고 있는 가죽 구두를 비추고 있었다. 위쪽의 희미한 불빛 속에 키가 큰 사람이 있었는데, 흰 얼굴에 검은 턱수염을 하고 있는 그는 바로 프티스였다.

그는 귀한 보물을 얻은 듯 나는 듯이 뛰어가 그를 환자의 방으로 데리고 들어갔다. 두 사람은 나란히 침대 앞에 섰다. 그는 램프를 들어 비췄다.

"선생님, 열이 심하고······" 페이쥔은 헐떡거리며 말했다.

"언제부터 그랬어요?" 프티스가 두 손을 바지 주머니에 넣은 채 환자의 얼굴을 보면서 천천히 물었다.

"그저께. 아, 아니, 그······ 그끄저께."

프 의사는 아무 말도 하지 않고 맥을 짚어 보더니 또 페이쥔에게 램프를 높이 추켜올리도록 하고 환자의 얼굴을 자세히 들여다보았다. 그러고는 이불을 젖히고 환자의 옷을 벗겨 보이게 했다. 보고 난 뒤에는 손가락을 펴서 배를 눌렀다.

"Measles······." 프티스는 낮은 소리로 혼잣말처럼 말했다.

"홍역이요?" 그는 놀랍고 기뻐서 목소리도 떨리고 있었다.

"홍역입니다."

"홍역이란 말입니까······?"

"너 아직 홍역을 치르지 않았었니······?"

그가 기뻐하며 징푸에게 막 묻고 있을 때 프 의사는 이미 책상 쪽으로 다가가고 있어서 하는 수 없이 그의 뒤를 따라갔다. 의사는 한쪽 다리를 의자 위에 올려놓고 책상 위의 편지지를 한 장 뜯은 다음 호주머니에서 아주 짧은 연필을 꺼내 책상 위에 대고 알아보기 힘든 글자 몇 자를 쓱쓱 썼다. 그것은 처방전이었다.

"약방은 벌써 문을 닫았을 텐데?" 페이쥔이 처방전을 받고 물었다.

"내일도 괜찮소. 내일 먹이시오."

"내일 한 번 더 볼 건가요……?"

"다시 볼 필요 없어요. 신 것, 매운 것, 너무 짠 것은 해로우니 먹이지 않도록 하세요. 열이 내리면 소변, 우리, 병원에 보내시오. 검사하겠어요. 그뿐입니다. 깨끗한 유리병에 넣고, 밖에는 이름을 쓰세요."

프 의사는 걸어가면서 그렇게 말하고 5원짜리 지폐 한 장을 받아서 주머니에 넣고는 곧장 나가 버렸다. 페이쥔은 따라 나가 그가 차에 타서 출발하는 것을 보고 난 뒤 몸을 돌려 막 아파트 문을 지나치는데 뒤에서 gö, gö 하는 소리가 두 번 들렸다. 그래서 그는 프티스의 자동차 경적 소리가 소 울음소리와 비슷하다는 것을 알았다. 그러나 지금 알아봤자 아무 소용없다는 생각이 들었다.

방 안은 등불마저 기쁜 듯이 보였다. 페이쥔은 만사가 모두 해결되고 주위가 모두 평온한데도 마음은 오히려 텅빈 것 같았다. 그는 돈과 처방전을 따라 들어온 사환에게 건네주고 내일 아침 일찍 메이야美亞 약방에 가서 약을 사 오라고 일렀다. 이 약방만이 제일 믿을 만하다고 프 의사가 지정해 준 곳이었다.

"둥청東城의 메이야 약방! 꼭 그곳에서 사야 해. 잊지 마, 메이야 약방!"

나가는 사환의 등 뒤에다 대고 이렇게 소리쳤다.

마당은 은백색의 달빛으로 가득했다. "백제성에서"라고 노래하던 이웃 사람도 잠이 들었는지 모든 것이 고요했다. 책상 위의 자명종 시계만이 즐거운 듯 규칙적으로 재깍재깍 소리를 내고 있었다. 환자의 숨소리가 들렸으나 편안한 듯했다. 잠시 앉아 있는데 갑자기 즐거워지기 시작했다.

"너, 이렇게 컸는데도 아직 홍역을 치르지 않았단 말이니?" 그는 무슨 기적이라도 만난 듯 놀랍고 신기해서 물었다.

"……."

"너야 기억할 리가 없겠지. 어머님께 물어봐야지."

"……."

"그런데 어머님도 여기에 안 계시니. 아무튼 홍역을 치르지 않았단 말이지. 하하하!"

페이쥔이 침대에서 눈을 떴을 때는 아침 해가 이미 종이창으로 비쳐 들어와 그의 몽롱한 눈을 부시게 했다. 그러나 그는 사지에 힘이 빠져서 바로 움직일 수가 없었다. 또 등은 차가운 땀으로 흠뻑 젖어 있었다. 게다가 침대 앞에는 얼굴이 피투성이가 된 아이가 서 있었는데 자기가 그를 때리려 하고 있었다.

그러나 이런 광경은 한순간에 사라졌다. 그는 여전히 자기 방에서 혼자 자고 있었고, 다른 사람은 아무도 없었다. 그는 잠옷을 벗어 가슴과 등의 식은 땀을 닦고 옷을 갈아입은 다음 징푸의 방으로 갔다. "백제성에서"를 노래하던 이웃 사람이 마당에서 양치질하는 것을 보고는 시간이 꽤 많이 지났다는 것을 알았다.

징푸도 잠이 깨어 눈을 빤히 뜬 채 침대에 누워 있었다.

"오늘은 좀 어떠니?" 그가 곧바로 물었다.

"좀 좋아졌어요……."

"약은 아직 안 가져왔어?"

"아직." 그는 책상 옆에 침대와 마주하고 앉았다. 징푸의 얼굴은 어제처럼 그렇게 빨갛지는 않았다. 그러나 자신의 머리는 아직도 어지럽고 또 꿈속의 단편들이 동시에 희미하게 떠올랐다.

─ 징푸도 이렇게 누워 있었는데, 그것은 시체였다. 그는 서둘러 입관하고 혼자서 관을 메고 문밖에서 안채까지 옮겼다. 장소는 고향 집인 듯 낯익은 사람들 여럿이 옆에서 입을 모아 칭찬하고 있었다…….

─ 그는 캉얼과 두 남매를 학교에 보냈다. 그런데 남은 두 아이도 따라가겠다고 울어 댔다. 그는 울어 대는 소리가 귀찮아 견딜 수 없었다. 그러나 동시에 자신이 최고의 권위와 최대의 힘을 갖고 있다고 생각했다. 그는 자신의 손바닥이 평소에 비해 세네 배가 커지고 쇠로 만든 것 같았다. 그 손바닥으로 허성荷生의 뺨을 후려갈겼다…….

이런 꿈의 흔적이 엄습해 와서 무서워진 그는 일어나 방 밖으로 나가려고 했지만 끝내 움직이지 못했다. 또 이런 꿈의 흔적을 억눌러 잊어버리고 싶었으나 이것들은 오히려 물속을 휘젓는 거위 털처럼 몇 바퀴 돌다가 기어이 떠올랐다.

─ 허성은 얼굴이 피투성이가 되어 들어왔다. 자신은 제단5)에 뛰어올랐다……. 아이 뒤에는 낯익은 사람, 낯선 사람들이 줄줄이 따라왔다. 그는 그들이 모두 자신을 공격하러 오고 있다는 것을 알았다…….

─ "나는 결코 양심에 거리끼는 일은 하지 않았어요. 당신들은 아이의 거짓말에 속아서는 안 됩니다……." 이렇게 말하고 있는 자신의 말소리가 들렸다.

─ 허성은 그의 옆에 가까이 있다. 그는 또 손을 들어…….

그는 갑자기 정신이 들었다. 심한 피로감을 느꼈으며 등은 아직도 서늘했다. 징푸는 맞은편에 조용히 누워 있었다. 호흡은 좀 거칠었으나 아주

일정했다. 책상 위에 있는 자명종 시계는 째각째각 더 큰 소리를 내고 있었다.

그는 몸을 돌려 책상 쪽으로 방향을 바꾸었다. 책상에는 가벼운 먼지가 덮여 있었다. 다시 얼굴을 돌려 종이 창문 쪽을 보니 달력이 걸려 있었고 거기에는 예서체隸書體로 이십칠廿七이란 두 글자가 새까맣게 씌어 있었다.

사환이 약을 가지고 왔다. 또 책 한 보따리도 들고 왔다.

"뭔가요?" 징푸는 눈을 뜨고 물었다.

"약이야." 그도 망연자실한 상태에서 깨어나 대답했다.

"아니, 그 보따리요."

"그건 나중에 보고, 약이나 먹자." 그는 징푸에게 약을 먹이고 나서 그 책 보따리를 들고 말했다. "쒀스素士가 보낸 거네. 분명 네가 빌려 달라고 했던 'Sesame and Lilies'⑥겠지."

징푸는 손을 내밀어 책을 받았으나 책 표지를 보고 책등의 금박 글자를 쓰다듬어 보았을 뿐, 곧 베개 머리맡에 놓고 조용히 눈을 감았다. 잠시 뒤에 기쁜 듯이 작은 소리로 말했다.

"병이 나으면 번역해서 문화서관文化書館에 보내 보겠어요. 얼마나 될지 모르지만 돈은 되겠지요. 그들이 받아 줄지는 모르겠지만……."

이날 페이쥔이 공익국에 도착한 것은 평소보다 훨씬 늦어서 곧 오후가 될 무렵이었다. 사무실에는 벌써 친이탕의 물담배 연기로 자욱했다. 왕웨성이 멀리서 알아보고 맞으러 나왔다.

"여! 왔구만. 동생은 다 나은 거야? 난 괜찮을 거라고 생각했는데, 전염병은 해마다 있는 거니까 뭐 대수롭지는 않았겠지. 방금도 나와 이탕이 왜 안 오는가 하고서 걱정하고 있던 참이었어. 이제 왔으니 다행이야! 그런데 안색이 좀……. 그래, 어제와 좀 다른데.”

페이쥔도 이 사무실과 동료들이 어제와 좀 다르고 낯설었다. 모든 것이 그가 익히 보아 왔던 것인데도 말이다. 부러진 옷걸이, 이 빠진 타구唾具, 먼지 가득한 어수선한 서류더미, 다리 부러진 소파, 그 소파에 앉아서 물담뱃대를 들고 기침을 하며 머리를 흔들면서 탄식을 하는 친이탕…….

“그놈들은 또 안채에서 문 앞까지 나가며 계속해서 싸워 대고…….”

“그래서요,” 웨성이 그에게도 응대를 하였다. “내가 말했죠, 페이쥔 형제의 일을 자식들한테 얘기해 줘서 본을 받도록 해야 한다고 말예요. 그렇지 않았다가는 정말 아버지가 울화통이 터져 죽을 거예요…….”

“셋째 놈이 그러는 거야. 다섯째가 복권으로 날린 돈은 공금으로 처리할 수 없고, 당연히…… 당연히…….” 이탕은 기침을 하면서 허리를 굽혔다.

“정말 ‘사람의 마음은 달라서’…….” 그렇게 말하며 웨성은 얼굴을 페이쥔에게 돌렸다. “그래, 동생은 이제 괜찮은거야?”

“네, 아무 일도 아니었어요. 의사가 홍역이래요.”

“홍역? 그랬구나. 지금 바깥에 아이들이 홍역으로 야단들이더군. 우리 이웃도 아이들이 셋이나 홍역에 걸렸어. 그거라면 전혀 걱정할 것 없어. 그나저나 자네가 어제 그렇게 다급해하는 모습은 옆에서 보기에도 감동적이었어. ‘형제는 화기애애하다’[7]라는 말은 바로 이런 것이지.”

“어제 국장은 왔었어요?”

“아직 ‘행방이 묘연한 것이 황학과 같’지요. 가서 출근부에다 ‘출’出이라고 기입하면 돼요."

"당연히 자신이 배상해야 한다는 거야." 이탕은 혼잣말을 했다. "그 복권이라는 게 정말 골치 아픈 것이더군. 난 도무지 모르겠어. 손을 대기만 하면 당하기 마련이라는 거야. 어제도 밤이 되자 또 안방에서 문 앞까지 계속해서 싸워 댔지. 다섯째 놈의 말로는 셋째 놈이 학교 다니는 아이가 둘이나 더 있어서 공동의 돈을 더 많이 쓰고 있으니 안 된다는 거야⋯⋯."

"이건 정말 갈수록 태산이구면!" 웨성은 실망한 듯이 말했다. "그래서 자네들 형제를 보면, 페이쥔, 나는 정말 '감복할 따름이야'. 아니, 분명히 말하지만 이건 면전이라고 칭찬하는 게 아니야."

페이쥔은 아무 말도 하지 않았다. 사환이 서류를 가져오는 것을 보고는 일어나 가서 받았다. 웨성이 따라가서 그의 손을 들여다보며 읽었다.

"공민公民 하오상산郝上善 등의 청원서. 동쪽 교외에 신원불명의 남자 시체 한 구가 있으니 위생과 공익의 견지에서 관을 지급하고 매장하도록 신속히 분국에 지시하여 주시기를 청원합니다, 라. 내가 처리하지. 자네는 일찍 들어가게. 동생의 병이 걱정될 거 아닌가. 자네들은 정말 '할미새가 들에 있도다'[8]네그려⋯⋯."

"아니요!" 그는 서류를 놓지 않았다. "제가 처리하겠어요."

웨성도 더 이상 뺏으려고 하지 않았다. 페이쥔은 안심한 듯이 천천히 자기 책상으로 돌아가서 공문을 보면서 손을 뻗어 청록색으로 얼룩진 먹물통의 뚜껑을 열었다.

1925년 11월 3일

주)_____

1) 원제는 「弟兄」, 베이징의 반월간 『망위안』(莽原) 제3기(1926년 2월 10일)에 처음 발표되었다.

2) 원문은 '打茶圍'. 옛날 기루(妓樓)에 가서 차를 마시거나 기녀를 희롱하는 등의 행위를 부르는 속칭.

3) 공공영안실(義莊). 자선이나 공익의 명의로 시체를 잠시 안치해 두도록 제공한 곳.

4) "선제께서는 백제성에서"(先帝爺, 在白帝城). 경극(京劇) 「실가정」(失街亭)에서 제갈량(諸葛亮)이 부른 창의 한 구절이다. 선제는 유비(劉備)를 가리킨다. 유비는 이릉(彝陵) 전투에서 오(吳)의 육손(陸遜)에게 패하고 백제성(지금의 쓰촨성 펑제현奉節縣의 동쪽에 있다)에서 죽었다.

5) 제단(神堂). 선조의 위패와 화상을 모셔 놓는 곳. 신감(神龕)이라고도 한다. 보통 본채의 정면에 설치한다.

6) 『참깨와 백합』(Sesame and Lilies)은 영국의 예술비평가 러스킨(John Ruskin, 1819~1900)의 강연 논문집이다.

7) "형제는 화기애애하다"(兄弟怡怡). 『논어』 「자로」(子路)편에 나오는 말이다.

8) "할미새가 들에 있도다"(鶺鴒在原). 『시경』 「소아(小雅)·상체(常棣)」의 "척령(脊令)이 들판(原)에 있는데, 형제가 위급하다"에 나오는 말이다. 할미새(鶺鴒)는 원래 '脊令'(척령)으로, 『시경정의』(詩經正義)에 의하면 이것은 물가에서 생활하는 새의 일종으로 고원(高原)에서 위급함을 당했을 때 울면서 날아와 동료를 구한다고 한다. 시에서는 이것으로 형제가 곤란에 처했을 때 서로 돕는 것에 비유하였다.

이혼[1]

"아, 무木 아저씨! 새해 복 많이 받으시고 돈도 많이 버세요!"

"잘 있었나, 바싼八三! 새해 복 많이 받어······!"

"네에, 새해 복 많이 받으세요! 아이구愛姑도 여기서······."

"아아, 무木 노인장!······"

쫭무싼莊木三과 그의 딸——아이구——이 막 목련교木蓮橋 어귀에서 배로 뛰어오르자, 배 안에는 일제히 왁자지껄하게 인사하는 소리가 울리고, 그 가운데 몇 사람은 주먹을 쥐고 공수拱手의 예를 하였다. 이와 동시에 뱃전의 좌판坐板에도 네 사람이 앉을 만한 자리가 마련되었다.

쫭무싼은 딸을 부르면서 앉더니 긴 담뱃대를 뱃전에 기대어 세워 놓았다. 곧이어 아이구도 그의 왼쪽에 앉았는데, 갈고리 모양의 두 다리를 바싼과 마주하니 '팔'八자가 되었다.

"무 노인장은 읍내에 가는 길입니까?" 게딱지 얼굴이 물었다.

"아닐세." 무 노인장은 약간 의기소침했다. 하지만 검붉은색의 얼굴은 원래 주름이 많아서 무슨 큰 변화를 엿볼 수 없었다. "팡쫭龐莊에나 한

번 가 보려고."

배 안의 사람들이 모두 말없이 그들을 볼 뿐이었다.

"또 아이구의 일 때문입니까?" 얼마 후에 바싼이 물었다.

"여전히 이 아이 일이지…… 이건 뭐 정말 귀찮아 죽겠어. 벌써 꼬박 3년간 소란을 피웠네그려. 몇 번이나 싸웠다가 화해했다가 했는지, 좀체 결판이 나지 않아……"

"이번에도 웨이慰 나으리 댁으로 가세요……?"

"그 댁에 가네. 그분이 우리를 화해시키려고 한 것도 한두 번이 아니 야. 내가 모두 따르지 않았지. 그건 그렇다 치고, 이번에는 그 집에서 새해 모임이 있어 성안의 치七 대인도 오신다더군……"

"치 대인?" 바싼의 눈이 커졌다. "그 어르신도 나서서 참견하시나 요……? 그것은……. 사실인즉슨 작년에 우리들이 그분들 집의 부뚜막을 죄다 뜯어 버렸거든요.[2] 이미 화풀이를 한 셈이지요. 그런데 아이구가 그 곳으로 돌아간다면 사실 또 무슨 재미가 있겠어요……" 하고는 바싼은 눈을 내리깔았다.

"나는 그리로 돌아가고자 욕심부리는 것이 결코 아니야, 바싼 오빠!" 아이구는 격분하여 머리를 들고 말했다. "나는 화가 치밀어요. 생각 좀 해 봐요, 그 '짐승만도 못한 새끼'는 젊은 과부와 바람을 피우고는 날 차던지 는데 제 뜻대로 될까? '짐승만도 못한 늙은 놈'은 아들 감쌀 줄만 알고 나 를 내쫓으려고 하는데, 어림도 없는 일이지! 치 대인이 뭐 어쩌겠어요? 설 마 지현知縣 나으리와 의형제간이라고 해서 바른말을 안 하지는 않겠지 요? 웨이 나으리처럼 단지 '헤어지는 것이 좋아, 헤어지는 것이'라는 되지 도 않는 말을 하지는 않겠지요. 나는 이 몇 년간 내가 고생한 걸 얘기하고

치 대인이 누가 맞다고 할지 볼 거예요!"

바싼은 설복당하고 다시는 입을 열지 않았다.

뱃머리의 물결 부딪히는 소리만이 찰랑찰랑 들릴 뿐 배 안은 아주 조용했다. 좡무싼은 손을 뻗어 담뱃대를 더듬어 잡고 담배를 재웠다.

대각선으로 바싼 곁에 착 붙어 앉은 뚱보가 복대에서 부시를 꺼내어 쳐서 불꽃을 일으키더니 그의 대통 위에 올려놓았다.

"고맙소, 고마워."* 무싼이 머리를 끄덕이며 말했다.

"초면이지만 무 아저씨의 이름은 벌써부터 알고 있습니다." 뚱보가 공손히 말했다. "그렇고말고요. 이 바닷가 부근의 삼육 열여덟 마을에서 모르는 사람이 누가 있어요? 스施씨네 아들이 과부와 정을 통한 것은 우리도 이미 알고 있어요. 작년에 무 아저씨가 아드님 여섯 분을 데리고 가 그 집의 부뚜막을 부순 일도 다들 잘했다고 합니다……. 아저씨는 어떤 고관대작의 집도 거침없이 드나드는데 그들쯤이야 뭐가 대수겠습니까!……"

"이 아저씨 정말 사리가 밝은 분이네요," 아이구가 기뻐하며 말했다. "누구신지는 잘 모르지만 말이에요."

"나는 왕더구이汪得貴라고 합니다." 뚱보가 재빨리 말했다.

"나를 내치게 두지 않을 거예요. 치七 대인도 좋고 바八 대인도 좋아요. 나는 그들 집을 패가망신시킬 거예요! 웨이 나으리가 내게 네 번이나 권하지 않았겠어요? 아버지까지도 위자료에 눈이 멀어 가지고……."

"제기럴!" 무싼이 낮은 소리로 말했다.

---

*"고맙소, 고마워"(對對)는 "미안합니다, 미안합니다"(對不起, 對不起)의 줄임말이거나 "죄송합니다, 죄송합니다"(得罪, 得罪)의 합음(合音)이나, 분명하지 않다.─원주

"그런데 저는 작년 연말에 스씨네가 웨이 나으리에게 술 한 상을 차려서 보냈다는 얘기를 들었어요, 바싼 아저씨." 게딱지 얼굴이 말했다.

"그건 별거 아니에요." 왕더구이가 말했다. "술상으로 사람들을 현혹시킬 수 있을까요? 술상으로 사람들을 현혹시킬 수 있다면 서양 요리를 보내면 어떻게 되겠습니까? 학식과 교양이 있는 사람들은 남을 대신해 바른 도리를 얘기하지요. 예를 들어 어떤 사람이 여러 사람들에게 모욕을 당하면 그분들이 나서서 바른 도리를 설명하는데, 술을 마셨는지 아닌지는 아무 상관없는 일이죠. 지난해 말 우리 마을의 룽^龍 나으리가 베이징에서 돌아왔는데, 큰 무대를 밟은 분이라서 그런지 우리 촌뜨기들과는 달랐어요. 그분 말씀으로는 그곳에서 첫번째 인물은 광^光 부인인데, 그게 또……."

"왕자후이터우_{汪家滙頭 3)}에 내릴 손님은 나오시오!" 뱃사공이 큰소리로 외쳤고, 배는 벌써 멈추려고 했다.

"여기, 여기 내려요!" 뚱보가 담뱃대를 집어 들고 선창 중간에서 뛰어나가 전진하는 배를 따라 강가에 올랐다.

"미안, 미안합니다!" 그는 배 안의 사람들을 향해 머리를 끄덕이며 말했다.

배는 새로운 정적 속에서 앞으로 계속 나아갔다. 물소리도 찰랑찰랑 너무 잘 들렸다. 바싼은 졸기 시작했고, 점점 반대편의 갈고리 모양의 다리를 향해 입을 벌렸다. 배 앞칸에 앉아 있던 두 노파는 낮은 목소리로 염불을 외고 있었다. 그녀들은 염주를 돌리면서 아이구를 보고 서로 마주 본 다음 입을 삐죽거리며 고개를 끄덕였다.

아이구는 눈을 크게 뜨고 배에 친 뜸의 천정을 쳐다보고 있었다. 앞으로 어떻게 하면 그들 집을 패가망신시킬까 궁리하고 있는 모양이었다. '짐승만도 못한 늙은 놈', '짐승만도 못한 새끼' 모두 막다른 골목으로 몰아 버리는 것이다. 웨이 나으리 따위는 그녀의 안중에 없었다. 두 번 보았는 데 둥근 머리통의 난쟁이에 지나지 않았다. 이렇게 생긴 사람은 우리 마을 에 지천으로 있는데, 얼굴색이 그보다 좀더 검붉을 뿐이다.

쌍무싼의 담배는 이미 다 타서 불이 끝까지 타들어 간 담뱃진이 끼익 소리를 냈는데도 또 빨았다. 그는 왕자후이터우를 지나면 곧이어 팡쫭에 도착한다는 사실을 알고 있었다. 게다가 그 마을 입구의 괴성각[4]이 벌써 분명히 보였다. 팡쫭에는 여러 차례 왔으니 특별한 것은 없었다. 웨이 나으리도 마찬가지였다. 그는 딸이 울고 돌아왔던 일, 그녀의 시댁과 사위 의 악랄함, 그 뒤에 그들에게 얼마나 피해를 입었는지 아직 기억하고 있었 다. 여기까지 생각하니 과거의 일들이 하나하나 눈앞에 떠올랐다. 그 시댁 을 괴롭혀 준 장면에 이르면 그는 원래 차갑게 미소를 지었는데, 이번에는 그렇게 되지 않았다. 어찌 된 영문인지 갑자기 뚱뚱한 치 대인이 나타나 그의 머릿속 정경들을 헝클어 놓는 것이었다.

배는 이어지는 정적 속에서 계속 앞으로 나아갔다. 오직 염불 소리만 이 크게 들릴 뿐, 그 밖의 모든 것이 무 아저씨와 아이구를 따라 함께 깊은 생각 속에 잠긴 듯했다.

"무 아저씨, 내리세요, 팡쫭에 도착했어요."

무싼 일행이 뱃사공의 소리에 놀라 깼을 때, 앞에는 이미 괴성각이 있 었다.

그가 강 언덕에 뛰어내리자 아이구가 뒤따랐고, 괴성각 밑을 지나 웨 이 나으리 집을 향해 걸어갔다. 남쪽으로 서르나문 집을 지나 다시 모퉁이 를 한 번 도니 다다랐다. 먼저 문 입구에 일렬로 네 대의 오봉선[5]이 정박하고 있는 것이 보였다.

검은 칠을 한 대문에 들어선 그들은 문간방으로 안내되었다. 대문 뒤에는 벌써 두 개의 탁자에 뱃사공과 머슴들이 꽉 들어차 앉아 있었다. 아이구는 그들을 쳐다볼 엄두가 나지 않아 그저 힐끗 눈길을 던졌다. '짐승만도 못한 늙은 놈'과 '짐승만도 못한 새끼'의 종적은 전혀 보이지 않았다.

심부름꾼이 녠가오탕⁶⁾을 가져왔을 때, 아이구는 까닭없이 아주 불안해지는 것이 자신도 왜 그런지 이유를 알 수 없었다. '설마 지현 나으리와 친구라고 해서 바른말을 안 하는 것은 아니겠지?' 그녀는 생각했다. '학식과 교양이 있는 사람들은 바른 도리를 얘기하는 법. 나는 세세하게 치 대인에게 고할 거야, 열다섯 살에 시집가서 며느리 노릇을 할 때부터…….'

녠가오탕을 다 마신 그녀는 때가 오고 있음을 느꼈다. 과연 얼마 뒤 그녀는 이미 머슴을 따라 그녀의 아버지와 함께 대청大廳을 지나고 또 한 번 돌아 응접실의 문턱을 넘어 들어가고 있었다.

응접실에는 여러 가지 물건들이 있었지만, 그녀는 자세히 볼 겨를이 없었다. 또 손님이 여러 명 있었는데 붉고 푸른 비단 마고자가 반짝이는 것만 보였다. 그 가운데 단번에 눈에 띄는 사람이 있었는데, 그 사람이 바로 치 대인인 듯했다. 둥글둥글한 머리이지만 웨이 나으리에 비하면 체구가 크고 훤칠했다. 크고 둥근 얼굴에 작은 눈과 새까만 가는 수염이 있었고, 정수리는 벗겨졌지만 그 머리통과 얼굴은 불그스름하고 번들번들 윤기가 흘렀다. 아이구는 기이하다고 느꼈지만 곧 스스로 해석하고 이해했다. 그것은 분명히 돼지기름을 바른 것이라고 말이다.

"이것이 바로 '비색'⁷⁾이란 물건인데, 옛날 사람들이 염을 할 때 항문을 막았던 것이지." 치 대인이 단물난 조약돌 같은 것을 들고 설명하고는

자신의 코 옆에 두 번 문지르더니 다시 말을 이었다. "애석하게도 '신갱'新
坑이야. 그래도 살 만한 가치는 있어. 늦어도 한나라 때 거니까. 자, 보라구.
이 반점이 '수은침'水銀浸이야……."

'수은침' 주위로 금세 여러 개의 머리가 모여들었다. 그중 하나는 말
할 것도 없이 웨이 나으리의 머리였다. 또 젊은 나으리들의 머리도 여럿
있었지만, 그들은 위세에 눌려 마치 말라빠진 빈대 꼴을 하고 있었는데,
아이구는 예전에 이런 모습을 본 적이 없었다.

그녀는 치 대인이 뒤에 한 말은 알아듣지 못했다. '수은침'이 뭔지 알
고 싶지도 않았고 또 알 수도 없었으므로, 이 틈을 타서 사방을 한번 둘러
보다가 그녀 뒤에 '짐승만도 못한 늙은 놈'과 '짐승만도 못한 새끼'가 문
옆의 벽에 바싹 붙어 서 있는 것을 보았다. 언뜻 보았을 뿐이지만 반년 전
에 우연히 봤을 때보다 확실히 늙어 보였다.

이윽고 사람들이 '수은침' 주위에서 떨어져 나왔다. 웨이 나으리가
'비색'을 받아 들고 자리에 앉더니 그것을 손가락으로 문지르면서 고개를
돌려 좡무싼에게 물었다.

"그래, 자네들 둘뿐인가?"

"네에."

"자네 아들은 하나도 안 왔는가?"

"그 애들은 시간이 없어서요."

"사실 정초부터 자네들을 오라고 한 것은 좀 안된 일이나, 또 그 일 때
문에, …… 나는 자네들도 할 만큼 했다고 생각해. 벌써 2년이 넘었지 않은
가? 내 생각에 원한은 풀어야 하는 것이지 맺혀서는 안 되는 거야. 아이구
는 남편과 뜻이 안 맞고, 시부모도 좋아하지 않으니…… 일전에 말한 대로

갈라서는 것이 좋아. 나야 도량이 작은 사람이라 말해도 듣지 않는다 하더라도 치 대인께서는 공평한 판단을 한다는 걸 자네들도 알잖는가. 지금 치 대인의 뜻도 나와 같단 말일세. 하지만 치 대인은 양쪽 모두 운수가 나빴다고 생각하고, 스씨네에서 10원을 더 내어 90원을 내라고 하셨어!"

"……."

"90원이야! 자네들이 황제 할아버지 앞에 가서 소송을 건다고 해도 이보다 더 받지는 못할 거야. 이런 말은 우리 치 대인이니까 할 수 있는 거라고."

치 대인은 가는 눈을 크게 뜨고 좡무싼을 바라보며 머리를 끄덕였다.

아이구는 일이 좀 묘하게 돌아간다고 생각했다. 그녀는 평소에 바닷가 주민들이 너나없이 두려움을 갖고 대하는 자기 아버지가 왜 여기서는 한마디도 못하는지 이상했다. 그녀는 그럴 필요가 없다고 생각했다. 그녀는 치 대인의 말을 듣고 나서 잘 이해할 수는 없었지만 웬일인지 예전에 자신이 생각했던 것처럼 그렇게 무서운 사람이 아니라 사실은 친절하고 너그러운 사람이라는 생각이 들었다.

"치 대인은 학식이 있고 사리에 밝으시니 어떤 일이든 잘 아시겠지요." 그녀는 용감해졌다. "우리 촌사람들과는 다른 분입니다. 저는 원망이 있어도 호소할 곳이 없어서 치 대인을 찾아뵙고 말씀을 드리려고 했습니다. 제가 시집을 온 뒤로 정말 머리를 숙이고 들어가고 머리를 숙이고 나오고 한 번도 예법에 어긋난 적이 없었습니다. 그런데 저 사람들은 저와 적대하여 한 사람 한 사람 모두 '살기등등한 표정'이었습니다. 그 해에 족제비가 큰 수탉을 물어 죽인 것도 내가 잘못한 것입니까? 그것은 처죽일 비루먹은 개가 몰래 겨 이긴 밥을 먹고 닭장 문을 열어 놓아 그렇게 된 것입니다. 그런데 저 '짐승만도 못한 새끼'는 다짜고짜 제 뺨을 때리는 것이 아니겠어요……."

치 대인이 아이구를 슬쩍 쳐다보았다.

"여기에는 까닭이 있습니다. 이것도 치 대인의 밝은 눈을 속일 수야 없겠지요. 학식이 있고 사리가 밝은 분들은 뭐든 다 잘 알지요. 그가 화냥년에게 빠져서 나를 내쫓으려고 하는 거지요. 나야말로 육례[8]를 갖추고 꽃가마를 타고 온 사람이에요! 이게 그렇게 간단한 일입니까……? 저는 꼭 저들에게 본때를 보여 줄 겁니다. 소송을 해도 문제없어요. 현縣에서 안 되면 부府라도 갈 거예요……."

"그런 일은 치 대인이 다 알고 계셔." 웨이 나으리가 얼굴을 들고 말했다. "아이구, 네가 생각을 바꾸지 않으면 득 될 게 하나도 없어. 너는 늘 이 모양이야. 네 아버지를 좀 봐라, 다 알고 있잖니. 그런데 너나 네 형제는 아버지를 하나도 닮지 않았어. 소송을 해서 부로 가져간다고 설마 관청에서 치 대인에게 묻지 않을 것 같애? 그때는 '공적인 일은 공정하게 원칙적으로 처리할' 것이니, 그렇게 되면……넌 그야말로……."

"그러면 전 서로 다 망가지더라도 목숨을 걸고 해볼 거예요."

"그건 절대 목숨을 걸 일이 아니야." 치 대인이 그제서야 천천히 입을 열었다. "젊은 나이군. 사람은 좀 부드러워야 해. '웃는 얼굴에 복이 온다'는 말이 있지, 안 그래? 내가 단번에 10원을 더 내게 해줬고, 이것만으로도 '상상할 수 없는 일'이야. 그렇지 않아도 시부모가 '나가!'라고 하면 나가야 돼. 부는 말할 것도 없고 상하이, 베이징, 심지어 서양까지 다 그래. 자네가 믿지 못하겠다면 저 사람이 바로 베이징의 양학당洋學堂에서 막 돌아왔으니 직접 물어봐." 그리고 얼굴을 뾰족한 턱의 젊은 나으리에게 돌리고 말하기를, "그런가, 안 그런가?"

"마──맞습니다." 뾰족한 턱의 젊은 나으리는 황망히 몸을 곧추세우고 낮은 목소리로 공손하게 말했다.

아이구는 자신이 완전히 고립되었다는 것을 깨달았다. 아버지는 입을 다물고 오빠들은 오지 않았으며 웨이 나으리는 애당초 그들의 편을 들고 있었다. 치 대인 역시 믿을 수 없는데 뾰족한 턱의 젊은 나으리까지 빈대처럼 납작 엎드려 '맞장구를 치고' 있었다. 그녀는 머리가 어리벙벙하기는 했으나 그래도 최후의 분투를 해야겠다고 결심한 듯했다.

"어떻게 치 대인께서도……." 그녀는 얼굴 가득히 놀라움과 실망의 빛을 드러냈다. "그렇지요……. 알고 있습니다. 우리같이 못 배운 사람들은 아무것도 모릅니다. 제 아버지가 세상물정을 모르고 늙어 노망 든 것이 원망스러워요. 그러니 저 '짐승만도 못한 늙은 놈'과 '짐승만도 못한 새끼'가 하자는 대로 했지요. 저것들은 상喪을 당한 듯 아주 급해 가지고서는 더러운 수를 써서 높은 사람들에게 알랑거리며……."

"치 대인 좀 보세요," 아이구 뒤에 묵묵히 서 있던 '짐승만도 못한 새끼'가 갑자기 입을 열었다. "저것은 대인 앞에서도 이 모양입니다. 그러니 집에서는 정말 개와 닭까지도 불안할 정도로 소란을 피워 댔죠. 제 아버지를 '짐승만도 못한 늙은 놈'이라고 부르고, 저를 말끝마다 '짐승만도 못한 새끼', '사생아'*라고 불렀어요."

"그 '화냥년'⁹⁾이 너를 '사생아'라고 부르더냐?" 아이구는 머리를 돌려 큰소리로 말하고는 다시 치 대인을 향해 "저는 여러분들 앞에서 할 말

---

* '逃生子'는 사생아이다.──원주

이 있습니다. 저것들도 어디 말투가 부드럽고 태도가 온화한 줄 아세요? 말끝마다 '더러운 년', '쌍년'이라고 하지요. 갈보년이랑 눈이 맞고 난 뒤 부터는 제 조상까지 들먹였어요. 치 대인께서는 혼쭐을 내주시기 바랍니다, 이……."

그녀는 몸을 부들부들 떨면서 얼른 입을 다물었다. 갑자기 치 대인이 눈을 위로 치켜뜨고 둥근 얼굴을 쳐들더니 동시에 가늘고 긴 수염으로 둘러싸인 입으로 높고 큰 소리를 길게 질렀기 때문이었다.

"이리 ── 오너라!"

그녀는 순간 심장이 멈추었다가 이어서 갑자기 세차게 뛰는 것을 느꼈다. 대세가 이미 기울고 형세가 모두 변한 것만 같았다. 발을 헛디뎌 물 속에 빠진 듯한 기분이었다. 그리고 그것은 사실 자기 잘못임을 깨달았다.

바로 남색 두루마기에 검정 등거리를 걸친 사내가 들어와 치 대인 앞에 허리를 쭉 펴고 두 손을 드리운 채 말뚝처럼 마주 섰다.

응접실 전체가 '쥐 죽은 듯 조용했다'. 치 대인이 입을 놀렸으나 누구도 무슨 말을 했는지 알아듣지 못했다. 하지만 그 사내는 벌써 알아듣고 그 명령의 위력이 골수에 스며들기라도 한 듯 몸을 두어 번 움직이더니 '모골이 송연'한 듯한 표정을 짓고는 대답했다.

"예." 그는 몇 걸음 물러나더니 몸을 돌려 나갔다.

아이구는 뜻밖의 일이 벌어질 거라고 생각했다. 그것은 전혀 예상하지 못했으며 또 방어할 수도 없는 일이었다. 아이구는 이때 비로소 치 대인이 정말 위엄 있는 사람이라는 것을 알았다. 지금까지는 자신이 오해를 했고 그래서 너무 방자하게 버릇없이 굴었다는 것을 깨달았다. 그녀는 몹시 후회하면서 자신도 모르게 말했다.

"저는 처음부터 치 대인의 분부대로 하려고 했어요⋯⋯."

응접실 안은 '쥐죽은 듯이 조용했다'. 아이구의 말이 모기 소리처럼 가늘었지만 웨이 나으리에게는 벽력 같은 소리로 들렸다. 그는 벌떡 일어 났다.

"그렇지! 치 대인은 정말 공평하시고 아이구도 잘 알아들었어!" 그는 한바탕 칭찬을 하고 나서 말했다. "무싼, 자네는 더 할 말이 없겠지. 당사 자가 이미 승낙했으니 말이야. 내가 가지고 오라고 한 사주단자[10]도 어김 없이 가지고 왔겠지. 미리 알렸으니까. 자, 그럼 다들 여기에 내놓게⋯⋯."

아이구는 그녀의 아버지가 호주머니에 손을 넣어 무언가를 꺼내는 것을 보았다. 말뚝같이 서 있던 사내가 들어와서 작은 거북 모양의 새까 맣고 납작한 물건[11]을 치 대인에게 건넸다. 아이구는 또 무슨 일이 생길까 두려워 얼른 쫭무싼을 바라보았다. 그는 차 탁자 위에 남색 무명 보자기를 펼쳐 놓고 은화를 꺼내고 있었다.

치 대인도 작은 거북의 머리를 뽑더니 그 몸통에서 무언가를 손바닥 에 좀 쏟아내었다. 말뚝처럼 서 있던 남자가 그 납작한 것을 받아 들고 나 갔다. 치 대인은 즉시 한쪽 손의 손가락으로 손바닥 한가운데를 찍어서 그 것을 자신의 콧구멍에 두어 번 밀어 넣었다. 콧구멍과 인중이 곧 노랗게 되었다. 그는 재채기를 하려는 듯 코를 찡그렸다.

쫭무싼은 은화를 세고 있었다. 웨이 나으리는 아직 세지 않은 돈더미 에서 얼마인가 집어서 '짐승만도 못한 늙은 놈'에게 주었다. 그러고는 사 주단자 두 개를 바꾸어 놓고 양쪽에 밀어 주면서 말했다.

"자, 간수들 잘 하시오. 무 영감, 잘 세어 보게. 돈 거래는 장난이 아니 라고⋯⋯."

"에취" 하는 소리가 났다. 아이구는 분명 치 대인이 재채기하는 소리임을 알면서도 저도 모르게 눈을 돌려 보았다. 치 대인이 입을 벌리고 여전히 코를 찡그리고는 한쪽 손의 두 손가락으로 '옛사람들이 염을 할 때 항문을 막았던' 것을 집어 들고 코 옆을 문지르고 있었다.

쾅무싼이 간신히 은화를 다 세웠다. 사주단자도 양쪽이 다 걷어 넣었다. 모두들 웅크렸던 허리가 바로 펴진 듯했고, 긴장했던 얼굴들도 한결 풀어졌으며, 응접실 안은 금세 화기애애한 분위기가 되었다.

"좋았어! 일이 원만히 해결되었어." 웨이 나으리가 양쪽이 모두 돌아가려는 기색을 보이자 숨을 한 번 내쉬고 말했다. "그럼, 응, 더 이상 무슨 다른 일은 없겠지. 모두 잘 해결되었으니 축하를 해야겠네. 자네들은 돌아갈 건가? 가지 말고 우리 집에서 새해 술이나 한 잔씩 들고 가게. 좀처럼 이런 기회도 없겠고."

"저희들은 안 마시겠어요. 내년에 다시 와서 마시지요." 아이구가 말했다.

"고맙습니다, 웨이 나으리. 우리는 마시지 않겠습니다. 볼일이 있어서……." 쾅무싼, '짐승만도 못한 늙은 놈'과 '짐승만도 못한 새끼' 모두 이렇게 말하고 공손하게 물러나왔다.

"음? 어떤가? 한잔 하지 않겠나?" 웨이 나으리가 맨 나중에 가는 아이구를 지켜보면서 말했다.

"네, 안 마시겠어요. 감사합니다, 웨이 나으리."

1925년 11월 6일

주)_____

1) 원제는 「離婚」, 이 글은 1925년 11월 23일 『위쓰』 제54기에 처음 발표되었다.

2) 부뚜막을 부수는 것은 옛날 사오싱(紹興) 등 지방 농촌의 풍속 가운데 하나였다. 민간에서 분규가 발생했을 때 한쪽이 상대방의 부뚜막을 부수면 그것이 가장 큰 모욕이라고 생각했다.

3) 후이터우(滙頭)는 지류가 본류로 흘러드는 합류점으로 선착장이 되었다.

4) 괴성각(魁星閣). 괴성을 모시는 누각이다. 괴성이란 본래 중국 고대천문학에서 말하는 소위 28수(宿)의 하나인 규성(奎星)의 속칭이다. 한나라 때 사람의 위서(緯書) 『효경원신계』(孝經援神契)에 "규성이 문필의 흥성을 주재한다"는 설이 처음 나왔고, 뒤에 규성을 과거와 문운(文運)의 흥망성쇠를 주재하는 신으로 모시게 되었다.

5) 오봉선(烏篷船). 자가용과 화물용의 두 종류가 있었고, 보통은 관료와 신사계급(紳士階級)이 타는 용도로 쓰였다.

6) 녠가오탕(年糕湯). 녠가오(年糕)는 우리의 정월 떡에 해당하는 것으로 그 제조법과 형태는 지방에 따라 다양했다. 나미(糯米 ; 찹쌀)와 나율(糯栗)로 만드는 두 종류가 있다.

7) 비색(屍塞). 옛날에는 사람이 죽으면 자그마한 옥이나 돌 같은 것으로 죽은 사람의 입, 귀, 코, 항문 등을 틀어막았는데, 그렇게 하면 시체가 오래 썩지 않는다고 하였다. 항문을 틀어막은 것을 '비색'이라고 한다. 옛날에는 입관할 때 시체가 오래 썩지 않게 하기 위해 시체에 수은을 발랐다. 그래서 출토된 금, 옥 등의 순장품에는 수은이 묻어 생긴 반점이 있는데 그것을 '수은침'(水銀浸)이라고 했다.

8) 육례(六禮). 6가지 전통 혼례 의식으로 납채(納采), 문명(問名), 납길(納吉), 납정(納征), 청기(請期), 친영(親迎)을 말한다.

9) 화냥년. 원문은 '娘濫十十萬人生'으로 원래 뜻은 어머니가 다수의 남자와 난교해서 낳은 아들이다.

10) 사주단자. 원문은 '紅綠帖'. 옛날 남녀가 정혼을 할 때 양가가 교환하던 첩지.

11) 비연호(鼻煙壺)를 가리킨다. 비연(鼻煙)은 코로 흡입하는 분말 형태의 담배다.

부록

『외침』에 대하여
『방황』에 대하여

『외침』에 대하여

1.

『외침』은 1918년부터 1922년까지 쓴 14편의 단편소설을 실은 작품집이다. 중국 최초의 근대소설 「광인일기」가 여기서 나왔고, 중국 국민성의 전형이 된 아Q가 여기서 탄생했으며, 훗날 사람들 입에 오르내리게 된 구절, 그러니까 "본시 땅 위엔 길이 없다. 다니는 사람이 많다 보면 거기가 곧 길이 되는 것이다"라는 대목도 바로 여기서 나온다. 이쯤 되고 보면 소설집 하나의 역할로선 차고 넘치다 못해 거의 홍복鴻福의 수준이라 할 만하다. 그런데 이런 영예가 가능하게 된 과정을 보면 좀 의외다. 「서문」의 내용대로 한 친구의 권유에 못 이겨 "나도 글이란 걸 한번 써 보겠노라"고 한 것이 이리 되고 말았다는 것이다.

지금의 입장에서 봐도 서른여덟이라는 나이는 문학창작의 입문으로는 제법 늦깎이 축에 속한다. 그런데 사상적 이력이라는 측면에서 보자면 오히려 그랬기 때문에 그만큼 풍성할 수 있었는지도 모른다. 이를테면

이 소설집 속에 어린 시절 서당에서 배운 전통 학문, 난징의 서양학교에서 접한 신학문, 일본 유학 시절 의사의 꿈과 문학으로의 전향, 귀국 후의 좌절과 절망, 그리고 절망에의 반항 등등의 체험이 풍성히 녹아나고 있거나 1911년 신해혁명 전후 엎치락뒤치락하며 혁명과 복고를 오가던 정치 현실, 5·4신문화운동이 무르익어 가던 과정과 그 열기가 식은 뒤의 좌절과 적막, 무료함 등등의 현실이 실감나게 반영되어 있는 것은 바로 이런 소치이다.

14편의 작품이 서 있는 시간적 결을 따라가다 보면 현실의 구조와 미학적 구조의 상관관계가 여실히 드러난다. 이를테면 작품집의 중후반부, 그러니까 「아Q정전」이 끝나고 「단오절」이 시작되는 무렵부터 작품의 분위기가 사뭇 달라진다. 문제의식이 지식인의 문제로 전환되는 것도 그러거니와 현실을 대하는 태도에도 예각성 속에서 뭔가 모를 느슨함 같은 것이 감지된다. 「아Q정전」을 종횡하던 유머의 점도粘度도 후반부에선 찾아보기 어렵다. 글의 긴장도도 이완되고 문체에도 미묘한 변화가 온다. 이 변화는 5·4신문화운동의 조류가 썰물처럼 빠져나가고 난 뒤의 분위기를 반영해 주는 미학적 징후다. 이런 의미에서 『외침』은 신해혁명 전후에서부터 5·4신문화운동 전후에 이르기까지의 시대상에 대한 일종의 미학적 증언인 셈이다.

제목은 이 소설집의 의미와 성격을 여과 없이 전해준다. '외침'은 그 자체로 계몽주의적 언어에 속한다. 그것은 창문 없는 철방을 울리던 각성자의 일갈이자 5·4정신에 대한 웅변이면서 동시에 무지몽매한 국민성을 향한 고함이다. "감히 알려고 하라! 너 자신의 오성을 사용할 용기를 가져라!" 그러므로 칸트 식의 이 '계몽의 표어'는 루쉰의 '외침'을 이해하는 데도 어느 정도 유효한 틀을 제공한다. 이는 『외침』을 동아시아 근대문학이라는 관점에서 조망할 수 있게 하는 시좌視座이기도 하다.

그런데 이런 식의 설명 방식은 왠지 좀 생경하다. 왠지 이런 방식으로 『외침』을 읽어서는 안 될 것 같다. 소설은 논설문이 아니지 않은가. 문학은 국민의 영혼을 다루는 일이라며 의사의 꿈마저 접었던 루쉰이 아닌가. 하물며 중국 최초의 본격 근대소설집이라면 뭔가 합당한 대접이 따라야 할 것 같기도 하다. 그렇다면 『외침』을 '외침'답게 읽는 길이란 어떤 것일까?

2.

번역 과정에서 가장 난감했던 대목은 소설집 전반에 퍼져 있는 모종의 생리학적 아우라Aura를 어떻게 살릴 수 있을까 하는 것이었다. 이를테면 문화생리학이라 이름해야 할 어떤 시선으로 근대를 읽어 내고 있는 셈인데, 이는 루쉰이 근대를 해석하고 혁명을 이해하는 데 있어 중요한 인식론적·미학적 장치로 기능하고 있다. 그러니 이 책을 읽는 독자들에게 일단 이런 분위기와 느낌에 최대한 충실해 보라고 권하고 싶다.

일단 「서문」의 초입에서부터 꼬릿한 한약재 냄새가 풍긴다. 이 냄새는 이내 병동 임상실의 알코올 냄새와 미생물학 시간의 자기 모멸적 체험과 겹쳐지면서 일련의 병리학적인 네트워크를 만들어 낸다. 루전魯鎭──이는 루쉰의 고향 사오싱紹興에 다름 아니다──을 가득 메우고 있는 퀴퀴한 냄새, 침을 질질거리며 노려보는 개의 눈빛, 사형수의 목이 떨어지기만을 기다리고 있는 구름 같은 군중들, 만두에 흠뻑 배어 뚝뚝 떨어지는 인혈, 그것을 집어삼키는 입, 폐병쟁이의 쿨럭임과 이어서 터지는 각혈, 땀으로 번들거리는 사내들의 가슴팍, 정수리로 둘둘 말아 올린 변발, 그리고 머리통에 덕지덕지 앉은 부스럼 딱지, 이蝨가 똬리를 틀고 앉은 저고리, 놈을 잡아 깨물자 툭툭 터지는 피 등등 이 모든 것이 루쉰이 만들어 내는 문화생리학적 네트워크의 요소들이다.

이 '실체 불명의 진陣'에서 시간은 과거로 흘러든다. "옛날부터 그래 왔노라." 이 한 마디는 무소불위의 권력 그 자체다. 흡사 "조물주의 채찍이 중국의 등짝을 후려치지 않는 한 …… 스스로 머리 한 올도 바꾸려 하지 않을" 태세다. 여기서 변화란 갓난아기의 근수를 다는 저울 눈금에서 간신히 가늠될 뿐이다. 구근에서 칠근으로, 칠근에서 다시 육근으로, 이처럼 시간의 무게는 갈수록 가벼워진다. 그러므로 "대가 갈수록 시원찮아진다니까!"라는 구근 할매의 입에 발린 이 주절거림은 진화론적 시간의 입장에선 거의 저주에 가깝다. 진화론적 시간이 만들어 내는 단층이라고 해야 몸을 통해 어렴풋이 드러나는 정도다. 혁명은 그저 변발의 유무와 고저, 옥양목 장삼을 입었는지 여부에 의해 미세하게 감지될 뿐이다. 그리고 그 끝도 모호하기만 하다. "황제가 보위에 올랐대?" "아무 말도 없던데." "보위에 안 오른 거겠지?" "안 오른 거 같애." 매사가 이런 식이다.

이 거대한 진에서 만사는 '중용'으로 통한다. 문제에 직면해도 도무지 그 원인을 캐려 하거나 따지고 드는 법이 없다. 혹 문제가 불거진다 해도 고개를 돌려 버리면 된다. 만사가 '그게 그거'기 때문이다. 설령 '그게 그거'가 아니라 하더라도 걱정할 필요가 없다. 자기 쪽으로 끌고 들어와 합리화해 버리면 된다. 이것이 좀더 발전하면 예의 그 '정신승리법'이 된다. '정신승리법'의 명수 아Q — 그는 루쉰 주변 인물들의 개별 특성들을 버무려 창조해 낸 미학적 결과물이다──는 자기동일화의 화신이다. 건달에게 변발을 낚아 채이면 지레 선언을 해버린다. "나는 버러지야. 됐어?" 그래도 얻어터진다 한들 별반 문제될 것이 없다. "아들놈한테 맞은 걸로 치지 뭐. 요즘 세상은 돼먹지가 않았어." 이러면 십 초도 지나지 않아 다시 의기양양해진다. 그래도 약효가 없으면 자기 뺨을 두어 번 후려치면 된다. 그러면 스스로 용서가 된다. 왜냐하면 자기가 다른 자기의 뺨을 때린 게 되니까. 그러다 보면 이윽고 자기가 남의 뺨을 때린 것처럼 된다. 이것마저 약발이 듣지 않으면 그냥 있어도 된다. 왜냐하면 '망각'이라는, '조상이 물려준 보물'이 있으니까.

3.

그러면 이 '무물無物의 진陣'은 어떻게 빠져나올 수 있는가? 루쉰의 대답은 거의 불가능하다는 것이다. 이것이 그가 고대의 낡은 유물이나 수집하고 있었던 시기 품고 있었던 '절망'의 주요 내용이다. 그래도 기왕 '몸부림' 쳐야 한다면 철저히 전략적이어야 한다. 여기서 루쉰이 동원하는 전략적 무기는 동사 '보다'이다. 『외침』 시기부터 루쉰은 '보다'를 의미하는 일련의 동사들──看, 見, 看見, 視, 示, 瞧 등등──을 대거 투입한다. 일단 『외침』의 첫 작품부터가 '발견'으로 시작된다.

「광인일기」 첫 장면은 이렇다. "오늘밤, 달빛이 참 좋다. 내가 달을 못 본 지도 벌써 30여 년, 오늘 보니 정신이 번쩍 든다. 그러고 보니 지난 30여 년이 온통 미몽迷夢 속을 헤매었던 게다." 본격 근대소설의 선성이 된 이 대목에서 달은 원만구족圓滿具足한 전통적 질서의 상징으로 기능한다.

이는 쿵이지가 술탁 위에 쓰던 '回' 자나 천스청을 죽음으로 이끈 '흰 빛', 그리고 재판을 마친 아Q가 서류에 사인을 하다가 망쳐 버린 그 동그라미와 일가권속을 이루고 있다. 삼십여 년간 멀쩡히 달을 보면서도 보지 못했는데 미치고 나니 그것이 제대로 보인다. 이 낯선 발견은 인식론적 운동을 거치면서 한층 심화된다. "만사는 연구해 봐야 아는 법." 광인은 이 말을 반복해서 일기장에 적으면서 '연구'에 '연구'를 거듭한다. 그 결과 '인의'니 '도덕'이니 하는 글자들로 도배를 한 서책의 행간에서 '식인'이란 두 글자를 발견하게 된다. 그리고 이 발견은 다음과 같은 발견으로 가파르게 이어진다. "사람을 먹는 자가 내 형일 줄이야! 내가 사람을 먹는 사람의 동생일 줄이야! 나 자신이 먹힌다 한들 여전히 사람을 먹는 사람의 동생일 줄이야!"

이제 광인은 이 새로운 인식에 근거하여 끈질기게 추궁하고 따지기 시작한다. "사람을 먹는 게 옳은 일인가?" "옳냐고?" "그러나 물어봐야겠어. "옳은 거냐구?" "예전부터 그래 왔다면 옳은 거야?" 그리고 이 인식은 마침내 의지와 결단의 차원으로 확산된다. 그리하여 광인은 형부터 설득하기 시작한다. "예부터 그래 왔다고는 하지만, 우리 오늘이라도 그냥 단번에 착해질 수 있습니다. 안 된다고 말씀하세요! 형님, 형님은 그러실 수 있어요." 그러나 돌아오는 것은 싸늘한 눈초리뿐이다. 그래도 광인은 이 눈초리들을 향해 거듭 촉구한다. "너흰 고칠 수 있어. 진심으로 고쳐먹으라구!" "당신들 즉각 고쳐야 해, 진심으로 고쳐먹으라구!" 이러한 일련의 과정을 통해 광인은 새로운 인식의 높이에 도달한다. 자기도 이 식인 메커니즘의 일원이라는 무서운 사실 말이다. 그리하여 마침내 이런 참말을 하기에 이른다. "사천 년간 사람을 먹은 이력을 가진 나, 처음엔 몰랐지만 이젠 알겠다. 제대로 된 인간을 만나기 어려움을!"

「광인일기」의 마지막 구절 "救救孩子……"는 루쉰학의 공안公案 중 하나였다. 크게 대별하자면 "아이를 구하라!"와 "아이를 구하긴 해야 할 텐데……" 정도로 입장이 나누어진다. 전자는 계몽주의적 번역이고 후자는 참회의 염念을 담은 실존주의적 번역인 셈인데, 여기서는 "……"의 뉘앙스도 그러하려니와 작품 초입의 고문古文투로 된 액자들의 내용·형식을 고려해 "아이를 구해야 할 텐데……"로 옮겼다. 정신병이 나아 고위 관직으로 진출했음을 미리 주지시키고 있는 마당이라면 선각자연하는 목소리를 고집할 근거가 희박해진다. 게다가 이 절망은 백여 년이 지난 '지금, 여기'서도 여전히 현재진행형이 아닌가. '우리의 아Q' 선생께서 죽음의 문턱을 넘으며 처음이자 마지막으로 통찰한 것이 바로 이것이 아니던가. "둔하면서도 예리한, 그의 말을 씹어 먹고도 또 육신 이외의 무언가를 씹어 먹으려는 듯 영원히 멀지도 가깝지도 않게 그를 따라오는 눈길들."

그러니 눈을 똑바로 뜰 일이다.

옮긴이 공상철

『방황』에 대하여

루쉰의 두번째 소설집 『방황』은 1924년부터 1925년까지 집필한 11편의 단편소설을 묶어서 1926년에 출판한 것이다. 11편 가운데 「고독자」, 「죽음을 슬퍼하며」 두 편을 제외하고는 모두 당시의 잡지 『위쓰』, 『망위안』, 『천바오 부간』(이상 베이징), 『소설월보』, 『동방잡지』, 『부녀잡지』(이상 상하이 상우인서관 간행) 등에 게재되었다. 훗날 『방황』은 1981년판 『루쉰전집』 제2권에 수록되었다.

　『방황』의 창작 배경과 관련해서 두 가지 사실 즉 개인적인 것과 시대적인 것에 대해 소개할 필요가 있겠다. 개인적인 것은 번역을 하거나 강의안을 정리하여 『중국소설사략』을 쓴 것을 제외하고는 절필에 가까울 정도로 평론이나 소설은 거의 쓰지 않았던 1923년에 문학상의 맹우이자 동생인 저우쮜런周作人과의 불화로 인해 베이징의 바다오완八道灣의 집에서 나와 좐다후퉁磚塔胡同의 빌린 집으로 옮겼다가 다시 1924년 푸청먼阜成門내 시싼탸오후퉁西三條胡同의 새 집으로 이사했던 일이다. 좐다후퉁의 집에서 『방황』의 앞 네 편이 쓰여졌고, 시싼탸오후퉁의 집 그리고 그 집의 '호랑이꼬리'老虎尾巴라는 서재에서 「장명등」 이하의 소설이 쓰여졌다. 그리고 루쉰의 다른 문집과 달리 서언이나 전기에 해당하는 글이 없는 『방황』은 굴원屈原의 「이소」離騷 8구로 그것을 대신하고 있는데, 이 「이소」의 구절이 바로 이 방의 서쪽벽에 걸려 있었다. 소설집 출판 직전에 루쉰은 자신의 서재에 걸린 이 구절을 떠올리고 『방황』의 제사題辭로 삼았는데, 여기에는 가족이자 친구인 동생과의 이별로 인한 아픔과 슬픔도 교차했을 터이다.

한편 시대적인 것으로는 『방황』의 소설들이 이른바 '5·4운동 퇴조기'라는 시대적 배경 아래 창작되었다는 것이다. 중국의 재야 루쉰 연구자 린셴즈林賢治가 말한 것처럼 "5·4운동은 어떤 의미에서 하나의 시작이자 하나의 끝이었다". 그것은 중국 근대지식인들의 자발적 운동 즉 계몽운동의 독립적 성격이 변화했기 때문이다. 다시 말해 지식인들의 계몽운동은 역사의 진부한 흔적이 되어 버린 점에서 끝이었고, 쑨원孫文의 중국국민당 개조와 중국공산당의 창당 그리고 노동자·농민운동의 홍기 등 본격적인 정치활동의 전개와 그에 따른 몇 차례의 사상투쟁이 바로 그 시작이었다. 이런 상황하에서 이제까지 근대화의 지도적 존재였던 지식인들은 미묘한 입장에 서게 되었고 문화진영에서의 분화 또한 불가피했다.

1932년 루쉰은 「『자선집』自選集 자서自序」에서 "뒤에 『신청년』 그룹이 해산되면서 어떤 사람은 지위가 올라갔고 어떤 사람은 떨어졌다. 어떤 사람은 계속 전진했다. 나는 전장에서 같이 싸웠던 전우들이 이렇게 변할 수 있음을 다시 한번 경험하고서 어쩌다 붙여진 '작가'라는 직함을 갖고 여전히 사막 속을 걷게 되었다. '떠돌이 용사'가 된 것이다"라고 당시의 상황과 자신의 처지에 대해 기술하였다. 민족자산가 계급이나 프롤레타리아

계급이 아직 완전하게 존재하지 않고 그 대신에 전국의 문화인과 학생들이 모여 있던 '문화성'文化城 베이징에는 혁명 제당파의 움직임은 예각화·관념화하는 경향이 있었고, 관용의 여지란 없는 전체주의적 상황까지 나타났다. 게다가 혁명의 중심은 점차 남방으로 이동하고 있었고 이로 인해 5·4운동의 발원지 베이징은 적막하고 황량한 옛 전쟁터의 풍경만 드러내고 있었다. 이를 루쉰은 『방황』이라 지으며 題『彷徨』에서 "새 문단은 쓸쓸하기만 하고, 옛 전장은 평안하네. 천지간에 병졸 하나 남아, 창 메고 홀로 방황하고 있네"라고 노래했다.

이처럼 사막과 같은 베이징에서 루쉰은 쓸 재료만 좀 갖추어지면 단편소설을 써 내었다. 첫번째 소설집 『외침』에 실린 작품들과 마찬가지로 봉건제도와 봉건예교에 대한 비판을 진행하면서도 지식인에 대한 문제를 새롭게 제기하였다. 즉 「축복」과 「이혼」은 공교롭게도 『방황』의 처음과 마지막에 실린 소설이면서 동시에 여성에 대한 봉건사상의 속박을 폭로하고 피압박 여성의 비참한 운명을 동정하며, 그녀들의 봉건질서에 대한 회의를 반영하고 있다. 한편 지식인의 고통과 저항을 묘사하고 그들이 중국혁명에서의 역할과 성과를 탐색하는 주제도 『방황』에서 커다란 비중을 차지하고 있다. 「술집에서」, 「고독자」, 「죽음을 슬퍼하며」 등은 서로 다른 유형의 지식인 형상을 창조하였다. 이상과 현실에서 고민하다 결국 현실과 타협한 뤼웨이푸, 웨이롄수를 그려 내고, 궁핍한 생활을 이겨 내지 못하고 서로에 대한 회한만 남긴 채 이별한 쯔쥔과 쥐안성을 형상화하였다. 이런 작품들은 지식인의 새로운 사물에 대한 예민한 감각을 긍정하는 동시에 사회 개조에 대한 그들의 이상이 좌절되고 마는 현실을 비판하고 있다. 『외침』의 열정과는 반대로 『방황』은 당시 루쉰의 우울과 고적한 정서를 드러내고 있다. 하지만 사회에 대한 냉정한 분석을 드러내고 또 점차 외국 작가의 영향을 벗어나서 기교도 원숙해졌으며 묘사 또한 섬세해지고 있음을 알 수 있다. 「비누」, 「이혼」과 같은 작품에서 쓰밍의 음흉하고 비열한 모습이라든지 치 대인의 위세 부리는 것이라든지 하는 묘사들은 예술적으로 아주 훌륭하다.

이와 같이 『방황』에 수록된 단편들은 전통에 대해서만이 아니라 그 전통비판을 통해서 중국인이 획득하고 있는 근대성에 대한 깊은 성찰을 담고 있다. 『외침』과 비교해서 편수는 네 편 줄었지만 장수는 10% 정도 늘어난 것처럼 전체적으로 작품이 길어지고 있는 점도 특징이라고 할 수 있다.

『방황』의 첫머리에 쓴 굴원의 「이소」 한 구절은 사막에서 방황하고 있지만, 여전히 비판의 무기를 내려놓지 않고 탐색의 노력과 전진의 발걸음을 멈추지 않으려는 결의를 보여 준다고 할 수 있다. 그런 점에서 『방황』은 단지 '방황'으로만 끝나는 것이 아니라 새로운 출발을 위한 고뇌를 보여 준 소설집으로 볼 수 있다. 실제로 1924, 25년 두 해 동안 루쉰은 상당히 많은 문장을 발표했는데, 그 가운데 산문시집 『들풀』野草 또한 이 시기에 쓰여졌다. 『들풀』을 함께 읽는다면 위의 평가가 그렇게 이상하지 않을 것이다. 이런 사색적인 측면만이 아니라 동시에 실제적인 사건(베이징 여사대 사건, 현대평론파와의 투쟁 등)에 연루되면서 그의 '방황'은 더욱 깊이를 더하게 되었다. 따라서 『방황』기의 루쉰을 보다 전체적으로 이해하려면 당시에 발표된 『무덤』, 『화개집』, 『먼 곳에서 온 편지』兩地書 등을 함께 읽으면 좋겠다.

옮긴이 서광덕

지은이 **루쉰**(魯迅, 1881.9.25~1936.10.19)

본명은 저우수런(周樹人), 자는 위차이(豫才)이며, 루쉰은 탕쓰(唐俟), 링페이(令飛), 펑즈위(豊之餘), 허자간(何家幹) 등 수많은 필명 중 하나이다.

저장성(浙江省) 사오싱(紹興)의 명문가에서 태어나 어린 시절 조부의 하옥(下獄), 아버지의 병사(病死) 등 잇따른 불행을 경험했고 청나라의 몰락과 함께 몰락해 가는 집안의 풍경을 목도했다. 1898년부터 난징의 강남수사학당(江南水師學堂)과 광무철로학당(礦務鐵路學堂)에서 서양의 신학문을 공부했고, 1902년 국비유학생 자격으로 일본으로 건너갔다. 고분학원(弘文學院)에서 일본어를 공부하고 센다이 의학전문학교(仙臺醫學專門學校)에서 의학을 공부했으나, 의학으로는 망해 가는 중국을 구할 수 없음을 깨닫고 문학으로 중국의 국민성을 개조하겠다는 뜻을 세우고 의대를 중퇴, 도쿄로 가 잡지 창간, 외국소설 번역 등의 일을 하다가 1909년 귀국했다. 귀국 이후 고향 등지에서 교원생활을 하던 그는 신해혁명 직후 교육부 장관 차이위안페이(蔡元培)의 요청으로 난징 중화민국 임시정부의 교육부 관리를 지냈다. 그러나 불철저한 혁명과 여전히 낙후된 중국 정치·사회 상황에 절망하여 이후 10년 가까이 침묵의 시간을 보냈다.

1918년 「광인일기」를 발표하면서 본격적인 작품 활동을 시작한 그는 「아Q정전」, 「쿵이지」, 「고향」 등의 소설과 산문시집 『들풀』, 『아침 꽃 저녁에 줍다』 등의 산문집, 그리고 시평을 비롯한 숱한 잡문(雜文)을 발표했다. 또한 러시아의 예로셴코, 네덜란드의 반 에덴 등 수많은 외국 작가들의 작품을 번역하고, 웨이밍사(未名社), 위쓰사(語絲社) 등의 문학단체를 조직, 문학운동과 문학청년 지도에도 앞장섰다. 1926년 3·18 참사 이후 반정부 지식인에게 내린 국민당의 수배령을 피해 도피생활을 시작한 그는 샤먼(廈門), 광저우(廣州)를 거쳐 1927년 상하이에 정착했다. 이곳에서 잡문을 통한 논쟁과 강연 활동, 중국좌익작가연맹 참여와 판화운동 전개 등 왕성한 활동을 펼쳤으며, 55세를 일기로 세상을 등질 때까지 중국의 현실과 필사적인 싸움을 벌였다.

옮긴이 공상철(『외침』)

고려대학교 중어중문학과를 졸업하고 동 대학원에서 『京派 문학론 연구』(1999)로 박사학위를 받았으며, 현재는 숭실대학교 중어중문학과에 재직 중이다. 지은 책으로는 『중국 중국인 중국문화』(공저, 2005), 『중국을 만든 책들』(2011)이 있고, 옮긴 책으로는 『페어플레이는 아직 이르다』(공역, 2003), 『루쉰 전집 6』(공역, 2014)이 있다.

옮긴이 서광덕(『방황』)

연세대학교 중어중문학과에서 『동아시아 근대성과 魯迅: 일본의 魯迅연구를 중심으로』로 박사학위를 받았고, 현재는 안양대학교 대만연구소에서 연구교수로 활동하고 있다. 지은 책으로는 『중국 현대문학과의 만남』(공저, 2006) 등이 있고, 옮긴 책으로는 『루쉰』(2003), 『일본과 아시아』(공역, 2004), 『중국의 충격』(공역, 2009), 『수사라는 사상』(공역, 2013) 등이 있다.

루쉰전집번역위원회 명단(가나다 순)

공상철, 김영문, 김하림, 박자영, 서광덕, 유세종,
이보경, 이주노, 조관희, 천진, 한병곤, 홍석표